Günther Zäuner

Halbseidenes dunkles Wien

12 Krimis aus der Zwischenkriegszeit

In der gleichen Reihe erschienen:

Halbseidenes Wien - 23 Bezirks-Krimis
Halbseidenes historisches Wien - 23 Wiener Bezirkskrimis
Halbseidenes kaiserliches Wien - 16 Krimis aus dem Fin de Siècle
Halbseidenes mittelalterliches Wien - 12 Krimis aus einer blut-
rünstigen Epoche
Halbseidenes biedermeierliches Wien - 16 Krimis aus einer fälsch-
lich verklärten

Günther Zäuner

Geboren 1957 in Wien; Studium der Klassischen Philologie, Geschichte
und Zeitgeschichte, musikalische Ausbildung. Freier Schriftsteller, Sach-,
Drehbuch- und Theaterautor, Dokumentarfilmer, Journalist, Autor der
erfolgreichen »Kokoschansky«-Thriller; Kurzkrimis in verschiedenen
Anthologien; Verfasser zahlreicher Artikel, Gestalter von TV-Beiträgen
und Dokumentationen; spezialisiert auf Organisierte Kriminalität, Dro-
gen, Sektenunwesen, Rechtsextremismus, Terrorismus, Geheimdienste
und Politik. Mitglied im österreichischen PEN-Club und im Österreichischen Schriftstellerverband.
»Zäuners Krimisalon«: monatliche Krimisendung auf YouTube
www.guenther-zaeuner.at
www.kokoschansky.at

Günther Zäuner

Halbseidenes dunkles Wien

12 Krimis aus der Zwischenkriegszeit

www.federfrei.at

Diese Geschichten sind reine Fiktion. Namen und Personen, verschiedene Ereignisse, Orte und Zeiten sind teils real, teils der Fantasie des Autors entsprungen. Manche Menschen sind real, manche fiktiv. Ähnlichkeiten der erfundenen Figuren mit lebenden oder verstorbenen Menschen sind rein zufällig.

© Verlag federfrei
Marchtrenk, 2021
www.federfrei.at

Umschlagabbildung: © milkovasa - AdobeStock
Umschlaggestaltung: Marion Mayr
Autorenportrait: © Manfred Burger
Lektorat: F. Burgstaller
Satz und Layout: Verlag federfrei
Printed in EU

ISBN 978-3-99074-142-9

»Morgen trete ich eine Reise durch Deutschösterreich an.«
»Und was machen Sie nachmittags?«
aus dem Satireblatt »Götz von Berlichingen. Eine lustige Streitschrift
gegen Alle«; erschienen 1926 – 1934)

»Österreich als Versuchsstation des Weltuntergangs«
Karl Kraus (1874-1936; Publizist, Satiriker, Aphoristiker, Dramatiker)

»Der eigentliche Untergang Österreich-Ungarns war erst 1938
als in den Wiener Kaffeehäusern nicht mehr das ›Prager Tagblatt‹
und die ›Czernowitzer Morgenzeitung‹ auflagen.«
Nach Friedrich Torberg (1908 – 1979; Schriftsteller, Journalist, Publizist,
Drehbuchautor, Herausgeber)

»Mir fällt zu Hitler nichts ein.«
Karl Kraus

»Ein alter Mann liegt im Sterben. Noch einmal überdenkt er sein
Leben und gelangt zu dem Schluss: ›Geboren bin ich in Österreich, gelebt hab' ich der Tschechoslowakei und nun sterbe ich
in Deutschland – dabei bin ich aus Prossnitz [heute Prostějov] nie
hinausgekommen.‹«
Anekdote[1]

»L'Auriche, c'est que reste.«
(»Österreich ist, was übrigbleibt.«)
Georges Clemenceau (1841 – 1929; französischer Ministerpräsident)

Inhaltsverzeichnis

Zum Geleit

Halbzeit in meiner Serie »Halbseidenes Wien«, dem Streifzug durch die unterschiedlichsten Epochen, verpackt in Krimis mit historischen Hintergründen. Wie in den anderen Büchern davor, ist auch im sechsten Band der jeweiligen Geschichte eine Zeittafel mit den wichtigsten Ereignissen vorangestellt. Die Daten stammen aus einigen Nachschlagewerken, die in der Bibliografie angeführt sind.

Neu sind die Abschnitte »Als die Bilder laufen lernten«, später dann »Im Kino«, da der Siegeszug des Zelluloids nicht mehr aufzuhalten war: Ausgewählte Filme mit besonderem Schwerpunkt auf Österreich, die in den Lichtspieltheatern für Lachstürme, Tränen der Rührung, Beklemmung oder nackte Angst sorgten. Natürlich steckte die österreichische Filmwirtschaft, im Gegensatz zu Amerika, Deutschland und anderen Staaten, noch in den Kinderschuhen. Rasch schuf sich der österreichische Film, zumindest in Europa, einen hervorragenden Ruf.

Viele Personen lebten tatsächlich, andere waren fiktiv. Doch die historischen Geschehnisse mit allen Facetten und Nuancen stimmen bis ins letzte Detail.

Das Buch beinhaltet zwölf Krimis, zudem sind etliche »Nebenkrimis« dabei, die wichtig sind und diesem Abschnitt der Wiener bzw. österreichischen Geschichte eine besondere Note verleihen. Die politischen Entwicklungen im Österreich der Zwischenkriegszeit sind für sich ein spannender Krimi. Natürlich kann es nur eine subjektive Auswahl sein, passiert ist weitaus mehr. Doch das würde den Rahmen dieses Buches schlichtweg sprengen.

Tauchen Sie in eine dunkle Zeit ein, die zwar überwiegend Schattenseiten bot, aber auch helle Momente aufblitzen ließ.

…und bekanntlich lässt sich ein Wiener nicht unterkriegen.

Günther Zäuner, Wien, Februar 2021

PROLOG

»Faschismus: der Militarismus der Zivilisten.«
Anton Kuh (1890 – 1941; Journalist, Essayist,
Erzähler und Redner)

ZEITTAFEL
1918

12. November, 15 Uhr: Im Wiener Parlament, dem ehemaligen Reichsratsgebäude, beginnt die Sitzung der provisorischen Nationalratsversammlung. Abgeordneter Wilhelm Miklas spricht für die Christlich-Soziale Partei, dass einer Volksabstimmung der Vorrang gegeben wurde, aber man wolle *»die Einigkeit in diesem geschichtlichen Augenblick nicht stören.«*

Um **15.55 Uhr** deklamiert einer der drei Nationalratspräsidenten, Franz Dinghofer, auf der Parlamentsrampe den Gesetzesbeschluss und ruft die **Republik Deutschösterreich** aus.

Zehntausende Menschen haben sich auf die Ringstraße versammelt. Als Parlamentsdiener die neuen rotweißroten Fahnen hissen wollen, werden sie ihnen von Rotgardisten entrissen und der weiße Mittelstreifen herausgefetzt. Die Kommunisten versuchen einen Putsch und scheitern. In den Tumulten und Schießereien bleiben zwei Tote und 40 Verletzte auf der Strecke.

Zwei Tage später, am **14. November**, erneute Schießerei zwischen Volkswehr und heimkehrenden ungarischen Soldaten auf dem Staatsbahnhof, dem späteren Ostbahnhof.

Am **15. November** wird Otto Bauer, Staatssekretär des Äußeren, Viktor Adlers Nachfolger. Bauer, Julius Deutsch und Robert Danneberg vertreten bei den Sozialdemokraten die radikale Linie, während Karl Renner und Karl Seitz den gemäßigten Flügel führen.

16. November: In Budapest ruft Michael Graf Károlyi die Republik aus.

Am **27. November** wird das Gesetz über eine neue Wahlordnung beschlossen. Männer und Frauen erlangen das Wahlrecht mit dem 20. Lebensjahr.

Am **30. November** wird Johann Schober Wiener Polizeipräsident.

Am **1. Dezember** erfolgt die Vereinigung der südslawischen Gebiete mit Serbien und Montenegro zum Königreich der Serben, Kroaten und Slowenen unter der Karageorgewitsch-Dynastie.

Am **5. Dezember** entschließt sich die Kärntner Landesversammlung für den bewaffneten Widerstand gegen eingedrungene südslawische Truppen. Das Vereinigte Königreich Serbien beansprucht Südkärnten, Villach, Klagenfurt und das Zollfeld. Die vorerst überparteiliche »Heimatwehr«, eine Selbstschutzbewegung unter Ludwig Hülgerth, wird gegründet.

Am **7. Dezember** regt sich auch bewaffneter Widerstand in der Südsteiermark.

Am **18. Dezember** wird das Wehrgesetz der provisorischen Staatsregierung eingeführt. Das bedeutet, allgemeine Wehrpflicht in der »Volkswehr« für Männer vom 18. bis zum 41. Lebensjahr. Allerdings wird die Kommandogewalt durch die »Soldatenräte« eingeschränkt.

Im Wiener Gemeinderat etablieren sich die ersten Frauen wie Anita Müller, die aus der bürgerlichen Frauenbewegung kommt und sich in der Kriegsfürsorge für jüdische Flüchtlinge aus Galizien einsetzt.

Nationalismus und Antisemitismus sind Geschwister. Die *Jüdische Korrespondenz* warnt davor, »*Juden als fremdes Element im Staate stempeln* [zu] *wollen.*« Es wird vor *Pogromwellen* in den ehemaligen Kronländern gewarnt.

Die Geschäfte sperren wegen Warenmangels bereits um sechzehn Uhr zu, nur wenige Lebensmittelläden halten länger offen. Auch das Grand-Hotel am Ring stellt den Restaurantbetrieb ein.

Wegen Kohlemangel bleiben Schulen über Weihnachten und Neujahr drei Wochen lang geschlossen.

Ein makabres Weihnachtsgeschenk sind die *Verlustlisten*, auf denen die Namen gefallener Angehöriger vermerkt sind. Verschiedene Zeitungen bewerben diese Verzeichnisse mit Inseraten.

Ausnahmsweise dürfen am Silvesterabend Varietés, Theater und der Musikvereinssaal länger geöffnet bleiben.

Der Maler Gustav Klimt stirbt am **6. Februar**, der Architekt Otto Wagner am **11. April**. Volksschauspieler Alexander Girardi verlässt die Bühne des Lebens am **20. April**. Der Maler, Grafiker und Kunstgewerbler Koloman »Kolo« Moser stirbt am **18.**, der Maler Egon Schiele am **31. Oktober**. Der Arzt und Politiker Viktor Adler macht **11. November** seinen letzten Atemzug.

Was noch geschah

Der amerikanische Präsident Woodrow Wilson verkündet sein »14 Punkte-Friedensprogramm« mit dem Selbstbestimmungsrecht der Völker.

Der Friedensvertrag von Brest-Litowsk zwischen Deutschland und Russland wird unterschrieben, bevor er nach dem Sturz der deutschen Monarchie annulliert wird. Deutschland besetzt das Baltikum und die Ukraine. Der liberale Politiker Walther Rathenau tritt für eine letzte Volkserhebung ein, die Heeresleitung lehnt ab.

November-Revolution in Deutschland; in Kiel meutern die Matrosen. Revolutionskämpfe brechen in Berlin und München aus.

Waffenstillstand von Compiègne, die deutschen Truppen räumen das linksrheinische Gebiet.

Karl Liebknecht ruft die Räterepublik aus, wird aber nach etlichen Kämpfen gestürzt. Daraufhin wird die deutsche Republik

– die *Weimarer Republik* – durch den SPD-Politiker Philipp Scheidemann ausgerufen. Der Kongress der Arbeiter- und Soldatenräte überträgt die vollziehende Gewalt auf Volksbeauftragte unter Friedrich Ebert. Der »Spartakusbund«, die Kommunistische Partei Deutschlands (KPD), wird gegründet.

Der russische Zar Nikolaus II. und seine Familie werden von Bolschewisten erschossen. Die RSFSR, die russisch-sozialistische-föderative Sowjetrepublik mit der Hauptstadt Moskau, wird ins Leben gerufen. Leo Trotzki wird russischer Volkskommissar für Krieg und Marine und baut die Rote Armee auf.

Thomas Mann schreibt »Betrachtungen eines Unpolitischen«. Der deutsche Schauspieler und Dichter Frank Wedekind stirbt. Die Theaterzensur wird in Deutschland aufgehoben, jedoch nicht für den aufkommenden Film.

Oskar Kokoschka schafft die expressionistischen Gemälde »Freunde«, »Sächsische Landschaft« und »Die Heiden«; der Norweger Edvard Munch den »Badenden Mann«.

Der französische Komponist Claude Debussy stirbt. Igor Strawinsky komponiert »Die Geschichte vom Soldaten« und »Ragtime für elf Instrumente«.

Der Physik-Nobelpreis ergeht an Max Planck für die Entdeckung des Wirkungsquantums. Erster regelmäßiger Passagierflugverkehr zwischen New York und Washington.

Die Pandemie der »Spanischen Grippe« fordert Millionen an Opfern. In Wien sterben daran u.a. Egon Schiele und seine Frau Edith.

Als die Bilder laufen lernten

»Blinde Ehemänner« (USA) nach dem Drehbuch und unter der Regie von Erich von Stroheim; mit von Stroheim, Sam de Grasse und Francelia Billington.

Ins Bodenlose

Silvester 1917/18 fällt auf einen Montag und es ist bitterkalt. Einer der schneereichsten Winter in den letzten Jahren beschert der dahinsiechenden Kaiser- und Residenzstadt Wien einen Schneesturm, der das öffentliche Leben nahezu lahmlegt. Viele Straßenbahnlinien fallen aus und um die wenigen noch in Betrieb stehenden Garnituren wird verbissen gekämpft, um noch einen Platz zu ergattern. Wenn gar nichts mehr geht, fährt man auf den Waggonpuffern mit, was äußerst gefährlich ist. Bei einem Absturz landet der illegale Fahrgast mit Glück im Krankenhaus oder schlimmstenfalls am Friedhof.

Kurzfristig setzt Tauwetter ein und die Stadt versinkt im *Gatsch*.[2] Riesige Wasserlachen und Dachlawinen erschweren zusätzlich den Aufenthalt draußen. Zu allem Übel setzt wieder Frost ein und verwandelt Wien in einen Eislaufplatz.

Nicht nur das lausige Wetter drückt die allgemeine Stimmung. Schlag Mitternacht wird es das vierte Neujahr im Krieg sein und die Zukunft sieht düster aus.

In der Hofburg sitzt Kaiser Karl und hadert mit einem Weltkrieg, für den er nichts kann. Anlass waren die tödlichen Schüsse auf Thronfolger Franz Ferdinand und seine Gemahlin Sophie am 28. Juni 1914 durch Gavrilo Princip in Sarajewo. Ausgelöst wurde der fürchterliche Krieg durch Karls Vorgänger, dem greisen Franz Joseph I., der am 21. November 1916 verstorben war.

Es sind traurige Weihnachten gewesen. Die wehrfähigen Männer an den Fronten, gefallen oder in Gefangenschaft. Zu Hause die Frauen, die nicht wussten, wie sie der Restfamilie und den Kindern ein halbwegs nahrhaftes Essen auf die Tische stellen konnten. Kaiser Karl bescherte einigen seiner Untertanen Reis auf die Teller, die aus italienischen Beutebeständen stammten, doch das machte das Kraut auch nicht fett.

Und Geschenke? Das war einmal. Vielleicht hat es für eine Holzeisenbahn, einen Teddy, einen Kreisel oder einen Kasperl für den Buben gereicht und für das Schwesterchen ein kleines Püppchen?

Die anfängliche Euphorie bei Kriegsausbruch 1914 ist längst verschwunden. Resignation, Verzweiflung, Elend und Armut machen sich seitdem breit. Zu viele werden sinnlos getötet, sterben während Gasangriffen qualvolle Tode, werden verstümmelt, vegetieren in Gefangenenlagern.

Elsie Altmann-Loos, die zweite Ehefrau des umstrittenen und angefeindeten Architekten Adolf Loos, schreibt über diese Zeit: »... *Man hört keine Musik, man sieht keine fröhlichen Farben, alles ist grau und düster. Es ist zwar verboten, für die Gefallenen Trauer*[kleidung; Anm. d. A.] *zu tragen, aber die Stadt wimmelt von Frauen in dicken Militärmänteln. Das sind die Kriegerwitwen. Der Staat schenkt ihnen den Uniformmantel des gefallenen Gatten, und sie haben das Recht, ihn zu tragen...*«.[3]

Dennoch glimmt ein Fünkchen Hoffnung. Waffenstillstand mit Russland und erste Friedensverhandlungen in Brest-Litowsk mit dem gefürchteten Iwan. Allerdings passt das nicht den Westmächten. Sie sind gegen einen Friedensschluss in Osteuropa.

Krieg hin, Krieg her. Solange es die Kaffeehäuser gibt, kann die Welt nicht untergehen. Zumindest nicht in Wien. In der Silvesternacht dürfen diese Lokalitäten mit amtlicher Bewilligung sogar bis ein Uhr nachts geöffnet bleiben. Leider gibt es Vieles nicht mehr im Angebot, was ein Wiener Café ausmacht, oder nur auf Bezugsschein, damit muss man leben. Aber »*man ist nicht daheim und doch nicht an der frischen Luft*«, wie das Wiener Original und Kaffeehausliterat Peter Altenberg zu sagen pflegt.

Trotzdem, so richtig Feierlaune will in dieser Silvesternacht nicht aufkommen. Natürlich spielt das unwirtliche Wetter eine große Rolle. In vereinzelten Etablissements wie im Grabencafé geht es hoch her, der Dämpfer auf die allgemeine Stimmung ist dennoch nahezu greifbar. Das Polizeiaufgebot ist völlig überflüssig. Ein Kordon von Wachleuten, der die Kärntner Straße gegen den Graben sperrt, steht sich unnötig die Beine in die Bäuche und friert.

Dafür hat die Polizei am Neujahrsmorgen 1918 umso mehr zu tun. Es spricht sich herum, dass heute in der Großmarkthalle auf der Landstraße[4] serbisches Schweinefleisch um günstige sieben Kronen pro Kilogramm verkauft werden wird.

Noch vor dem Einläuten des Neujahrs versammelt sich eine größere Menschenmenge vor der Halle, die von Stunde zu Stunde anwächst, bis sie schließlich über den Heumarkt bis in die Johannesgasse in den ersten Bezirk reicht. Geschätzte 20.000, so die Polizei. Um fünf Uhr früh öffnen sich die Tore der Markthalle, obwohl das Fleisch erst um sieben Uhr verkauft werden darf. Panik bricht aus, Tumulte, lebensgefährliche Drängereien, Raufereien. Aufgrund der ungeduldigen Riesenmenge gibt es statt zwei nur ein Kilogramm pro Kopf. Dennoch gehen viele leer aus. Erst am frühen Vormittag ist dieses entwürdigende und traurige Spektakel vorbei.

Hunger ist ein ständiger Begleiter. Natürlich trifft es vor allem das Proletariat, die Ärmsten der Armen. So kursieren Postkarten voller Galgenhumor.

Trauer-Anzeige

Schmerzerfüllt machen wir allen Verwandten und Bekannten die tiefbetrübende Nachricht, daß unser lieber, guter, letzter

Brotlaib

im Alter von 8 Tagen nach langem, schwerem Sparen heute Mittag 12 Uhr infolge eines eingetretenen Heißhungers aufgegessen worden ist. Um Brotmarken für die Hinterbliebenen bittet im großen Leibweh.

Emil Kohlendampf

Ernst Schmalhans

Franz Ohnefett

August Hunger

Ida Hunger, geb. Wenigfleisch

Anna Nimmersatt[5]

Mit Sicherheit erfährt der spätere Dichter und Schriftsteller Heimito von Doderer nichts von dem turbulenten Neujahrsmorgen in seiner Heimatstadt. Der 21jährige Mann aus wohlhabendem Hause hockt seit zwei Jahren als einer von 100.000 Kriegsgefangenen in seiner Baracke im tiefsten Sibirien im Lager Krasnja Rjetschka in der russischen Mandschurei nahe dem Japanischen Meer. Er wird gut behandelt, kann sich frei bewegen, könnte sogar fliehen. Doch wohin?

Beunruhigende Nachrichten dringen auch bis zu ihm durch. Im fernen St. Petersburg bricht die Revolution aus, die Bolschewisten exekutieren den Zaren und seine Familie.[6]

Allerdings weiß von Doderer nichts von dem grässlichen Mord, der sich in der Silvesternacht im Gaswerk Simmering[7] ereignete. Im Ofenhaus wird die Leiche eines 15jährigen Hilfsarbeiters gefunden. Der Bursche hatte an diesem Tag keinen Dienst, dennoch schlief er dort und nicht wie üblich bei seiner Schwester, weil es im Ofenhaus wärmer war. Sein Schädel ist mit einer Eisenstange zertrümmert worden. Jedoch kein Raubmord, da er sein Geld noch bei sich hatte.

Dafür wurde ihm ein Stück Fleisch aus dem Oberschenkel geschnitten. Offensichtlich ein Fall von Kannibalismus. Im Gaswerk arbeiten 400 Zivilkräfte, aber auch 745 Kriegsgefangene. Mehrheitlich Russen und einige Italiener. Daher wird die Militärpolizei in die Ermittlungen einbezogen. Kurz darauf kommen zwei Russen in Haft. Ihr weiteres Schicksal ist unbekannt.[8]

Knurrende Mägen gehören bei Alt und Jung zum Alltag. Bereits bei Kriegsausbruch 1914 muss man sich an Entbehrungen und Verzicht gewöhnen. Brot und Gebäck aus Weißmehl verschwinden aus den Verkaufsregalen und aus den *Körberln* auf den Tischen in den Cafés, Wirtshäusern und Restaurants.

Jetzt wird der gewöhnungsbedürftige Kriegsbrotlaib aufgeschnitten. Für lange Zeit gehören resche Kaisersemmeln, Salzstangerln und anderes köstliches Gebäck und Brot der Vergangenheit an. Schon im Oktober 1914 wurde Brot bis zu 30 Prozent mit Mais-,

Gersten-, Erdäpfelwalzmehl oder Erdäpfelbrei gestreckt. Jetzt, 1918, sind es zwischen 70 und 80 Prozent. Die Zutaten sind mehr als fragwürdig. Oft genug haben sich Vorratsschädlinge wie Mehlmotte und -zünzler eingenistet; Spreu und Mäusekot sind ebenfalls dabei.[9]

Lebensmittel sind nur mehr mit Bezugskarten erhältlich. Mütter mit Babys erhalten ab Oktober 1917 mit der *Nährmittelzubußenbezugskarte* mehr Haferreis. Im gleichen Monat darf mit der Erdäpfelkarte nur mehr ein Kilogramm pro Woche und Person ausgegeben werden. Heimische und ausländische Schlachtviehbestände sind dermaßen reduziert, dass Fleisch seltene Mangelware ist.

Montag, Mittwoch und Freitag sind fleischlose Tage. Es darf weder verkauft noch in Speisen enthalten sein. Für jene, die es sich noch leisten können, kommt das teurere *Extremfleisch* auf die Teller. Mit billigerem *Wohlfahrtsfleisch*, meist von Pferden, muss sich das Proletariat begnügen. Der Samstag wird als fettloser Tag eingeführt.

Der Bauernstand kann nicht mehr produzieren, da mehr als die Hälfte der Männer für das Vaterland kämpfen muss. Zugtiere und Saatgut fehlen. Demzufolge sinkt die Milchproduktion auf ein Minimum. In diesem harten Winter sind sämtliche Vorräte längst aufgebraucht. Ungarn will keine Milch liefern, aus der Tschechoslowakei kommt keine Kohle. Zwar wird den Wienern eine Wochenfleischration von einem 1/8 Kilogramm, meist Pferdefleisch, sowie 1 1/2 Kilo Brot- und Mehlrationen versprochen, erst am Silvestertag hilft die Schweiz mit einem Lebensmitteltransport aus.

Während Wien darbt, leben die Ungarn in Saus und Braus. Sie scheren sich nicht um den Ausgleich von 1867, wollen partout nicht mit der anderen Reichshälfte der Monarchie teilen. Auf Lebensmittelimporte kann Österreich nicht hoffen, da die Kriegsgegner erfolgreich blockieren. Der Schweizer Transport ist eine der wenigen Ausnahmen.

Inzwischen sind *Kriegsküchen* eingerichtet worden. Im Frühjahr 1918 insgesamt 61, vier weitere sind im Entstehen und die größte befindet sich im Arbeiterbezirk Favoriten.[10] Gegen geringes Entgelt werden wöchentlich an die 1,2 Millionen Portionen ausgeteilt. Doch nicht einmal das ist für viele mehr leistbar und sie sind auf die kostenlose Ausspeisung der Gemeinde Wien angewiesen.

Die Organisation obliegt dem 1916 eingerichteten Amt für Volksernährung, die damit aber überfordert ist und sich als vollkommen unfähig erweist.

Die Wiener müssen sich mit 830 Kalorien am Tag begnügen. Zum Sterben zu viel, zum Leben zu wenig. Jedes freie Fleckchen Erde und Grün wird für Gemüseanbau verwendet. Die großzügig angelegten Parkanlagen gleichen Beeten und kleinen Äckern.

Hunger und Not lassen viele kriminell werden. Man ist nicht unbedingt auf Wertgegenstände aus, die es ohnehin kaum mehr gibt. Entweder werden sie versetzt oder für Essbares verkauft. Die Einbruchszahlen in den Schrebergartensiedlungen schnellen rasant in die Höhe. Erdäpfel, Kohl, Paradeiser und Kraut sind die Objekte der Begierde, aber ebenso werden Hasen- und Kaninchenställe geplündert. Viel zu wenige Flurwächter stehen auf verlorenem Posten. Einen Hund kann sich kaum wer leisten, der braucht Futter.

Viele herrenlose Hunde streunen daher durch die Straßen und Gassen. Ausgemergelt und ausgehungert suchen sie nach Abfällen. Die Erhöhung der Hundesteuer kostet ihnen das Zuhause, sie werden vor die Tür gesetzt und ihrem Schicksal überlassen. Da nützen wenig die Appelle des Tierschutzvereins an das Mitgefühl und an das angebliche goldene Wienerherz.

In der ehemaligen Schönbrunner Hofmenagerie, dem Tiergarten, verhungern zwei Affen, ein Elefant, einige Zebras und sechs andere Raubtiere, was in der Bevölkerung große Betroffenheit auslöst.

Es kommt immer wieder zu erbärmlichen und menschenunwürdigen Szenen. Während einer der zahlreichen Hungerdemonstrationen wird ein Polizeipferd getötet. In Windeseile wird der Kadaver von einigen Demonstranten bis auf das Skelett zerlegt. Ein 17jähriger wird erwischt und erhält wegen des Diebstahls der Leber 14 Tage Arrest.

Gleich den Hunden *stierlen*[11] die Menschen in Abfällen, in Mistkübeln, durchwühlen Küchenabfälle und fischen aus Sautrögen heraus, was noch halbwegs genießbar scheint. In den Zeitungen tauchen verstärkt Berichte über Pilzvergiftungen auf. Die Unkenntnis der Stadtmenschen trägt ihren Teil dazu bei. Meist werden hochgiftige Knollenblätterpilze mit Champignons und grünen Täublingen verwechselt. Bis Ende August 1918 sterben daran 100 Menschen.

Die Sanitätsbehörde empfiehlt bei Vergiftungssymptomen schwarzen Kaffee und Cognac zu trinken. Ein mehr als blauäugiger Rat, beides gibt es längst nicht mehr. Zumindest nicht bei denen, die diese Giftpilze essen.

Mehr und mehr sterben die Leute an »Entkräftung« und »Erschöpfung«, wie in den amtlichen Totenscheinen zu lesen ist. Eine mildere Umschreibung für Verhungern, über die sich jedoch kein Sterbenswörtchen in der zensurierten Presse finden lässt.

Stundenlanges Anstellen vor Geschäften und Markthallen gehört zum Tagesablauf der Wienerin. Ihr Mann liegt irgendwo im Feindesland im Schützengraben, während zu Hause die Kinder vor Hunger weinen, mit jedem Tag mehr abmagern und kränklicher werden.

Selbst mit Bezugskarten ist nicht gewährt, dass tatsächlich die Lebensmittel ausgefolgt werden können. Dann ist das stundenlange Stehen in einer immer länger werden Menschenschlange völlig umsonst gewesen, der Einkaufskorb bleibt leer.

Im Jänner 1918 eskaliert die hoffnungslose Lage vor einer Fleischhauerei in Hernals.[12] Die Polizei sperrt die Straße vor dem Laden ab. Frauen versuchen die Sperren zu überwinden, die Polizisten scheuen nicht davor zurück, brutal gegen sie vorzugehen. Die Masse verharrt in der Kälte in den umliegenden Gassen. Um sechs Uhr morgens wird die Sperre aufgehoben und die Menge stürmt die Fleischhauerei. Wieder rigoroses Eingreifen der Ordnungsmacht, so mancher Polizist erhält eine Tracht Prügel. Anrainer fühlen sich gestört und aus Fenstern ergießt sich Wasser und heiße Asche auf die Verzweifelten.

An die tausend Polizeispitzel sind es, die sich täglich in die wartenden Mengen einschleusen, versuchen zu kontrollieren, zu schlichten und denunzieren, verfassen ihre Berichte und fotografieren die Tumulte.

Längst haben sich Bürgersfrauen mit Arbeiterfrauen solidarisiert. Ständig neue Hungerdemonstrationen werden organisiert, ziehen in den ersten Bezirk vors Rathaus, den Ministerien und dem Amt für Volksernährung.[13]

Wenn die Stadt es nicht mehr schafft, seine Bewohner zu ernähren, bleibt nur mehr aufs Land zu fahren. Bauernhöfe bieten alles, was Städter schon lange schmerzlich vermissen. Wer noch einen Rucksack besitzt, hängt ihn sich um. Zur Not eignet sich ein Jutesack oder eine zusammengebundene Schürze.

Nahezu zu jeder Tageszeit stehen Hunderte am Franz-Josef-Kai und warten auf die Elektrische der Linie 31, die bis nach Stammersdorf[14] hinausfährt. In den Waggons kaum Platz zum Atmen, auf den Trittbrettern hängen Menschentrauben. Drinnen wird gestoßen, gedrückt, gerempelt, geflucht und geschimpft. Jeder ist sich selbst der Nächste. Die Straßenbahnen rattern und rumpeln durch die Brigittenau[15] und durch Floridsdorf.[16] Alle hoffen nicht mit leeren Händen zurückzukehren. Die ersten Erdäpfelfelder sind zu sehen. Zwar steht das *Fladdern*[17] oder Hamstern der Feldfrüchte unter Strafe, doch wer schert sich darum? Wenn an einem Sonntag an die 40.000 hungrige Mäuler die Felder wie ein Heuschreckenschwarm überfallen, müssen die Bauern mit ihren Heugabeln und Dreschflegeln machtlos zusehen.

Jene, die der Hunger und das Elend noch nicht gänzlich verrohen ließen und die noch etwas Geld zusammenkratzen können, kaufen legal bei den Bauern, die ihnen zu sehr moderaten Preisen die Erdäpfel überlassen. Wer nichts mehr an Barschaft besitzt, steigt auf Tauschhandel um. Plötzlich werden Zucker, Petroleum, Kaffee und Tabak eingetauscht. Doch können diese kaum von den Rationen auf Bezugsscheinen abgespart sein, sondern sind illegal zusammengerafft und gehortet worden. Kleidung, Lederwaren, Geschirr, kleinere Möbelstücke, Spiegel und anderer Hausrat finden neue Besitzer im Gegenzug für ein paar Erdäpfel.

Schmuck, Silberbesteck, Teppiche, Lüster, Grammophone, Schellacks, erlesene Kleidungsstücke, Schuhe, Handtaschen — kurzum alles, was in einem gut- und großbürgerlichen Haushalt zu finden ist und noch nicht im *Pfandl*[18] landete, wird gegen Essbares getauscht.

Wer überhaupt nichts mehr außer sich selbst hat, bietet seine Arbeitskraft an. Wer einen Tag schuftet, wird abends mit einem Sack Erdäpfel entlohnt. Die Bauern haben aber keine rechte Freude mit den Städtern, die von Feldarbeit nichts verstehen und daher nur für Hilfsarbeiten eingesetzt werden können.

Fährt man wieder nach Hause, bedeutet es noch lange nicht, endlich wieder etwas Nahrhaftes zwischen die Zähne zu bekommen. Zuvor sind die Bahnhofskontrollen der Finanzwache und der Gendarmerie zu überstehen. Die rationierten Mengen an Lebensmittel dürfen nicht überschritten werden. Doch Not macht erfinderisch. Frauen schmuggeln mit eingenähten Taschen in ihren Unterröcken. In Tragetüchern für Säuglinge sind Brotlaibe und Striezel versteckt. Koffer mit doppelten Böden eigenen sich hervorragend für Schmuggelware.

Natürlich nutzen Schleichhändler diese furchtbaren Zustände erbarmungslos für ihre zwielichtigen Geschäfte aus. Sie bieten Waren zu überhöhten Preisen und verscherbeln an die Meistbietenden.

Der arme Schlucker ist für sie nicht lukrativ. Der Schleichhandel funktioniert bestens mit Hotels, Restaurants, Gast- und Kaffeehäusern. Ihre Inhaber sind ebenso auf die Bauern und ihre Erzeugnisse angewiesen wie die Arbeiterfrau.

Ständig kommt es zu Krawallen, Tumulten und tätlichen Auseinandersetzungen mit den Behörden, wenn kleine und große Schmuggler erwischt werden. Da zertritt man lieber die Eier, verschüttet Milch und Mehl bevor es den Beamten überlassen wird.

Der »Rucksackverkehr« ist so nicht länger tragbar, die Regierung muss handeln und duldet 1918 mit gewissen Einschränkungen den »kleinen Rucksackverkehr«.

Selbst der Wiener Bürgermeister Richard Weiskirchner muss öffentlich zugeben, »*ohne Rucksackverkehr wären wir längst verhungert.*«[19]

Bleiben noch immer die Ungarn. Schließlich ist dies eine gemeinsame Monarchie. Die *sierigen*[20] Magyaren denken nicht daran, etwas aus ihrem Schlaraffenland an die Österreicher abzugeben. Allerdings sind die Wiener nicht auf der Nudelsuppe daher geschwommen. Es finden sich Schmuggelpfade, um den ungarischen Ordnungshütern zu entgehen. Geschäftstüchtige Burschen aus grenznahen Dörfern, die jeden Stein auch in der Nacht kennen, führen gegen gute Bezahlung die Schmuggler sicher nach Österreich.

Die ungarischen Behörden kennen keinen Pardon, nehmen keinerlei Rücksicht, auch nicht auf Frauen und Kinder. Wer erwischt wird, dem droht harte Bestrafung. Die Schmuggler flüchten sich oft auf der Dächer der Zugwaggons in den Grenzbahnhöfen und riskieren dabei ihre Leben. Einem 12jährigen wird diese halsbrecherische Tour im Juli 1918 zum Verhängnis. In der Station Sauerbrunn stürzt er vom Dach, wird überfahren und getötet. Die Tragödie sorgt für ungeheure Aufregung und Verbitterung.

Die *Arbeiterzeitung* schießt scharf gegen die Ungarn, schreibt von einem »*niederträchtigen Verbrechen.*«

Professionelle Schmuggler, die über genügend Mittel verfügen, machen sich die moderne Aviatik zunutze. In Ein- und Doppeldeckern überfliegen sie die Grenze, die fliegenden Kisten mit allerhand Gütern beladen.[21]

Dass der Schleichhandel ausufert, ist einem fatalen Fehler der Regierung geschuldet, indem sie die Preisregulierung einführt. Ein verringertes Warenangebot zieht eine Verteuerung mit sich. Die preisregulierten Produkte verschwinden vom Markt, sind zwar vorrätig, jedoch nicht in den Geschäften. Die Händler bunkern die Ware in ihren Wohnungen und betätigen sich als gewissenlose Preistreiber, verkaufen in den Privaträumen zu Wucherpreisen. Der Kunde sieht im Geschäft nur den amtlichen Preisaushang, weiß dadurch, dass die Ware vorhanden ist. Der Händler verringert somit die Gefahr einer Kontrolle durch den amtlichen Marktamtskommissär. Auch die Landwirte übernehmen dieses Geschäftsmodell. Natürlich können sich die überhöhten Preise nur Bürgertum und Mittelschicht leisten, das Proletariat bleibt wütend und hungrig auf der Strecke.

Die Regierung kann nur machtlos zusehen. Da hilft auch nicht das 1917 beschlossene kriegswirtschaftliche Ermächtigungsgesetz, die Zahl der Kriegsgewinnler steigt ständig.

Im letzten Kriegsjahr werden die Engpässe für Naturprodukte immer schlimmer. Jetzt kann nur mehr die Chemie, die in den letzten Jahren gewaltige und bahnbrechende Fortschritte machte, helfen. Deshalb findet im Sommer 1918 im Kaisergarten im Prater die EMA, die Ersatzmittelausstellung, statt. Eingeteilt in drei Gruppen für Papiergewerbe, Lederersatz und die wichtigste, die Abteilung Ernährung und Haushalt. Die Wiener kommen aus dem Staunen nicht heraus, was heute inzwischen möglich ist. Beispielsweise Mehlersatz aus isländischem Moos oder Nährhefe als Ersatz für Fleisch und vieles andere.

Selbstverständlich richtet sich das Hauptaugenmerk der Besucher auf diese Surrogatenabteilung, doch so recht anfreunden können sich die Wiener nicht mit diesen Ersatzstoffen. So schreibt der bekannte Journalist und Feuilletonist Ludwig Hirschfeld ironisch in der »Neuen Freien Presse«: »...*Aber das Herz ging mir erst auf, als ich vor der Vitrine mit den Zusatz- und Nährmitteln stand: Caphocal, Dotterol, Pipipi, Omlettin, Rindex, Gluckgluck, alles laut Analyse aus dem besten Teerfarbstoff, dem echtesten Kochsalz und der feinsten Gelatine hergestellt, woraus man wieder ersieht, wie bitter unrecht man den Surrogaterzeugern tut. Diese Leute bieten das Beste, was es im Leben gibt: Illusionen, und darum ist es ungerecht, gegen die schön klingenden Namen der wertlosen Ersatzmittel zu eifern. Man muss diese Namen und die Anpreisungen nur richtig lesen und verstehen: macht mit Fleischin gute Suppen — wenn ihr könnt...«.*[22]

Nicht nur der Hunger quält täglich. Zu Hause, sofern man überhaupt noch eines besitzt, fällt einem aufgrund der extrem beengten Wohnverhältnisse die Decke auf den Kopf. Die Wohnsituation ist bereits in Friedenszeiten, besonders in den Arbeiterbezirken, menschenunwürdig gewesen. Durch den Krieg verschlimmert sich die allgemeine Lage um ein Vielfaches. 80 Prozent der Bauarbeiter dienen in der Armee. Der Wohnbau steht nahezu gänzlich still. Baumaterial ist unerschwinglich teuer geworden, sofern es überhaupt noch aufzutreiben ist, Fuhrwerke fehlen. Dazu steigende Löhne für die noch verfügbaren Arbeitskräfte.

Das Leben in den Zinskasernen, wie die Wiener diese Wohnhäuser berechtigterweise abfällig nennen, ist denkbar grauenhaft. Lichtlose Hinterhöfe; *Bassena*[23] und Toilette am Gang[24], die man sich obendrein mit anderen Mietern teilen muss. Zumindest fließt das Wasser, da die Häuser an die Hochquellwasserleitung angeschlossen sind. Es sind die schäbigen *Zimma-Kuchl-Kabinett*-Behausungen, in denen sich durchschnittlich sechs bis acht Menschen auf engstem Raum aufhalten.

Die hygienischen Zustände sind ekelerregend. Die Bewohner

werden von Ungeziefer geplagt, vor allem von Wanzen. Vor Kriegsausbruch sind Untermieter, vornehmlich in den Kabinetten, Usus,
aber eine Möglichkeit auf diese Weise einen Teil des Zinses he-
reinzubekommen. Oder man wird Bettgeher. Das bedeutet, man
schläft in unterschiedlichen Wohnungen in frei verfügbaren Betten.
Noch immer besser als auf der Straße, unter der Brücke oder im
Asyl zu landen.

Die tristen Wohnverhältnisse werden durch knebelartige Miet-
verträge zusätzlich verschärft. Die Kündigungsgründe sind man-
nigfaltig, auf Gedeih und Verderben dem Hausherrn ausgeliefert,
dessen Sprachrohr oder besser Spitzel sein Hausmeister ist. Wer
nur geringfügig gegen die oftmals rigorose Hausordnung verstößt,
fliegt raus. Die Kündigungsfrist beträgt lächerliche zwei Wochen.
Kaum eine Chance, eine neue Unterkunft zu finden.

Nach Kriegsbeginn helfen auch keine Appelle des Bürgermeis-
ters an die Barmherzigkeit der Hausbesitzer, die Frauen mit ihren
Kindern nicht auf die Straße zu setzen. Die Hausherren kümmern
sich nicht darum. Da die Männer an den Fronten sind, fürchten
viele um ihre Mieterträge. Daher lieber diese Bedauernswerten
rausschmeißen und neue Mieter hereinholen.

Die Stadt Wien muss umgehend handeln. So werden Betroffe-
nen bis zu 60 Prozent an Mietzinsbeiträgen auf den Gesamtzins
gewährt. Dafür ist Ende 1916 ein eigenes Wohnungsamt ins Leben
gerufen worden, um die Wohnungsnot zu lindern, ebenso wie das
neue Ministerium für soziale Fürsorge.

Nun sind willkürliche Mieterhöhungen nicht mehr möglich, nur
mehr in bestimmten Ausnahmefällen zulässig. Wer sich übervor-
teilt fühlt, wendet sich an das zuständige Mietamt oder ans Bezirks-
gericht. Meist gehen Bescheide und Urteile zugunsten der Mieter
aus. Natürlich laufen die Hausherren dagegen Sturm, beschweren
sich wegen der Einschränkung der Vertragsfreiheit und den Eingriff
ins Eigentumsrecht.

Im Jänner 1918 gilt der Mieterschutz für alle Wohnungen, kurz danach ist Leerstand verboten. Vor Kriegsbeginn standen mehr als zehntausend Wohnungen in der Zwei-Millionen-Stadt leer. Das ändert sich rasch als zehntausende jüdische Flüchtlinge aus dem russisch besetzten Galizien in Wien Zuflucht suchen.

Jetzt sind Wohnungsnot und Wohnverhältnisse noch katastrophaler. Jeder Quadratmeter wird genutzt. Sei es in fensterlosen Kellern, Lagerräumen oder Magazinen, ohne elektrisches Licht und Gasbeleuchtung und ohne Toiletten. Für die Notdurft bleibt nur der Kübel.

Selbst wer es sich leisten kann, findet in ganz Wien kein billiges Hotelzimmer, da sämtliche Beherbergungsbetriebe bei Bedarf von Offizieren und Soldaten requiriert werden.

Somit bleibt nur das Umland der Stadt, um sich wild anzusiedeln. Eine rasch zusammengenagelte Holzhütte oder ein windschiefes Kleingartenhäuschen sichern zumindest ein Dach über den Kopf. Hunderttausende kehren der Stadt auf diese Weise den Rücken, stillschweigend von der Gemeinde Wien geduldet.

Holzhäuser aus Schweden für die Lösung der Misere. In Hietzing[25] sollen durch schwedische Arbeiter diese besonderen Behausungen unter der Aufsicht eines österreichischen Unternehmens errichtet werden. Geplant sind vorerst acht Probehäuser. Das Projekt scheitert an den Holz- und Transportkosten. Außerdem sind etliche Bürger, die noch über die nötige Barschaft verfügen, auf diese quasi Zweitwohnsitze scharf, womit wiederum dem Proletariat nicht gedient wäre.

Eine andere Idee nimmt zumindest vorübergehend Gestalt an. Es stellt sich die Frage, ob tatsächlich eine Wohnung über eine Küche verfügen muss. Eine Gemeinschaftsküche für 50 Familien wäre viel zweckmäßiger und spart Kosten. Tatsächlich wird mit dem Bau in der Josefstadt, und in Rudolfsheim-Fünfhaus begonnen.[26] Auch dieses Vorhaben stellt die Stadt wieder ein.

Ein weitaus gewichtigeres Problem stellt sich: Wohin mit den Kriegsheimkehrern? Mit den Friedensverträgen im Osten ist es akut geworden, ebenso mit den freigelassenen Kriegsgefangenen. Deren Rückkehr verzögert sich, was den verantwortlichen Stellen in der Stadtverwaltung nicht ganz ungelegen kommt. Daher werden rasch Pläne für *Kriegerheimstätten* ausgearbeitet. Kleine Häuser mit Grünland für den Eigenanbau. Dafür kauft die Gemeinde Wien in Aspern[27] ein entsprechendes Grundstück. Der endgültige Zusammenbruch der Monarchie macht dieses Unterfangen vorzeitig zunichte.

Die Sozialdemokraten halten nichts von sämtlichen Plänen, treten für den kommunalen Wohnbau ein. Die Gemeinde Wien soll der Bauherr sein und nicht profitgierige Bauherren. Dagegen legen sich die herrschenden Christlich-Sozialen quer. Schließlich haben die Hausherren ein wichtiges Wählerpotential und das darf keinesfalls vergrault werden. Doch die Chancen der Sozialdemokratie stehen gut.

Zu allem Übel lässt die Müllabfuhr, wie bereits vor dem Krieg, mehr als zu wünschen übrig. Der Mistbauer mit seinem Pferdefuhrwerk, der sich durch Glockengebimmel ankündigt, kommt oft drei Wochen nicht. Jetzt fehlt es an Männern und Pferden. So landen Hausmüll, Kehricht, Asche, Unrat und Gerümpel in den Straßen, Seitengassen und Parks. Zusätzlich erschwert der Schnee die Arbeit der noch vorhandenen Mistbauern. Ein Paradies für Ungeziefer, Mäuse und Ratten.

Die Hausfrauen wenden längst eine frühe Form der Mülltrennung an. Knochen werden für die eigene Seifenerzeugung wiederverwertet, Küchenabfälle aufbewahrt. Metallteile und -stücke braucht die Kriegswirtschaft.

Die unzulänglichen Hygienezustände und die katastrophalen Lebensbedingungen, die ständige Unterernährung führen zwangsläufig zu Tuberkulose (Schwindsucht) und Rachitis, besonders unter

Kindern und Jugendlichen. Um sämtliche Übel noch mehr zu verstärken, bricht die Spanische Grippe aus und tritt ihren tödlichen Zug um die Welt an.

In Österreich bricht diese Grippewelle im Herbst 1918 aus. Genau zu jener Zeit als die Habsburgermonarchie bereits am Boden liegt und die militärische Niederlage unausweichlich ist. Im Gegensatz zu Spanien, das seine Bevölkerung informiert, unterdrückt in Österreich-Ungarn die Zensur nahezu sämtliche Berichte über die Pandemie. Erst am 18. Oktober schreibt das *Grazer Tagblatt*: »*Da die Grippe ununterbrochen zunimmt, hat sich der Landessanitätsrat heute mit einem Antrag auf Schließung sämtlicher Vergnügungslokalitäten befasst. Voraussichtlich wird noch im Laufe des heutigen Abends oder morgen eine diesbezügliche Entscheidung der Statthalterei erfliessen, womit die Kinos, Theater, Versammlungslokale und in letzter Linie auch die Kirchen vorläufig gesperrt werden sollen…*«.

Niemand wird verschont. Egon Schiele stirbt am 31. Oktober, seine Frau Edith drei Tage davor. Mitte Oktober rafft die Spanische Grippe in einer Woche 900 Menschen dahin. Die Sargtischler kommen nicht mit der Arbeit nach, ebenso wie die Bestattung.

In Ottakring stirbt ein knapp achtjähriger Bub. Sein Vater, ein Arbeiter, muss sich auf die traurige Odyssee kreuz und quer durch Wien machen, um einen Sarg aufzutreiben, den er selbst nach Hause trägt. Erst auf sein flehentliches Bitten transportiert die Feuerwehr den kleinen Leichnam in die Totenkammer eines Friedhofs.[28]

Insgesamt fallen dieser Seuche weltweit über 25 Millionen Menschen zum Opfer, mehr als im gesamten Ersten Weltkrieg. Jedoch divergieren die Todeszahlen. Es reicht bis zu 50 Millionen Grippetoten. Auch der Ursprung der Pandemie liegt lange im Dunkeln. Heute nimmt man an, dass die Grippewelle nicht in Spanien, sondern in Amerika ausgebrochen ist und dann über den großen Teich ihren Todesfeldzug angetreten hat.

Wien ist zu einer dunklen Stadt geworden und zwar im wahrsten Sinne des Wortes. Es fehlt an Kohle, Voraussetzung für die Gaserzeugung und Gas wird auch für die Beleuchtung gebraucht. Es mangelt an Petroleum. Besonders in den Außenbezirken sind abends noch Laternenanzünder unterwegs, aber es werden immer weniger. Da es an Männern fehlt, haben Frauen diese Aufgabe übernommen.

In den Wohnungen dreht man vergeblich am Lichtschalter, es bleibt finster. Energie muss gespart werden. Kerzen sind Mangelware, nur mit Bezugskarte erhältlich. Obwohl es kaum mehr etwas zu kaufen gibt und wenn, können es sich nur mehr wenige leisten, muss die Reklamebeleuchtung eingeschaltet bleiben. So lautet die Anordnung der zuständigen Behörde und es wiehert der Amtsschimmel.

Wien in der Dunkelheit ist nahezu eine Einladung für lichtscheues Gesindel. Einbrüche stehen an oberster Stelle der Kriminalstatistik. Trickbetrüger treiben ihr Unwesen, Überfälle, Morde – alles an Straftaten findet statt.

Vielfach rutschen Menschen aus reiner Not und Verzweiflung in die Kriminalität ab. So meldet die *Arbeiterzeitung* am 9. Juni 1918: *»Das schlimmste Symptom der Massenverelendung ist aber die Zunahme von Kriminalität. Jeden Tag kann man jetzt in ganz Oesterreich vor Gericht brave Familienväter sehen, die in Ehren grau geworden sind, die ihr Leben lang Weib und Kind ehrlich ernährt haben, die mit der Polizei und den Gerichten nie etwas zu tun gehabt hatten und jetzt wegen Diebstahls von Nahrungsmitteln angeklagt und verurteilt werden!... Der Krieg hat uns zurückgeworfen in die längst schon entschwundene Zeit, in der Arbeit, Elend und Verbrechen eng beieinander wohnten; es gibt keine furchtbarere Anklage gegen die Zeit, in der wir leben...«.*

Am 12. November 1918 ist es endgültig mit dem Habsburgerreich zu Ende. Das alte Österreich-Ungarn existiert nicht mehr. Später schreibt Anton Kuh über den Untergang: *»Die Wiener starrten den abziehenden Völkern mit einer Art Verdutztheit nach; und ein bisschen*

traurig wie Zurückgebliebene, die nicht mit in den Urlaub dürfen. Sie emp-
fanden zum ersten Male das Geschichtsriskante, vielleicht Armselige der
Rolle; nichts als ein Wiener zu sein — sich selbst überlassen zu bleiben. Und
sie übertönten die Bangigkeit hierüber nur unvollkommen mit der Freude am Umsturz (wie das unerwartete Zurückbleiben im Staatshaus sofort
genannt wurde). Sie waren Trauerbrüder, die ›Duliäh‹ sangen. ›Wir sind
nunmehr ein Staat geworden‹, rief damals ein Redner vor dem Landhaus. ›Ja
— stad[29] worden‹, verbesserte ihn ein Echo aus altem Landstürmermunde.«[30]

Todeszimmer
(nach einem wahren Fall)
23. Mai 1918

*»Die Österreicher sind ein Volk, das mit Zuversicht
in die Vergangenheit blickt.«*
Alfred Polgar (1873 – 1955; Schriftsteller, Kritiker und Übersetzer)

An diesem Donnerstag gellt gegen 17 Uhr der schreckliche Schrei eines Dienstmädchens durch die Gänge des noblen Hotels Bristol in der Innenstadt, als sie in einem der Zimmer eine Leiche entdeckt.

Ausgerechnet im Bristol, einer der ersten und angesehensten Adressen. Die Zeiten sind ohnehin schwer genug. Jetzt noch dieser Skandal in einem Grandhotel der obersten Güteklasse an der Ringstraße, neben der Staatsoper am Beginn der Kärntner Straße.

Aus einem Wohnhaus entstanden, wird es 1892 in Betrieb genommen und 1913, ein Jahr vor Kriegsausbruch, zu einem Komplex aus mehreren Häusern erweitert. Nicht nur das Hotel erfreut sich binnen kurzer Zeit großer Beliebtheit und Ansehen, auch die »Sirk-Ecke« hat wesentlichen Anteil daran.

Benannt nach dem gleichnamigen vornehmen Lederwarengeschäft, ist davor der tägliche Treffpunkt für den »Ringstraßen-Korso«. Hier trifft sich jeden Tag um die Mittagszeit alles was in Wien Rang und Namen hat oder sich dafür hält, um zu promenieren. Gesehen und gesehen werden. Die erlauchte Gesellschaft, und in ihrem Schlepptau die Adabeis, lustwandeln bis zum Schwarzenbergplatz. Eine andere Route verläuft über die Kärntner Straße und Graben.

Unterwegs gibt es ausreichend Möglichkeiten sich vom anstrengenden Grüßen, Gegrüßt werden und der Konversation zu erholen. Entweder in Konditoreien wie dem »Gerstner«, dem »Demel« oder in den Kaffeehäusern »Imperial«, »Grabencafé«, »Herrenhof«, »Central« oder »Griensteidl«. Nach entsprechender Stärkung geht das Flanieren weiter. Gegen vierzehn Uhr ist das tägliche Schaulaufen wieder vorbei.

Der Korso ist längst Geschichte. Nie mehr wird dieses gesellschaftliche Spektakel eine Renaissance erleben. Die Wiener plagen im letzten Kriegsjahr andere Sorgen und Nöte.

Und jetzt eine Leiche im ehrwürdigen Bristol! Ein Fressen für die Boulevardpresse! Die Hoteldirektion bemüht sich, so weit möglich, den Schaden für den Ruf und das Renommee des Hauses abzuwenden. Doch der Mord ist bereits Tagesgespräch.

Das Opfer ist die 40jährige unverheiratete Gesellschaftsdame, die Engländerin Juliane Earl. Darunter versteht man, wie man in Wien zu sagen pflegt, einen *Anstandswauwau für eine verheiratete Frau der Gesellschaft, die nicht allein unterwegs sein darf.* Earl steht im Dienste des Bankiersehepaares Baron Fortunat und Baronin Emma von Vivante.

Nach Auskunft des Hotelportiers verlässt das Ehepaar gegen 13.30 Uhr das Bristol, Earl bleibt im Haus. Um 16.30 Uhr holt die Engländerin ohne jeglichen Auftrag die Handtasche ihrer Gnädigen aus dem Hotelsafe.

Seit geraumer Zeit macht Emmo Davit, der in Wien lebende Neffe der Baronin, der Gesellschaftsdame den Hof und sie fällt auf ihn herein. Aus einer Verabredung an diesem Tag in der Anglo-American Bar im Bristol wird nichts. Das traute Tête-à-Tête findet in ihrem Zimmer statt. Allerdings völlig anders als erwartet, nämlich tödlich für Juliane Earl.

Emmo Davit ist stets in Geldnöten. Obwohl von seiner Tante Emma finanziell unterstützt und wissend, dass er im Testament des Ehepaares nicht zu kurz kommen wird, dauert es ihm viel zu lange. Daher lacht er sich Earl an und benutzt sie für seine Zwecke. Der

Versicherungsagent heuert noch einen Komplizen, den erst 17jährigen Kurt Franke, an. Der junge Mann arbeitet ebenfalls in der Versicherung und ist Davits Volontär.

Beide Männer werden im Hotel gesehen. Der schmächtige Franke hat sich als Jockey verkleidet, trägt auf dem Rücken einen großen Wäschekorb, bestimmt für den Abtransport der Leiche.

Die beiden Täter gehen auf Nummer sicher. Zuerst wird die Engländerin mit einer Wurfkeule, einer Übungshandgranate, niedergeschlagen, anschließend mit einer zufällig im Zimmer gefundenen Rebschnur erdrosselt und dann mit einem Messer die Kehle durchgeschnitten.

Was letztendlich tatsächlich zu ihrem Tod führte, kann nachträglich nicht mehr festgestellt werden, weil das Opfer fürchterlich zugerichtet worden ist. Raffiniert eingefädelt von Davit, der Franke die Tat ausführen lässt. Der Bursche ist mit Blut besudelt, Davit reicht ihm kurzerhand einen Überzieher seines Onkels, der in der Garderobe hängt. Der erste Fehler, denn das Kleidungsstück ist im Hotel bekannt.

In den Augen der Mörder hat es sich gelohnt: 50.000 Kronen in bar und Schmuck im Wert von 100.000 Kronen. Mit ihrer Beute verschwinden die Täter aus dem Bristol. Zwei weitere Fehler. Am Tatort bleiben Granatenattrappe mit dem Zeichen der Firma Pohl und Davits Handschuhe zurück.

Emmo Davit begibt sich zurück in seine Wohnung, sein Alibi. Nichts deutet in seinen vier Wänden auf die Tat hin. Natürlich rechnet er mit seiner Verhaftung, aber man wird nichts bei ihm finden. Als er bemerkt, dass Wurfkeule und Handschuhe vergessen wurden, schickt er Franke los, diese verhängnisvollen Gegenstände zu holen. Doch der Bursche kommt zu spät, die Leiche ist bereits entdeckt worden und die Mordkommission an der Arbeit. Klammheimlich verdrückt er sich wieder.

Wie von Emmo Davit vorhergesehen, steht gegen 19 Uhr die

Kriminalpolizei in seiner Wohnung. Allerdings kann ihm vorerst nur der Kauf der Übungsgranate nachgewiesen werden.

Inzwischen hat die Kriminalistik in den letzten Jahrzehnten große Fortschritte gemacht. Die Daktyloskopie, die Spurensicherung durch Fingerabdrücke von dem britischen Naturwissenschaftler Francis Galton entwickelt, erweist sich einmal mehr als zielführend. Am Tatort werden Fingerprints sichergestellt, die nicht mit denen von Davit übereinstimmen. Daher muss ein Komplize im Spiel gewesen sein.

Der fünfte Fehler: Franke versteckt die Beute in der elterlichen Wohnung, bezahlt großzügig alte Schulden seiner Eltern, leiht einem befreundeten Ehepaar 900 Kronen. Woher das viele Geld stammt, rechtfertigt er mit Nahrungsmittelgeschäften, die er zusammen mit Davit führt. Seine blutige Kleidung versenkt er im Donaukanal. Das Rasiermesser mit dem Juliane Earl die Gurgel durchtrennt wurde, liegt wie immer auf dem Waschtisch.

Die Polizei muss nur mehr eins und eins zusammenzählen. Davit und Franke sind geliefert. Im später folgenden Prozess wird Emmo Davit von den Geschworenen als Haupttäter für schuldig befunden und zum Tod durch den Strang verurteilt. Kurt Franke kommt aufgrund seiner Jugend als Mittäter mit 15 Jahren schweren Kerkers davon.

Inzwischen ist Österreich zu einer Republik geworden und die Todesstrafe abgeschafft. Am 26. Jänner 1919 wandelt der oberste Gerichtshof Davits Urteil in lebenslangen schweren Kerker um.

ZEITTAFEL
1919

Die ersten Vorboten zeichneten sich bereits im November und Dezember 1918 ab. Nun gärt es gefährlich in der jungen Republik. In ganz Österreich bilden sich Heimwehren (auch Heimatwehren, Heimatschutz); länderweise organisierte, paramilitärische Verbände oder Vereinigungen des Bauern- und Bürgertums. Noch sind sie überparteilich, treten mit behördlicher Unterstützung als private Schutztruppen gegen gewalttätige Ausschreitungen im Landesinneren und besonders gegen die Bedrohung der Landesgrenzen, vor allem in Kärnten, in der Steiermark und in Tirol, auf.

Bewaffnet aus Restbeständen der untergegangenen Armee und geführt von ehemaligen Offizieren. Bewaffnete, parteiorientierte Sportvereine und die Frontkämpfervereinigung zählen nicht dazu.

Im **Jänner** muss wegen Kohlemangel in Donawitz der letzte Hochofen ausgeblasen werden. Die Aktienmehrheit der Alpine-Montangesellschaft kauft der italienische zwielichtige Börsenspekulant Camillo Castiglioni.

Das Geld wird immer weniger wert. Inzwischen kostet eine Mahlzeit im berühmten »Sacher« bereits 1200 Kronen.

Der Güter- und Personenverkehr bricht in der ersten Jännerwoche komplett zusammen. In den letzten Tagen dieses Monats erlebt Wien eine Protestwelle. Bankdirektoren und Großindustrielle versammeln sich im Festsaal im Haus der Industrie, um gegen die »erdrückende Steuerlast« zu demonstrieren. Im Großen Musikvereinssaal entschließen sich die Hausbesitzer für einen Steuerstreik. Die Staatsbeamten wollen streiken, weil »diejenigen, die sich am Kriege gemästet haben, jetzt die Steuern verweigern.«

5000 Gewerbetreibende und Kaufleute halten ihre Läden geschlossen, ziehen auf den Rathausplatz. Eine weitere Menge, nach einem Bericht der *Illustrierten Kronenzeitung* »wohlgenährte Men-

schen in teuren Pelzen«, marschiert zum Parlament. Ihr Feind ist der deutschnationale Finanzminister Paul Kuh-Chrobak des provisorischen Staatsrats und sie fordern dessen Rücktritt. Der Politiker denkt nicht daran. »*Erst muss ich die großen Vermögen packen, die sich im Kriege gebildet haben. Auch die Großgrundbesitzer werden nicht ungeschoren bleiben*«.[31]

Peter Altenberg (eig. Richard Engländer), Aphoristiker, Feuilletonist und Autor impressionistischer Prosa, stirbt am **8. Jänner**.

Das Licht der Welt erblickt am **23. Jänner** der Meeres- und Verhaltensforscher Hans Hass.

Am **31. Jänner** demonstrieren die Wiener Arbeitslosen. Vor dem Parlament kommt es zu schweren Auseinandersetzungen, 18 Polizisten werden verletzt.

In Linz kommt es am **4. Februar** zu Massendemonstrationen wegen Fleischmangels und zu Plünderungen zahlreicher Geschäfte. Bauern organisieren einen Raubzug aus der Gegend um Steyr, der vier Tote fordert.

Am **9. Februar** sprengen Sozialdemokraten und Deutschnationale eine Wahlversammlung der Christlich-Sozialen. Der Abgeordnete und spätere Bundespräsident Wilhelm Miklas wird dabei schwer verletzt.

Am **16. Februar** erfolgen die Wahlen zur verfassungsgebenden (konstituierenden) Nationalversammlung. Sie sollte aus 255 Abgeordneten bestehen, doch die Wahlen in Südtirol, Südkärnten, der Südsteiermark und im Sudentenland können nicht durchgeführt werden.

Am **20. Februar** ereignet sich ein Skandal im Burgtheater. In einer Szene eines französischen Lustspiels wird Essen aufgetragen und die Schauspielerin Tini Senders sagt rollengemäß: »Hier ist das kalte Huhn und der Wein«. Ein junger Offizier im Stehparterre stört mit »Da oben fressen sie und wir müssen hungern!« die Vorstellung. Sofort bilden sich im Publikum zwei Lager. Es kommt zu Tumulten und Schreiduellen. Kundgebungen richten sich gegen Direktor Hermann Bahr und Solidaritätsbezeugungen für den bodenständigen Stückeschreiber Karl Schönherr. Ausgelöst durch ein *Hendl*,[32] wobei nicht sicher ist, ob es echt oder eine Attrappe war.[33]

Ein Attentat in München sorgt in Österreich für größte Besorgnis. Am **21. Februar** wird der bayerische Ministerpräsident Kurt Eisner auf dem Weg ins Landhaus von dem rechtradikalen Studenten Anton Graf Arco auf Valley erschossen.[34]

In Graz geraten am **22. Februar** Kommunisten und deutschnationale Studenten aneinander. Zurückbleiben sechs Tote und an die 50 Verletzte.

Vom **27. Februar bis 2. März** finden Geheimverhandlungen zwischen dem österreichischen Staatssekretär für Äußeres, Otto Bauer, und dem deutschen Außenminister Graf Brockdorff-Rantzau über die Anschlussfrage an das Deutsche Reich statt.

Vom **1. auf den 2. März** tagt die »Reichskonferenz der Arbeiterräte« im Arbeiterheim Favoriten. Die Kommunisten können sich nicht mit ihrer Ideologie durchsetzen.

Am **3. März** tritt die erste Regierung Renner zurück.

Einen Tag später, am **4. März**, findet die erste Sitzung der verfassungsgebenden Nationalversammlung[35] statt. Deswegen kommt es zu Demonstrationen in der Tschechoslowakei für einen Anschluss an Deutschösterreich. Das Militär greift hart durch; Bilanz – 57 Tote und rund 100 Schwerverletzte.

Am **12. März** erklärt die Nationalversammlung »*Deutschösterreich ist ein Teil der Deutschen Republik*«.

Zwei Tage später, am **14. März**, folgt das Gesetz über die Volksvertretung und die Staatsregierung. Die Nationalversammlung als höchste Autorität übernimmt die oberste Gewalt in der Republik. Der erste Präsident Karl Seitz ist zugleich Staatsoberhaupt.

Nur einen Tag darauf, am **15. März**, entscheidet die Kommission für die territorialen Friedensbestimmungen in Paris über die

Aufrechterhaltung der Grenzen zwischen Deutschösterreich und Deutschland.

Das zweite Kabinett Renner wird gebildet, eine Koalition aus Sozialdemokraten und Christlich-Sozialen.[36]

Am **18. März** gewährt die Schweiz Exkaiser Karl Asyl.

Am **23. März** verlässt Karl mit seiner Familie vom Bahnhof Kopfstetten im Marchfeld unter britischem Geleitschutz Österreich.

Einen Tag später, am **24. März**, nimmt Karl im »Feldkircher Manifest« vor der Ausreise aus Österreich sämtliche vor dem 16. Oktober 1918 gemachten Erklärungen und Zusagen zurück.

Am **27. März** berichtete die *Jüdische Korrespondenz über Pogrome in der Ukraine. Juden, die mit dem Zug nach Odessa flüchten, werden auf offener Strecke herausgeholt, verprügelt, müssen barfuß im Schnee tanzen. Wer sich weigert, wird erschossen.*[37]

Im **April** wird der Lainzer Tiergarten im 13. Wiener Gemeindebezirk für das Sommerhalbjahr öffentlich zugänglich.

Am **3. April** erfolgen durch die Nationalversammlung der Landesverweis und die Enteignung von Habsburg-Lothringen. Der Adel wird verboten, die Todesstrafe abgeschafft.

Am **12. April** neuerliche Arbeitslosendemonstrationen in Wien. Nahezu täglich gehen die Menschen auf die Straße. 17.000 Beamte treffen sich im Zirkus Busch im Prater, doch der Kuppelbau fasst nur 2.600 Personen.

500 Kriegsinvalide protestieren vor dem ehemaligen Kriegsministerium für eine Erhöhung des Krankengeldes und die Bereitstellung leerstehender Schlösser für die Invalidenfürsorge. In der Volkshalle im Rathaus demonstrieren die Dienstmädchen. Die Sozialdemokratin Adelheid Popp tritt für ein neues Gesetz ein, »*das noch nicht unser Ideal ist, aber ein erster Schritt, um die Sklaverei des Hauses zu brechen... das Recht auf Menschenwürde, ein bisschen Freude, Ruhe, Erholung und menschliche Behandlung.*«

Bankbeamte und Mittelschullehrer fordern ihre Rechte ein.[38]

Der amerikanische Präsident Woodrow Wilson erklärt am **14. April** als »Schiedsrichter der Welt«, dass Südtirol Italien zugesprochen wird.

Am **17. April** scheitert der »Gründonnerstagputsch«. Kommunisten versuchen das Parlament anzugreifen, die Polizei verhindert dieses Vorhaben. Traurige Bilanz: Fünf tote und 36 verletzte Polizisten, zehn verletzte Volkswehrmänner; auf Seiten der Demonstranten eine tote Frau und 30 Verletzte.

Halbwüchsige Kommunisten schlagen ein Parlamentsfenster ein, dringen ein. Flammen und Rauchschwaden schlagen heraus. In den Straßen um das Gebäude werden Autos gestoppt und requiriert, Ausschlagscheiben eingeschlagen, Geschäfte geplündert und Gaslaternen zertrümmert.[39]

US-Präsident Wilson und die Ministerpräsidenten David Lloyd George, Georges Clemenceau und Vittorio Emanuele Orlando stimmen am **22. April** dem Anschlussverbot der Pariser Kommission vom 15. März zu.

Am **29. April** dringen jugoslawische Truppen in Kärnten ein. Am **3. Mai** folgen schwere Zusammenstöße zwischen Österreichern und Jugoslawen in Cilli und Windischgrätz. Freiwilligenkorps aus Kärnten, der Steiermark und Tirol vertreiben die Jugoslawen aus ihren Stellungen nördlich der Drau. Am **6. Mai** erobern die Freiwilligen Bleiburg und Eisenkappel. Vom **9. – 17. Mai** folgen ergebnislose Waffenstillstandsverhandlungen zwischen Österreich und Jugoslawien. Kärnten fordert eine Volksabstimmung.

Am **15. Mai** wird das Betriebsrätegesetz beschlossen.

Am **21. Mai** entscheidet der Ministerrat über die zur Verstaatlichung bestimmten Betriebe.

Unter dem Druck der Alliierten gibt Julius Deutsch am **28. Mai** die Reduzierung der Volkswehr auf 12.000 Mann bekannt, wogegen die Kommunisten protestieren.

Die Jugoslawen starten einen Großangriff auf Kärnten. Die Freiwilligenverbände müssen in Stellungen nördlich der Drau zurückweichen.

Am **22. Mai** wird Jakob Reumann zum Wiener Bürgermeister gewählt.

Am **2. Juni** beginnen die Friedensverhandlungen zwischen Deutschösterreich und den Alliierten in Saint-Germain-en-Laye bei Paris.

Einen Tag später, am **3. Juni**, dringen jugoslawische Truppen in Völkermarkt ein.

Abermals demonstrieren am **5. Juni** Rotgardisten vor dem Wiener Parlament gegen die Reduktion der Volkswehr.

Am **6. Juni** besetzen die Jugoslawen Klagenfurt. Die Landesregierung zieht sich nach Spittal an der Drau zurück. Italien interveniert gegen das weitere jugoslawische Vordringen in Kärnten.

Die Nationalversammlung lehnt am **7. Juni** den Entwurf des Friedensvertrages mit den Alliierten ab.

Am **9. Juni** stirbt der Bildhauer Karl Kundmann (Athene-Brunnen vor dem Parlament, Tegetthoff-Denkmal, Denkmäler für Grillparzer und Schubert).

Am **15. Juni** wird ein neuerlicher kommunistischer Putschversuch verhindert. Polizeipräsident Johann Schober lässt 100 Führer verhaften. Deren Anhänger wollen zur Rossauer Kaserne, wo ihre Leute inhaftiert sind. In der Hörlgasse (9. Wiener Gemeindebezirk) kommt es zum Zusammenstoß mit der Stadtschutzwache, einer Einheit in der Sicherheitswache. Danach liegen 20 Tote und an die 80 Verletzte auf dem Straßenpflaster.

Am **28. Juni** wird der Friedensvertrag von Versailles zwischen Deutschland und den Alliierten unterzeichnet.

In der Nacht vom **27.** auf den **28. Juli** bringen die Kommunisten an einem Pfeiler der Wiener Nordwestbahnbrücke eine Sprengladung an. Ein in die Tschechoslowakei fahrender Munitionszug soll in die Luft gejagt werden – das Zeichen für den kommunistischen

Aufstand in Wien. Doch der Sprengstoff ist nass geworden und zündet nicht.

Am **31. Juli** räumen die Jugoslawen Klagenfurt.

Das *Volkswehrbataillon 41*, die ehemalige Rote Garde, wird am **27. August** entwaffnet.

Am **6. September** wird »*unter feierlichem Protest vor aller Welt*« der Friedensvertrag der Alliierten von einem Großteil der Nationalversammlung angenommen.

Vier Tage später, am **10. September**, unterzeichnet Staatskanzler Renner den Staatsvertrag von Saint-Germain-en-Laye zwischen Österreich und den »*assoziierten und alliierten Mächten*«.

Am **10. Oktober** wird in der Oper »Die Frau ohne Schatten« von Richard Strauss und dem Libretto von Hugo von Hofmannsthal uraufgeführt.

Am **17. Oktober** wird die dritte Regierung Renner gebildet, wieder eine Koalition aus Sozialdemokraten und Christlich-Sozialen.[40] Die Nationalversammlung nimmt endgültig den Staatsvertrag an. Die Gesetze über freies Vereins- und Koalitionsrecht für jeden Staatsbürger, für gleiches Recht auf Zutritt zur Gewerben und Berufen werden beschlossen.

Am **15.** und **16. November** findet der fünfte Parteitag der Wiener Christlich-Sozialen statt. Prälat Ignaz Seipel referiert über das neue Parteiprogramm, das als »Wiener Programm« mit seinen Grundsätzen für die Partei von großer Bedeutung ist.

Am **21. November** ändert die Nationalversammlung gemäß dem Staatsvertrag den Staatsnamen in **Republik Österreich**.

Am **1. Dezember** wird die Aspernbrücke eröffnet.

Der Schauspieler Fritz Muliar kommt am **12. Dezember** zur Welt.

Neue Kunstformen wie der *Dadaismus*, oder *Dada* genannt, setzen sich durch. Bereits 1916 von Hugo Ball, Emmy Hennings, Tristan Tzara, Richard Huelsenbeck, Marcel Janco und Hans Arp in Zürich gegründet. In Deutschland zählen zu den wichtigsten Vertretern Hannah Höch und Raoul Hausmann.

Im Laufe des Krieges breitet sich Dada in ganz Europa aus. Künstler protestieren durch Provokationen und vermeintliche Unlogik gegen den Krieg, das obrigkeitshörige Bürger- und Künstlertum, die Ablehnung konventioneller Kunst.

Die *Neue Sachlichkeit* versteht sich als Rückbesinnung auf das Sichtbare. Führende Köpfe dieser Kunstströmung sind u.a. George Grosz, Otto Dix, Carl Grossberg, Alexander Kanoldt, Karl Hubbuch, Franz Radziwill. In Österreich sind es Sergius Pauser und Rudolf Wacker. Auch in der Schweiz und in den Niederlanden ist die *Neue Sachlichkeit* vertreten.

Wenn auch der Hunger in den Gedärmen wühlt und das Elend unübersehbar ist, die Wiener halten etwas auf sich. Eine »Busencreme« für eine schöne Büste wird heftig beworben, geeignet für jedes Alter und Diskretversand garantiert. Wer nicht mit seinem *Pfrinaker*[41] zufrieden ist, greift zu *Orthodor*, dem Nasenformer und der *Heamper*[42] soll angeblich endlich zum Gesicht passen.

Was noch geschah

US-Präsident Woodrow Wilson erhält den Friedensnobelpreis.

In Berlin wird der Generalstreik ausgerufen und der kommunistische Spartakusbund ruft zum Aufstand auf. Rosa Luxemburg und Karl Liebknecht, die führenden Linkssozialisten, werden am **15. Jänner** von rechtsradikalen Offizieren ermordet. Am **25. Jänner** werden die Opfer in Berlin zu Grabe getragen. Luxemburgs Sarg ist leer. Ihre Leiche wurde nie gefunden und viele Spekulationen kursieren.

Die »Deutsche Arbeiterpartei (DAP)« (spätere NSDAP) wird gegründet; Adolf Hitler wird ihr siebentes Mitglied.

In New York wird im Rockefeller Institute die erste Blutbank eingerichtet. In Amerika beginnt die Prohibitionszeit – das allgemeine Alkoholverbot – und endet erst 1933.

Karl Kraus veröffentlicht »Die letzten Tage der Menschheit«; Heinrich Mann »Macht und Mensch«; Christian Morgenstern »Der Gingganz« (posthum); Arthur Schnitzler das Schauspiel »Die Schwestern«; Franz Werfel das Drama »Der Gerichtstag«.

Max Reinhardt eröffnet das Berliner Große Schauspielhaus mit der »Orestie« von Aischylos.

Der norwegische Expressionist Edvard Munch schafft »Der Mörder«; Pablo Picasso »Rast der Schnitter« und »Pierrot«. Der französische Impressionist Pierre Auguste Renoir stirbt.

Deutsche Kindergärten übernehmen die Montessori-Methode. In Stuttgart wird die erste freie Waldorfschule unter der Leitung des Anthroposophen Rudolf Steiner eröffnet.

Beginn der deutschen Luftpost zwischen Berlin und Weimar.

Jack Dempsey wird Boxweltmeister gegen Jess Willard.

Als die Bilder laufen lernten

USA

»Mann und Frau«: Regie Cecil B. De Mille, mit Gloria Swanson.
Deutschland

»Madame Dubarry«: Regie Ernst Lubitsch, mit Pola Negri, Emil Jannings, Harry Liedtke.

»Rausch«: Regie Ernst Lubitsch, mit Asta Nielsen.

»A Aff' war mei ' Lehrer und a Bär war mei' Professor«
(nach einem wahren Fall)
1919

»Die Welt fängt im Menschen an.«
Franz Werfel (1890 – 1945; Schriftsteller)

Wer Pech hat und im berüchtigten Gatterhölzl in Meidling[43] geboren wird, dem sind vom Leben meist schlechte Karten zugeteilt. Seit dem Mittelalter ist dieses *Gretzel*[44] als Aufenthaltsort für Kriminelle und lichtscheues Gesindel bekannt. Hier sorgte einst der gefürchtete Hans Auffschring mit seinen Kumpanen für Angst und Schrecken.

Das Stigma der Kriminalität konnte das Gatterhölzl nie ablegen. Wer dort aufwächst und leben muss, ist gebrandmarkt. Hier lernt man von den alten Gaunern sich über Wasser zu halten ohne reguläre Arbeit, die es in der Zwischenkriegszeit ohnehin kaum gibt oder nur sehr schwer zu bekommen ist. Da die Leute überleben wollen und die junge Republik dafür nicht sorgen kann, das Hemd näher als der Rock sitzt, werden Eigeninitiativen ergriffen und diese führen oft auf die schiefe Bahn.

Vor und in den Bahnhöfen treiben sich Trickdiebe und Betrüger herum. Naive und gutgläubige Menschen lassen sich leicht finden.

»G'schamster Diener.[45] Der gnä'[46] Herr müssen sich net anstellen wegen der Fahrkart'n«, lautet eine der unzähligen Maschen, »i erledig' das für den gnä' Herrn. Wenn mir der gnä' Herr den Fahrpreis geben. Der gnä' Herr können sich einstweilen a Erfrischung gönnen.«

Um sich das leidige Anstellen vor den Fahrkartenschaltern zu ersparen, fallen Unzählige auf diesen Betrug herein. Selbstverständlich ist das Geld futsch und der Strolch über alle Berge. Für viele arme Leute bedeutet es oft nun völlig mittellos dazustehen.

Gut verdienen lässt es sich mit Gaunereien für Lebensmittel und Artikel für den täglichen Bedarf. Gegen Bezugschein werden die gewünschten Produkte aus einer zuverlässigen Quelle besorgt und zugestellt. Wer's glaubt, wird selig. Entweder bezieht der Ganove die Produkte für sich selbst oder er verkauft sie weiter.

Kirchen sind längst zu lohnenden Objekten geworden. Es wird alles gestohlen, was sich zu Geld machen lässt. Besonders Bauern sind auf geweihte Gegenstände scharf, aber ebenso finden Altartücher und Decken auf dem Antependium[47] ihre Abnehmer.

Einbrüche sind am lukrativsten. In der Kriminalstatistik stehen sie an oberster Stelle. So verzeichnete die *Allgemeine Versicherungsgesellschaft gegen Diebstahl* in Friedenszeiten 60 Meldungen pro Woche, nun an die 170, wobei die Hälfte auf Wien entfällt.[48]

Die Hehler reiben sich die Hände. Schließlich kann alles gebraucht und zu Geld gemacht werden. Wer Diebesgut nur in kleinen Mengen verhökert, wird mit hoher Wahrscheinlichkeit nicht von der Polizei erwischt. Die reduzierte Straßenbeleuchtung ist auf Seiten der Einbrecher, aber auch bei den sich häufenden Raubüberfällen. Passanten werden bis auf die Unterwäsche ausgeraubt und sofern noch vorhandene Wertsachen abgenommen. Post-, Bahn- und Frachtgut ziehen die *Pülcher* und *Strizzis*[49] nahezu magnetisch an.

Die Justiz ist völlig überfordert. In den Kanzleien stapeln sich die Aktenberge mit entsprechenden Auswirkungen auf die Beschuldigten. Oft warten Kriminelle monatelang in der Untersuchungshaft bis sie vor ihren Richtern stehen. Vor allem Soldaten und Hilfsarbeiter kommen mit dem Gesetz in Konflikt. Oft zwingen gar nicht Notlagen zu kriminellen Handlungen. Vielmehr ist es ein eher leichtes, wenn auch mit Risiko verbundenes Vorhaben rasch an Geld zu kommen. So zitiert die *Allgemeine Österreichische Gerichtszeitung* am 25. Mai 1918 einen Justizangestellten, »*der Diebstahl ist rentabler, der Anreiz größer. Diesem erhöhtem Anreiz gegenüber reicht die Stärke der ihm vom Staat entgegengesetzten Hemmungen nicht aus.*«[50]

Ständig neue Verordnungen und Kriegsgesetze bewirken nichts, sorgen bloß für meist unnötigen Bürokratismus. Außerdem sind Ämter und Behörden selbst auf den Schleichhandel angewiesen. Besonders gerissene Ganoven machen sich in Amtsstuben unentbehrlich und sichern sich auf diese Weise gleichsam Straffreiheit. Ausnahmeregelungen von erfindungsreichen Beamten ermöglichen Raubzüge, da ein »Kundenstock« für die Abnahme der Beute vorhanden ist.

In der Regel laufen Einbrüche gewaltfrei ab. Inzwischen nehmen Schießereien in den Vorstadtstraßen und Gassen rapide zu. Oft mittendrin verwickelt: Johann »Schani« Breitwieser, geboren 1891.

Einer, der von ganz unten kommt und sich auf kriminelle Weise hochgearbeitet hat. Einer, der aus dem berüchtigten Gatterhölzl stammt und genau weiß, was Armut und Hunger bedeuten. Seinen dreißigsten Geburtstag wird er nicht mehr erleben.

Der gefürchtete Breitwieser, der Einbrecherkönig und »Eisenschlitzer«, bewundert von vielen und als neuer Robin Hood gefeiert. Er trägt seinen Anteil dazu bei, dass die Sitten durch die allgemeine Not immer mehr verrohen. Bei seinen Beutezügen steckt stets ein geladener Revolver in seiner Jacke und er scheut nicht davor zurück im Ernstfall davon Gebrauch zu machen.

Breitwieser ist das sechste von zwölf Kindern; seine Eltern ein Schustergehilfe und eine Wäscherin. Von klein auf kennt er Elend und bittere Armut, eine unbeschwerte Kindheit ist für Schani völlig unbekannt. Er ist wie seine Geschwister auf sich alleingestellt, ein Straßenkind und dieses Schicksal teilt er mit tausenden anderen.

Noch ist der Erste Weltkrieg in weiter Ferne, die katastrophalen Lebensumstände der Familie Breitwieser bleiben unverändert. Zu Hause gibt es eigentlich nur Erdäpfel zu essen, die der Vater auf einem Stückchen Brachland selbst anbaut. Mehrmals muss die Wohnung innerhalb von Wien gewechselt werden und nach jedem Umzug ist die Behausung wieder um einiges kleiner geworden.

Die Mutter hält nicht viel vom eigenen Sohn, sagt, er ist »*genauso verdorben wie die Wurscht vom Greißler*«.[51] Notgedrungen lernt Schani früh das harte Gesetz der Straße kennen, um sich durchzusetzen. Bereits als Vierjähriger führt er akrobatische Kunststückchen vor, um sich ein paar Kreuzer zu verdienen.

Als er älter ist, treibt sich Schani am liebsten im *Räuberhölzl*, dem Wald und den Brachflächen rund um Meidling, herum. Der Name spricht für sich. Ebenso zieht der Meidlinger Friedhof den Buben magisch an. Bald kennt er sämtliche Grabinschriften und legt sich mit Vorliebe auf die Gräber, damit, wie er später sagen wird, »*die Toten mit meinen Augen schauen können.*«

Angeblich soll er manchmal ins kaiserliche Schloss Schönbrunn eingebrochen sein, um dort zu nächtigen. Ob das nur zu seiner Legendenbildung beiträgt oder doch der Wahrheit entspricht, kann heute nicht mehr überprüft werden.

Zu Tieren hat Schani Breitwieser einen besonderen Bezug. Daher hält er sich gerne im Tiergarten auf, lässt sich öfters über Nacht einschließen, um das Verhalten der Tiere zu beobachten. In einem Polizeiverhör sagt er aus, dass »*a Aff' mei' Lehrer und a Bär mei' Professor waren.*«

Anfang 1906 mit fünfzehn Jahren steht Breitwieser erstmals vor Gericht, angeklagt wegen des Diebstahls eines Paars Filzschuhen. Weitere 20 lagen zum Abtransport bereit, als er erwischt wird.

Auf die Frage des Richters, warum er das tat, besteht seine Verteidigung aus zwei Worten: »*Aus Not.*«. Das bringt Schani einen Monat Kerker ein. Wieder in Freiheit hält er sich mit Gelegenheitsdiebstählen und Hilfsarbeiten über Wasser, beginnt eine Schlosserlehre. Da er zudem technisch äußerst begabt ist, sind das beste Voraussetzungen für seine spätere Karriere als Einbrecherkönig.

Mit fünfzehn Jahren sticht Schani ein Mädchen ins Auge. Doch sie gibt ihm den *Weisel*.[52] Der Bursche ist ihr zu abgerissen. Diese Demütigung lässt Schani nicht auf sich sitzen und begeht seinen ersten Einbruch, der sich lohnt. Jetzt kann er sich einen ordentlichen Anzug leisten.

Die Schlosserlehre bricht er ab, sein Weg ist längst vorgezeichnet. 1908 taucht er unter, weil er für sechs Monate in den *Häfen*[53] sollte. Breitwieser kommt in Kontakt mit Kriminellen der *Bruderschaft der schwarzen Larven*, erhält durch sie den letzten Schliff, lernt die *Gaunerzinken*.[54] Seine Skrupellosigkeit, sein Mut und seine Entschlossenheit machen ihn bald selbst zum Rädelsführer seiner eigenen *Platte*.[55] Schani und seine Spießgesellen schweißt ein gemeinsames Dogma zusammen: »*Die Banken, die Pülcher* [damit sind die Reichen gemeint; Anm. d. A.] *ham eh zu viel, wir ham zu wenig.*« Wann immer möglich und machbar die Geldsäcke schröpfen und ausnehmen, aber auch etwas an die Armen abgeben.

Inzwischen ist der Krieg ins Land gezogen. So manche Familie des Lumpenproletariats findet plötzlich auf dem Tisch Essbares und andere Güter in ihrer Wohnung mit den besten Empfehlungen »vom Breitwieser«, wie er stets ausrichten lässt. Trotz seiner Brutalität – inzwischen gehen einige Morde auf sein Konto, so an einem Polizeiagenten, der Vater von vier kleinen Kindern war –, schlummert in Schani ein weicher Kern. Kein Wunder, dass ihn die Leute lieben, verehren, bewundern und vor allem schützen. Täglich sieht Johann Breitwieser das stetig wachsende Elend.

War bereits vor Kriegsausbruch Kind sein in den unteren Schichten oftmals kein Honiglecken, verschärft es sich in den vier Jahren des Krieges zusehends. Jetzt ist der Vater weit weg. Niemand weiß, ob er noch lebt. Wann und vor allem wie er wiederkehrt? Unversehrt oder als Krüppel?

Die Mutter ist auf sich allein gestellt, *barabert*[56] in einer Fabrik oder als Schaffnerin. Viele Frauen müssen nun Männerberufe ausüben. Die älteren Kinder passen auf die jüngeren Geschwister auf, stellen sich für die Mama, auch in der Nacht, für Lebensmittel an.

Max Winter[57], der erste Wiener investigative Journalist, treibt sich in den verschiedensten Verkleidungen in den unterschiedlichsten Milieus herum und berichtet darüber in aufsehenerregenden Reportagen, wie Kinder und Jugendliche in den Straßen dahinvegetieren. Ihm ist es zu verdanken, dass er mit einem offenen Brief an den Ministerpräsidenten Graf Stürgkh das Verbot des nächtlichen Anstellens der Kinder erreicht.

Bettelnde Kinder gehören zum Straßenbild, machen den Berufs- und Gewohnheitsbettlern massive Konkurrenz. Es ist ein eigenes Ritual an bestimmten Tagen an Wohnungstüren der Wohlhabenden zu läuten oder zu klopfen, in Geschäften aufzutauchen, um Almosen zu empfangen. Nun kommen ihnen Kinder und Jugendliche in die Quere. Sie bitten nicht um Geld, nur um Brot oder etwas anderes zum Essen. Ansonsten treiben sie sich in den Straßen herum, immer auf der Lauer nach einem Menschen, der vielleicht freigiebig sein könnte.

Ein heißer Tipp ist das Schottentor, wo die Straßenbahnen nach Grinzing und Sievering[58] zu den Heurigen[59] fahren. Bei diesen Leuten sitzen die Börsen lockerer. Nur *fechten*[60] allein reicht oft nicht. Die Chancen erhöhen sich, wenn Blumen angeboten werden, natürlich vorher illegal in einem Park abgeschnitten. Manche bieten Zeitschriften, Schuhbänder und Ansichtskarten an. Aber das ist eher schwierig, da die Ware vorher besorgt werden muss, um sie zu verkaufen.

Natürlich sollten die Kinder in die Schule gehen, aber viele ziehen es vor, lieber in den Straßen und Gassen etwas für den Lebensunterhalt aufzutreiben. Die permanente Unterernährung im Einklang mit Tuberkulose und Rachitis schädigen diese Kinder für ihr Leben lang.

Fritzi Sallaba, Mutter von drei Kinder und Soldatenwitwe, wohnt in der Gentzgasse 15[61] und schildert die verheerende Notlage: »*Ich bin eine einfache Bürgersfrau, die für ihre Familie sorgen muss; seit 4-5 Uhr morgens stehen wir auf dem Markt, um dann mit leeren Taschen wieder heimzukehren, weil es nichts gibt. Milch gibt es keine, ich bitte Sie, kleine Kinder von sechs Monaten und noch jünger werden mit zerkochten und zerquetschten Erdäpfeln ernährt! Wie viele da zugrunde gehen, können Sie sich denken ... Mein Junge ist 14 Jahre alt, im stärksten Wachsen; geht er in die Schule, wo er von 1 – 6 Uhr ist, bittet er: ›Mami, gib mir nur ein ganz kleines Stückerl Brot.‹ Ich muss ihm antworten: ›Liebes Kind, dann kann ich Dir keines mehr geben, wenn du nach Hause kommst.‹ Wissen Sie, was das für eine Mutter heißt?...«*[62]

In der Wiener Universitätsklinik schlägt deren Vorstand für Kinderheilkunde Clemens Freiherr von Pirquet Alarm. 1918 lässt er alle im Krankenhaus aufgenommenen Kinder gründlich untersuchen und vermessen. Die Ergebnisse sind erschreckend.

Bereits im Jänner 1918 wird im städtischen Kindergarten Meidling eine erste Kinderkriegsküche unter der Patronanz von Erzherzogin Isabella eröffnet. Die kleinen Mägen werden nun mit einem zweiten Frühstück, sofern es ein erstes überhaupt zu Hause gab, einem Mittagessen und einer Jause halbwegs gefüllt. Die Kinder ausreichend mit fett-, eiweißhaltiger und kohlehydratreicher Kost verpflegt. Je nach Einkommen bezahlen die Eltern einen geringfügigen Betrag, die Differenz übernimmt die Gemeinde Wien.

Kinderarbeit unter 14 Jahren sowie Nachtarbeit für Jugendliche und Frauen sind zwar seit 1895 gesetzlich verboten, doch wo kein Kläger, da kein Richter. Darum wundert sich niemand, wenn Kinder und Jugendliche Kohlesäcke schleppen, voll beladene Handkarren ziehen oder als Schwerfuhrwerkskutscher schuften. Immer wieder treiben sich Kinder in der Nähe von Kohlelagern der Bahn herum, um durch den Zaun Kohlestücke zu ergattern. Die Arbeiter lassen sie gewähren, drücken beide Augen zu.

Besonders herumstreunende Mädchen sind Freiwild für pädophile Typen, die deren Not weidlich ausnützen. Natürlich sind viele darunter, die nichts mehr anderes besitzen als den eigenen Körper und sich bewusst darauf einlassen. Der Erotikroman »Josefine

Mutzenbacher«, vermutlich geschrieben von Felix Salten, wurde 1906 veröffentlicht, die Zustände sind 1919 unverändert.

Die lebensbedrohliche Kindersituation muss irgendwie bewältigt werden. Inzwischen gibt es private Initiativen wie Kriegspatenschaften, meist von begüterten Familien. Es ist nur der berühmte Tropfen auf den heißen Stein.

Daher wird Ende März 1918 für hungerleidende Stadtkinder das *Kaiser Karl Wohlfahrtswerk. Kinder aufs Land* ins Leben gerufen. Im Sommer sollen für sechs Wochen diese Kinder zur Erholung aufs Land geschickt werden. Familien mit mehreren Kindern und einem Jahreseinkommen von unter 6.000 Kronen wird diese Chance geboten und der Andrang ist gewaltig. Knapp 72.000 Kinder, rund 30 Prozent der Wiener Schulkinder, werden nach einer amtsärztlichen Untersuchung über die Schuldirektionen angemeldet. Ausgeschlossen sind kranke und Einzelkinder.

Kinder zu Gast ist vor allem an Großgrundbesitzer gerichtet, die Kinder aufzunehmen und zu verköstigen. Die Zusage der Bauern ist enorm. Überall herrscht herzliche Aufnahme, auch von Landwirten, die selbst nicht im Überfluss leben.

Auch Wien trägt seinen Teil bei und errichtet eigene Sommerheime auf dem Girzenberg in Ober St. Veit, auf dem Schafberg, auf Schloss Bellevue in der Nähe des Cobenzl und am Bisamberg. Diese Erholungsmöglichkeiten stehen jenen Kindern zur Verfügung, die nicht an *Kinder aufs Land* teilnehmen können.

Auch die *Kinderfreunde*, eine Unterorganisation der Sozialdemokraten, macht mit. Sie betreiben bereits drei Kinderheime auf dem Schaf-, Gallitzin- und Bisamberg. 1918 kommen noch Erholungsstätten in Hetzendorf, im Haltertal (Hütteldorf) und in der Freudenau dazu.

Auch in der anderen Reichshälfte hungern Kinder. So werden Kinder aus Budapest nach Abbazia geschickt. Ebenso bieten die Schweiz und die Niederlande Aufenthalte für notleidende Stadtkinder an. Spätestens im September ist es dann vorbei mit dem unbeschwerten Leben. Es geht nach Hause, wo alles beim Alten geblieben ist.[63]

Trotz dieser gut gemeinten Aktionen kann die ständig ansteigende Jugendkriminalität nicht eingedämmt werden. Die jugendlichen Diebe und Einbrecher lassen sich nicht durch Strafen abschrecken. Die täglichen Polizeiberichte quellen über vor Straftaten. Das bisherige Jugendfürsorgereferat ist mit der Verwahrlosung und der Kriminalität restlos überfordert, wird deswegen aus der Kriminalsektion ausgegliedert und zum polizeilichen Jugendamt.

Gefängnisstrafen läutern kaum einen der jugendlichen Straftäter. Das Gegenteil ist der Fall. Die älteren Verbrecher bringen ihnen bei, was sie noch nicht wissen. Ein neues Jugendfürsorge- und ein neues Jugendstrafgesetz sollen gegensteuern, doch Papier ist geduldig. Die Gemeinde Wien schafft ein eigenes städtisches Jugendamt, das auch nichts bewirken kann.

Wen wundert's? Der Vater am Verrecken im Felde, die Mutter muss arbeiten und die Kinder sind sich selbst überlassen. Wer soll die Schulpflicht kontrollieren? Von Algebra und Schiefertafeln mit Schönschrift beschreiben wird man nicht satt. Daher muss etwas zum Fressen organisiert werden. Wenn nicht auf ehrliche Art, dann eben illegal.

Wenn Kohle nicht vorhanden ist, wird Holz gesammelt. Doch Holzklauben ist nicht ungefährlich. In privaten Wäldern ist es nur mit der Erlaubnis der Eigentümer möglich. Da bleibt nur der Lainzer Tiergarten, der gehört dem Kaiser, was die Scharen von Frauen und Kindern nicht hindert, aufzuklauben so viel sie tragen können. Über die Mauer und Schlupflöcher in das kaiserliche Areal einzudringen, stellt kein Problem dar. Die Wildhüter passen zwar mit Argusaugen auf, langfristig haben sie keine Chance. Wird wer erwischt, muss er sein mühsam zusammengetragenes Holz wieder abgeben. Immer wieder kommt es zu Kämpfen mit den Flurschützern. Die *Arbeiterzeitung* ergreift Partei für die Holzsammler, vor allem für Kinder und Jugendliche, als ein junger Forstpraktikant einen Schuss abfeuert und fordert, dass das Oberstjägermeisteramt auf sofort die Erlaubnis durchsetzt, offiziell Holz sammeln zu dürfen.[64]

Zur allgemeinen Not und Hunger kommen noch die Ansichten über Kindererziehung hinzu. Die *g'sunde Watsch'n*, das gefürchtete *Rohrstaberl*, eine Tracht Prügel sind gängige Praktiken. Kaum jemand regt sich über Züchtigungen auf. In Schulen und Waisenhäusern wird genauso geschlagen wie zu Hause. In den Klassen ziehen geringste Vergehen wie Unaufmerksamkeit und Schwätzen harte Bestrafung nach sich. Sadistische Pädagogen können sich ungehemmt austoben. Auch in den Wohnungen sind Kindesmisshandlungen die tägliche Norm.

Für Johann »Schani« Breitwieser nichts Neues. Er sieht und hört jeden Tag, was in dieser Stadt los ist. Von Kindesbeinen an ist er bestrebt gewesen, diesem Lumpenproletariat zu entfliehen und auf seine Art gelingt es ihm. Natürlich geht so mancher Coup schief und er wird gefasst. Doch immer wieder gelingt ihm die Flucht. Mitunter riskiert er dabei sein Leben. Für die Zeitungen ist Schani ein Glücksfall, garantiert hohe Auflagen. Die Leute lesen mit Begeisterung über seine Einbrüche und wo er wieder *einen Bären gerissen hat*.[65]

Wird Breitwieser von der Polizei verfolgt, fallen unweigerlich Schüsse. Im Frühjahr 1918 wird Schani nach einer wilden Verfolgungsjagd auf der Schmelz[66] gestellt und verhaftet. Wieder ist er bewaffnet, trägt aber auch ein Büchlein mit dem bezeichnenden Titel »Von kleinen und großen Spitzbuben« bei sich.

Im Dezember 1918 gelingt ihm abermals die Flucht und baldowert sein bislang größtes Husarenstück aus. Breitwieser bricht in die Hirtenberger Patronenfabrik des Industriellen Alexander Mandl[67] ein, knackt den Tresor und erbeutet eine halbe Million Kronen. Es gelingt ihm, mit der Beute abzutauchen. Unter falschem Namen kauft er mit einem Teil des Geldes ein Haus in St. Andrä-Wördern. Mit seinen Kumpanen richtet Schani ein Versuchslabor ein, um spätere Einbrüche bis zur Perfektion auszutüfteln. Hier ist alles von modernen Maschinen, Einbruchswerkzeugen bis zu Sauerstoffflaschen vorhanden.

Ein *Zund* [68] aus der Nachbarschaft über das seltsame Treiben in diesem Haus an die Polizei besiegelt Schani Breitwiesers Schicksal. Am 1. April rückt die Polizei an, umstellt das Haus. Der »Eisenschlitzer« will flüchten, es kommt zu einem Schusswechsel und Breitwieser wird in die Lunge getroffen. Ein Polizeihund zwingt ihn schließlich endgültig zur Aufgabe. Einen Tag später stirbt Breitwieser im Inquisitenspital mit 27 Jahren.

Sein Begräbnis am 5. April auf dem Meidlinger Friedhof artet zu einem Massenauflauf aus. Zwischen 8.000 und 20.000 Menschen – die Zahlen schwanken – geben Schani Breitwieser das letzte Geleit. Mit Galatrauerwagen, einem Blumenmeer und einem Sängerquartett der Oper, das den Trauerchoral »Schlafe wohl« singt. Ein Schulkamerad hält die Grabrede. Auf einem Kranz die Schleife »*Von Deinen Kameraden in Favoriten*«.

Der »rasende Reporter« Egon Erwin Kisch schreibt in einem Nachruf über Schani von einem »*Mann der Tat, des Mutes, des Ernstes und der Intelligenz*« während die *Reichspost* zynisch giftet: »*Es fehlt nur noch das Ehrengrab und das Denkmal auf der Schmelz*«.[69]

So ist Wien. Selbst einem Verbrecher wird »a schene Leich'« ausgerichtet. Noch viele Jahre arbeiten mehr oder weniger erfolgreich Einbrecher mit der »Methode Breitwieser«.

Die goldenen Zwanziger

»*Diese Zeit hat etwas durchaus Gespensterhaftes*«, lautet der Beginn von Kurt Tucholskys Essay »Dämmerung«, der im März 1920 im Wochenmagazin *Die Weltbühne* erscheint.

Glanz und Gloria auf der einen Seite, auf der anderen Armut, Elend und Hunger. Es sind die Kriegsgewinnler, die Schieber, die es verstehen, skrupellos, jegliche Moral über Bord werfend, Dreck in Gold zu verwandeln. Die Schere zwischen reich und arm klafft in dieser kurzen Zeitspanne enorm auseinander.

Die tatsächlichen goldenen Zwanziger Jahre oder die »Golden Twenties« und »Roaring Twenties« – eine Bezeichnung aus den USA – dauern nur von 1924 bis 1929.

Nach anfänglichen massiven Problemen und schweren gewalttätigen Auseinandersetzungen gelingt es der Weimarer Republik sich politisch und wirtschaftlich zu etablieren. Eine gewisse, oft strauchelnde Stabilität setzt ein. Die horrende Inflation wird vorübergehend durch die Einführung der Rentenmark[70] gestoppt. Der Dawes-Plan[71] regelt die Reparationsfrage neu. Amerikanische Kredite stützen die deutsche Wirtschaft. Der Reichstag schafft ein einziges Mal eine gesamte Legislaturperiode.

Dem Tanz auf dem Vulkan steht nichts mehr im Weg, sowohl in Berlin wie auch in Wien, obwohl wieder einmal mehr nur die Reichen und Wohlhabenden sich austoben und das pralle Leben in vollen Zügen genießen können.

Während in Berlin die Nacht zum Tag gemacht wird, spielt es sich in Wien etwas geruhsamer, wie es unserer Wesensart entspricht, ab – eben *pomali*[72].

Erst Anfänge zeichneten sich im deutschen Kaiserreich durch verschiedene Avantgarde-Strömungen, besonders durch den Expressionismus ab. Jetzt beschreitet die Kultur völlig neue Wege, wird zu einer Massenkultur, scheut nicht vor Tabubrüchen zurück.

Plötzlich sind in Varietés spärlich bekleidete, sogar komplett nackte Frauenkörper zu bewundern. In Berlin treibt es die Tänzerin und Schauspielerein Anita Berber besonders bunt, verdreht scharenweise den Männern die Köpfe, lebt ein kurzes, ekstatisches, sexuell freizügiges Leben.

Wien hat ebenfalls einiges zu bieten. Bereits 1908 und 1909 trat im Varieté Apollo »Preußens nackte Venus«, Olga Desmond mit ihrem Schwertertanz auf. Oder Valeska Gert, die mit ihren Grotesktänzen den Männern schlaflose Nächte bereitet.

Ebenfalls sehr umtriebig in Berlin sind die Österreicherinnen Gina Kaus und Lotte Lenya; erstere eine Schriftstellerin, Drehbuchautorin und Übersetzerin, die zweite Schauspielerin und Sängerin, Gefährtin von Kurt Weill.

Die aufwändig gestalteten Revuen Hermann Hallers im Berliner Admiralspalast werden regelrecht gestürmt, gibt es doch jede Menge wunderschöner Tanzgirls zu bewundern.

Kokain, Morphium, Absinth und aufputschende Pillen sind überall erhältlich, nicht verboten und werden entsprechend konsumiert. In Wien ist es ein gewisser Koritschoner, selbst schwer süchtig, der Koks und andere stimulierende Substanzen salonfähig macht. Ein Lebemann und niemand weiß genau, wie er eigentlich zu seinem Reichtum gekommen ist. Ein Frauenheld, der in seinem Palais auf der Wieden rauschende Künstlerfeste veranstaltet, wo alle Schranken und Grenzen fallen. Syphilis und andere Geschlechtskrankheiten suchen alle Gesellschaftsschichten heim.

Wer will es den Menschen verdenken, wenn sie nach schweren Zeiten jetzt ihren Lebenshunger stillen wollen?

Sowohl in Österreich wie in Deutschland büßt das Bürgertum seinen stilbildenden Rang ein. Nun sind die Außenseiter aller Kunstgattungen am Zug, die sich in keine gesellschaftliche Kategorie einordnen lassen. Alfred Döblin setzt mit seinem Roman »Berlin Alexanderplatz« neue Maßstäbe.

In der Trivialliteratur erfreut sich Hedwig Courths-Mahler einer riesigen Leserschaft.

In der Musik sorgen Bert Brecht und Kurt Weill mit der »Dreigroschenoper« für Furore. Max Reinhardt revolutioniert das Theater. Das *Bauhaus* in Weimar und später in Dessau mit Architekt Walter Gropius sorgt für bahnbrechende Impulse.

Doch dieses neuartige Künstlertum wird von kulturkonservativen Kräften vehement bekämpft, die weiterhin in großen Teilen der Bevölkerung auf Rückhalt pochen können. Viele Künstler der Moderne kritisieren die Republik, zu langweilig und zu kompromissbereit, stellen sich mit ihren Kritikern auf eine Stufe, die den alten Zeiten nachweinen und übersehen dabei, dass nur die Demokratie ihnen freie Entfaltungsmöglichkeiten jeglicher Art ermöglicht.

Bis 1922/23 ist der Expressionismus tonangebend, danach übernimmt die *Neue Sachlichkeit* die Kunst als nüchterne Auseinandersetzung mit der Alltagsrealität. In der Literatur entsteht der Zeitroman, der sich mit den Lebensumständen der kleinen Leute auseinandersetzt, wie in den Werken von Lion Feuchtwanger und Hans Fallada.

Thomas Mann ist die unangefochtene Geistesgröße, gilt als *der* Repräsentant deutschen Geistes. Früher dem Kaiserreich treu ergeben, tritt er nun für europäischen Humanismus und für Demokratie ein.

Der geniale Regisseur Erwin Piscator bringt die *Neue Sachlichkeit* auf die Theaterbühnen. Politisch brisante Aufführungen, Komödien und Volksstücke sorgen für volle Häuser. Theater werden zu nationalen Institutionen. Dafür sorgt auch der gefürchtete Kritiker Alfred Kerr. Wer mit seinen Werken, seinen Inszenierungen, seiner Schauspielkunst vor seiner spitzen Feder besteht, hat es geschafft.

Für einen der größten Theaterskandale dieser Zeit sorgt der Wiener Arzt und Schriftsteller Arthur Schnitzler. Am 23. Dezember 1920 wird in Berlin sein Stück »Der Reigen« uraufgeführt, trotz

Verbot und angedrohter sechswöchiger Haft. Schließlich dreht es sich auf der Bühne um zehn flüchtige sexuelle Begegnungen.

Die Medienwelt erlebt einen ungeheuren Aufschwung. Ein neuer Pressetypus wird rasch sehr beliebt, die Illustrierte. Nicht zuletzt durch den Film gieren die Menschen nach visuellen Erlebnissen. Der Tonfilm hat seinen Siegeszug angetreten und die *Neue Sachlichkeit*, nicht zuletzt durch Regisseur Georg Wilhelm Pabst, flimmert in den Filmstoffen auf den Leinwänden. Der Österreicher Fritz Lang begründet mit »Metropolis« den Science-Fiction-Film.

Ende Oktober 1923 muss nicht mehr nur das Grammophon zu Hause angekurbelt werden, um Musik genießen zu können. Der Rundfunk setzt sich unaufhaltsam durch. Allerdings ist das Radio vorerst reines Unterhaltungsmedium. Den Programmgestaltern ist strikt verboten, Politik über den Äther zu verbreiten. Dies wird sich sehr bald ändern.

In Österreich steht am Beginn dieser Ära der Untergang der Habsburgermonarchie, am Ende der Beginn des Nationalsozialismus. Es soll noch weitaus schlimmer kommen und alles in den Schatten stellen, was bisher geschah und sich der menschliche Geist nicht vorstellen kann.

Während Berlin, zumindest nach außen hin, friedlich erscheint und eine riesige babylonische Lasterhöhle ist, bleibt Wien weiterhin ein Pulverfass. In der Donaumetropole brennt der Justizpalast, ein Bundeskanzler wird zusammengeschossen und man lässt ihn verbluten. Das »rote [sozialdemokratische] Wien« versucht sich gegen das erzkatholische Österreich durchzusetzen. Nach der Machtergreifung Hitlers 1933 in Deutschland herrschen in der Alpenrepublik Austrofaschismus und Ständestaat.

Natürlich sind auch in Wien sämtliche neue Errungenschaften zu sehen, zu hören und zu spüren. Man lauscht dem Radio, legt Schellacks auf die Teller der Grammophone, ist entweder fasziniert oder verteufelt den Jazz als »Negermusik«, besucht Theater, Kinos und

Kabaretts. Im Kaffeehaus oder in den eigenen Wänden werden die neuartigen Kreuzworträtsel gelöst.

Die Mobilität durch die allgemeine Motorisierung wird weidlich genützt, man staunt über die Eroberung des Luftraums. Doch selbst in eines dieser Flugzeuge einsteigen, niemals! Lieber festen Boden unter den Füßen. Es wird noch einige Zeit vergehen, bis ein Flieger als Massenverkehrsmittel anerkannt und vor allem leistbar ist. Dann schon eher in einem Zeppelin, da ist die Kabine geräumiger.

In der elitären Hochkultur sorgen Arnold Schönberg, Ernst Krĕnek und Anton Webern mit der »Wiener Schule« für neue Töne in den Konzertsälen und in der Oper. Robert Musil schreibt »Der Mann ohne Eigenschaften« und Elias Canetti »Masse und Macht«. Oskar Kokoschka wütet in der Malerei wie ein Berserker.

Die Liste an Geistesgrößen aus unterschiedlichen Genres und Kunstrichtungen ist lang: Alban Berg, Hermann Broch, Stefan Zweig, Franz Kafka, Franz Werfel, Joseph Roth, Johannes Urzidil, Josef Weinheber, Ödön von Horváth, Arthur Schnitzler, Hugo von Hofmannsthal, Rainer Maria Rilke.

Karl Kraus geißelt in seiner Ein-Mann-Zeitschrift *Die Fackel* die Zeitumstände, legt sich mit der *Neuen Freien Presse* und *Die Stunde* an.

In der Pädagogik und Soziologie werden neue Wege beschritten; der »Wiener Kreis« erforscht die zahllosen Arbeitslosen im Marienthal in Ottakring in der empirischen Sozialwissenschaft. In der Psychoanalyse dominieren Sigmund Freud und sein Widerpart Alfred Adler; in der Philosophie der eigenbrötlerische Ludwig Wittgenstein. Das Psychologische Institut von Charlotte und Karl Bühler erlangt Weltruf.

Die ersten Gemeindebauten des »roten« Wien und die Werkbundsiedlungen werden erbaut. Die »Wiener Werkstätte« und der »Österreichische Werkbund« präsentieren ihre Erzeugnisse.

Die Ideen des Austromarxismus und der Frauenbewegung werden in der Praxis erprobt. Der *Bubikopf* ist der neueste Schrei bei Damenfrisuren. Nacktheit und Sexualität sind keine Tabuthemen mehr, es erblüht eine Nacktkultur. Wer zu offen mit dieser Thematik umgeht, riskiert sein Leben, wie Hugo Bettauer, der ermordet wird.

In den jüdischen Vorstadtbühnen, in den Kabaretts der Innenstadt, wie dem »Simpl«, sorgen die Programme für Lachstürme. Die kongenialen Partner Karl Farkas und Fritz Grünbaum bringen die Doppelconference, den Dialog zwischen dem »G'scheiten« und dem »Blöden«[73] nach Wien.

Auf der Leinwand treibt Charlie Chaplin den Menschen die Lachtränen in die Augen. Der erste tatsächliche Tonfilm ist »The Jazz Singer« mit Al Jolson, der immensen Erfolg hat.

Der Walzer hat ausgedient. Jetzt sind moderne Tänze, die aus Amerika kommen, angesagt. In den Tanzetablissements und Bars oder zu Hause sind der Shimmy, Tango, Boston, Onestep, Twostep, Foxtrott und natürlich die Krönung, der Charleston, die absoluten Renner. Keine Revue kann ohne diese Tänze existieren. Wer es etwas ruhiger und gesitteter will, ist weiterhin bestens mit der Operette bedient. Franz Lehár, Emmerich Kálmán, Robert Stolz, Nico Dostal und Ralph Benatzky statt Richard Wagner.

Manche Mädchen- und Frauenherzen schmelzen dahin, wenn Richard Taubers Stimme aus dem Grammophontrichter oder dem Radio ertönt.

Mit Songs wie »Schöner Gigolo – armer Gigolo« oder mit den Liedern des Berliner Vokalensembles »Comedian Harmonists«, das in den späten 1920ern international erfolgreich ist und erst durch die Nazis eliminiert wird, lässt sich so manche Angebetete betören.

In den USA nimmt die Tanzwut groteske und menschenunwürdige Formen an. Aus ursprünglichen Spaßwettbewerben entstehen Tanzmarathons, die über mehrere Tage nonstop andauern, veranstaltet von zwielichtigen Veranstaltern. Für ein Preisgeld von mehreren tausend Dollars für das Siegerpaar, das den Wahnsinn, der eigentlich Folter ist, durchhält, werden in Scharen Arbeitslose und Verzweifelte angelockt, die sich einer johlenden Zuschauermasse zur Schau stellen.[74]

Der Sport gewinnt sowohl in Deutschland wie in Österreich zunehmend an Stellenwert. Vor allem Fußball und Boxen, aber auch Radrennen finden immer mehr Anhänger. In Berlin sind die Sechs-Tage-Bahnrennen ein gesellschaftliches Ereignis, wo sich die *Haute volée* ein Stelldichein gibt.

Während Berlin laut und hektisch ist, läuft es in Wien um einiges geruhsamer ab. Revolutionäre Ideen und die Planung von Umstürzen spielen sich hier in den Kaffeehäusern ab. Es ist noch nicht lange her, dass gewisse Herren wie Bronstein, Uljanow und Dschugaschwili an den Marmortischen saßen. Sie sollten später als Trotzki, Lenin und Stalin in die Weltgeschichte eingehen.

Von einem der Oberkellner im »Central«, Johann »Jean« Czerny stammt der legendäre Ausspruch, als in Sankt Petersburg die russische Revolution ausbrach: »*Der Rädelsführer ist vielleicht der Herr Bronstein aus dem Schachzimmer!*« Der dienstbare Geist hatte sich öfters mit ihm unterhalten.[75]

Ist es Zufall gewesen, dass im November 1918 die Provisorische Nationalversammlung vor dem Ständehaus gegenüber vom Café Central den neuen Staat proklamierte und die »Heil Deutschösterreich«-Rufe in sämtliche Logen dieses Kaffeehauses drangen und ebenso ins neueröffnete Café Herrenhof, nicht einmal einen Steinwurf entfernt, widerhallten?

Treffend schrieb Anton Kuh, »*...zwei Tage später saß alles, was politisch und erotisch revolutionär gesinnt war, drüben im neuen Café* [Herrenhof; Anm. d. A.] *– die Mumien blieben im alten* [Central; Anm. d. A.].«[76]

Das »Herrenhof« als neuer Ankerplatz für eine neue Zeit, ein

Sammelort für die Intellektuellen der Stadt mit ihren eigenen Stammtischen und -logen. Hier treffen sich verschworene Gemeinschaften, die mit den anderen am besten nichts zu tun haben wollen und diskutieren sich bis spät in die Nacht die Köpfe heiß. Nur einer sitzt meist allein und schreibt sich die Finger wund, der eher unverträgliche und streitbare Karl Kraus. Allerdings ist sein tatsächliches Stammcafé das Café Pucher am Kohlmarkt 10.

Ab und zu lässt sich Sigmund Freud im »Herrenhof« blicken, wenn die Psychoanalytiker Alfred Adler, Adolf Josef Storfer, Jakob Levy Moreno, Otto Groß und Siegfried Bernfeld in die Tiefen und Abgründe der menschlichen Psyche einzutauchen versuchen.

Am Literatenstammtisch debattiert die nächste Generation über Gott und die Welt. Heimito von Doderer, Albert Paris Gütersloh, Elias Canetti, Alexander Lernet-Holenia mit bereits arrivierten Schriftstellern wie Hermann Broch, Willy Haas, Anton Kuh, Gina Kaus, Robert Musil, Max Brod, Alfred Polgar, Joseph Roth, Vicki Baum, Franz Molnár und Robert Müller. Egon Friedell und in seinem Arm untergehakt Lina Loos, die erste Gemahlin Adolf Loos', schauen vorbei. Ebenso wie Robert Neumann, Friedrich Torberg und Hilde Spiel. Immer interessant der nahezu tägliche Streit zwischen Leo Perutz, Arnold Höllriegel und Otto Soyka.

Ebenso täglich schleicht der arbeitslose Bankbeamte Lacy Löwenstein mit seinen Basedow-Augen von Stammtisch zu Stammtisch, macht auf sich aufmerksam. Nicht lange mehr ohne Einkommen, bald wird ihn der Film entdecken und er wird als Peter Lorre eine internationale Karriere starten.

Eine weitere illustre Gesellschaft trifft sich regelmäßig im Café »Raimund« gegenüber dem (damals) Deutschen Volkstheater. Hier halten Egon Friedell und Lina Loos Hof. Mit dabei der Schriftsteller und Dramaturg Franz Theodor Csokor, der Theaterkritiker Ludwig Ullmann, Schopenhauer-Spezialist Walther Schneider, Volkstheaterdirektor Rudolf Beer, Burgtheaterautor Hanns Sassmann und ein Herr »Häusl-Stein«. Dieser Herr Stein ist der Pächter sämtlicher Garderoben und Toiletten in den Wiener Privattheatern, was ihn äußerst wohlhabend macht. Der Spitzname »Häusl« – die abfällige Wiener Bezeichnung für WC – bezieht sich nicht darauf, sondern auf ein ansehnliches Landhaus in Purkersdorf, wo sich die Raimund-Runde an Sommerwochenenden trifft.

Die Frauen in diesem Circle sind die Schauspielerinnen Paula Janower, Aida Stuckering, Elisabeth Markus, Lily Karolyi und gelegentlich gibt sich auch die Salonnière Bertha Zuckerkandl die Ehre. Ebenso wie der Schauspieler Karl Forest, der Bruder von Lina Loos.

Noch nimmt niemand diesen komischen Mann mit dem eigenartigen Oberlippenbärtchen so richtig ernst, der in München Brandreden schwingt. Ein aufgeblasener Popanz, ein Wichtigtuer, eine Zeiterscheinung, die ebenso rasch wieder verschwinden wird, wie sie aufgetaucht ist. Was für ein fataler Irrtum!

»Gemma doch noch ins *Tabarin*. A bisserl Shimmy und Charleston tanzen. Darf i Sie einladen, wertes Fräulein? Wenn's wollen, können wir auch in die American Bar gehen, wo der Hermann Leopoldi spielt. Kennen's von ihm *Schnucki, ach Schnucki*? Da hamma sicher a *Riesenhetz'*.[77] Danach mach' ma noch bei mir weiter. I hab die neuesten Schellacks von *Odeon* mit Aufnahmen von Swing, Dixieland und Chicago-Jazz. Und da Sie ihn so gerne hören, liebes Fräulein, auch mit Al Jolson kann ich aufwarten. Außerdem ham's mir erzählt, dass Ihnen Art déco-Sachen so gefallen. I möchte' Ihna gerne mei' Sammlung zeigen.«

Längst brennt die Lunte, doch der Wiener ist ein Weltmeister im Ignorieren und Verdrängen. Ein zweiter Weltkrieg, niemals…

ZEITTAFEL
1920

Am **10. Februar** enden Hungerdemonstrationen im steirischen Leoben mit fünf Toten und 45 Verletzten.

Bayerns Ministerpräsident Kahr sagt am **21. Februar** den österreichischen Heimwehrführern Unterstützung zu.

Am **13. März** ersucht Prälat Ignaz Seipel den ungarischen Gesandten in Wien um Finanzhilfe für die Heimwehrbewegung. Fünf Tage später, am **18. März**, wird, gemäß dem Staatsvertrag, ein neues Wehrgesetz erlassen. 30.000 Mann sind als Söldnerheer der Heimwehren bewilligt, jedoch werden es aus finanziellen Gründen nicht mehr als 21.000.

Am **29. März** eröffnet die »Graphische Sammlung Albertina« mit alten Beständen der Albertina, der Hofbibliothek, der Hofmuseen und der *Fideikommissbibliothek*[78], wobei diese Büchersammlung mit ihren 110.000 Werken mit Regierungsbeschluss vom 18. Juni 1920 der österreichischen Nationalbibliothek hinzugefügt wird.

Am **4. Juni** verpflichtet sich Ungarn im Friedensvertrag von Trianon bei Paris mit den Alliierten Westungarn, das heutige Burgenland, an Österreich abzutreten.

Wieder ereignen sich am **7. Juni** in Wien Hungerdemonstrationen und Plünderungen. In Graz findet der sogenannte »Kirchenrummel« statt; Hausfrauen protestieren gegen hohe Obst- und Gemüsepreise: 12 Tote und mehrere Verletzte.

Am **10. Juni** platzt die Koalition der Christlich-Sozialen mit den Sozialdemokraten. Ausschlaggebend ist eine Debatte über einen Erlass für die Wahl von Heeresvertrauensmännern gewesen.

Einen Tag später, am **11. Juni**, tritt die dritte Regierung Renner zurück.

Am **12. Juni** leitet Arnold Schönberg die Aufführung seiner »Gurrelieder« in der Oper.

Am **7. Juli** tritt das erste Kabinett Mayr, eine Proporzregierung aus allen Parteien, ihr Amt an. [79]

Die erste große Parade des neuen Bundesheeres findet am **15. Juli** am Heldenplatz statt. Dem Infanterieregiment Nr. 4 (Hoch- und Deutschmeister) wird als einzigem Truppenteil eine rotweiß-rote Fahne mit dem Republikwappen übergeben.

Am **16. Juli** wird der Staatsvertrag von Saint-Germain-en-Laye ratifiziert.

Die Uraufführung des »Jedermann« von Hugo von Hofmannsthal erfolgt am **22. August** vor dem Salzburger Dom als Wohltätigkeitsveranstaltung. Alexander Moissi als Jedermann und Werner Krauss als der Tod unter der Regie von Max Reinhardt. Gleichzeitig werden die ersten Salzburger Festspiele eröffnet.

Vom **5. bis 7. September** findet der Einigungs- und gleichzeitige Gründungsparteitag der »Großdeutschen Volkspartei« in Salzburg statt.

Am **1. Oktober** wird die Verfassung der Republik Österreich von der Nationalversammlung angenommen, die mit 10. November wirksam wird. Österreich ist ein Bundesstaat. Der international anerkannte Völkerrechtler und Wiener Universitätsprofessor Hans Kelsen erarbeitete die Verfassung.

Für die Volksabstimmung in Kärnten am **10. Oktober** wird das Land vorübergehend in zwei Zonen geteilt. Zone A mit überwiegend slowenischer Bevölkerung entscheidet sich mehrheitlich für den Verbleib bei Österreich, daher wird in der überwiegend deutschsprachigen Zone B nicht abgestimmt.

Bei den Nationalratswahlen am **17. Oktober** werden die Christlich-Sozialen stimmenstärkste Partei.

Fünf Tage später, am **22. Oktober**, scheiden die Sozialdemokraten aus der Regierung aus und gehen in Opposition.

Am **8. November** erklärt Exkaiser Karl in einem Schreiben an den ungarischen Reichsverweser Nikolaus Horthy die dynastische

Verbindung zwischen Österreich und Ungarn für gelöst, will aber König von Ungarn sein.

Am **20. November** tritt die zweite Regierung Mayr mit einigen Änderungen an.[80]

Der Völkerbund mit Sitz in Genf wird errichtet. Die Satzungen vom 28. Juni 1919 sind bereits seit 10. Jänner 1920 in Kraft.

Am **9. Dezember** wird der parteilose Michael Hainisch zum Bundespräsidenten gewählt.

Einstimmig wird Österreich am **16. Dezember** in den Völkerbund aufgenommen.

Am **23. Dezember** fordern die Alliierten die Ungarn zur endgültigen Räumung des Burgenlandes auf.

In diesem Jahr bringt die »Breitnerei« besonders das Bürgertum in Rage. Damit ist das Steuersystem des sozialdemokratischen Wiener Finanzstadtrates Hugo Breitner gemeint. Sein Leitspruch: »*Unbeirrt von all dem Geschrei der steuerscheuen besitzenden Klassen holen wir uns das zur Erfüllung der vielfachen Gemeindeaufgaben notwendige Geld dort, wo es sich wirklich befindet.*«

Die Arbeiter sind von Breitner begeistert. Das Bürgertum *magerlt*[81] diese neuen Steuern, spricht von »Steuersadismus« und »Steuerbolschewismus«, beschimpft ihn als »Steuervampir«.

Breitners facettenreiches und ausgetüfteltes System macht erst das für Skeptiker nicht realisierbare Sozialprogramm des »Roten Wien« möglich. Es werden Luxus-, Boden-, Miet-, Betriebs- und Verkehrssteuern eingeführt. Besonders umstritten sind die 1922 eingehobenen Hauspersonal- und Wohnbausteuern.

Breitner setzt sich durch und mit ihm die weltweit anerkannte »Wiener Schule der Kommunalpolitik«, die sich auf das Sozial- und Gesundheitswesen sowie auf den Wohnbau konzentriert. Die Kinder- und Jugendfürsorge zählt zu den Schwerpunkten. Es werden Kindergärten, Horte, Mütterberatungsstellen, Pflegeheime, Kinderspielplätze, die Kinderübernahmestelle und Kinderspitäler erbaut. Schulärzte sind Dauereinrichtungen ebenso wie Schülerausspeisungen, in denen Schulmilch kostenlos verteilt wird.

Für die Volksgesundheit setzt sich sehr Gesundheitsstadtrat Julius Tandler ein, im Besonderen für Vorsorgemedizin für die Mangelkrankheiten dieser Zeit wie Tuberkulose, Rachitis aber auch gegen den Alkoholismus. Im Schulwesen tritt besonders Otto Glöckel, Unterstaatssekretär im Unterrichtministerium, hervor, setzt verschiedene Reformen wie kostenlosen Schulbesuch und Abgabe der Lehrmittel um.

Bereits vorhandene Arbeiterbüchereien werden ausgebaut und Kulturvereine wie z.B. die Wiener Naturfreunde gegründet.

Weiterhin sind Armut und Elend in der Stadt dominant. Nach dem Krieg sind inzwischen 39.000 mittellose Flüchtlinge, davon 34.000 vertriebene Juden, hinzugekommen. Joseph Roth schreibt über die jüdischen Heimatlosen: »*Die Ostjuden, die nach Wien kommen, siedeln sich in der Leopoldstadt an... Sie sind dort in der Nähe des Praters und des Nordbahnhofs. Im Prater können Hausierer leben – von Ansichtskarten für die Fremden und vom Mitleid, das den Frohsinn überall zu begleiten pflegt. Am Nordbahnhof sind sie alle angekommen, durch seine Hallen weht noch das Aroma der Heimat, und es ist das offene Tor zum Rückweg... Die Leopoldstadt ist ein armer Bezirk. Es gibt kleine Wohnungen, in denen sechsköpfige Familien wohnen. Es gibt kleine Herbergen, in denen fünfzig, sechzig Leute auf dem Fußboden übernachten.*

Im Prater schlafen die Obdachlosen. In der Nähe des Bahnhofs wohnen die Ärmsten der Armen.«

Eines dieser Massenquartiere ist das »Hotel garni« in der Novaragasse 45 mit sechs Sälen mit jeweils an die 40 Betten. Die Benützung eines Strohsacks kostet achtzig Heller, ein Bett das Doppelte. Als einzige hygienische Einrichtung gibt es das »ewige Handtuch«, ein großes Leintuch an einer drehbaren Stange hängend. Wer nach Torschluss kommt, muss eine Krone bezahlen.

1919 beginnt die Gemeinde Wien mit dem Umbau von aufgelassenen Barackensiedlungen und einigen Schulen zu Notwohnungen. In unbenützten Räumen der Kagraner- und Rossauer-Kaserne und im Arsenal werden 515 Notwohnungen für Obdachlose gebaut. Bereits während des Krieges sind nicht fertiggestellte Häuser aufgekauft und adaptiert worden.[82]

Was noch geschah

Der ständige Internationale Gerichtshof wird in Den Haag gegründet.

Der gescheiterte Kapp-Putsch in Deutschland: der ostpreußische Landschaftsdirektor Wolfgang Kapp putscht gegen die Regierung, die nach Stuttgart flieht. Der Putschversuch wird durch einen Generalstreik, ausgerufen von den Gewerkschaften, niedergeschlagen. Kapp stirbt 1922 in der Untersuchungshaft.

Im Ruhrgebiet brechen schwere kommunistische Unruhen aus, die von der Reichswehr brutal niedergeschlagen werden.

Hitler verkündet sein 25-Punkte-Programm im Münchner Hofbräuhaus. Albert Einstein tritt für den Zionismus ein.

Die Schweiz tritt dem Völkerbund bei. In den USA wird das Frauenwahlrecht eingeführt. Mahatma Gandhi beginnt seinen gewaltlosen Kampf für ein unabhängiges Indien.

Der Norweger Knut Hamsun erhält den Literaturnobelpreis; der deutsche Schriftsteller Ludwig Ganghofer stirbt. Franz Kafka veröffentlicht den Roman »Ein Landarzt«; Thomas Mann die Novelle »Herr und Hund«; Kurt Tucholsky die antinationalistischen Satiren »Träumereien an preußischen Kaminen«; Franz Werfel das symbolische Bühnenstück »Spiegelmensch, eine tragische Trilogie«; Anton Wildgans das Schauspiel »Kain« und Stefan Zweig die Würdigung »Romain Rolland«.

Der deutsche Komponist Max Bruch stirbt. Wilhelm Furtwängler dirigiert erstmals in Berlin. Erich Wolfgang Korngold komponiert die Oper »Die tote Stadt«; Giacomo Puccini die Opern-Einakter »Der Mantel«, »Gianni Schicchi« und »Schwester Angelika«; Igor Strawinsky das Ballett »Pulcinella«.

Die amerikanische Jazzmusik etabliert sich in Deutschland.

In der bildenden Kunst schafft Käthe Kollwitz die Kreidelithografie »Nachdenkende Frau«; Max Liebermann wird Präsident der Preußischen Akademie der Künste. Der italienische Maler Amedeo Modigliani stirbt.

In der Wissenschaft kritisiert der Physiker Philipp Lenard massiv Einsteins Relativitätstheorie, doch die internationale wissenschaftliche Anerkennung lässt sich nicht beeinflussen. Max Planck veröffentlicht »Die Entstehung und bisherige Entwicklung der Quantentheorie«.

Der deutsche Chirurg Ernst Ferdinand Sauerbruch publiziert »Die Chirurgie der Brustorgane«.

In Deutschland wird das Einkommensteuergesetz beschlossen; in Österreich und Großbritannien die Arbeitslosenversicherung.

Die Olympiade in Athen findet ohne Deutschland statt; der Stern des finnischen Läufers Paaovo Nurmi[83] geht auf.

Die erste Segelflug-Schule und erste Segelflieger-Wettbewerbe werden auf der Rhön abgehalten. Der Paddel- und Kanusport gewinnt immer mehr Anhänger.

Die Bergwacht zum Schutz gegen die Gefahren im Alpinismus wird gegründet.

Die 1919 gegründete KLM beginnt mit der Passagierluftfahrt; in den USA wird Ellen Church die erste Stewardess.

Als die Bilder laufen lernten

Alfred Hitchcock startet seine Karriere; beginnt in London als Zeichner von Zwischentitel, arbeitet als Regieassistent, Ausstatter und Drehbuchautor.

USA

»Das Zeichen des Zorro«: Regie Fred Niblo, mit Douglas Fairbanks; der erste Mantel- und Degenfilm.

Norwegen

Der norwegische Polarforscher Roald Amundsen dreht auf der »Maud« den ersten Expeditionsfilm.

Deutschland

»Anna Boleyn«: Regie Ernst Lubitsch, mit Henny Porten, Emil Jannings, Paul Hartmann.

»Das Kabinett des Dr. Caligari«: Regie Robert Wiene, mit Werner Krauss, Conrad Veidt, Lil Dagover.

»Sumurun«: von und mit Ernst Lubitsch, mit Pola Negri, Paul Wegener, Harry Liedtke.

»Der Reigen – Ein Werdegang«: Regie Richard Oswald, mit Asta Nielsen, Conrad Veidt, Eduard von Winterstein.

»Der Januskopf«: Regie F. W. Murnau, mit Conrad Veidt, Bela Lugosi.

Wenn dir die Eifersucht ein Haxl stellt
(nach einem wahren Fall)
1920

»Es hat alles zwei Seiten. Aber erst wenn man erkennt,
dass es drei sind, erfasst man die Sache.«
Heimito von Doderer (1896 – 1966; Schriftsteller)

Heinrich Demls Berufsweg ist durchaus vorhersehbar. Schließlich ist er, 1895 geboren, Sohn des Kommandanten des Sicherheitswache-Postens Kagran. Aufgewachsen in einem bürgerlichen Haushalt in einer angesehenen Familie, absolviert Heinrich Deml seinen Kriegsdienst in der Marine. Mit 3. November 1918 tritt er in die neu geschaffene *Stadtschutzwache* ein.

Mit dem Untergang der Monarchie ist diese Einrichtung im Einvernehmen mit dem Polizeipräsidenten geschaffen worden, um die Überhandnahme an Diebstählen, Einbrüchen und Raubüberfällen in den Griff zu bekommen. Die Stadtschutzwache ist direkt dem Polizeipräsidenten unterstellt.

Gleichzeitig ist es ein Auffangbecken für viele arbeits- und perspektivlose Soldaten. Diese Wachleute sind leicht an ihren Felduniformen mit rot-weiß-roten Armbinden mit der Aufschrift »Stadtwache« erkennbar. Bewaffnet sind sie mit Gewehren. Die Männer sind für die Sicherung öffentlicher Gebäude, Lebensmittellager und Güterverkehr, für die Bewachung von Eisenbahntransporten und Industrieanlagen abgestellt. Auch Ordnungsdienst gehört zum Aufgabengebiet, indem die Stadtschutzwache Rücktransporte russischer Kriegsgefangener einleitet und überwacht. 1932 wird diese Wache in die Sicherheitswache integriert.

Am Sonntag, den 11. April 1920, ist Heinrich Deml für den Dienst in der Lobau-Ökonomie eingeteilt.

Die triste wirtschaftliche Lage zwingt vielfach die Menschen der unteren Schichten in diesem riesigen Augebiet nahe der Donau zu wildern und Holz zu stehlen. Gegen 3.30 Uhr früh brechen Deml und ein Kollege zur Streife auf. Deml übernimmt den unteren Teil der Lobau, inspiziert nach Auftrag die Stallungen, das Försterhaus und den Nachtwächter im Verwaltungsgebäude der Gutsverwaltung Lobau. Alles in Ordnung, Deml zieht weiter seine Runden.

Gegen vier Uhr früh reißen zwei Schüsse und ein gellender Schrei den Nachtwächter aus seiner Lethargie. In der beginnenden Morgendämmerung fällt ihm nichts Verdächtiges auf. Er schenkt dem Vorfall keine weitere Aufmerksamkeit und zieht sich wieder zurück.

Da Deml nicht um 7 Uhr in seiner Dienststelle eintrifft, sucht ihn der Wachkommandant mit seinem Diensthund. Kurze Zeit später findet Rayonsinspektor Johann Stefan Demls Leiche an einem Wegrand – Kopfschuss. Bei näherer Untersuchung stellt sich ein Nahschuss heraus, da Pulvereinsprengungen rund um das Einschussloch feststellbar sind.

Zudem liegt neben dem Toten eine Patronenhülse mit den eingeritzten Buchstaben F.N. aus einer 7,55 Millimeter-Pistole und ein deformiertes Bleimantelprojektil, das jedoch mit der Patronenhülse nicht zusammenpasst. Daher die berechtigte Annahme, dass der Mord mit zwei Waffen verübt wurde.

Möglicherweise prallte dieses Projektil von Demls Gewehr oder einem Uniformknopf ab? Deml schoss nicht, sein Gewehr ist geladen. In unmittelbarer Nähe des Mordopfers können drei Zigarettenkippen und eine Zigarettenhülse sichergestellt werden.

Eine wichtige Beobachtung macht ein Stadtschutzwachmann der Abteilung Stadlau, als er am Morgen mit seinem Fahrrad zu seiner Dienststelle strampelt. Gegen 7 Uhr morgens begegnen ihm in der Kaisermühlenstraße beim Gasthaus Fischer drei Gestalten in umgearbeiteten Militäruniformen und dunklen Sportkappen. Da sie unverdächtig scheinen, weder Rucksäcke noch anderes Gepäck mit sich führen, unterlässt der Wachmann eine Kontrolle. Später kehrt er nochmals zu dem Wirtshaus zurück, aber die drei Typen sind verschwunden.

Kurz danach kommt ein wichtiger *Zund*, ein Tipp. Gegen 2.30 Uhr früh war in ein Wirtschaftsgebäude in Wittau bei Groß-Enzersdorf eingebrochen worden. Die Beute: zwei rund 70 Kilogramm schwere Schweine, zehn Kilogramm Erdäpfel und sieben Flaschen Ribiselwein.

Die Ermittlungen gehen in die Richtung, dass die Einbrecher in der Lobau Deml über den Weg gelaufen sind und ihn erschossen, um nicht verhaftet zu werden.

Vorerst bleibt der Mord ungesühnt, Heinrich Deml wird am 15. April 1920 im Friedhof Kagran beerdigt. Es sollte noch zwei Jahre dauern, dann kommt Kommissar Zufall ins Spiel. Einige Mitglieder einer Einbrecherbande feiern mit ein paar Prostituierten in einer Weinhalle in der Vorstadt.

Plötzlich kreuzt die Ehefrau eines Besoffenen auf und fordert den Ehegespons auf, sofort nach Hause mitzugehen. Der denkt nicht daran, will viel lieber mit einem leichten Mädchen das Bett teilen, beschimpft und misshandelt vor aller Augen seine Frau, woraufhin sie lautstark schreit, dass diese Saubande endlich vors Landesgericht gehört und die Lobau nicht vergessen ist.

Diese Aussage kommt einem Kriminalbeamten zu Ohren und es gelingt ihm, die Saufkumpane auszuforschen. Mit dabei ist ein Berufseinbrecher mit einem elendslangen Vorstrafenregister. Ein weiterer Gauner wird bei einem Kellereinbruch gestellt und schießt sofort auf die Polizisten. Bei seiner Durchsuchung kommt eine F.N.-Pistole zutage. Genauso eine Patrone, die für diese Waffe passt, wurde neben der Leiche des erschossenen Heinrich Deml gefunden.

Jetzt ist es für Stefan Holik und Friedrich Marzial vorbei. Sie *legen nieder*.[84] Jetzt kann der Mord rekonstruiert werden.

Vier Bandenmitglieder brachen am 11. April in Wittau ein, stahlen die Schweine, Erdäpfel und den Wein. Die Tiere wurden zerlegt und in Rucksäcken verstaut. Das Quartett flüchtete durch die Lobau, kamen dabei Deml in die Quere, der sie perlustrierte. Die Sachlage war offensichtlich. Er forderte die Gauner auf, mit ins Wachzimmer zu kommen, sie wollten den Stadtschutzwachmann mit dem Wein bestechen, der ließ sich darauf nicht ein.

Als Deml sein Gewehr von der Schulter nahm, schoss ihm Holik in den Kopf. Das Opfer brach zusammen, die Bande flüchtete. Doch Marzial ging nochmals zurück, um sich zu überzeugen, dass Deml tatsächlich tot war, schoss zur Sicherheit nochmals auf die Leiche.

Die Rucksäcke mit der Beute versteckten die Verbrecher bei der Napoleon-Schanze. Während Stefan Holik zur Straßenbahn nach Stadlau marschierte, gingen seine Komplizen durch die Kaisermühlenstraße, wo sie von einem Kollegen Demls beim Gasthaus Fischer gesehen wurden.

Später fuhr einer der Männer mit seiner Frau und zwei weiteren in die Lobau, um die Rucksäcke aus dem Versteck zu holen, fand sie aber nicht auf Anhieb. Er dürfte keine große Leuchte gewesen sein. Also zurück nach Wien, einen der Komplizen holen, während die Frauen im Gasthaus »Zum roten Hiasl« warteten. Nachdem die Männer zurückkamen, gestanden sie gegenüber den Frauen den Mord, fanden endlich die Rucksäcke und fuhren mit der Straßenbahn nach Hause.

Der Haupttäter, Stefan Holik, fasst am 14. November 1922 wegen Totschlags sieben Jahre schweren Kerker aus, Friedrich Marzial erhält sechs Jahre. Was mit den beiden anderen Männern und den Frauen passiert, ist unbekannt.

Noch heute erinnert das »Deml-Kreuz« im Naturschutzgebiet in der Nähe des Lobau-Hofs an das tragische Schicksal Heinrich Demls.[85]

Mit Geheimnissen ins Grab
(nach wahren Fällen)
1920

Wie jeden Werktag verlässt am Donnerstag, den 21. Oktober 1920, am Morgen der 53jährige Ministerialrat Ing. Leopold Novotny seine Wohnung in Hietzing. Das Wetter ist freundlich und heiter, einzig die Temperaturen lassen zu wünschen übrig, nicht einmal sieben Grad. Der zukünftige Leiter des neu geschaffenen Vermessungsamtes ist auf dem Weg in sein Büro. Zum Glück muss er nicht lange auf die Elektrische warten.

Um diese Zeit herrscht stets ein Gedränge in der Straßenbahn. Die ältere Frau mit ihrem Einkaufskorb, die neben Novotny steht, stinkt unglaublich nach *Knofel*.[86] Indigniert rümpft er die Nase, Möglichkeit für einen Platzwechsel gibt es leider keine.

Der Schaffner hat größte Mühe sich durch die Masse zu drängen, um Fahrscheine zu verkaufen und zu zwicken. Seine freundliche Aufforderung »Fahrscheine bitte« klingt eher wie »Arsch eine, bitte« für ein feines Gehör, wobei sich ein spöttischer Zug um seine Mundwinkel legt.

Noch zwei Stationen seufzt Novotny im Geiste, bevor er an der Landesgerichtsstraße umsteigen kann und endlich von diesem Knofel-Gestank loskommt.

An der Umsteigehaltestelle steht ein Mann, der unruhig um sich blickt, seltsam nervös wirkt und zwischendurch immer unhörbar mit sich selbst redet, was nur an seinen Lippenbewegungen erkennbar ist. Die wartenden Leute nehmen kaum Notiz von ihm.

Einige denken sich insgeheim: Wieder einer, den der Krieg fertig gemacht hat. Davon gibt es Abertausende, die zwar mit heilen Gliedern heimkehrten, aber durch Traumata für den Rest ihres Lebens gezeichnet sind. Wer weiß, vielleicht kämpfte der Unbekannte in einer der Schlachten am Isonzo, sah so Furchtbares und

Schreckliches, das sich niemand vorstellen kann und es ihn bis an sein Lebensende verfolgen wird. Wenn die Menschen seine Gedanken hören könnten, würden sie schleunigst das Weite suchen oder sofort die Polizei holen.

»Heut' kummt's mir nimma aus. Heut' kriag i di. Du bist schuld an mein' Unglück. Heut' is' Zahltag.«

Quietschend biegt die Straßenbahn um die Ecke. Ein Großteil der Fahrgäste verlässt die Garnitur. Ministerialrat Novotny atmet tief durch, als er vom Trittbrett heruntersteigt, endlich wieder frische Luft. Zum Glück beabsichtigt die Knofel-Frau nicht umzusteigen und geht ihrer Wege. Der Unbekannte mit dem stieren Blick nähert sich Novotny von hinten, sein Gesichtsausdruck wirkt versteinert. Plötzlich spürt der Ministerialrat etwas Kaltes an seiner Schläfe. Was es ist, wird er in diesem Leben nicht mehr erfahren. Ein Knall, der Mann stürzt wie ein gefällter Baum zu Boden und ist sofort tot.

Ein Mord am helllichten Tag und auf offener Straße! Entsetzen macht sich breit. Mütter halten ihren Kindern die Augen zu. Ein zufällig anwesender Wachmann und einige beherzte Passanten ergreifen den Täter, der sich widerstandslos den Revolver abnehmen und abführen lässt. Für Novotny kommt jede Hilfe zu spät.

Im Polizeikommissariat Josefstadt gibt der Mörder seine Identität preis. Es handelt sich um den 33jährigen arbeitslosen, ehemaligen Obergeometer Bruno Glaser, ein tschechoslowakischer Staatsbürger.

Im Krieg erleidet er einen Kopfschuss, der ihm nach seiner Genesung einen *Hieb*, einen *Pecker*[87] beschert. Seither plagen ihn Jähzorn und unvermittelte Tobsuchtsanfälle.

Zuerst versucht Glaser im tschechoslowakischen Staatsdienst wieder Fuß zu fassen, dies misslingt. In Wien probiert er erneut sein Glück und scheitert aus Eigenverschulden, da er eine Frist für Wiedereinstellung ins Katasteramt versäumt. In seinem Wahn steigert er sich dermaßen hinein und sieht in Novotny den Schuldigen für sein Unglück, obwohl sich der Ministerialrat für Glaser stark gemacht hat. Dafür will Glaser Rache üben, was ihm auch gelingt.

Gerichtspsychiater erklären den Arbeitslosen für unzurechnungsfähig, womit die Staatsanwaltschaft nicht einverstanden ist. Nach einer weiteren Untersuchung seines Geisteszustandes wird Glaser im Juli 1921 strafrechtlich zur Verantwortung gezogen und bis an sein Lebensende in den *Guglhupf*[88], in die Landes-, Heil- und Pflegeanstalt Am Steinhof eingewiesen.

Sämtliche Blätter schlachten diesen Mordfall aus, ein Gesprächsthema für ganz Wien und in den Kaffeehäusern. Noch ist das Jahr nicht zu Ende. Ausgerechnet einen Tag vor dem Heiligen Abend passiert eine weitere mysteriöse Tat.

Wieder ein Donnerstag, der 23. Dezember 1920 und bitterkalt. Draußen liegt Schnee, aber im eleganten, bestens besuchten Restaurant des Hotels »Erzherzog Carl« in der Kärntner Straße 31 im 1. Bezirk ist es behaglich warm. Ein Haus erster Güte, wo bereits Richard Wagner logierte.

Zu den Stammgästen zählt Moriz Frey, ein bekannter Schätzmeister einer Pfandleihanstalt. Er speist mit einer eleganten Dame zum Mittag. Es ist ein vorzügliches Mahl gewesen.

»Ich hoffe, es hat Ihnen gemundet, Frau Dr. Danzer«, erkundigt sich Frey.

»Ein wahrer Gaumenschmaus«, bekräftigt die Dame, »vielen Dank für die Einladung.« Sie zieht aus ihrer Handtasche ein Papierstanitzl. »Darf ich Ihnen etwas Konfekt zum Kaffee aufwarten, Herr Frey? Köstliche Marzipanbonbons, die hervorragend zum Kaffee passen.«

»Ich bin so frei, verehrte Frau Doktor.«

Nachdem Frey in eines der Bonbon gebissen hat, brechen Krämpfe aus. Er windet sich, hat Schaum vor dem Mund, wirft das Konfekt von sich, verliert jedoch nicht das Bewusstsein. Danzer ist sehr besorgt, will die übrigen Bonbons sofort wegschmeißen. Inzwischen hat sich der Schätzmeister wieder halbwegs gefangen, besteht darauf, dass dieses Tütchen sichergestellt wird.

Plötzlich hat es diese Dame sehr eilig, muss angeblich dringend die Toilette aufsuchen und verschwindet.

Das Konfekt wird untersucht und selbstverständlich ist es vergiftet. Es ist ein Mordanschlag gewesen, der während dieses Geschäftsessens erfolgreich hätte sein sollen. Das Motiv – Dr. Danzer erhielt von Frey 50.000 Kronen für einen bestimmten Teppich als Anzahlung.

Erfolglos wird nach der Giftmischerin gefahndet. Der Schätzmeister erleidet durch den Anschlag keine gesundheitlichen Schäden und lässt sich auf einen Vorschlag der Polizei ein. Er lebt weiter wie bisher und wartet ab.

Tatsächlich meldet sich die unheimliche Frau wieder bei ihm. Frey schlägt ihr eine weitere Anzahlung vor und dieses Treffen soll in der Pfandleihanstalt stattfinden. Tatsächlich geht sie auf den Vorschlag ein und tappt in die Falle. Sie wird bereits von Kriminalbeamten erwartet.

Marianne Kopony alias Dr. Danzer, eine ehemalige Medizinstudentin, wird verhaftet und gesteht. Die Ermittlungen ergeben, dass sich in Koponys Umfeld immer wieder mysteriöse Todesfälle ereigneten, stets war Gift die Todesursache. Kopony schweigt.

Nach ihrer Einlieferung ins Landesgericht stirbt sie kurz danach in ihrer Zelle und wie nicht anders zu erwarten durch Gift. Versteckt in einer Zitrone, eingeschmuggelt von einem Unbekannten.

Bis heute sind die Fälle um Marianne Kopony, ihre Lebensumstände und ihr Tod ungeklärt geblieben.[89]

ZEITTAFEL
1921

Im **Jänner** wird der Hauptverband für Siedlungs- und Kleingartenwesen gegründet.

Am **1. Februar** setzt sich der Skandal um Schnitzlers »Reigen« in den Kammerspielen des Deutschen Volkstheaters fort. Bereits während der Proben hetzen die Wiener Zeitungen. Prälat Ignaz Seipel, der führende christlich-soziale Politiker, wettert gegen das »Schmutzstück eines jüdischen Autors«. Bürgermeister Jakob Reumann, der kein Aufführungsverbot ausspricht, wird vom Verfassungsgerichtshof angeklagt.

Am **16. Februar** wird eine Reigen-Vorstellung gesprengt, die Polizei verbietet weitere Aufführungen, wird sie erst im März 1922 wieder freigeben. Schnitzler, der sein Stück selbst für unaufführbar hält, untersagt weitere Vorstellungen.

Am **2. März** wird Ernst Haas, einer der Pioniere der modernen Farbfotografie, geboren.

Vom **26. März – 4. April** unternimmt Exkaiser Karl einen Restaurationsversuch zur Wiedererlangung der ungarischen Krone, wird jedoch in Steinamanger (Szombathely) zur Rückkehr gezwungen.

Am **27. April** erblickt Erwin Ringel, der Neurologe und Psychiater, in Temesvár das Licht der Welt.

Der Schriftsteller Erich Fried wird am **6. Mai** geboren.

Am **1. Juni** tritt die zweite Regierung Mayr zurück, am **21. Juni** tritt das erste Kabinett Johannes Schober sein Amt an.[90] Der parteilose Schober ist seit 1918 Wiener Polizeipräsident.

In Hernals (17. Bezirk) sprengen am **16. Juli** Arbeiter einen Fackelzug der Christlich-Sozialen; zwei Polizisten und vier Demonstranten werden verletzt.

Am **12. Juni** kommt der Schriftsteller H.C. Artmann zur Welt.

Am **26. Juli** tritt der Friedensvertrag von Trianon zwischen Ungarn und den Alliierten in Kraft. Ungarn muss am **29. August** Burgenland an Österreich abtreten. Einen Tag davor, am **28. August**, beginnt der Widerstand ungarischer Freischärler und regulärer Truppen gegen die einrückenden 2.000 Mann starken Gendarmerie- und Zollwacheeinheiten. Ein militärischer Einsatz wird von den Alliierten untersagt.

In seinem Schweizer Exil erhält Exkaiser Karl am **4. September** vom ungarischen Reichsverweser Nikolaus Horthy die eindringliche Warnung keinen weiteren Restaurationsversuch zu wagen.

Am **8. September** zieht die Bundesregierung die Gendarmerieeinheiten aus dem Burgenland ab. Besonders im Raum Kirchberg in der Buckligen Welt und Ödenburg (Sopron) finden schwere Kämpfe mit den ungarischen Separatisten statt. Österreich beklagt sechs Tote, 12 Schwer- und 18 Leichtverletzte.

Mit 4.700 Ausstellern eröffnet am **11. September** die »Wiener Messe«, die rund 500.000 Besucher verzeichnet.

Am **24. September** überfallen ungarische Freischärler Bruck an der Leitha in Niederösterreich.

Am **12. Oktober** versichert Exkaiser Karl, keine weiteren Restaurationsversuche mehr zu planen.

Einen Tag darauf, am **13. Oktober**, unterzeichnet Bundeskanzler Schober das abschließende Protokoll von Venedig zwischen Österreich und Ungarn unter dem Vorsitz Italiens über die Burgenland-Frage. Es werden eine kampflose Übergabe und eine Volksabstimmung im Raum Ödenburg vereinbart.

Am **20. Oktober** landet das Ex-Kaiserpaar mit einem Flugzeug in der Nähe von Ödenburg. Zwei Tage später marschieren die Truppen des Exkaisers Karl auf Budapest. Innerhalb von 48 Stunden, am **24.**, werden die Soldaten unter General Anton von Lehár, dem Bruder des Operettenkomponisten, bei Budaörs geschlagen, Karl und seine Gemahlin Zita gefangengenommen.

Am **1. November** kommt die Schriftstellerin Ilse Aichinger zur Welt.

Am **13. November** besetzt, gemäß den Protokollen von Venedig, das österreichische Bundesheer das Burgenland.

Am **19. November** trifft das Ex-Kaiserpaar mit den Kinder und kleiner Entourage in Funchal auf Madeira ein.

Die letzte Fahrt des Personenzugs der Zahnradbahn auf den Kahlenberg endet am **26. November**. Bevor sie endgültig eingestellt wird, bleibt sie noch ein weiteres Jahr für die Wasserversorgung in Betrieb.

Vom **14. – 16. Dezember** findet im Raum Ödenburg die Volksabstimmung statt. Es wird gegen Österreich entschieden.

Am **16. Dezember** erfolgt die Unterzeichnung des Vertrags von Lana zwischen Österreich und der Tschechoslowakei, in dem politische und wirtschaftliche Fragen geregelt sind und beide Staaten gegenseitig die Anerkennung ihrer Gebiete garantieren.

Was noch geschah

Der Kölner Oberbürgermeister Konrad Adenauer wird Präsident des Preußischen Staatsrates.

Erstmals treten in der Weimarer Republik Trupps der nationalsozialistischen Sturmabteilung (SA) zur Terrorisierung politischer Gegner in Erscheinung.

Die »Kleine Entente« zwischen der Tschechoslowakei, Jugoslawien und Rumänien wird gebildet.

Es kommt zu Unruhen gegen die Sowjetregierung, u.a. ein Matrosenaufstand in Kronstadt.

Am 10. Parteitag beschließen die russischen Kommunisten die strenge ideologische Einheit der Partei. In Russland wird die »Neue ökonomische Politik« (NEP) mit der Zulassung privatwirtschaftlicher Betriebe eingeführt.

Die türkische Nationalversammlung unter Kemal Pascha Atatürk verkündet eine vorläufige Verfassung. Bis 1922 werden Griechen aus Türkisch-Westkleinasien vertrieben. Die Türkei anerkennt die Sowjetunion.

Warren G. Harding wird 29. amerikanischer Präsident. Die USA lehnt den Versailler Friedensvertrag ab und schließt mit Deutschland einen Sonderfrieden.

Das Washingtoner Abkommen verbietet völkerrechtlich Giftgas im Krieg.

In China wird die Kommunistische Partei gegründet.

Hugo von Hofmannsthal schreibt das Lustspiel »Der Schwierige«; der deutsche Dichter Klabund (eig. Alfred Henschke) verfasst »Das Blumenschiff«, eine Nachdichtung chinesischer Lyrik. Der deutsche Satiriker und Dichter Ludwig Thoma stirbt.

Max Reinhardt bringt im Berliner Großen Schauspielhaus seine Inszenierung des »Sommernachtstraum« von 1905 auf die Bühne.

In Deutschland erscheinen rund 31.000 Bücher und 5050 Zeitschriften. Es gibt über 13.000 Buchhandlungen.

Albert Schweitzer bringt »Zwischen Wasser und Urwald« heraus.

Albert Einstein erhält den Physik-Nobelpreis.

Eine britische Expedition versucht erfolglos den Mount Everest zu besteigen; weitere Versuche 1922 und 1924. Erst dem Neuseeländer Edmund Hillary mit Sherpa Tensing gelingt 1953 dieses Wagnis.

Die Avus, eine Autostraße von Berlin nach Wannsee, wird eröffnet.

In der Damenfrisurenmode setzt sich der Bubikopf durch.

Im Kino

Am 26. Februar spricht Friedel Hintze das Goethe-Gedicht »Sah ein Knab ein Röslein stehn« in Großaufnahme vor einer Kamera, wobei Bild und Ton extra aufgenommen und danach verbunden werden. Es ist der erste brauchbare Lichttonfilm der Welt.

In den USA sorgt Charlie Chaplin mit »The Kid« unter seiner Regie und als Hauptdarsteller mit dem Kinderstar Jackie Coogan für Rührung in den vollen Sälen.

Ein gebürtiger Süditaliener schafft in Amerika den Durchbruch. Als Rudolph(o) Valentino bricht er sämtliche Frauenherzen im Sturm. Mit »Die vier apokalyptischen Reiter« und »Der Scheich« wird er über Nacht zum Superstar. Doch sein ausschweifender Lebenswandel rächt sich früh. Als Valentino mit nur einunddreißig Jahren stirbt, löst sein Tod eine Massenhysterie aus. Tagelang sind weite Teile New Yorks durch Trauerprozessionen lahmgelegt. Viele Mädchen und Frauen begehen Selbstmord.

Deutschland

»Der müde Tod«: Regie Fritz Lang, mit Lil Dagover.

»Hintertreppe«: Regie Leopold Jessner und Paul Leni, mit Henny Porten, Fritz Kortner, Wilhelm Dieterle.

»Danton«: Regie Dimitri Buchowetzki, mit Emil Jannings, Werner Krauss

1922

Am **1. Jänner** wird Wien von Niederösterreich getrennt und ein selbstständiges Bundesland. Ungarn übernimmt Ödenburg und sieben umgebende Gemeinden.

Die erste Regierung Schober tritt am **26. Jänner** zurück. Für einen Tag übernimmt Vizekanzler Walter Breisky die Amtsgeschäfte.

Am **27. Jänner** nimmt die zweite Regierung Schober die Arbeit auf.[91]

Am **29. Jänner** heißen die Weltmeister im Eiskunst-Paarlauf bei den Weltmeisterschaften in Stockholm Helene Engelmann und

Alfred Berger. Herma Planck-Szábo wird Weltmeisterin im Eiskunstlauf.

Am **1. April** stirbt Exkaiser Karl in Funchal auf Madeira.

Finanzminister Alfred Gürtler wird am **10. Mai** von den Sozialdemokraten und Großdeutschen gestürzt. Bis 11. November tritt August Ségur die Nachfolge an.

Wegen der Annäherung an die Tschechoslowakei kommt es zu Differenzen mit den Großdeutschen. Deswegen tritt am **24. Mai** das zweite Kabinett Schober zurück. Eine Woche später, am **31. Mai**, tritt die erste Regierung Seipel an.[92] Der Bundeskanzler sieht die Währungssanierung als vordringlichste Aufgabe. Derzeit sind 100 Schweizer Franken um die 360.000 Kronen.

Am **16. Juni** stirbt der Schauspieler und Komiker Karl Blasl. Sein Ausspruch »Bitte sehr, bitte gleich« hat bis heute Gültigkeit.

Das Notenbankgesetz wird am **14. Juli** erlassen. Das Aktienkapital der neu eingerichteten Notenbank beträgt 30 Millionen Goldkronen. Im **August** bemüht sich Bundeskanzler Seipel in Verona, Berlin und Prag Finanzhilfen für Österreich aufzutreiben.

Am **13. August** wird in der Salzburger Kollegienkirche »Das Salzburger Große Welttheater« von Hofmannsthal unter der Regie von Max Reinhardt uraufgeführt. Einen Tag später wird erstmal eine Oper bei den Salzburger Festspielen gespielt; Mozarts »Don Giovanni«, dirigiert von Richard Strauss; Richard Tauber singt den Don Ottavio.

Arbeitslose Kommunisten versuchen am **23. August** das Parlament zu stürmen. Dabei werden elf Polizisten und zehn Demonstranten verletzt.

Am **6. September** spricht Seipel vor dem Völkerbund in Genf: »...*Ehe das Volk Österreichs in seiner Absperrung zugrunde geht, wird es alles tun, um die Schranken und Ketten, die es beengen und drücken, zu sprengen.*« Mit seiner Rede konnte der Bundeskanzler für eine Völkerbundanleihe überzeugen.

Am **14. September** findet eine Nationalratssitzung über diese Anleihe statt, die scharf von den Sozialdemokraten kritisiert wird, doch am **27.** erfolgt die Genehmigung für den Sanierungsplan durch den Völkerbund.

Am **4. Oktober** unterzeichnen Österreich, Frankreich, England, Italien und die Tschechoslowakei die Genfer Protokolle für die Anleihe in der Höhe von 650 Millionen Goldmark auf zwanzig Jahre. Die Unterzeichner verpflichten sich, die politische Unabhängigkeit, die territoriale Unverletzlichkeit und die Souveränität Österreich zu achten. Zusätzlich wird ein Kontrollkomitee eingesetzt.

Am **2. Oktober** fordert die konservative *Reichspost* zum Hausherrenstreik auf: Absperren der Wasserleitungen, der Gang- und Stiegenbeleuchtungen; Demontage der Telefondrähte, Briefkästen und Verbindungsdrähten zu den Straßenbahnoberleitungen und andere Schikanen.

Am **14. November** stirbt der Operettenkomponist und Militärkapellmeister Carl Michael Ziehrer.

Am **18. November** wird die österreichische Notenpresse stillgelegt und versiegelt, einer der Vertragspunkte in den Genfer Protokollen.

Am **31. Dezember** wird der »Filmbund« für alle österreichischen Filmschaffenden gegründet und das »Film-Heim« als soziale Hilfseinrichtung eröffnet.

Sascha Kolowrat mit der »Sascha-Film« produziert den ersten österreichischen Monumentalfilm »Sodom und Gomorrha« unter der Regie von Michael Kertesz, der später in Hollywood als Michael Curtiz Karriere machen wird. Für die Außenaufnahmen sind tausende Statisten eingesetzt, darunter die noch völlig unbekannten Schauspieler Paula Wessely, Willi Forst und Hans Thimig.

1921/22 erreicht die österreichische Filmindustrie ihren Höhepunkt. Neben den großen Produktionsfirmen wie *Sascha*, *Astoria*,

Dreamland, *Listo*, *Schönbrunn* und *Vita* agieren noch rund zwanzig weitere Filmproduzenten in Wien.

Nachdem Amerika weltweit Marktführer im Filmgeschäft ist, bedeutet es das Ende des österreichischen Films. Billy Wilder, Fred Zinnemann, G.W. Pabst, Willi Forst, Otto Preminger und Erich von Stroheim gehen nach Berlin und später in die USA.

...und Karl Kraus giftet: »*Noch lässt sich diese Menschheit nicht begraben, noch kann's im Fortschritt weitergehen. Erst wenn sie sich ganz und gar im Film gesehen, dann wird sie am Ende genug von sich haben.*«[93]

Das Krematorium, erbaut von Clemens Holzmeister, wird am **17. Dezember** im Zentralfriedhof eröffnet.

Was noch geschah

Deutschland anerkennt die Sowjetunion. Der deutsche Reichsaußenminister Walther Rathenau wird in Berlin von Studenten erschossen. Seit 1919 ereigneten sich in Deutschland 376 politische Morde. Der deutsche Reichstag verlängert die Amtszeit des Reichspräsidenten Friedrich Ebert bis 1925. Die USPD (Unabhängige Sozialdemokratische Partei Deutschland) vereinigt sich mit der SPD. Friedrich Adler ruft eine erfolglose Konferenz der drei Internationalen (Sozialisten, Unabhängige Sozialisten und Kommunisten) in Berlin ein.

In Frankreich wird, nach dem Sturz von Aristide Briand, Henri Poincaré neuer Ministerpräsident und Außenminister.

Mit dem »Marsch auf Rom« gelingt der faschistische Staatsstreich in Italien. König Viktor Emanuel III. ernennt Benito Mussolini zum Ministerpräsidenten.

Ungarn wird in den Völkerbund aufgenommen.

Die »Baltische Entente« mit Polen, Lettland, Estland und Finnland bildet sich gegen die USSR.

Nach dem verlorenen Krieg gegen die Türkei muss Griechenland

Ostthrakien wieder abtreten, König Konstantin I. dankt ab.

Die Sowjetstaaten bilden die Union der Sozialistischen Sowjetrepubliken (USSR) mit der Hauptstadt Moskau. Die frühere Tscheka wird zur neuen GPU, der politischen Polizei; ab 1934 NKWD.

In Indien wird Mahatma Gandhi zu sechs Jahren Gefängnis verurteilt, aber bereits 1924 wieder entlassen.

Im Vatikan sitzt Papst Pius XI. auf dem Stuhl Petri.

Mrs. Dawson Scott gründet in London den PEN-Club.

Ludwig Wittgenstein publiziert »Tractatus logico-philosophicus«, die Logistik der Russell-Schule.

Schauspieler und Sänger Leo Slezak veröffentlicht seine humoristische Autobiografie »Meine sämtlichen Werke«.

In Salzburg wird die »Internationale Gesellschaft für Neue Musik« gegründet.

Hannes Schneider gründet die Skischule in St. Anton am Arlberg.

Im Kino

Die Uraufführung von »Fridericus Rex« unter der Regie von Arzen von Csérepy mit Otto Gebühr in der Rolle des Preußenkönigs, löst am 31. Jänner in Berlin heftige Kontroversen aus. In einigen Sälen kommt es zu Prügeleien, Konservative gegen Linke.

USA

»Robin Hood«: Regie Alan Dwan, mit Douglas Fairbanks.

»Großmutters Liebling«: Regie Fred C. Newmeyer, mit Harold Lloyd. Noch halten sich die Slapstick-Stummfilme mit Lloyd und Buster Keaton, doch der König bleibt Charlie Chaplin.

»Zahltag« von und mit Charlie Chaplin.

Deutschland

»Nosferatu« (der erste Vampirfilm): Regie Friedrich Wilhelm Murnau, mit Max Schreck, Alexander Granach, Gustav von Wangenheim, Greta Schröder.

»Dr. Mabuse, der Spieler«: Regie Fritz Lang, mit Rudolf Klein-Rogge, Aud Egede Nissen, Alfred Abel.

»Luise Millerin«: Regie Carl Froelich, mit Werner Krauss.

»Lukrezia Borgia«: Regie Richard Oswald, mit Liane Haid und Albert Bassermann.

»Das Weib des Pharao«: Regie Ernst Lubitsch, mit Emil Jannings, Harry Liedtke, Paul Wegener, Albert Bassermann.

Großbritannien

»Das glorreiche Abenteuer«: Regie J. Stuart Blackton; der erste englische Farb- und Tonfilm im Tiergon-Verfahren, das sich anfänglich nicht durchsetzt. Die Erfinder Joe Engl, Joseph Massolle und Hans Vogt sind sogar gezwungen, ihre Patente zu verkaufen.

1923

Am **1. Jänner** nimmt die Notenbank, die spätere Nationalbank, ihre Tätigkeit auf.

Der Arbeiterdichter, Satiriker, Lyriker und Erzähler Alfons Petzold stirbt am **26. Jänner** in Kitzbühel.

Am **1. April** meldet sich der erste österreichische Rundfunksender, Radio *Hekaphon*, aus der Dresdner Straße 75 im 20. Bezirk. Oskar Koton, der Erbauer des Senders, tritt als Sprecher und Unterhaltungspianist auf. Nach der Übersiedlung in die Währinger Straße 59 im 9. Bezirk treten renommierte Künstler wie Raoul Aslan oder Paul Pranger, aber auch Bundespräsident Michael Hainisch erstmals vor ein Mikrofon.

Am **17. Februar** geraten im 14. Bezirk Monarchisten und sozialdemokratische Arbeiter aneinander; ein toter und zwei verletzte Arbeiter. Am Ostermontag, den **2. April**, die »Schlacht auf dem Exelberg«. 300 Nazis unter Führung eines Münchners greifen 90 sozialdemokratische Arbeiter an, zwei Nazis werden verletzt.

Das Innenministerium genehmigt am **12. April** den »Republikanischen Schutzbund«, eine paramilitärische Organisation der Sozialdemokraten unter Führung von Julius Deutsch und Theodor Körner.

Am **16. April** demissioniert die erste Regierung Seipel, um vier Ministerien und zwei Minister einzusparen. Einen Tag später, am **17.**, tritt das zweite Kabinett Seipel sein Amt an.[94]

In den Rosensälen in der Favoritenstraße 89 im 10. Bezirk findet am **4. Mai** eine Versammlung der Nationalsozialisten statt. Die Polizei verhindert Störversuche der Sozialdemokraten und Kommunisten. Ein Arbeiter wird erschossen und 50 werden verletzt.

Vom **11. - 13. August** tagt der Zweite Reichsverbandstag der christlich-sozialen Arbeitervereine unter Führung von Leopold Kunschak in Linz und endet mit dem Beschluss des »Linzer Programms«.

Am **21. September** beschließt der Wiener Stadtsenat in den nächsten fünf Jahren den Bau von 25.000 Gemeindewohnungen.

Am **28. September 1923** stirbt der Staatssekretär für soziale Fürsorge Ferdinand Hanusch in Wien.

Wieder krachen am **30. September** Nazis und sozialdemokratische Arbeiter zusammen. Dieses Mal in Spillern, Niederösterreich. Ein Toter und mehrere Verletzte.

Am **21. Oktober** finden Nationalratswahlen auf der Grundlage des neuen Wahlgesetzes vom Juli mit der Herabsetzung der Mandate von 183 auf 165 statt.

Am **28. Oktober** strömen die Menschen in die Prater Hauptallee. *Flapper girls*, so nennt man selbstbewusste und emanzipierte Frauen, fahren ihr erstes Autorennen. Der Start erfolgt beim Lusthaus, das Ziel ist der Praterstern. Der Sieg geht an Olga Frühwald. Sie fährt die 1.300 Meter in 54 Sekunden.

Am **20. November** tritt das zweite Kabinett Seipel formell zurück, um anschließend als dritte unveränderte Regierung weiterhin sein Amt auszuführen. Der Sozialdemokrat Karl Seitz wird Nachfolger seines Parteifreundes Jakob Reumann als Wiener Bürgermeister.

Was noch geschah

Frankreich besetzt das Ruhrgebiet.

In Deutschland regiert eine große Koalition mit Reichskanzler Gustav Stresemann. Ein Konflikt zwischen der Reichsregierung mit dem bayerischen Generalstaatskommissar Gustav von Kahr, der sich weigert den *Völkischen Beobachter*, das Organ der NSDAP, zu verbieten. In Hamburg kommt es zu einem kommunistischen Aufstand. In München scheitert ein Putschversuch von Adolf Hitler und Erich Ludendorff. Hitler erhält Festungshaft bis 1924.

Hjalmar Schacht wird Reichsbankpräsident. Die Inflation erreicht in Deutschland ihren Höhepunkt: 1 Dollar sind 4,2 Billionen Mark.

Gustav Stresemann wird deutscher Reichsaußenminister.

Auch nach deren Auflösung geschehen weiterhin Fememorde durch die illegale »Schwarze Reichswehr«.

Kemal Pascha Atatürk wird erster Präsident der türkischen Republik. Im Frieden von Lausanne werden die Grenzen der Türkei bestätigt, die Griechen fliehen aus dem Land.

Abessinien (heutiges Äthiopien) tritt dem Völkerbund bei.

John Calvin Coolidge wird der 30. amerikanische Präsident.

Heinrich Mann veröffentlicht die »Diktatur der Vernunft«, Thomas Mann das Romanfragment »Bekenntnisse des Hochstaplers Felix Krull«; Rainer Maria Rilke »Sonette an Orpheus« und die »Duineser Elegien«. Joachim Ringelnatz' Gedichtsammlungen »Kuddel Daddeldu« und »Turngedichte« erscheinen.

Felix Salten bringt »Bambi« heraus; Franz Werfel »Verdi«, den Roman der Oper; Stefan Zweig die Novellensammlung »Amok«.

In Österreich wird der PEN-Club gegründet; erster Präsident ist Arthur Schnitzler.

Sigmund Freud publiziert »Das Ich und das Es«. Der Medizin-Nobelpreis geht an die kanadischen Forscher F. Banting und J.J.R. Macleod für die Entdeckung des Insulins. Der deutsche Physiker Wilhelm Röntgen, der Entdecker der X-Strahlen (Röntgenstrahlen), stirbt.

In den USA wird erstmals versucht, ein Flugzeug in der Luft zu betanken. Erste Diesel-LKWS kommen zum Einsatz.

Die überseeische Auswanderung, vorwiegend nach Amerika, beträgt 114.000 Menschen.

Der Gedanke des »Muttertages« kommt aus den Vereinigten Staaten nach Deutschland.

Das Tempelhofer Feld in Berlin wird zum Flugplatz.

Im Kino

Die französische Schauspielerin Sarah Bernhardt, ebenso wie Eleonora Duse, eine der populärsten Theaterdarstellerinnen, die auch in acht Filmen spielte, stirbt in Paris am 26. März.

Am 3. September präsentiert Ernst Lubitsch »Rosita«, seinen ersten Hollywood-Film mit Mary Pickford, die auch als Produzentin fungiert. Der Streifen erweist sich als Flop.

USA

»Gier nach Gold«: Regie Erich von Stroheim, mit Gibson Gowland, Zasu Pitts, Jean Hersholt.

»Ausgerechnet Wolkenkratzer«: Regie Fred Newmeyer, mit Harold Lloyd, Mildred Davis, Bill Strother.

»Die zehn Gebote«: Regie Cecil B. De Mille, mit Theodore Roberts, Edythe Chapman, Richard Dix, Rod la Roque. Einer der ersten Monumentalfilme.

»Der Pilger« und »Die Nächte einer schönen Frau«; beide Filme von und mit Charlie Chaplin.

»Verflixte Gesellschaft« von und mit Buster Keaton.

Deutschland

»I.N.R.I.«: Regie Robert Wiene, mit Henny Porten, Werner Krauss, Asta Nielsen.

»Nora«: Regie Berthold Viertel, mit Olga Tschechowa, Fritz Kortner.

1924

Im **Jänner** wird in Salzburg der ehemalige erzbischöfliche Marstall zum provisorischen Festspielhaus umgebaut und ist bis 1925 fertiggestellt.

Vom **24. Jänner – 4. Februar** finden in Chamonix-Mont-Blanc die ersten Olympischen Winterspiele statt. Österreich kehrt mit zwei Gold- und einer Silbermedaille, jeweils im Eiskunstlauf der Damen und Herren, heim.

Am **16./17. Februar** wird Herma Planck-Szábo in Oslo zum dritten Mal Weltmeisterin im Eiskunstlauf. Am **26./27. Februar** werden Helene Engelmann und Alfred Berger in Manchester Weltmeister im Paar-Eiskunstlauf.

Am **7. April** wird der Schriftsteller Johannes Mario Simmel geboren.

Die VIII. Olympischen Sommerspiele finden vom **3. Mai – 27. Juli** in Paris statt. Österreich gewinnt drei Silber- und eine Bronzemedaille, alle in der Schwerathletik.

Am **1. Juni** wird Bundeskanzler Seipel im Südbahnhof durch Schüsse von Karl Jaworek schwer verletzt.

Franz Kafka stirbt am **3. Juni** in Kierling bei Wien.

Die Depositenbank des zwielichtigen Börsenspekulanten Camillo Castiglioni, der auch Max Reinhardt finanziert, gerät am **28. Sep-**

tember in Zahlungsschwierigkeiten. Bereits vor vier Monaten war gegen ihn Strafanzeige gestellt worden. Als Castiglioni an diesem Tag verhaftet werden sollte, taucht er unter. In gewissen Kreisen ist bekannt, dass er seit Jahren unsaubere Transaktionen durchführt.

Am **30. September** wird die *RAVAG (Radio Verkehrs AG)* gegründet mit Generaldirektor Oskar Czeija. Erstmals wird am **1. Oktober** vom obersten Stockwerk des Kriegsministeriums am Stubenring gesendet und beginnt mit den Worten: »*Hallo, hallo! Hier ist Radio Wien auf Welle 530.*«

Die dritte Regierung Seipel tritt am **8. November** zurück. Der Anlass ist ein Eisenbahnerstreik und Differenzen mit den Bundesländern wegen verlangter radikaler Sparmaßnahmen.

Am **20. November** tritt die erste Regierung Ramek ihr Amt an.[95] Am **9. Dezember** wird Michal Hainisch ein zweites Mal zum Bundespräsidenten gewählt.

Der Schilling wird am **12. Dezember** eingeführt, wirksam mit 1. Jänner 1925. 1 Schilling = 10.000 Papierkronen, 1 Goldkrone = 1,41 Schilling, 1 kg Gold = 6.000 Schilling. Damit endet die Inflation. Am **20. Dezember** beginnt der Währungsumtausch.

Was noch geschah

Hitler wird vorzeitig aus der Festungshaft Landsberg entlassen. Während seiner Inhaftierung schreibt er »Mein Kampf«, die »Nazi-Bibel«.

Austen Chamberlain wird britischer Außenminister, Winston Churchill Finanzminister im Kabinett Baldwin.

Griechenland wird Republik.

Lenin stirbt in Gorki bei Moskau. Stalin findet Verbündete gegen Trotzki; der Volkskommissar für Heerwesen wird abgesetzt und in den Kaukasus verbannt.

Der ehemalige amerikanische Präsident Woodrow Wilson stirbt. Das US-Einwanderungsgesetz schließt Japaner und Chinesen aus. Mahatma Gandhi fastet 21 Tage in Delhi als moralische Demonstration gegen den politisch-religiösen Streit zwischen Hindus und Moslems.

Alexander Döblin verfasst den Zukunftsroman »Berge, Meere und Giganten«; Gerhart Hauptmann den Roman »Die Insel der großen Mutter«; Ernest Hemingway die amerikanischen Kurzgeschichten »In unserer Zeit«. Kurz vor seinem Tod schreibt Franz Kafka die Erzählung »Ein Hungerkünstler«.

Egon Erwin Kisch bringt seine Feuilletons unter »Der rasende Reporter« heraus. Klabund verfasst das Drama »Der Kreidekreis«; Heinrich Mann die Novellen »Abrechnungen«; Thomas Mann den zweibändigen Roman »Der Zauberberg«. Joachim Ringelnatz veröffentlicht die Gedichtsammlung »Geheimes Kinderspielbuch«; Arthur Schnitzler die Novelle »Fräulein Else« und das Schauspiel »Komödie der Verführung«. G.B. Shaw schreibt das englische Schauspiel »Die heilige Johanna«. Posthum wird Mark Twains Biografie in zwei Bänden veröffentlicht. Franz Werfel verfasst die dramatische Historie »Juarez und Maximilian«.

Die weltberühmte italienische Schauspielerin Eleonora Duse stirbt. Max Reinhardt übernimmt die Leitung des Theaters in der Josefstadt und der Salzburger Festspiele, inszeniert »Jedermann«. In Berlin leitet er das Deutsche Theater, die Kammerspiele und die Komödie. Kurt Robitschek gründet in Berlin das »Kabarett der Komiker«.

Alban Berg komponiert das »Kammerkonzert« anlässlich des 50. Geburtstags von Arnold Schönberg; George Gershwin die »Rhapsody in blue«; Emmerich Kálmán die Operette »Gräfin Mariza«; Giacomo Puccini die Oper »Turandot«, sein letztes Werk, er stirbt 1924.

In der Wiener Staatsoper wird Gustav Mahlers, gestorben 1911, unvollendete 10. Sinfonie uraufgeführt. Richard Strauss komponiert die Oper »Intermezzo« und das Ballett »Schlagobers«.

Der Schlager des Jahres ist »Ich hab' mein Herz in Heidelberg verloren«: Musik von Fred Raymond und Text von dem Wiener Texter und Librettisten Fritz Löhner-Beda in Zusammenarbeit mit Ernst Neubach.

Die größte deutsche Glocke mit 4,5 Tonnen wird für den Kölner Dom gegossen. In Berlin finden die erste Funkausstellung und die erste Automobilausstellung statt.

Die deutsche Einheitskurzschrift, die Stenografie, bereits seit 1906 angestrebt, wird eingeführt (ab 1936 Deutsche Kurzschrift).

Das chinesische Mah-Jongg-Spiel wird ein deutsches Modespiel.

In Hannover wird Fritz Haarmann verhaftet. Der Massenmörder tötete sechsundzwanzig junge Männer.

Im Kino

Am 10. Jänner wird aus CBC Sales Corporation, 1920 von Harry und Jack Cohn sowie von Joe Brandt gegründet, Columbia Pictures. Am 1. März zeigt Walt Disney mit »Alice's Day at the Sea« erstmals einen Zeichentrickfilm.

Am 26. April wird in Los Angeles die Filmgesellschaft Metro-Goldwyn-Mayer gegründet.

Am 30. September empfängt Papst Pius XI. Jackie Coogan, den neunjährigen Kinderstar aus Chaplins »The Kid« im Vatikan.

USA

»Der Dieb von Bagdad«: Regie Raoul Walsh, mit Douglas Fairbanks, Anna May Wong.

»Das eiserne Pferd«: Regie John Ford, mit George O'Brien, Madge Bellamy.

»Das verbotene Paradies«: Regie Ernst Lubitsch, mit Pola Negri, Rod la Roque, Adolphe Menjou.

»Amerika«: Regie D.W. Griffith, mit Neil Hamilton, Carol Dempster, Erville Alderson.

»Der Steuermann«: Regie Donald Crisp, mit Buster Keaton.

Deutschland

»Nju«: Regie Paul Czinner, mit Elisabeth Bergner, Emil Jannings, Conrad Veidt.

»Der letzte Mann«: Regie Friedrich Wilhelm Murnau, mit Emil Jannings, Maly Delschaft.

»Die Nibelungen« (in zwei Teilen »Siegfried« und »Kriemhilds Rache«): Regie Ernst Lubitsch, mit Paul Richter, Margarete Schön, Hanna Ralph, Theodor Loos.

»Das Wachsfigurenkabinett«: Regie Paul Leni, mit Wilhelm Dieterle, Emil Jannings, Conrad Veidt.

»Berg des Schicksals«: Regie Arnold Fanck, mit Luis Trenker.

1925

Am **1. März** tritt die Schillingwährung in Kraft. Kronen können bis 31. Mai 1937 umgetauscht werden.

Am **30. März** stirbt der Religionsphilosoph, Anthroposoph und Schriftsteller Rudolf Steiner. Auf dem Grazer Schlossberg wird ein Rundfunksender in Betrieb genommen.

Auf dem Wiener Rathausplatz gerät am **7. April** eine kommunistische Arbeitslosenversammlung mit der Polizei in Konflikt. Dabei werden zehn Beamte verletzt.

In der Nacht vom **20.** auf den **21. Mai** stoßen in Mödling, Niederösterreich, Nazi-Wehrorganisationen und sozialdemokratische Arbeiter zusammen. Der Sozi-Gemeinderat Leopold Müller wird getötet, der Nationalsozialist Roland Steingruber schwer verletzt.

Ende Mai ist im 1. und 2. Bezirk auffällig antisemitische NS-Propaganda zu bemerken.

Vom **3. Juni - 20. Oktober** wird die von der Gemeinde Wien übernommene Stadtbahn, die in Teilabschnitten elektrifiziert ist, in Betrieb genommen.

In Stockerau, Niederösterreich, geraten am **10. Juli** Sozialdemokraten und Christlich-Soziale aneinander; zurückbleiben 21 Verletzte.

Am **1. August** demonstrieren Sozialdemokraten und Kommunisten auf dem Praterstern gegen rechtsradikale Gewalt und die Polizei. Im Verlauf eines Tumults wird der unbeteiligte 21jährige Buchhalter Josef Mohapl von einem unpolitischen, polizeibekannten Kriminellen erstochen. Die rechten Parteien und Zeitungen schlachten den Mord für ihre Zwecke aus. Es ist von einem »Christenpogrom in der Leopoldstadt« und von »jüdisch-marxistischer Hetze« die Rede.

Am **11. August** findet die Eröffnungsvorstellung mit Hofmannsthals »Das Salzburger Große Welttheater« im Salzburger Festspielhaus statt.

Am **17. und 18. August** kommt es in Wien zu antisemitischen und regierungsfeindlichen Demonstrationen von Nazis, Deutschnationalen und Christlich-Sozialen wegen dem, von der Regierung genehmigten, XIV. Internationalen Zionistenkongress vom **18. - 31. August**. 22 Polizisten und 31 Demonstranten werden verletzt.

Am **16. September** stirbt der Operettenkomponist Leo Fall in Wien.

Am **19. Oktober** wird Eisenstadt burgenländische Hauptstadt.

Was noch geschah

Der Friedensnobelpreis wird an den britischen Politiker Arthur Neville Chamberlain und an den amerikanischen Kollegen Charles Gates Dawes verliehen.

Der deutsche sozialdemokratische Reichspräsident Friedrich

Ebert stirbt. Das »Heidelberger Programm« der deutschen SPD wird präsentiert. Hitler gründet die NSDAP neu und die Partei verzeichnet auf Anhieb 27.000 Mitglieder. Aus der SA wird die SS (Schutzstaffel) gebildet. Hitlers »Mein Kampf« erscheint, wird zum NSDAP-Programm. Der zweite Band folgt 1926.

Aristide Briand wird französischer Außenminister (bis 1932) und Ministerpräsident (bis 1926).

Auf der Konferenz von Locarno beraten der deutsche Reichskanzler Hans Luther, der deutsche Außenminister Gustav Stresemann, Briand für Frankreich, Chamberlain für Großbritannien, Vandervelde für Belgien, Mussolini für Italien, Skrzynski für Polen und Beneš für die Tschechoslowakei über Abmachungen der Friedenssicherung und Stabilisierung von Nachkriegseuropa.

In Italien verschärft sich unter Mussolini die faschistische Diktatur.

Der Literaturnobelpreis geht an G.B. Shaw. Lion Feuchtwangers ursprüngliches Drama »Jud Süß« (1917) erscheint nun als Roman.

F. Scott Fitzgerald veröffentlicht »Der große Gatsby«; Maxim Gorki »Das Werk der Artamonows«; Hofmannsthal das Schauspiel »Der Turm« und der Engländer Aldous Huxley den gesellschaftskritischen Roman »Parallelen der Liebe«. Kafkas Roman »Der Prozess« erscheint posthum. Die Schwedin Selma Lagerlöf schreibt den Roman »Charlotte Löwensköld«. Aus Heinrich Manns Feder stammt der sozialkritische Roman »Der Kopf« und er vollendet seine Trilogie »Das Kaiserreich« mit dem dritten Band (erster Band »Die Armen« 1917, zweiter Band »Der Untertan« 1918).

Alfred Polgar veröffentlicht die Feuilletonsammlung »An den Rand geschrieben«. Die englische Schriftstellerin Virginia Woolf publiziert den Roman »Mrs. Dalloway«.

Carl Zuckmayer verfasst das Bühnenstück »Der fröhliche Weinberg« und erhält dafür den Kleistpreis. Stefan Zweig schreibt die Erzählung »Die Augen des ewigen Bruder«; Essays über Kleist,

Hölderlin und Nietzsche fasst er in »Der Kampf mit dem Dämon« zusammen.

Joan Miro und Pablo Picasso zählen zu den bedeutendsten spanischen Malern. Das Staatliche Bauhaus übersiedelt von Weimar nach Dessau. In Mannheim findet die Ausstellung »Die Neue Sachlichkeit« statt.

The King of Jazz, Louis Armstrong, gründet seine Combo »Hot Five«. In den Tanzsälen dominiert der Charleston.

Das erste Modell der »Leica« von Oskar Barnack revolutioniert entscheidend die Kleinbildfotografie auf Normalfilm.

Erste Versuche des deutschen Fernsehens mit der sogenannten Nipkow-Scheibe und der Karolus- (Kerr) Zelle. Ab 1928 finden erste öffentliche Vorführungen auf Ausstellungen statt.

Der *I.G. Farbenkonzern* wird in Deutschland gegründet; in Amerika gründet Walter P. Chrysler, ein Autokonstrukteur, die *Chrysler Corporation*; in Deutschland formiert sich die *Deutsche Ford-Gesellschaft*.

In der Damenmode dominieren taillenlose Kleider, kniefreie Röcke, Topfhüte und bei den Frisuren weiterhin der Bubikopf.

Reportagen und Sportberichterstattungen locken die Menschen vor die Radiogeräte.

Der deutsche Otto Feick erfindet als neues Sportgerät das Rhönrad. Der Deutsche Tischtennisbund wird gegründet.

Im Kino

Am 17. September flimmert die erste Ufa-Wochenschau in Berlin über die Leinwände, ein Nachfolger der Meßter- und der Deulig-Woche.

USA

»Goldrausch« von und mit Charlie Chaplin, Georgia Hale, Mack Swain, Tom Murray.

»Die Heilsjäger«: Regie und Drehbuch Josef von Sternberg, mit George K. Arthur, Georgia Hale, Otto Matiesen.

Sowjetunion

»Panzerkreuzer Potemkin«: Regie Sergej Eisenstein, mit Maxim Schrauch, Alexander Antonow.

Deutschland

»Die freudlose Gasse«: Regie Georg Wilhelm Pabst, mit Greta Garbo, Asta Nielsen, Werner Krauss.

«Varieté«: Regie Ewald André Dupont, mit Emil Jannings.

Pulverfass
1921 – 1925

»Je mehr Fehler im Sinne der männlichen Wertung eine Frau besitzt, desto mehr Glück hat sie bei den Männern.«
Gina Kaus (1893 – 1985; Schriftstellerin, Drehbuchautorin und Übersetzerin)

Während Berlin tanzt und feiert, die Goldenen Zwanziger in vollen Zügen genießt, gärt es in Wien. Die Menschen amüsieren sich, als gäbe es kein Morgen. Zumindest jene, die es sich leisten können.

Aber unter der scheinbar glamourösen Wiener Oberfläche brodelt es gewaltig. Der christlich-soziale Bundeskanzler Prälat Ignaz Seipel hat es mit seinem Sanierungsprogramm, um die horrende Inflation in den Griff zu bekommen, geschafft, dass er zum meistgehassten Politiker wird.

Am liebsten möchte man ihn an der nächsten Gaslaterne hängen sehen. Spottgedichte und Flugblätter mit »Seipels trauriger Himmelfahrt« kursieren. Selbst die Gassenkinder singen *»Wo g'hört der Seipel hin? Der Seipel g'hört in'd Wurschtmaschin', ja dort g'hört er hin.«*
Die allgemeine Stimmung ist am Sieden. 1918 kostete ein Straßenbahnfahrschein 40 Heller, 1922 muss man 1700 Kronen zusammenkratzen. Der neu eingeführte Schilling wird auch keine Wunder bewirken, lautet der pessimistische Tenor.

Wieder trifft es schwer den Mittelstand und die Arbeiter. Eventuell vorhandene Sparguthaben lösen sich in Luft auf. Nur ein Bruchteil von dem bleibt, was sie einst wert waren. In der Hochblüte der Inflation werden Löhne oft mit Verspätung ausbezahlt, weil keine Banknoten vorhanden sind. Gibt es endlich Geld, sind die Scheine am Auszahlungstag oft nur mehr für den Abort zu verwenden.

Trotzdem stehen die Arbeiter noch etwas besser durch die neuen Kollektivverträge da, weil im Zwei-Monats-Rhythmus eine Lohnanpassung an die Teuerungswelle vorgesehen ist. Weitaus schlimmer sind Angestellte und Beamte dran. Mit ihren Spareinlagen und der Zeichnung von Kriegsanleihen halfen sie mit den Krieg zu finanzieren. Nun sind sie über Nacht verarmt, das meist mühsam Ersparte *können sie sich in die Haare schmieren.*[96]

Im November 1922 wird das Wiederaufbaugesetz mit dem Hintergedanken auf diese Weise die marode Wirtschaft wieder in Gang zu bringen beschlossen. Mit der Folge, dass 73.000 im Bundesdienst ihre Schreibtische räumen müssen.

Zolltarife steigen, erhöhte Abgaben auf Alkohol, Tabak und Zucker, die Einführung der Warenumsatzsteuer. Ende 1923 kann die Regierung bereits auf ein ausgewogenes Budget verweisen. Mit dem Schilling soll es noch besser werden. Doch das erweist sich als Trugschluss. Personalabbau, Lohnkürzungen, die Verteuerung des Warenangebots, die Kaufkraftverringerung und die deflationäre Wirtschaftspolitik vernichten jeglichen Anreiz für Investitionen und Schaffung neuer Arbeitsplätze.

Das Arbeitslosenheer vergrößert sich ständig. 1922 sind es 102.000, ein Jahr später 212.000 und 1926 werden es 244.000 sein. Hinzu kommt die Masse der *Ausgesteuerten*, jene arbeitslose Menschen, die keinen Anspruch mehr auf die zeitlich begrenzte Arbeitslosenversicherung haben. Der Staat überlässt sie ihrem Schicksal. Diesen armen Teufeln bleiben nur mehr die öffentliche Fürsorge und die Mildtätigkeit ihrer Mitmenschen. Sie scheinen nicht mehr in den Statistiken auf.

Dementsprechend steigt die Selbstmordrate. Wem nichts mehr geblieben ist, wählt den Freitod. Meist durch Erhängen, ins Wasser gehen, in den Tod springen, sich erschießen oder mit Gas. Manchmal sind es ganze Familien, die keinen anderen Ausweg mehr sehen und kollektiven Selbstmord begehen.[97]

Der Bundeskanzler kann zwar die Währung sanieren, aber die

Volkswirtschaft bekommt er nicht in den Griff. Vor allem unter den Arbeitern gilt er als Staatsfeind Nr. 1. »*Seipel lässt die Staatswirtschaft Österreichs lieber der Kontrolle des Auslands unterwerfen, als sie unter die Kontrolle der Arbeiterklasse fallen zu lassen*« lautet die einhellige Meinung.[98] In zahlreichen sozialdemokratischen Demonstrationen heißt die Parole »*Der Seipel muss weg*« und an Galgen hängende Kanzler-Puppen werden mitgeführt.

Diese Hetztiraden bleiben auch dem einfach gestrickten Arbeiter Karl Jaworek nicht verborgen. Zunehmend reift in ihm der Gedanke, den Bundeskanzler zu töten und danach Selbstmord zu begehen. Er ist 29 Jahre alt, wurde in St. Georgen am Steinfeld in der Nähe von St. Pölten geboren. Seine Familie sind tschechische Spinnereiarbeiter.

Für mehr als fünf Klassen Volksschule reicht es nicht. Zwischen 1901 und 1909 verdingt er sich in Ochsenburg, ebenfalls in der Gegend von St. Pölten. Danach zieht es ihn nach Deutschland. Im Krieg tritt er in die Marine ein und dient auf dem Kreuzer »Novara«, eines der wenigen Schiffe, das nicht an der Revolte von Cattaro teilnimmt. Die Meuterei brach wegen mangelnder Verpflegung, der allgemeinen politischen Lage und Kriegsmüdigkeit aus.

Nach Kriegende findet sich Jaworek im zivilen Leben nicht mehr zurecht. Das Militär mit seinen Befehlsstrukturen lässt ihn nicht mehr los. Dort übernahmen andere das Denken für ihn. In Wien findet er vorerst einen Platz in einer Marineabteilung der Volkswehr. Anscheinend gefällt es ihm nicht und er schließt sich einem Freiwilligenkorps zur Unterstützung der ungarischen Räterepublik an. Allerdings muss er aus unbekannten Gründen flüchten.

Wieder zurück in Wien bemüht sich Jaworek vergeblich um Aufnahme in die Sicherheitswache. Schließlich findet er Arbeit in verschiedenen Spinnereien im Großraum Wien, wird kurzfristig Betriebsratsobmann, scheitert, weil ihm dafür die nötigen geistigen Voraussetzungen fehlen.

Inzwischen ist Jaworek verheiratet, doch die Ehe ist nur von kurzer Dauer. Er ist Vater von zwei Söhnen. 1923 bekommt er massive Probleme mit dem Gesetz. Verurteilungen wegen Diebstahls, Ehrenbeleidigungen, nächtliche Ruhestörung und Beleidigung eines Polizisten folgen.

Jaworek ist ein Verlierer und für seine Misserfolge macht er Bundeskanzler Seipel verantwortlich. Sein krudes politisches Weltbild trägt das Seinige dazu bei. Immer stärker reift in ihm der Plan den Politiker zu ermorden. Sein Vorbild ist Paul Kunschak, der Bruder Leopold Kunschaks, der im Februar 1913 den populären Ottakringer Arbeiterführer Franz Schuhmeier erschoss.

Im Frühjahr 1924 gerät Karl Jaworek abermals in die Mühlen der Justiz. Jetzt ist es Unterschlagung von 830.000 Kronen Krankenhausgeld – die Höhe der Summe sind die Auswirkungen der Inflation – die seiner Schwägerin zustehen. Er denkt an Selbstmord, aber mit der fixen Absicht Seipel mit in den Tod zu nehmen. Jaworek findet heraus, dass der Bundeskanzler am 1. Juni 1924 im burgenländischen Neudörfl auf einer Versammlung sprechen wird. Das soll der Tag sein, an dem er Seipel umbringen möchte.

Vorher will es sich Jaworek noch einmal gut gehen lassen. Er fährt mit dem unterschlagenen Geld von Baden nach Graz, lässt es in einem teuren Hotel krachen. Mit dabei: Eine geladene italienische Armeepistole, die er noch aus dem Krieg besitzt. In seinem Zimmer schreibt er Abschiedsbriefe an den Bruder und die Eltern. Danach nimmt er die Dienste einer Prostituierten in Anspruch.

Am nächsten Tag fährt Karl Jaworek über Bruck an der Mur zurück nach Wiener Neustadt, schreibt einen weiteren Abschiedsbrief an seine Frau und eine letzte Karte an den Bruder, »*Ich mach euer Glück*« und schickt die Post ab.[99]

Um 18 Uhr steigt er in den Balaton-Express von Wiener Neustadt nach Wien, sieht wie Seipel aus Neudörfl zurückkehrt und den Salonwagen betritt. Angekommen am Südbahnhof hastet Jaworek durch die Ankunftshalle, um Seipel abzufangen. Aus knapp einem Meter Entfernung feuert der Attentäter einen Schuss ab, der den Kanzler in die Brust trifft und die Lunge durchschlägt. Anfänglich merkt das Opfer im Schock gar nichts, glaubt an eine Explosion an einer Lokomotive, geht weiter. Ein zweiter Schuss Jaworeks verfehlt das Ziel.

Der Bahnhofsvorstand und ein Kriminaler stürzen sich auf den Täter, dem es noch gelingt, die Waffe gegen sich selbst zu richten und zweimal abzudrücken, wobei er sich nur leicht verletzt. Eine aufgebrachte Menschenmenge schlägt auf Jaworek ein. Seipel kann noch »nicht schlagen« rufen, bevor er zusammenbricht. Seine Genesung wird bis zum 3. Juli andauern.

Erst in Haft erkennt Jaworek die Tragweite seiner Tat, bittet in einem Brief Seipel um Verzeihung. Aus Gram und wegen der Schande begeht Jaworeks Vater Selbstmord.

Im Prozess am 1. Dezember 1924 sieht das Gericht in dem Anschlag kein politisches Motiv, sondern die Einzeltat eines Verzweifelten. Seipel vergibt ihm, unterstützt auch finanziell die Familie. Jaworek wandert vorerst für 3 ½ Jahre hinter Gitter. Das Berufsgericht erhöht die Strafe auf fünf Jahre. Tatsächlich sind es schließlich drei Jahre, da sich Seipel für ihn einsetzt und Jaworek auf Bewährung entlassen wird.

Jetzt ist es endgültig aus. Jeder kennt den Attentäter, er kann nicht mehr Fuß fassen, wird abermals straffällig und muss die restliche Haft absitzen. Nach dem Einmarsch 1938 weigert sich der Sozialdemokrat Jaworek an der Volksabstimmung am 10. April 1938 teilzunehmen, worauf er bis Kriegsende im KZ Dachau interniert wird. Danach lebt er ein Jahr in Deutschland, arbeitet als Bauhilfsarbeiter und kehrt nach Österreich zurück, wo er unter ärmlichsten Verhältnissen am Innsbrucker Stadtrand bis zu seinem Tod lebt.

»Herr Doktor, passen Sie auf.«

Das krisengebeutelte Wien will nicht zur Ruhe kommen. Am Dienstag, den 10. März 1925, betritt um die Mittagszeit ein 21jähriger Mann die Redaktion von *Bettauers Wochenschrift* in der Lange Gasse 5-7 in der Josefstadt und will den Chefredakteur Hugo Bettauer sprechen. Dieser ist nicht da, der unangemeldete Besucher wird auf die Sprechstunde am Nachmittag verwiesen.

Tatsächlich kehrt der Mann zurück, wird von Bettauer in seinem Bureau empfangen. Kaum steht Otto Rothstock im Raum, verschließt er die Türe und übergibt dem Chefredakteur einen Brief. Der verdutzte Bettauer liest, Rothstock zieht eine Pistole und beginnt mit den Worten »Herr Doktor, passen Sie auf« zu schießen, wobei sein Opfer nur leicht verletzt wird. Bettauer versucht sich mit einer Tischlampe zu wehren, will fliehen. Auch die durch die Schüsse herbeigeeilten Mitarbeiter sind wegen der verschlossenen Tür machtlos. Trotzdem gelingt es Bettauer aufzuschließen, eilt hinaus in den Vorraum und bricht nach letztlich fünf Treffern schwer verletzt zusammen. Der Täter sperrt abermals ab, zerreißt was ihm unter die Finger kommt; Briefe, Artikel und Schriftstücke. Die alarmierte Polizei bricht das Bureau auf, Rothstock lässt sich widerstandslos verhaften.

Warum ausgerechnet Hugo Bettauer?

Der Sohn jüdischer Einwanderer aus Lemberg kommt 1872 in Baden bei Wien zur Welt. Er hat noch zwei ältere Schwestern. 1887/88 besucht er die 4. Klasse des Franz-Josephs-Gymnasiums auf der Stubenbastei. Einer seiner Mitschüler ist Karl Kraus, der Bettauer nicht leiden kann und später dessen Roman »Die Stadt ohne Juden« arg verreißen wird, ihn jedoch gegenüber der Wiener Presse in Schutz nimmt.

Mit 16 reißt Bettauer von zu Hause aus und schafft es bis nach Alexandria, wo man ihn wieder heimschickt. 18jährig konvertiert er zum evangelischen Glauben, meldet sich als Einjährig- Freiwilliger zu den Tiroler Kaiserjägern. Lange hält es Bettauer nicht aus, desertiert und lässt sich mit der Mutter in Zürich nieder. Nach dem Tod des Vaters, einem wohlhabenden Börsenmakler, tritt er sein Erbteil an. Bettauer beginnt ein Studium, bricht es bald ab.

In Zürich heiratet er seine Jugendliebe Olga Steiner. Nach dem Tod seiner Mutter wandert das junge Ehepaar nach Amerika aus. Noch während der Überfahrt verliert Bettauer durch eine riskante Spekulation sein gesamtes Vermögen. In New York wird er amerikanischer Staatsbürger.

Der Journalismus interessiert ihn und das nötige Rüstzeug holt er sich beim Zeitungsmogul Randolph Hearst. Trotzdem findet er keine Arbeit im Gegensatz zu Olga, die als Schauspielerin tätig wird.

Daher zurück, dieses Mal nach Berlin, wo der Sohn des Ehepaars Bettauer zur Welt kommt. In der Metropole an der Spree und Havel gelingt es Bettauer zu arbeiten. Als investigativer Journalist schafft er sich viele Feinde, weil er über Korruption und preußischen Bürokratismus schreibt, dabei einiges hochgehen lässt. Sein Roman »Bobbie« über einen reichen und einflussreichen Kindesentführer sorgt zusätzlich für gehörigen Wirbel.

Seine Tage in der Stadt sind endgültig gezählt, als Bettauer nach dem Selbstmord des Hoftheaterdirektors dessen Machenschaften aufdeckt. Der Journalist wird aus Preußen ausgewiesen. Bettauer weicht nach München aus, schreibt für das Kabarett »Die elf Scharfrichter«, zieht im Herbst 1901 nach Hamburg, leitet in der Hansestadt das Fachmagazin »Küche und Keller«.

Inzwischen ist seine Ehe zerrüttet, es folgt die Scheidung. Dann lernt er die erst 16jährige Helene Müller kennen. 1904 brennt Bettauer mit dem Mädchen durch, wieder in die Vereinigten Staaten. Noch während der Überfahrt geht er mit Helene seine zweite Ehe ein und im gleichen Jahr schenkt ihm seine Frau einen weiteren Sohn.

Bettauer siedelt sich abermals in New York an, arbeitet ab 1904 als Reporter für die *Deutsche Zeitung* und als freier Schriftsteller, schreibt erfolgreiche Fortsetzungsromane, so auch für das *Morgenjournal*.

Auch dieser Amerika-Aufenthalt ist nicht von langer Dauer. Bereits 1910 ist Bettauer wieder in Wien, beginnt in der *Neuen Freien Presse*. Mit Beginn des Krieges will er in die Armee eintreten, wegen seiner amerikanischen Staatsbürgerschaft wird ihm dies verwehrt. Bettauer sattelt auf Kriegsberichterstatter um, die Zeitung billigt ihm nur eine lädierte Schreibmaschine zu, die er kurzerhand wegwirft, was ihm die fristlose Entlassung einbringt.

Nach Kriegsende wird Bettauer Korrespondent für verschiedene New Yorker Blätter, startet in Amerika ein Hilfsprogramm für die notleidende Wiener Bevölkerung.

1920 beginnt seine Karriere als Schriftsteller. Kriminalromane mit sozialem Hintergrund, die in Wien, Berlin und New York spielen. Es erscheint sein erster Roman »Faustrecht«. Bettauer entwickelt sich zum Vielschreiber, vier bis fünf Publikationen pro Jahr sind üblich. Er hat das große Glück, dass seine Bücher verfilmt werden. So »Die freudlose Gasse« mit Greta Garbo. Sein bedeutendstes Werk »Die Stadt ohne Juden« ist ein Zukunftsroman.

Österreich steht kurz vor dem Bankrott, worauf Bundeskanzler Schwertfeger, und damit ist niemand anderer als Seipel gemeint, alle Juden aus Österreich ausweisen lässt.

»Sehen wir dieses kleine Österreich von heute an. Wer hat die Presse und damit die öffentliche Meinung in der Hand? Der Jude! Wer hat seit dem unheilvollen Jahr 1914 Milliarden auf Milliarden gehäuft? Der Jude! Wer kontrolliert den ungeheuren Banknotenumlauf, sitzt an den leitenden Stellen der Großbanken, wer steht an der Spitze fast sämtlicher Industrien? Der Jude! Wer besitzt unsere Theater? ... Wer schreibt die Stücke, die aufgeführt werden? ... Wer fährt Automobil, wer prasst in den Nachtlokalen, wer füllt die Kaffeehäuser, wer die vornehmen Restaurants, wer behängt sich und sei-

ne Frau mit Juwelen und Perlen? ...«, lässt Bettauer seinen fiktiven Bundeskanzler schwadronieren.[100]

Danach sind das Land und vor allem die Hauptstadt künstlerisch, gesellschaftlich und wirtschaftlich völlig am Boden. Daher bleibt nichts anderes übrig, die Juden müssen zurückgeholt werden.

Mit diesem Roman wird Bettauer zum Todfeind der aufstrebenden Nazis. Sie sehen darin eine *»bewusste jüdische Provokation und Rassenpropaganda«*.[101]

Nicht nur dieses Buch rückt ihn in den Fokus der Nationalsozialisten. Es sind auch Bettauers Wochenschriften, die ihn zur Zielscheibe der konservativen Presse machen. Er hat die Zeichen der Zeit erkannt und seziert genau den gesellschaftlichen Wandel, stellt sich auf die Seite der Frau, die sich langsam zu emanzipieren beginnt. Sie ist nicht mehr die Untertanin unter der Dominanz des Familienpatriarchen. Ebenso nicht mehr nur der Körper für die Befriedigung des Mannes und eine Gebärmaschine, die Frau besinnt sich auf ihr Körperbewusstsein. Das dokumentiert sich in der neuen Mode, in den Frisuren, in der Nacktkörperkultur und in der Erkenntnis, dass die Ehe nicht ausschließlich für die Nachkommenschaft gedacht ist. Beeinflusst durch die Schriften von Freud, Jung und Adler ist ein erfülltes Sexleben ausschlaggebend für Gesundheit und menschliche Existenz.

1924 gibt Bettauer zusammen mit Rudolf Olsen die *Wochenschrift für Lebenskultur und Erotik* und die Zeitschrift *Er und Sie* heraus. Beide Druckwerke werden beschlagnahmt, doch Bettauer gibt nicht auf, gründet *Bettauers Wochenschrift, Probleme des Lebens*. Die Themen sind gleichgeblieben: gesellschaftliche Geschlechterhierarchie, Prostitution, Abtreibung und Promiskuität, ohne die Moralkeule zu schwingen, sexuelle Tabus und Heuchelei, und die Gleichberechtigung der Frau. Abgehandelt in literarisch eher anspruchslosen Erzählungen, dafür mit erotischem Esprit.

Genug Munition für die heimische Presse, um heftig zu feuern.

Man schreibt von »*Vergiftung der Jugend durch die Juden*«. Bettauer bietet sich als ausgezeichnete Zielscheibe für immer ärger wuchernden Antisemitismus an.[102] Er wird vor Gericht gezerrt, angeklagt wegen Verbreitung von Pornografie, aber freigesprochen.

Der Freispruch ist Anlass für den Wiener Mittelschullehrer Kaspar Hellering eine Hetzkampagne gegen Bettauer zu veranstalten. In bösartigen Artikeln verunglimpft und beleidigt er den Schriftsteller und Journalisten. »*Bettauer, diese Judensau, lehrt ja: die idealste Frau ist jene, die sich unbeschränkt, heute diesem, morgen jenem schenkt.*«[103] Seine Pamphlete zeigen Wirkung. Zucht und Ordnung, der Mann das Nonplusultra, Sexualität ein Tabuthema sind wieder gefragt.

Hellering sieht sich bestätigt, wird Mitte 1924 noch aggressiver, fordert unverhohlen »*radikale Selbsthilfe*« und »*Lynchjustiz gegen den Schänder unseres Volkes*«. Im Februar 1925 wüten einige Nazi-Postillen gegen Bettauer, beleidigen ihn als »*...gemeine Sau, [die] in Sumpf und Jauche wühlt, sich von faulem Weiberfleisch und anderen moralischen Abfallprodukten nährt, pestilenten Gestank verbreitet – daher ausrotten.*«[104] Gründe genug für Otto Rothstock in der Redaktion Hugo Bettauers aufzutauchen. Geboren 1904 in Cenkau in Böhmen, kann er zeit seines Lebens seinen Akzent, das »Böhmakeln«, nicht ablegen und leidet unter Minderwertigkeitskomplexen. Ursprünglich will er den Beruf des Zahntechnikers ergreifen, wird jedoch in der Wirtschaftskrise arbeitslos.

Der junge Mann verfolgt dennoch große Pläne. Das neue Medium Kino fasziniert ihn und anscheinend glaubt er, was er auf der Leinwand sieht und sagt: »*Ich habe gesehen, wenn man Geld hat, kann man den großen Herrn spielen, wenn man keines hat, dann ist man nichts. Ich wollte auch den großen Herrn spielen.*«[105] Trotz zahlreicher unterschiedlicher Versuche wird es nichts mit dem »großen Herrn«. So tritt Rothstock 1922 in die NSDAP ein, wird Mitglied der SA und frisst die Schriften der Nazi-Vordenker Lanz von Liebenfels, Guido von List und Alfred Schuler in sich hinein. Unter diesem Einfluss beschließt er das »*deutsche Volk von seinen Fesseln zu befreien*« und der »*Prophezeiung der Ankunft eines neuen Heilsführers*« auf die Sprünge zu helfen.[106]

Rothstock sieht sich selbst als Nachfolger Jesu und schreibt, »*ich kam auf die Welt, um diesen Kampf weiterzuführen.*«[107]

Trotzdem verlässt er 1924 die Partei und erklärt im Verhör, nach dem Mord an Bettauer, dass seine Tat nicht die NSDAP besudeln soll. So kauft er sich im Dezember 1924 eine Pistole und im Belvedere-Park, gibt er vor, befehlen ihm Stimmen in seinem Kopf Bettauer zu töten.

Der Mordprozess gerät zur Farce. Rothstocks Verteidiger ist der Chef der österreichischen Nazis, Walter Riehl, der darauf plädiert, das Attentat geschah aus Idealismus, aus nationalsozialistischen Motiven. Rothstock gilt als Einzeltäter. Es stellt sich die Frage, ob der Mörder zum Zeitpunkt der Tat geisteskrank oder zumindest geistig verwirrt war.

Die Gutachten der Gerichtspsychiater und der Experten der Wagner-Jauregg-Klinik sprechen unterschiedliche Sprachen. Die Plädoyers von Riehl und Staatsanwalt Butschek laufen dahingehend hinaus, dass Bettauer selbst schuld war, die Juden schuldig an der Jugendkriminalität und den Sittlichkeitsverbrechen in Wien sind.

Am 5. Oktober 1925 wird Rothstock des Mordes für schuldig befunden, das Geschworenengericht lehnt Unzurechnungsfähigkeit ab. Dafür wird seine Geistesverfassung zum Tatzeitpunkt anerkannt und das reicht für einen Freispruch. Zwar wird Rothstock für 20 Monate in der Heil- und Pflegeanstalt Am Steinhof festgehalten, aber danach ist er ein freier Mann, weil keine Geisteskrankheit festzustellen war.

Anschließend möchte Rothstock ins Bundesheer aufgenommen werden, besteht die Musterung und nur der sozialdemokratische Protest verhindert den Eintritt. Unterstützt von der NSDAP eröffnet er in Wien eine Dentistenpraxis, versucht sich ebenfalls als

Herausgeber für *Rothstocks Wochenblatt für Politik* und *Rothstocks Monatsblatt für Politik*, scheitert jedoch.

1934 ist Rothstock bereits Mitglied der *11. SS-Standarte*, verlässt Wien und geht nach Berlin. Nach dem Anschluss kehrt er zurück, will von der Stadt Wien 100.000 RM Entschädigung, weil er seine Geisteskrankheit nur simuliert hatte. Es ist anzunehmen, dass er die Summe tatsächlich erhielt.

Im Zweiten Weltkrieg bleibt er weiterhin in der *Waffen-SS*, zieht nach Hannover und arbeitet als Dentist. 1976 bekennt sich Rothstock offen zu dem Mord.

Hugo Bettauer stirbt 16 Tage nach dem Anschlag an den Folgen seiner Schussverletzungen im Allgemeinen Krankenhaus.[108]

ZEITTAFEL
1926

Der Gemeindebau »Karl-Seitz-Hof« im 21. Bezirk mit 1.173 Wohnungen wird von Hubert Gesser errichtet. Weitere Bauten wie Reumann-Hof (5. Bezirk), Winarsky-Hof (20. Bezirk), Lasalle-Hof (2. Bezirk) und die Siedlungsanlage Rosenhügel (12. Bezirk) werden fertiggestellt.

Am **14. Jänner** tritt wegen Umbildung die erste Regierung Ramek zurück. Einen Tag später, am **15.**, tritt das zweite Kabinett Ramek sein Amt an.[109]

Am **30. Jänner** wird der Rundfunksender auf dem Rosenhügel in Betrieb genommen.

Am **7. - 8. Februar** wird Herma Jaross-Szábo, vormals Planck-Szabo, in Stockholm neuerlich Weltmeisterin im Eiskunstlauf und am **13. - 14.** Willy Böckl in Berlin Weltmeister in der gleichen Disziplin.

Am **17. Februar** wird der Komponist und Dirigent Friedrich Cerha geboren.

Am **9. Juni** endet die Finanzkontrolle über Österreich. Die Seilbahn auf die Rax in Niederösterreich wird in Betrieb genommen; die erste österreichische Seilschwebebahn mit 2.150 Meter Länge. Der Baubeginn war 1923 und sie wird bereits seit 15. April 1926 als Materialseilbahn genützt.

Am **25. Juni** wird in Klagenfurt die Schriftstellerin Ingeborg Bachmann geboren.

Der Nacktkörperkulturverein »Bund freier Menschen« wird am **30. Juni** gegründet.

Am gleichen Tag erblickt Peter Neumayer das Licht der Welt, der später als Peter Alexander Karriere machen wird.

Am **8. Juli** eröffnet Bürgermeister Karl Seitz Europas größtes und modernstes Hallenbad, das Amalienbad im 10. Bezirk.

Am **20. August** erfolgt die Premiere von Carlo Goldonis »Der Diener zweier Herren« in der Salzburger Felsenreitschule.

Vom **3. – 6. Oktober** findet im Wiener Konzerthaus der erste Paneuropakongress unter dem Vorsitz von Richard Nikolaus Graf Coudenhove-Kalergi statt. Im Ehrenpräsidium sitzen mehrere Staatsmänner wie Seipel und Beneš aus der Tschechoslowakei. Die Paneuropa-Union wurde 1923 gegründet, mit Sitz in der Hofburg.

Am **3. Oktober** wird die an Stelle der ehemaligen Brigittabrücke errichtete Friedensbrücke dem Verkehr übergeben. Die alte Brücke war den Belastungen durch den zunehmenden Verkehr nicht mehr gewachsen. Am **15. Oktober** tritt wegen Streikdrohungen der Bundesangestellten die zweite Regierung Ramek zurück.

Am **18. Oktober** wird das 1924 der Gemeinde Wien übergebene Brigittaspital im 20. Bezirk nach Umbauarbeiten als »Entbindungsheim der Stadt Wien – Brigittaspital« wiedereröffnet.

Fünf Tage später, am **20. Oktober**, nimmt die vierte Regierung Seipel ihre Arbeit auf.[110]

Vom **30. Oktober – 3. November** tagt der sozialdemokratische Parteitag in Linz. Am **3. November** wird das von Otto Bauer verfasste »Linzer Programm« beschlossen. Bauers doktrinärer Marxismus wird als *Austromarxismus* in die Geschichte eingehen.

Am **4. November** stirbt der expressionistische Maler Albin Egger-Lienz in St. Justina in Südtirol.

Der Parteirat der Christlich-Sozialen beschließt am **29. November** unter Vorsitz des Bundeskanzlers Seipel ein Parteiprogramm.

Am **29. Dezember** stirbt in Val-Mont bei Montreux der Lyriker Rainer Maria Rilke.

Was noch geschah

Der Friedensnobelpreis wird an die Politiker Aristide Briand (Frankreich) und Gustav Stresemann (Deutschland) verliehen.

Die deutsche SPD stellt sich gegen die Reichswehr. Deutschland erhält den ständigen Ratssitz im Völkerbund, tritt nach Hitlers Machtübernahme 1933 aus. Ein Freundschafts- und Neutralitätsvertrag zwischen Deutschland und der USSR wird geschlossen. Joseph Goebbels wird NSDASP-Gauleiter in Berlin und die *Hitlerjugend* gegründet.

In Italien werden das kollegialische Kabinett, die parlamentarische Verantwortlichkeit und Wahlen in den Provinzen sowie in den Gemeinden aufgehoben. Mussolini, der *Duce del Fascismo*, geht einen Freundschaftsvertrag mit Spanien ein. Spanien tritt aus dem Völkerbund aus. In Japan wird Hirohito Kaiser.

Franz Werfel und zwei weitere Schriftsteller erhalten den Schillerpreis. Gerhart Hauptmann schreibt das Schauspiel »Dorothea Angermann« und Ernest Hemingway den Roman »Fiesta«. Thomas Mann veröffentlicht die Novelle »Unordnung und frühes Leid«; Alfred Polgar die Skizzen »Orchester von oben« und Kritiken unter »Ja und Nein«. Arthur Schnitzler macht einmal mehr mit dem Schauspiel »Der Gang zum Weiher« auf sich aufmerksam. Edgar Wallace veröffentlicht den Kriminalroman »Der Hexer«, der Amerikaner Thornton Wilder den Roman »Die Cabala«.

Anton Wildgans schreibt seine »Wiener Gedichte« und Stefan Zweig die Erzählungen »Verwirrung der Gefühle«.

Paul Hindemith komponiert die Oper »Cardillac« und Alban Berg die »Lyrische Suite«; Ernst Křenek die Oper »Orpheus und Eurydike« mit dem Libretto von Oskar Kokoschka. In Mailand wird posthum Puccinis Oper »Turandot« uraufgeführt. Richard Strauss vertont den Briefwechsel mit Hugo von Hofmannsthal.

Kokoschka schafft das expressionistische Landschaftsgemälde »Terrasse in Richmond«. Der französische Impressionist Claude Monet stirbt. Le Corbusier (eig. Charles E. Jeanneret) ruft die »Kommende Baukunst« aus und gilt als Vertreter des konstruktiven Eisenbetonbaus.

Die Schellack- bzw. Schallplattenqualität verbessert sich entscheidend durch die elektrische Aufnahme und Wiedergabe.

Aus der *Aero Lloyd* und der *Junkers Luftverkehr AG* entsteht die *Deutsche Lufthansa*. In Deutschland wird der Volkstrauertag eingeführt. Der Berliner Funkturm wird eingeweiht.

Gene Tunney schlägt Jack Dempsey nach Punkten und wird neuer Boxweltmeister mit einer Börse von 2,6 Millionen Dollar.

Im Kino

3.000 österreichische Filmschaffende demonstrieren nach einem Aufruf des »Filmbundes« für Maßnahmen gegen die Überhandnahme ausländischer Filme. Die Demonstranten ziehen von der Neubaugasse im 7. Bezirk, der damaligen »Filmstraße«, durch die Mariahilferstraße zum Parlament.

Am 29. Juni wird im Wiener Burgkino Sergej Eisensteins »Panzerkreuzer Potemkin« gezeigt. Als in einer Szene die Marseillaise gespielt wird, kommt es zu Tumulten. Ein Teil der Zuschauer stimmt das Deutschland-Lied an.

USA

»Der General« und »Der Killer von Alabama«; beide Filme von und mit Buster Keaton.

»Ben Hur«: Regie Fred Niblo, mit Francis X. Bushman, Ramón Novarro.

Großbritannien

»Der Untermieter«: Buch und Regie Alfred Hitchcock, mit Ivor Novello, Malcolm Keen, Daisy Jackson.

Frankreich

»Nana«: Regie Jean Renoir, mit Werner Krauss.

Deutschland

»Faust – Eine deutsche Volkssage«: Regie Friedrich Wilhelm Murnau, mit Emil Jannings, Camilla Horn.

»Geheimnisse einer Seele«: Regie Georg Wilhelm Pabst, mit Werner Krauss.

1927

Österreich wird Eishockey-Weltmeister.

Im 19. Bezirk beginnt Karl Ehm mit dem Bau des Karl-Marx-Hofs. Es wird der größte Gemeindebau mit einer Länge von 1,2 km und 1.600 Wohnungen.

Am **30. Jänner** stoßen im burgenländischen Schattendorf Angehörige des Republikanischen Schutzbundes und der Frontkämpfervereinigung aufeinander. Während der Schießerei kommen zwei Unbeteiligte, ein Kriegsinvalider und ein sechsjähriger Bub ums Leben.

Am **19. Februar** wird in Preßburg die spätere Journalistenlegende Hugo Portisch geboren.

Am **2. März** durchsuchen Militär und Polizei das Arsenal, die ehemalige k.u.k. Waffenfabrik, im 3. Bezirk nach Waffen des Schutzbundes. Zwei Tage später, am **5.**, zieht Heeresminister Vaugoin die Wehrmacht zusammen. Daraufhin mobilisiert sich der Schutzbund.

Am **24. April** finden Nationalratswahlen mit der »Einheitsliste« der Christlich-Sozialen zusammen mit den Großdeutschen unter Seipels Führung statt.

Am **28. April** wird Bèla Kun, der ehemalige Führer der ungarischen Räterepublik in Wien verhaftet.

Am **5. Mai** ist die fünfte Regierung Seipel im Amt, wobei der Landbund in die bürgerliche Koalition einbezogen wird.[111]

Am **7. Mai** wird das Planetarium im Prater eröffnet. Der Kuppeldurchmesser beträgt 20 Meter.

Am **2. Juni** wird der Rundfunksender in Innsbruck in Betrieb genommen. Der Landtag beschließt am **3. Juni** die Abgabe von Säuglingswäschepaketen an alle Mütter von Neugeborenen.

Am **9. Juni** wird Helmut Zilk, später Journalist, Politiker und Wiener Bürgermeister, geboren.

Vom **5. - 19. Juli** finden erstmals die *Wiener Festwochen* statt.

Im Wiener Landesgericht beginnt am **5. Juli** der »Schattendorfer Prozess« gegen drei wegen Mordes angeklagte Frontkämpfer. Am **14. Juli** lautet das Urteil Freispruch durch die Geschworenen, auch in der Eventualklage wegen Notwehrüberschreitung. Am **15. Juli** tobt die *Arbeiter-Zeitung*; der Leitartikel von Chefredakteur Friedrich Austerlitz trägt den Titel »Die Mörder von Schattendorf freigesprochen!« und die Geschworenen bezeichnet er als »eidbrüchige Gesellen«.

Es kommt zu einem Generalstreik, vorwiegend von den Sozialdemokraten organisiert und es brechen schwere Unruhen aus, die mit dem Sturm auf den Justizpalast enden. Die Polizei schießt scharf. Am **16. Juli** lautet die traurige Bilanz: 89 Tote, darunter vier Polizisten, 660 Schwer- und 1.000 Leichtverletzte.[112]

In den Bundesländern beteiligen sich die Heimwehren an den Maßnahmen gegen den Verkehrsstreik. In der Innenpolitik gewinnt die Heimwehr zunehmend an Einfluss. Die bedeutendsten Heimwehrführer sind in Wien Emil Fey, in Oberösterreich Ernst Rüdiger Fürst Starhemberg, in der Steiermark Walter Pfrimer und in Tirol Richard Steidle.

Mit Beethovens »Fidelio« findet am **13. August** die erste Opernaufführung im Salzburger Festspielhaus statt.

Im **Oktober** eröffnen Grete Wiesenthal und Toni Birkmeyer im »Hagenbund« im 1. Bezirk eine »Schule für künstlerischen Tanz und rhythmische Gymnastik«.

Am **25. November** feiert der Film »Café Electric« mit Marlene Dietrich und Willi Forst in den Kinos Premiere.

Der **26. November** wird wieder von einem Attentat überschattet. Dieses Mal gilt es Bürgermeister Karl Seitz, nachdem er den »Schneepalast« in der Nordwestbahnhalle, 1924 als Bahnhof aufgelassen, eröffnet hat. Danach verlässt er gegen 17.30 Uhr das Gebäude, wird mit dem Auto zurück ins Rathaus chauffiert. In der Taborstraße lauert der Monarchist, fanatische Frontkämpfer und Mitglied der Wehrformation *Ostara*, Richard Strebinger. Er feuert mit einem Revolver auf das Fahrzeug, verfehlt aber Seitz. Danach versucht er mit der Elektrischen der Linie O zu flüchten, wird jedoch von Fahrer und Schaffner überwältigt. Nur knapp kann die Polizei die aufgebrachte Menge von Lynchjustiz abhalten.

Der verhinderte Attentäter wird zu zwei Jahren schweren Kerker verurteilt, aber im November 1928 frühzeitig entlassen. Danach verstärken sich seine psychischen Probleme. Strebinger kommt dauernd wegen Gewalttätigkeit, Ruhestörung und Exhibitionismus mit dem Gesetz in Konflikt, wird mehrmals in Irrenhäuser eingeliefert. Im April 1934 landet er dauerhaft in der Landesirrenanstalt Gugging. Seine letzte Spur verliert sich 1940. Wahrscheinlich wird Strebinger im Rahmen des Nazi-Euthanasieprogramms in Schloss Hartheim bei Eferding ermordet.

Der Schneepalast

Wien ist um eine Attraktion reicher. Nun kann der Wintersport auch im Sommer ausgeübt werden. Der neue Schneepalast macht es möglich. Auf 4000 m² ist eine künstliche Winterlandschaft geschaffen worden. 20 Meter hohe Gerüste mit Kokosmatten und Kunstschnee simulieren Pisten. Wem die beiden Brettln an den Füßen zu unsicher sind, kann die Rodelbahn mit eigenem Aufzug nutzen. Eine Skiwiese und eine Sprungschanze, die Sprünge bis zu 20 Metern erlaubt, vervollständigen die Winterillusion. Geöffnet von 10 bis 22 Uhr und am Abend sorgen 25.000 Watt-Lampen für die Illumination. Der Spaß kostet für zwei Stunden 1,50 Schilling. 300 Personen können gleichzeitig die Anlage nutzen. Auf den Pisten herrscht Rauchverbot, nur im Zuschauerraum ist es erlaubt.

Norwegen stellte auf der Weltausstellung 1873 erstmals Ski vor. In den 1920er Jahren steigt der Skilauf zu einer beliebten Massen- und Wettkampfsportart auf. Den Kunstschnee verdanken die Wiener dem Engländer Laurence Ayscough Clarke, der Diplomat, Schriftsteller und Amateurchemiker ist. Seine Mutter bringt ihn in Kitzbühel auf die Idee, da sie meint, es müsse das ganze Jahr über die weiße Pracht geben. Also beginnt er zu experimentieren und ist erfolgreich.

Das *Illustrierte Sportblatt* vom 3. Dezember 1927 gibt wertvolle Tipps für die Pistenakrobaten. »*Norwegerhosen und offene Blusen sind im Interesse des zuschauenden Publikums den skilaufenden Damen besonders empfohlen. Hingegen ist Skilaufen in der Schwimmhose nicht empfehlenswert.*«

Bis 1929 werden insgesamt 152 Tonnen Kunstschnee in einem Chemie-Betrieb in Moosbirnbaum in Niederösterreich hergestellt und nach Wien geschafft. Die Hänge in der ehemaligen Nordwestbahnhalle bedecken zwischen zehn und 15 Zentimeter Schnee. Jedenfalls ist das Echo im Wiener Blätterwald durchwegs positiv.

Zu verdanken ist das künstliche Wintervergnügen dem Norweger Dagfinn Carlsen, der auch den Schneepalast betreibt. Der gelernte Kaufmann, erfolgreicher Skispringer – er hält kurzfristig den Weltrekord von 64 Metern – Skilehrer und Filmschauspieler zieht der Liebe wegen nach Wien. 1929 kehrt er wieder in sein Heimatland zurück und die Wiener sind um eine Attraktion ärmer.

Am **4. Dezember** stirbt Alexander »Sascha« Graf von Kolowarat-Krakowsky. Er gründete 1916 die »Sascha-Film«, Österreichs erste Filmgesellschaft.

Der Medizin-Nobelpreis ergeht am **10. Dezember** an den Psychiater Julius Wagner-Jauregg für die von ihm entwickelte Behandlung der Progressiven Paralyse.

Am **31. Dezember** wird in der Staatsoper Ernst Křeneks Oper »Johnny spielt auf« uraufgeführt.

Im gleichen Monat wird die Sportstelle Wien gegründet. Der Gemeinderat beschließt anlässlich der 10-Jahre-Republikfeier den Bau eines Stadions.

Was noch geschah

Deutschland tritt dem Internationalen Schiedsgerichtshof in Den Haag bei. Großbritannien bricht die diplomatischen Beziehungen zur USSR ab. In Italien kommt es zu Attentaten auf Mussolini und den italienischen König; die Todesstrafe wird wieder eingeführt. In der USSR werden Sinowjew und Trotzki als Oppositionsführer aus der Kommunistischen Partei ausgeschlossen; Trotzki wird nach Turkestan verbannt.

Kemal Atatürk propagiert in einer Rede die »neue Türkei«.

In China ist die Nanking-Regierung unter Tschiang Kai-schek an der Macht. Die Kommunisten werden aus der Kuomintang ausgeschlossen, worauf sowjetische Berater das Land verlassen. Die Regierungen unter Mao Zedong und Tschu-Te sind in den Provinzen Kiangsi und Fukien kommunistisch.

Bert Brecht verfasst die Gedichtsammlung »Hauspostille«. Jean Cocteau schreibt die Schauspiele »Ödipus rex«, das von Igor Strawinsky vertont wird, und »Orpheus«. Hemingway legt den Roman »Männer ohne Frauen« vor und Hermann Hesse »Der Steppenwolf«. »Amerika« von Franz Kafka erscheint posthum.

Der »rasende Reporter«, Egon Erwin Kisch publiziert seinen Reisebericht aus Russland »Zaren, Popen, Bolschewiken«. Heinrich Manns Roman »Mutter Maria« erscheint. Marcel Proust veröffentlicht den Romanzyklus »Auf der Suche nach der verlorenen Zeit«. Joachim Ringelnatz schreibt die Gedichtsammlung »Reisebriefe eines Artisten«.

Arthur Schnitzler sorgt mit der Novellensammlung »Spiel im Morgengrauen« für Gesprächsstoff. Anton Wildgans bringt das Hexameter-Epos »Kirbisch« heraus, die Engländerin Virginia Woolf den Roman »Die Fahrt zum Leuchtturm«.

Carl Zuckmayer präsentiert das Drama »Schinderhannes«, Arnold Zweig die Weltkriegstrilogie »Der Streit um den Sergeanten Grischa« und Stefan Zweig die Komödie »Volpone« (nach Ben Jonson).

Franz Lehár komponiert die Operette »Der Zarewitsch«, Maurice Ravel die Violinsonate; Arnold Schönberg »Die glückliche Hand«, ein Drama mit Musik im expressionistischen Stil; Dimitri Schostakowitsch bringt die 1. Sinfonie zu Papier.

Kurt Weill revolutioniert mit seinen Jazzopern »Der Protagonist« und »Royal Palace« die Musikwelt.

Die schwarze Josephine Baker erobert halbnackt mit ihren lasziven Tänzen Paris. Besonders ihr Bananentanz wird zu einem ihrer Tanzklassiker.

Das amerikanische Musical »Showboat« ist das erste in diesem Genre und der Song daraus »Ol' Man River« wird unsterblich.

Ferdinand Sauerbruch wird Professor für Chirurgie in Berlin. In Deutschland wird ein Reichsgesetz zur Bekämpfung von Geschlechtskrankheiten beschlossen.

Charles A. Lindbergh überfliegt den Nordatlantik in West-Ost-Richtung, rund 6.000 Kilometer, in 33,5 Stunden und wird ein amerikanischer Nationalheld.

Die Autorennstrecke Nürburgring in der Eifel wird eröffnet.

Der Amerikaner Johnny Weißmüller schwimmt Freistilweltrekord über 100 Yards (entspricht 91,44 Meter) in 51 Sekunden. Später spielt er den ersten Tarzan im gleichnamigen Fim.

Der internationale Blumenversand Fleurop wird gegründet.

Im Kino

Das Tonfilm-Zeitalter beginnt am 6. Oktober mit der Premiere von »Der Jazzsänger« mit Al Jolson.

Im Nachrichtengeschäft bricht im Dezember eine neue Ära an. Fox Movietone News arbeitet mit 50 Aufnahmeteams auf der ganzen Welt und versorgt die Kinos mit »Fox tönender Wochenschau.«

In diesem Jahr schlittert die Ufa in eine Finanzkrise, ausgelöst durch Fritz Langs Science fiction-Film »Metropolis« mit Brigitte Helm, Heinrich George, Gustav Fröhlich, der nur ein Siebentel der Produktionskosten einspielt.

Die Amerikaner mit Paramount, Universal und MGM helfen mit mehreren Millionen Dollar aus. Dafür muss die Ufa amerikanische Filme in ihren Kinos spielen. Zusätzlich erhält die Ufa einen Konkurrenten. Im Aufsichtsrat der Terra-Film sitzen nun Vertreter des Ullstein-Verlags und der IG Farben-Industrie, woraus 1928 die Tobis Film entsteht.

Deutschland

»Berlin – Die Sinfonie einer Großstadt«: Regie Walter Ruttmann; der experimentelle Montagefilm löst Begeisterungsstürme aus.

USA

»Anna Karenina«: Regie Edmund Goulding, mit Greta Garbo, John Gilbert.

»Hochzeitsmarsch« von und mit Erich vom Stroheim.

»Sonnenaufgang«: Regie Friedrich Wilhelm Murnau, mit George O'Brien, Janet Gaynor.

»Unterwelt«: Regie Josef von Sternberg, mit George Bancroft, Clive Brook, Fred Kohler.

»Der König der Könige«: Regie Cecil B. De Mille, mit Henry Byron Warner, Dorothy Cummings.

Überall Nackerpatzln
1926 – 1927

»Nur an den Maßlosen erkennt die Menschheit ihr äußerstes Maß.«
Stefan Zweig (1881 – 1942; Novellist, Essayist, Erzähler und
Schriftsteller)

Ein herrlicher Augustsonntag. Was will der Mensch mehr? Die
Sonne strahlt mit dem Gesicht des jungen Mannes um die Wette,
der quietschvergnügt die neuesten Schlager pfeift wie »Fräulein,
woll'n Sie nicht ein Kind von mir?« um nahtlos in »Wenn die Elisabeth nicht so schöne Beine hätt'« zu wechseln.

*

Elisabeth heißt auch seine neue Flamme und was er bisher gestern
Abend sehen konnte, stimmt sie mit dem Liedtext durchaus über-
ein. Karl Platschek lernte sie gestern nachmittags im Café *Baedeker
Stern* gleich hinter der Staatsoper, Ecke Maysedergasse, kennen.

Sie war ihm sofort ins Auge gestochen, in ihrem gelben Cocktail-
kleid mit dem dazu passenden Stirnband, das mit kleinen Strass-
steinen verziert war. Dazu eine überlange Perlenkette, zweifach
um den Schwanenhals geschlungen. Natürlich nicht echt, nur
Tand. Passende Pumps und Handtasche, dezent geschminkt. Der
Bubikopf exakt geschnitten, dass man mit dem Lineal nachmessen
konnte.

Platschek schätzte sie auf knapp über 20. Auch er war heraus-
geputzt wie ein Dandy in seinem hellen Doppelreiher-Sommer-
ranzug mit blank polierten Schuhen, dass man sich darin spiegeln
konnte, und dem passenden Gambler-Hut. Er zündete sich eine
Gelbe Sorte Reetsma-Zigarette an, strich sich über sein schmales *Menjou*-Schnurrbärtchen. Der allerletzte Schrei in der Männerwelt –

ein Modetrend ausgelöst durch den Schauspieler Adolphe Menjou.

Nur zwei Tische trennten Platschek von seiner Angebeteten. Natürlich bemerkte er, wie sie, die heimlich gewechselten, verstohlenen Blicke. Doch der erfahrene Filou spielte auf gelangweilt, dabei brannte es ihm längst unter den Nägeln, las weiter im *Neuigkeits-Welt-Blatt*. Allerdings interessierte ihn nicht im Geringsten, was es Neues in der Welt gab. *Sein* Interesse saß kaum drei Meter weiter.

Jetzt galt es auf den richtigen Zeitpunkt zu lauern, nicht gleich mit der Tür ins Haus fallen. Die Gelegenheit ließ nicht lange auf sich warten. Sie wollte sich eine Zigarette anzünden, ihr Feuerzeug versagte. Blitzartig stand er auf und ebenso schnell vor ihrem Tisch.

»Sie gestatten«, und gab ihr nonchalant Feuer.

»Dank᾽ schön«, hauchte sie und blickte ihn mit ihren blauen Augen kokett an, »sehr aufmerksam.«

Das Fräulein schien nichts gegen Anbandeln zu haben und wartete auch auf niemanden. Oder sie war versetzt worden? Immerhin verbrachte Platschek bereits eine Dreiviertelstunde hier und sie saß schon an ihrem Tisch, als er kam.

»So alleine an diesem wunderbaren Wochenend᾽«, tastete er sich langsam heran, »oder ham᾽s ein Rendezvous? Dann will i net stör᾽n.«

»Na, na!«, winkte sie ab und errötete leicht, »I bin allein da.«

»Dann derf i Ihnen Gesellschaft leisten, wenn Sie erlauben.«

»Sehr gern«, es folgte ein hastiger, nervöser Zug an ihrer *Lord*-Zigarette, die sie ganz *Grande Dame* mit Spitz rauchte und bot ihm Platz an.

»Gestatten, Charlie Blanchet«, stellte sich der Galan vor und küsste ihr die Hand.

Es wird sich eine Möglichkeit bieten, ihr zu gestehen, dass er eigentlich Karl Platschek heißt. Aber so klang es weltmännischer und weniger proletarisch. In seiner Aufmachung könnte er glatt als

Gangster aus der New Yorker Bronx durchgehen. Selbstverständlich wusste er über seinen Schlag bei den Frauen. Schwer einzuschätzen, diese bezaubernde Frau. Sie konnte aus reichem Hause oder aus dem Mittelstand stammen. Auf den Strich ging sie sicher nicht. Dafür hatte er ein Gespür. Sie strahlte dieses gewisse Etwas aus und dessen war sie sich bewusst.

»Freut mi sehr«, antwortete sie leise, »i bin die Elisabeth Wohmberger, aber sagen's ruhig Liesl zu mir. Das bin i g'wohnt. San Sie a Franzos'?«, fragte sie und korrigierte sich gleich selbst, »aber Sie reden do Weanerisch.«

Taktik ändern, forderte ihn seine innere Stimme auf, gleich die Karten auf den Tisch legen. Es könnte sich lohnen.

»No net direkt«, gab er sofort zu, »so a Art Künstlername.«

»Ah so? Was machen's denn für a Kunst? Schreiben's? G'hör'n's zu die Kaffeehausliteraten? Oder malen's? Sind's a Musiker?«

Schreiben, na ja. Öfters unterschrieb er Schuldscheine, die dann der Herr Papa meist zähneknirschend ausgleichen musste.

»Nix dergleichen«, gestand er weiter, »i bin fast mit meinem Studium fertig.«

Wieder so eine Halbwahrheit. Zwar immatrikuliert und inskribiert, aber die Universität sieht Platschek meist nur von außen. Sehr zum Ärger der Familie, hatte er doch bereits etliche Semester verplempert. Auf Papas Kosten führte er ein Leben als Bohemien.

»Was studieren's denn?«

»Ich werd' Arzt.«

Das stimmt.

»Welcher Doktor sind's dann?«

»Chirurg.«

Wieder richtig.

»Ui, des stell' i mir grauslich vor. Schneiden's da auch an Leichen herum?«

»Natürlich.«

»Ui, da tät i mi aber fürcht'n. Und das macht Ihna gar nix aus? I würd' davon schlecht träumen.«

»Nein«, lachte Platschek, »das g'hört zum Beruf. Außerdem können die sich nicht beschweren, wenn'ma was falsch macht.«

»Das is' wahr. Warum aber nennen's Ihna Charlie Blanchet?«

»Nur so, verehrte Liesl, pure Eitelkeit«, gab er ehrlich zu, »Karl Platschek is' net unbedingt des Gelbe vom Ei.«

»Aber mit einem *Doktor* davor hat's gleich an anderen Klang«, meinte Liesl, »mei' Name löst a net Begeisterung aus.«

Aus Platscheks Sicht war die Hürde mit seinem falschen Namen überwunden.

»Und Sie, Liesl? Sind Sie auch eine Kommilitonin?«

»Eine was?«

»Gehen's auch auf die Universität?«

»I und studieren? Na!«, lachte sie hellauf, »sovü Hirnschmalz hab' i net. I arbeit' im *Zwieback*. Kennen's das, Herr…?«

»Net *Herr* sagen, Liesl. Für Sie Karl oder Charlie, ganz wie's beliebt. Natürlich kenn' ich das Modehaus in der Kärntner Straße«, und dachte sich, nur zu gut.

Noch nicht lange her, dass er sich bei einem Freund eine nicht unbeträchtliche Summe leihen musste, weil seine letzte Gespielin einen sehr erlesenen, vor allem sündteuren Geschmack hatte und er sie bei Laune halten wollte, weil sie im Bett ziemlich *ausg'schamt* war. Bis sie ihm von einem angeblichen ehemaligen Grafen aus altem Geschlecht mit ebenso angeblichen eigenem Schloss ausgespannt wurde.

Zwar war Platscheks Freund sehr geduldig, aber in letzter Zeit pochte er auf sein Geld. Das musste der angehende Chirurg bei passender Gelegenheit schonend dem Herrn Papa beibringen.

Liesls Gedanken waren auch sehr eindeutig. Ich nenn' ihn Karli, da kann ich mi net verplappern. Schließlich heißt doch so jedes zweite Mannsbild in der Stadt.

»Im *Zwieback* also«, sagte Platschek, »drum sind's so elegant. Tja, wenn'ma an der Quelle sitzt. Hab' i Ihnen eigentlich schon gesagt, dass Sie a wunderschöne Frau sind?«

Wieder leichtes Erröten.

»Sie sind a Charmeur, Karli, ein richtiger Hallodri und ein Feschak«, sichtlich erschrocken über die eigene Courage fügte sie hinzu, »aber ein sehr Lieber. Im *Zwieback* arbeit' ich no net so lang. Vorher war i beim *Grünzweig* in der Hegelgass'n. Dort hab' i a g'lernt. Immer die neueste Pariser Mode für die *G'stopften.*« Auch dieser Modesalon war Platschek durch seine Verflossene bestens bekannt. »Aber die Chefin, die Madame Paulette, war a *Nudeldruckerin* und der Lohn mehr als *nebbich.*[113] Dann is' a Stell' im *Zwieback* frei g'wes'n und jetzt bin i dort. Über's Geld derf i mi net beklagen, aber die Ella Zirner-Zwieback, d'Chefin, die hat schon ihre Mucken. Aber es is' das erste Haus am Platz und die Damen, die sich's leisten können, tragen die Fetzen, die ihnen d'Chefin einredet. Da im Café seh' i allein fünf in unseren Kleidern sitzen.«

»Wissen's was, Liesl«, unterbrach Platschek ihren Redeschwall. Ihm stand überhaupt nicht der Sinn nach Konversation über Mode und er winkt den Ober herbei, bestellte zwei Gläser Champagner, »da wir uns so gut unterhalten, schlag i vor, wir unternehmen noch was.«

»Und was wird das sein?«

»Zuerst trink'ma einmal Bruderschaft, weil wir uns so gut verstehen. Außerdem red't es si per du viel leichter.« Der mit allen Wassern gewaschene Platschek blickte Liesl tief in die Augen. »Aber mit anschließendem Busserl.«

»Ui, um die Zeit schon Schampus. Da muss i aufpassen.«

Natürlich erhielt er seinen Schmatz.

Es wurde noch ein langer Abend und eine ausgedehnte Nacht. Nach dem Café zog das Paar, sie fest beim ihm untergehakt, weiter ins Restaurant des Hotels *Meißl & Schadn* am Neuen Markt fürs

Nachtmahl, berühmt für sein Rindfleisch. Geld spielte an diesem Abend keine Rolle. Der Herr Papa hatte die Spendierhosen an und steckte ihm etwas zu, als der Sohn sagte, dass er sich mit Studienkollegen treffen will. Allerdings mit der Mahnung versehen, nicht gleich alles wieder auf den Schädel zu hauen. Ganz Kavalier war es selbstverständlich, dass Karl die Zechen bezahlte.

Nach dem üppigen Essen besuchten sie das Busch-Kino in der Taborstraße und amüsierten sich köstlich beim neuesten Chaplin-Film. Vorher noch die Wochenschau und da rutschte, selbstverständlich unabsichtlich, Karls Hand auf ihren Oberschenkel. Doch sie klopfte ihm nicht auf die Finger oder dergleichen. Das bedeutete *a g'mahde Wies'n*.[114]

Danach überließ er ihr die Wahl für den krönenden Abschluss eines wunderschönen Tages. Zur Wahl standen die *Weihburg*-Bar, wo täglich abends die *Nigger-Jazzband* Arthur Brigge aufspielt, die *Renaissance*-Bar mit dem beliebten und berühmten Zigeunerprimas Kuppi Joszi und das Café *Splendide*, wo das *Salonorchester* Josef Ruschitzka aufgeigt.

Liesl entschied sich, wie von Karl erhofft, für die Weihburg-Bar. Karl ließ sich nicht lumpen, orderte ein Taxi und mit einem *Ford Modell A* fuhren sie Richtung Weihburggasse. Auf Höhe des Stadtparks ließ er den Wagen halten, half Liesl galant heraus und meinte, noch ein bisschen die angenehme Nachtluft genießen zu wollen, was Liesl ein verstohlenes Lächeln ins Gesicht zauberte. Natürlich kam es, wie es kommen sollte. Vor dem Johann-Strauß-Denkmal endlich der erste nicht enden wollende Kuss.

Danach setzten sie sich auf eine Bank, betrachteten eng aneinander geschmiegt den Sternenhimmel und Liesl begann zu erzählen. Tatsächlich lag Karl mit seiner Schätzung richtig, 22 Jahre jung. Der Vater war im Krieg geblieben. Sie lebte mit ihrer Mama und einer jüngeren Schwester, die noch die Schule besucht, in einer Wohnung in der Margarethenstraße. Liesl unterstützte die Mutter, die als Schaffnerin arbeitet, mit ihrem Gehalt. Es ging ihnen nicht schlecht, aber es fehlte eben ein Mann im Haus.

»Jetzt weiß't, dass ich eigentlich aus bescheidenen Verhältnissen komm'«, sagte sie traurig, »da bist du doch als angehender Chirurg weitaus besseren Umgang g'wöhnt.«

»Dummerl«, lächelte Karl, »i bin a net mit goldenen Löffel im Mund aufg'wachs'n. Das mit dein' Herrn Vater tut mir sehr leid. Meiner war in einem Lazarett eing'setzt. Schließlich ist er Arzt. Heute betreibt er a Praxis in Hernals. D'Mutter führt den Haushalt. Lass'ma die Famileng'schicht'n. Komm'«, forderte er Liesl auf, »gemma tanz'n.«

Karl mag zwar ein lausiger Student gewesen sein, aber seine Tanzkünste konnten sich sehen lassen. In der Weihburg-Bar brillierte er mit Cakewalk, Boston, Two- und One-Step, Foxtrott und natürlich mit Charleston. Viele der Besucherinnen beneideten insgeheim Liesl um diesen Mann und sie schwebte im siebenten Himmel. Vielleicht hat sie endlich einmal Glück mit einem Mannsbild?

Natürlich brachte Karl seine Liesl mit dem Taxi nach Hause, ließ den Fahrer warten und führte sie bis zur Haustür. Noch ein langer Kuss unter dem Torbogen und er flüsterte ihr ins Ohr, dass er sie morgen um 14 Uhr abholen werde, wenn sie will und Zeit hat. Aber er verriet nicht, was er plante.

Vollkommen klar, dass sie nichts vorhatte und insgeheim auf ein Wiedersehen hoffte.

Danach dirigierte Karl das Taxi zu sich heim. Er konnte sich nur mehr über sich selbst wundern. Verliebt hatte er sich schon oft, aber alles nur Strohfeuer. Dieses Mal war es anders, ernster, sehr ernst sogar. Insgeheim spürte er, dass es Liesl nicht anders erging. Noch in der Nacht schwor er sich, Schluss mit dem sorglosen Lotterleben, endlich das Studium ernst nehmen und zu Ende bringen. Wer weiß, vielleicht war Liesl tatsächlich die richtige Frau?

*

Am späteren Vormittag sieht Karl ziemlich derangiert aus, obwohl er keineswegs über den Durst getrunken hatte. Während des Mittagessens macht die Mutter ab und zu eine Anspielung, wie denn der vergangene Abend verlaufen wäre. Karl gibt sich einsilbig und der Vater wirkt desinteressiert, widmet sich lieber Braten und Knödeln.

Nachdem das Familienoberhaupt seine sonntägliche Zigarre und einen doppelten Cognac genießt, winkt die Mutter ihren Sohn in die Küche.

»Du bist verliebt«, sagt sie Karl auf den Kopf zu.

»Na!«, streitet er ab, »Wie kommst' denn auf sowas?«

»Ich bin dei' Mutter. Ich spür' und seh' das. Wie heißt sie denn? Hoffentlich net wieda so Flitscherl wie ihre Vorgängerinnen.«

Leugnen zwecklos, Mama hat ihren Buben durchschaut. Obwohl schon 28, wird er immer der Bub bleiben. Jetzt platzt es aus Karl heraus und er schildert Liesl im besten Licht, schwärmt von ihr, was die Mutter lächeln lässt. Seitdem sich ihr Ältester erschossen hatte, weil er mit seinen furchtbaren Kriegserlebnissen nicht mehr zurande kam, investiert die Mutter alle Liebe in Karl. Selbst der Doktor Freud konnte Karls Bruder nicht helfen. Auch der Vater hat sein Verhalten grundlegend verändert. Fühlte sich Karl vorher immer etwas zurückgesetzt, weil der Bruder nahezu in allem bevorzugt wurde. Der Stolz der Familie mit den besten Zensuren in seinem Medizinstudium, bis ihn der verdammte Krieg holte. Auch Karl musste auf dem »Feld der Ehre« dienen. Er stellte es weitaus geschickter an, schaffte es immer wieder sich Druckposten zu verschaffen und bis auf einen Kratzer durch ein Schrapnell kehrte er unbeschadet nach Hause zurück.

»Und heut' triffst' dich wieder mit dieser Elisabeth«, bohrt die Mutter.

»Ja, in einer Stund' hol ich sie von daheim ab«.

»Hast' noch a Geld oder gestern alles beim Fenster raus g'haut?«

»I komm' schon zurecht.«

Gestern hätte es ihm noch nichts ausgemacht, den Eltern weiterhin auf der Tasche zu liegen. Plötzlich ist alles anders. Jetzt geniert er sich für sein bisheriges in den Tag hineinleben. Die Mutter geht zur Kredenz, holt eine Keksdose von einem Brett und steckt ihm 100 Schilling zu.

»Aber nix dem Vater sagen.«

»Danke. Glaubst', dass er mir sein Automobil leiht?«

»Was hast'n vor?«

»I möcht' mit der Liesl ins Grüne rausfahren.«

»Wohin genau?«, jetzt will es die Mutter wissen.

»In'd'Lobau.«

»Aber doch net zu de Nackerten? Wir wollen net ins Gerede kommen. Schließlich kann man nie wissen, wer einem über den Weg läuft.«

»Nein!«, beschwichtigt Karl, doch genau dort will er hin, auf die Hirscheninsel, »a bisserl nur in die Wies'n legen.«

»So, so«, Mutter senkt den Kopf, damit er nicht ihr Schmunzeln sieht, »ins Gras kuscheln. Na ja, von mir aus. Dann ich mach' euch etwas zum Essen und Trinken zurecht. Und wenn's wirklich passt mit dieser Liesl, lädst du sie für nächsten Sonntag zum Mittagessen ein und stellst sie uns vor.«

»Danke«, Karl gibt seiner Mama einen Kuss auf die Wange, »und was ist mit dem Auto?«

»Da musst du den Vater schon selbst fragen.«

Der Senior hat sich in den Garten zurückgezogen, pafft mit seiner Zigarre vor sich hin. Verlegen trägt der Sohn sein Anliegen vor. Die Führerscheinprüfung legte er schon vor einiger Zeit ab. Daran soll es nicht scheitern. Außerdem durfte er schon öfters Papas Wagen fahren.

Wider Erwarten willigt der Vater ohne Widersprüche ein. Das scheint Karls Glückswochenende zu sein.

»Komm mal mit«, der Vater erhebt sich aus seinem Lehnstuhl, geht mit ihm die paar Schritte in die Praxis, öffnet einen Medikamentenschrank.

»Dass'd mir ja keinen Kratzer in den Lack machst' oder gar einen Unfall baust«, dann drückt er seinem Sohn eine Pillenschachtel in die Hand, »du wirst sie zwar nicht brauchen, du bist noch jung. Aber man weiß nie. Mitunter macht der Körper, was er will. Lass dir nichts anhängen und mach' ihr bloß kein Kind. Du sollst dich schließlich nicht blamieren.«

»Papa…«

»Schon gut, Bub. Und jetzt verschwind'. Ich war auch einmal jung. Viel Vergnügen.«

Karl ist völlig aus dem Häuschen. Was ist bloß in den Alten gefahren? Dahinter kann nur die Mutter stecken. Sie muss, als er noch schlief, dem Vater etwas zugetragen haben. Karl schaut in seine Hand. Zwei *Okasa*-Tabletten, die kennt er. »*Schwache Männer verwenden sie zur Wiedererlangung früherer Jugendkraft.*« Karl grinst, bisher hatte er noch nie Probleme und es hat sich danach auch keine beschwert.

Der *Wanderer W 10* steht vor der Haustüre, blank poliert wie immer, eine wahre Pracht. Liesl wird Augen machen. In der Küche steht der Picknickkorb bereit, Mutter hat tatsächlich an alles gedacht. Noch eine Decke ins Auto und das tragbare Grammphon mit ein paar Schellacks. Karls saust zurück in sein Zimmer, kehrt mit einem Anatomiebuch zurück und versteckt es unter der Decke. Ein wichtiges Requisit für seinen Plan, das er beinahe vergessen hätte.

Er verabschiedet sich und startet das Automobil. Mutter schaut ihm hinter dem Küchenvorhang zu und freut sich für ihren Sohn, während der Vater in seinem Lehnstuhl sitzt und zufrieden die Sonne genießt.

Manchmal spinnt der *Wanderer*, aber heute lässt er Karl nicht im Stich. Mit seinen 30 PS tuckert der Tourenwagen problemlos dahin. Pünktlich auf die Minute parkt Karl vor Liesl Haustüre, sie wartet bereits und sieht wieder zum Anbeißen entzückend aus. Oben im 1. Stock stehen ihre Mutter und die Schwester ebenfalls hinter dem Vorhang und kommen aus dem Staunen nicht heraus, dass ihre Liesl von so einem eleganten Herrn mit diesem prächtigen Auto abgeholt wird.

Karl steigt aus, küsst Liesl formvollendet die Hand, öffnet ihr den Wagenschlag. Er kann sich leicht ausmalen, dass beide nicht unbeobachtet sind, daher zieht er sämtliche Register an exzellenten Manieren. Wie geplant, Liesl ist tatsächlich baff.

»Das is' dein' Auto?«, fragt sie mit großen Augen, »Und da gibst du di mit ana klan Modeverkäuferin ab?«

»Es g'hört meinem Herrn Vater«, gibt er freimütig zu, »und du bist weder klein noch sonst was, sondern meine Liesl, wenn i das so sag'n darf.«

Liesl ist vollkommen überwältigt und Karl bemerkt ein feuchtes Glitzern in ihren Augenwinkeln. Es dauert einige Minuten, bis sie ihre Sprache wiederfindet.

»Wohin fahr'ma eigentlich?«

»Nun, wenn'st magst', runter in die Lobau. Is' ja heiß genug.«

Liesl versteht sofort den Hintergedanken.

»I hob' aber nix zum Baden mit. Das hättest' mir gestern sagen müssen. Handtücher ham' wir auch keine dabei.«

»Da hab' i's no net g'wusst«, natürlich flunkert er jetzt, »aber das macht do nix. Wenn'ma baden woll'n, i hab' a Unterhos'n an und du sicherlich a *Kombinesch* unterm Kleid. Wenn'st willst, mach'ma uns einen vergnügten Badetag. Nur wir zwei an einem lauschigen Platzerl. Bei der Hitz' sind wir ohnehin sofort wieder trocken.«

Nicht eine Silbe von Widerrede. Liesl genießt sichtlich die Fahrt. Karl fährt sehr sicher, umsichtig und hält sich an sämtliche Regeln, obwohl er am liebsten schon auf der Hirscheninsel wäre. Aber mit 30 PS ist nicht mehr herauszuholen.

*

Was noch vor einigen Jahren undenkbar gewesen wäre, ist jetzt nahezu zu einer Selbstverständlichkeit geworden. Natürlich erregen sich konservative Gemüter weiterhin, die Kirche spuckt Gift und Galle, ebenso ist den aufstrebenden Nazis die Nacktkörperkultur ein gewaltiger Dorn im Auge. Ihren Ausgang nahm die Bewegung in Deutschland.

In Österreich sind es die Sozialdemokraten, die sich zwei Lehrer, Martha Bruno und Adolf Koch, im Arbeiterbezirk Berlin-Moabit zum Vorbild nehmen, die in Gymnastikgruppen Kinder unbekleidet tanzen lassen.

So wird in Wien 1927 der »Bund freier Menschen« gegründet. Die Stadt stellt für die Nudisten in der Lobau am Mühlwasser gegenüber dem Fuchsenhäufel 3.000 m² zur Verfügung. In kürzester Zeit tummeln sich bis zu 200 junge Leute in dem Verein. Allerdings sind strenge Aufnahmekriterien zu befolgen. Männer dürfen nur in Begleitung einer Frau eintreten, während Solofrauen problemlos aufgenommen werden. Es herrscht allgemeines Alkohol- und Rauchverbot. Vegetarier sind besonders erwünscht.

Die Mitglieder sind größtenteils Atheisten und Esparantisten – Menschen, die sich mit der Kunstsprache Esparanto auseinandersetzen. Viele Männer sind wiederum im Schutzbund tätig.

In der kalten Jahreszeit trifft man sich im Margarethenbad. Ausflüge in den Wienerwald stehen ebenso auf dem Programm wie 14tägig Vorträge im Heim der Sozialistischen Studenten in der Werdertorgasse. Referenten sind beispielsweise der Sexualforscher Wilhelm Reich und Ernst Fischer, Kulturredakteur der *Arbeiter-Zeitung*.

Doch Wien ist nicht der Vorreiter. Der erste österreichische FKK-Verein »Gesunde Menschen« wird 1925/26 in Graz gegründet. Um die behördliche Anerkennung zu erhalten, muss gemogelt werden. Offiziell lautet der Vereinszweck »Sport, Spiel und Arbeit unter sich im natürlichen Zustand«.

Die Nudisten wollen unter sich bleiben. Ihr Areal ist eingezäunt und blickdicht verhängt, um sich vor Gaffern und Spannern zu schützen. Nacktkulturanhänger müssen sehr achtsam sein, sie sind verpönt, besonders im ländlichen Raum. So erzählt ein ehemaliger Nackter: »*Eine Welt voll Gegner an allen Ecken und Enden. Denn... FKK war hierzulande noch völlig unbekannt, und die menschliche Nacktheit in freier Natur wurde nicht nur als anstößig, sondern als schwere Todsünde mit ewiger Höllenpein im Gefolge angesehen. Also galten wir trotz unserer Legalität als vogelfrei, weshalb wir für unser Wirken nur auf einsame Bergplätze mit jedes Mal zwölf- und mehrstündigen Fußmärschen angewiesen waren.*«[115]

Der Wiener mag in gewissen Angelegenheiten keine Vorschriften, wenn er auch sonst sehr obrigkeitshörig ist. Er ist ein Vereinsmeier, aber das Regelwerk muss moderat sein und Moralprediger sind ihm suspekt. Schnell bildet sich eine wilde Nacktbadekultur ohne Statuten und vor allem nicht politisch orientiert, wie es in den sonstigen Vereinen, die immer mehr werden, durchaus der Fall ist. Der Großteil dieser FKKler stammt aus der Arbeiterschicht.

Allerdings herkommen, Kleider vor allen anderen ablegen, ist nicht der Fall. Wenn Umkleidekabinen wie in den Vereinen üblich vorhanden sind, werden sie genutzt. Danach mischt man sich wie Gott einem schuf unter die anderen Nackedeis. Ansonsten müssen Bäume und Büsche als Sichtschutz herhalten.

Die Obrigkeit duldet zwar dieses Freizeitvergnügen, aber es kommt schon vor, dass berittene Polizei auftaucht und die Nackten *wegstampert*.[116] Die Leute sind auf der Hut. Späher beobachten das Terrain und sobald sich eine Uniform hoch zu Ross blicken lässt, ertönt ein Pfiff, der sich umgehend fortsetzt, und den Wächtern bleibt nichts anderes übrig als abzuziehen.

Zumindest im Sommer ist es für viele Proletarier die einzige Möglichkeit, sich ausgiebig zu säubern. In den Zinskasernen gibt es nur Lavoir und Zuber. Auch die neuen Gemeindewohnungen verfügen über keine Badezimmer. Die *Tröpferlbäder*, die öffentlichen Brause- und Wannenbäder, sind für viele in dieser schwierigen Zeit nicht leistbar. Auch Liesl kann zu Hause, im Gegensatz zu Karl, kein Badezimmer benutzen. So bleibt nur die Waschküche mit Bottich und Trog, um sich einmal in der Woche, meist Freitagabend oder am Samstag, gründlich zu waschen.

*

»Is' do a schönes Fleckerl«, meint Karl und spielt überrascht als sähe er es zum ersten Mal, »wenn'st willst, bleiben wir hier«, und Liesl nickt.

Natürlich kennt er an diesem versteckten Plätzchen jeden Grashalm und jeden Zweig. Hier war er bereits mit Liesls Vorgängerinnen, aber das bindet er ihr klarerweise nicht auf die Nase. Doch sie lässt sich nicht so leicht hinters Licht führen.

»Wie oft warst'n schon mit deinen *Gspusis*[117] da?«, fragt sie keck und blickt ihn provozierend an.

Karl ist nicht auf den Mund gefallen. »Der Kavalier genießt und schweigt«, lautet seine kryptische Antwort, »g'fällst' dir hier?«

Sie nickt und lächelt still in sich hinein. Karl parkt den *Wanderer* in Sichtweite, stellt den Motor ab und hilft seiner Angebeteten aus dem Wagen. Sie sieht in ihrem luftigen Sommerkleid umwerfend aus. Karl klemmt sich die Decke unter den Arm, schnappt den Picknickkorb und das Grammophon. Wie beabsichtigt rutscht dabei das Anatomiebuch heraus und fällt zu Boden. Liesl hebt es auf, wirkt etwas erstaunt.

»Ach ja«, schauspielert er, »i hab morgen a Examen über spezielle Merkmale im Knochenbau. Da bin i bei manchen Stellen no net ganz sattelfest. Wenn'st Lust hast, Liesl, kannst mi abprüfen. Dauert net lang.«

»Aber gern. Da lern' i a no etwas.«

Es sind nur ein paar Schritte bis zu dem kleinen Wiesenstück, umgeben von hohen Büschen, und nur wenige Meter bis zum Wasser. Weit und breit keine Menschenseele. Kein Lüftchen weht und die Vögel sorgen für ein liebliches Konzert. Nur etwas lästig sind die Mücken. Karl geht nochmals zum Wagen zurück, holt die Schellacks. Als er zurückkommt hat Liesl die Decke ausgebreitet, sich daraufgesetzt und blättert interessiert in dem Buch.

»Wollen wir vorher noch eine Kleinigkeit essen oder gleich ins Wasser?«, fragt Karl.

»I bin no so voll vom Mittagessen«, schüttelt sie den Kopf, »lieber abkühlen«.

»Also gemma schwimmen.« Karl reißt zwei Grashalme aus. »Wer den Kürzeren zieht, ist als Erster dran.«

»Aber nicht schummeln«, mahnt Liesl und lacht.

Selbstverständlich zieht sie den kürzeren Halm und natürlich weiß sie, dass ihr Karl mogelte. Doch das gefällt ihr.

»Nun, schöne Frau, i hab g'wonnen«, grinst er.

»Du musst di umdreh'n und net schauen«, sagt sie und errötet, »i ruf' di, wenn i im Wasser bin.«

»Du oba a net, wenn i dann komm'. Auch net gucken. Kannst du schwimmen?«

»Klar. Du a?«

Karl nickt und dreht sich gehorsam um. Krampfhaft bemüht er sich an etwas anderes zu denken, es gelingt ihm nicht. Dafür regt sich zu viel in seiner Hose und das ist ihm jetzt sehr peinlich.

»Kannst' kommen!«, ruft sie vom Wasser her.

»Jetzt darfst aber du a net schauen!«, kommt es zurück.

In Windeseile entledigt sich Karl seiner Kleidung, behält brav die Unterhose an, sprintet los, schwimmt auf sie zu, nimmt sie in den Arm. Von wegen *Kombinesch*! Sie ist pudelnackt!

»Feigling!«, lacht sie ihn aus.

So schnell kann er gar nicht reagieren, schon ist er seine Unterhose los, die Liesl mit Schwung ans Ufer wirft. Nur die Vögel sind Zeugen, was sich nun im Wasser abspielt. Beide sind selig, küssen, schmusen und die Welt gehört ihnen.

»Komm, gemma raus, sonst wachs'n uns no Schwimmhäut'«, sagt Karl nach einiger Zeit des amourösen Treibens im Wasser.

Danach liegen sie auf der Decke, machen weiter, was im Wasser begann.

»Und was is' mit deiner Prüfung?«, fragt Liesl, »Soll i di net abfragen?«

»Ah«, winkt Karl ab, »das hat Zeit.«

»I stell' mi auch sehr gern als Studienobjekt zur Verfügung«, schlägt sie schelmisch vor.

»Verzeihung«, wird jäh die Idylle von einer rauen Männerstimme unterbrochen, »wir woll'n net stör'n. Wir san scho' weg.«

Das Liebespaar erschreckt, zuckt zusammen und blickt zu zwei ebenfalls nackten Männern hoch, denen man eigentlich nicht begegnen möchte, weder bei Tag und schon gar nicht in der Nacht. Rasch zieht Liesl einen Teil der Decke über ihren Körper.

»'tschuldgung, ist keine Absicht gewesen«, sagt der Ältere, »no viel Spaß.«

Dann verschwinden sie mit schnellen Schritten.

»Die beiden san ma unheimlich«, flüstert Liesl, »die ham richtige Verbrechervisagen. Bei denen hab i a ungutes G'fühl.«

»Jeder kann eben net so ein Adonis wie i sein«, witzelt Karl, »komm, gemma wieder ins Wasser, damit du auf andere Gedanken kommst.« Er steht auf, blickt sich um. »Alles ruhig, die san weg. Los! Wer als Erster drin is'«, und rennt los.

Mitten im heißen Liebesspiel hört Karl ein vertrautes Knattern und sieht nur mehr den *Wanderer* hinter einem Busch verschwinden. Ruckartig löst er sich aus Liesls Umarmung, schwimmt zum Ufer, stürmt los.

»Himmelkruzitürk'n, ihr Falotten!«, flucht er brüllend, »steh'nbleib'n! Aufhalten!«

Alles weg. Die Kleidung, der Picknickkorb, das Grammophon mit den Schellacks und den größten Verlust, das Automobil. Wie soll er das nur dem Vater beibringen? Nur die Decke und das Anatomiebuch liegen noch hier. Kein Zweifel, die Diebe können nur diese beiden unsympathischen Strolche gewesen sein. Doch so allein wie das Pärchen denkt, ist es nicht. Aufgeschreckt durch Karls Geschrei tauchen aus allen Richtungen Nackte hinter Büschen und Gesträuchen auf, erkundigen sich, was passiert sei?

»Is' ana ersoff'n? Oder treibt si a *Spechtler*[118] umadum? Dem wer'ma oba Mores beibringen!«

Zu allem Übel ist auch noch Hufgetrappel zu hören und zwei Polizisten kommen herbeigetrabt. Ebenso plötzlich sind Liesl und Karl wieder allein, sämtliche Nackerpatzln haben sich unsichtbar gemacht. Die Wachter wollen wissen, was passiert ist. Aufgeregt schildert Karl, was vorgefallen ist, während sich Liesl schnell in die Decke wickelt.

»Und is' Ihna was B'sonderes an den beiden aufg'fall'n?«, fragt einer der Polizisten.

»Wie denn? De war'n ja a nackert wie wir«, eifert sich Karl.

»Oh ja«, sagt Liesl leise, »i hab' schon was bemerkt.«

»Dann sagen's es doch, Fräulein«, wird sie vom Auge des Gesetzes aufgefordert.

Liesl wird knallrot und deutet mit einem Kopfnicken in Richtung des Polizeiknüppels. »Was?«

Der Polizist versteht nicht recht, aber sein Kollege kapiert schneller.

»Wirklich?«, schlussfolgert er erstaunt, »so ein Trumm?«

»Na ja«, antwortet Liesl, inzwischen rot wie ein Paradeiser, aber nicht von der Sonne, »net so ganz, aber ziemlich…«

»Wenn's die beiden wirklich waren, dann wird's schwierig. De wer'n ja net nackert davong'fahr'n sein. Loisl«, fordert der Ältere den Kollegen auf, »du reitest in die Richtung und i in die andere. Vielleicht hamma Glück?«

Es ist tatsächlich Karls Glückswochenende. Nur wenige hundert Meter von der kleinen Bucht entfernt, wo sich Liesl und Karl aalten, steht der *Wanderer* unversehrt und verlassen da, sogar ohne einen Kratzer. Anscheinend konnten die Diebe nicht Auto fahren. Die Kleidung des Liebespärchens ist da, nur das Grammophon und der Picknickkorb fehlen. Da Karl die Gegenstände exakt beschreiben kann, ist es nicht schwer die beiden Gauner, die noch dazu zur Fahndung wegen anderer Delikte ausgeschrieben sind, aufzuspüren und zu arretieren. Als sie bemerken, dass die Polizei hinter ihnen her ist, flüchten sie Hals über Kopf ins Unterholz.

Überglücklich nimmt Karl sein Eigentum in Empfang, inspiziert genau das Automobil, alles in Ordnung. Sowohl Liesl als auch ihm ist die Lust vergangen, den Badetag weiter fortzusetzen. Wegen der Aufregung belassen es die Polizisten bei einer Ermahnung wegen Nacktbadens. Ob Liesl und Karl tatsächlich ein Paar geworden sind, darüber schweigt die Chronik.

Freitag wird gegeben

»Der Teifl soll di holen! De Krätz'n sollst kriag'n! I hob a wegen dir im Kriag mein' Schäd'l hing'hoit'n und mein' Hax'n dafür hergeb'n miass'n! Und jetzt bin i a Krüppel und niemaund scheißt si um mi!«

Vor Wut, Verzweiflung und Enttäuschung steigen dem invaliden Bettler die Tränen in die Augen, wischt sie mit dem abgeschabten und durchgewetzten Ärmel seiner alten Uniformjacke weg, schaut völlig entgeistert auf den Patzen *Schlatz*[119], den ihm der feine Binkel in seinen Blechteller gespuckt hat und ihm die paar Groschen darauf versaut.

Noch nicht so lange her, dass dieser Mann eine schmucke Erscheinung in seiner Uniform war. Voller Zuversicht zog er für den alten Kaiser in den Krieg, überzeugt, dass es bald vorbei sein und der Sieg im Handstreich erreicht würde. Doch er täuschte sich wie viele andere und schließlich erwischte es auch ihn. In der Schlacht von Verdun zerfetzte ihm eine Granate sein rechtes Bein.

Als er heimkehrte, hatte seine Frau einen anderen, trug ein Kind von dem unter dem Herzen und wollte nichts mehr von Leutnant a. D., dem *Ahaxerten*[120], wissen. Großzügig verzichtete der Frontkämpfer auf die gemeinsame Wohnung, suchte sich ein billiges Untermietzimmer, dachte, dass er trotz seiner Behinderung wieder in seinen alten Beruf zurückkehren könnte. Aber sein alter Tischlermeister hatte keine Verwendung mehr für ihn. Der Veteran konnte sich das Zimmer nicht mehr leisten und somit Endstation Gosse.

So begann er zu saufen, verkam immer mehr und jetzt lebt er auf der Straße, schläft, wo immer es möglich ist, hat bereits eine Unmenge an Polizeistrafen am Buckel, kennt nahezu sämtliche Arrestzellen in Wein.

»Servas Oskar«[121], begrüßt ihn ein *Griasler*-Kumpan[122], »warum regst' di denn so auf?«

»Hast' des net g'seh'n?«, ist Oskar weiterhin völlig außer sich und zeigt auf den Blechteller, »do geht so a feiner Binkel an mir vorbei, i sag' bitt' schön, er lacht ma breit ins G'sicht und spuckt ma dann da drauf. Wos is' aus der Wöd bloß wor'n? Und heut' is' erst Mittwoch.«

»I waaß«, meint Ferdl, »da hast' a halberten *Maschansker*« und teilt geschickt als *Apratzlerter*[123] mit seinem Taschenfeitl einen Apfel in zwei Hälften, »den hob i vorhin bei der Standlerin *g'fladdert*.«[124]

»A Schnaps wär' mir liaba, aber dank' schön.«

Auch Ferdl ist ein Leidensgefährte, büßte im Krieg seinen rechten Arm durch den Schuss eines Russen ein. Wundbrand und nur mehr Amputation konnte sein Leben retten. Oft reden sie darüber, dass es besser gewesen wäre, gleich im Schützengraben draufzugehen. Jetzt sind sie beide ausgesteuert. Der Dank des Vaterlandes oder besser was davon noch übriggeblieben ist.

Noch zwei Tage durchstehen bis Freitag. Das hat seinen besonderen Grund. Die Zahl der Bettler beiderlei Geschlechts nimmt ständig zu, bedingt durch das ständige Anwachsen des Arbeitslosenheeres. Man sieht sie an allen Ecken. Not und Ausweglosigkeit haben sich tief in ihren Gesichtern eingraben. Manche haben vielleicht noch ein Dach über dem Kopf, aber wie lange noch? Viele Männer stehen mit umgehängten Pappschildern: *nehme jede Arbeit an*. Nicht wenige darunter mit einem akademischen Grad.

Ferdl und Oskar warten ebenso sehnsüchtig wie ihre Schicksalsgenossen auf Freitag. Inzwischen beinahe traditionell an diesem Tag die Geschäfte aufzusuchen, um Almosen zu erhalten. Zuvor hatte es überhandgenommen, weil täglich Bettler in den Lokalen auftauchten und die Hände aufhielten. Das störte den Betrieb und vergraulte die Kundschaft. Daher bürgerte es sich ein, am *Freitag wird gegeben* und das wissen inzwischen auch die Kunden. Entweder steht der *Stift*[125] mit einem Teller voller Groschen vor dem Portal oder die Münzen liegen drinnen auf der *Budl*.«[126] Zumindest für einen Tag ist das demütigende Betteln ein bisschen gelindert.[127]

»Waunn mir der Saukerl no amoi über'n Weg rennt«, kann sich Oskar noch immer nicht beruhigen, »darschlog i eahm mit meiner Kruck'n. Z'erst haut mi der *Zedlzupfer*[128] aus der Elektrischen, weu i kann Fohrschein g'hobt hob und der *Glockentrottel*[129] bremst so stark oh, dass mi beinah' von der Plattform g'haut hätt'. Und danach des.«

»Kumm, Ferdl«, fordert Ferdl seinen Spezi auf, »jetzt gemma in die Lerchenfelder Straß'n.«[130]

»Warum? San durt de Leut' freigiebiger?«

»Do is' a Möbeltandler, der hot si für unserans etwas b'sonders einfallen lassen. Zumindest hob i des läuten g'hört.«

Die Gerüchtebörse stimmt tatsächlich und es ist dem in Böhmen geborenen Kaufmann Otto Pick zu verdanken. Nicht nur aus reiner Wohltätigkeit, eher mehr als wirksame Maßnahme gegen die Bettlerplage. Das Ergebnis hängt an der Außenwand seines Geschäftes. Es ist ein Almosen-Automat, und per Knopfdruck fällt eine 10-Groschen-Münze fällt. Pick lässt sich seine Erfindung patentieren. Im Patent heißt es »*Bettlern, welche zum Almosensammeln Kaufhäuser oder Kaufläden besuchen, es zu ermöglichen, das ihnen zugedachte Almosen einem Automaten persönlich zu entnehmen, ohne dabei irgendjemanden zu belästigen.*«[131] Natürlich ist das Gerät mit einer Sperre gesichert, dass nicht ein Bettler den Inhalt allein für sich nehmen kann, sondern immer nur eine Münze herunterfällt.

Pick präsentiert seine Erfindung 1928 auf der Wiener Frühjahrsmesse in der Rotunde im Pavillon des Erfinderverbandes. Auch ein Name wird gefunden, vielleicht sogar von dem Händler selbst: *Der kleine Philanthrop.*

Die Meinungen im rauschenden Blätterwald sind geteilt. Am 12. März 1928 notiert die *Wiener Sonn- und Montagszeitung* »*Sie werden nicht mehr nervös durch Bettler! Die Kunden nicht mehr gestört durch Bettler! Sie kommen nicht mit ungepflegten Leuten in Berührung!*« Vier Tage später schreibt die *Arbeiter-Zeitung*, der Automat solle »*verhindern, dass Bettler in die Wohnung kommen.*« Ernsthaft wird vorgeschlagen den »Philanthropen« wie den Briefkasten an der Türe zu befestigen und ihn mit Münzen zu befüllen. »*Der Bettler kommt, drückt auf einen Knopf, zehn Groschen fallen heraus, er geht wieder, braucht nicht ›Dank schön‹ und ›Vergelt's Gott tausendmal‹ zu sagen*«, erspart sich »*die demütige Miene*«.

So wie der Automat aufgetaucht ist, so schnell verschwindet er wieder sang- und klanglos, zumindest in Wien. Auch die Erzdiözese ist wenig begeistert – *Statt Nächstenliebe Almosenautomat.* Es ist zu offensichtlich, was tatsächlich dahintersteckt: Picks Egoismus und seine Geschäfte wollte er sich nicht durch Bettler stören lassen.

Seine Idee wird später wieder aufgegriffen. Im Oktober 1934 stellt in Linz ein Geschäftsmann einen »Philanthropen« auf und im Mai 1937 erscheint im *Salzburger Volksblatt* die Annonce: *Almosen-Automat, bedient selbsttätig 250 Bettler, mit Signal-Einrichtung 20 S[chilling]*, erzeugt von der Firma Gebrüder Werner am Mozartplatz 5, spezialisiert auf Fahrräder und Nähmaschinen.[132]

Es zählen nur Geschäftssinn und Profit. Dass auch Bettler Menschen mit Würde sind, wird geflissentlich übergangen.

ZEITTAFEL
1928

Am **13. Jänner** enden die Schwurgerichtsprozesse gegen die angeklagten Demonstranten vom Juli 1927 ausschließlich mit Freisprüchen.

Am gleichen Tag führen die Nazis eine Protestkundgebung gegen die Aufführung von Ernst Křeneks Jazz-Oper »Johnny spielt auf« in der Staatsoper durch. In Flugblättern, die mit Hakenkreuzen versehen sind, wird heftig gegeifert. »*Unsere Staatsoper…ist einer frechen jüdisch-negerischen Besudelung zum Opfer gefallen.*«[133] Stinkbomben werden geworfen und Niespulver verstreut. Dem Erfolg des Werks schadet es nicht. Die Oper erzielt die höchste Aufführungszahl, die jemals in einer Saison absolviert wird.

Die »Interalliierte Militärkontrolle« endet in Österreich am **31. Jänner**.

Vom **11. – 19. Februar** finden die II. Olympischen Winterspiele in St. Moritz statt. Österreich kehrt mit drei Silber- und einer Bronzemedaille zurück, jeweils im Eiskunstlauf.

Am **27. Februar** wird der Graphiker und Bildhauer Alfred Hrdlička geboren. Am **1. März** tritt im Johann-Strauß-Theater auf der Wieden Josephine Baker auf und löst einen Skandal aus.

In der **1. Märzwoche** findet das erste Arlberg-Kandahar-Skirennen in St. Anton am Arlberg statt, organisiert von Hannes Schneider. Das Nenngeld beträgt pro Läufer 50 Groschen.

Am **18. März** erblickt der Architekt und Karikaturist Gustav Peichl das Licht der Welt.

Am **24. März** stört die Heimwehr in Feldkirchen in Kärnten eine sozialdemokratische Versammlung; 22 Verletzte.

Der sozialdemokratische Abgeordnete Albert Sever stellt am **27. Juni** im Nationalrat den Antrag das Kriegswirtschaftliche Gesetz vom 24. Juli 1917 aufzuheben.

Erstmals setzt die Polizei am **28. Juli** bei einer Rauferei in Meidling Gummiknüppel ein.

Die IX. Olympischen Spiele werden vom **28. Juli - 12 August** in Amsterdam abgehalten. Österreich bringt jeweils eine Gold-, Silber- und Bronzemedaille nach Hause; in der Schwerathletik und im Rudern.

In diesem Monat ist die Umstellung der Hauskehrichtsammlung auf das System *Colonia* abgeschlossen. Ab sofort werfen die Wiener ihren Müll in den *Koloniakübel*.

Am **24. August** wird im Westbahnhof testweise eine Lautsprecheranlage in Betrieb genommen.

Am **7. Oktober** halten Heimwehr, die *Hahnenschwanzler*, und der Republikanische Schutzbund in Wiener Neustadt Großkundgebungen ab. Das Bundesheer hält sich bereit, es kommt glücklicherweise zu keinen Zwischenfällen. Der Spottname für die Heimwehr bezieht sich auf die Federn des Birkhahnes auf ihren Hüten.

An diesem Tag beginnt die *RAVAG* mit ständigen Sportübertragungen.

Am **8. Oktober** kommt der Kabarettist und Schauspieler Helmut Qualtinger zur Welt.

Vom **29. Oktober - 1. November** halten die Sozialdemokraten in Wien ihren Parteitag ab. Während Karl Renner und der gemäßigte rechte Flügel für eine Beteiligung an der Staatsgewalt eintreten, plädiert Otto Bauer, Führer des radikalen Flügels, weiterhin für die Opposition und setzt sich durch.

Am **2. November** eröffnet der Wiener Eislaufverein die Kunsteislaufbahn am Heumarkt im 3. Bezirk.

Weniger friedlich wie in Wiener Neustadt verläuft der Heimwehraufmarsch am **12. November** in Innsbruck. Bei Zusammenstößen mit sozialdemokratischen Arbeitern gibt es mehrere Verletzte.

Am gleichen Tag wird in Wien das »Republik-Denkmal« mit den

Büsten von Jakob Reumann, Viktor Adler und Ferdinand Hanusch beim Parlament enthüllt.

Im November gründet sich der »Verein Ernst Mach« als lose Organisation des philosophischen »Wiener Kreises«. Ihm gehören bedeutende Mathematiker, Physiker, Philosophen und Soziologen an, wie Karl Popper und Ludwig Wittgenstein.

Am **5. Dezember** wählt die Bundesversammlung den Christlich-Sozialen Wilhelm Miklas zum Bundespräsidenten.

Es ist das Jahr der Künstlergeburten. Am **13. Dezember** wird der Maler und Grafiker Wolfgang Hutter, ein Vertreter der »Wiener Schule des phantastischen Realismus«, geboren. Am **15. Dezember** kommt der Maler und Umweltaktivist Friedrich Stowasser zur Welt, der als Friedensreich Hundertwasser Weltruhm erlangt.

Bundeskanzler Seipel erklärt am **18. Dezember** in Graz, dass er »*in der Heimwehr mit gewissen Einschränkungen einen Bundesgenossen der bürgerlichen Parteien sehe.*«[134]

Die Anzahl der Pferde in Wien sinkt drastisch. Waren es 1914 noch 33.000 sind nun nur 7.500. Dafür steigt die Zahl der Privatautos von 1.684 im Jahre 1914 auf 5.441 und die Motorräder von 748 auf 13.567.[135]

Was noch geschah

Der amerikanische Außenminister Frank Kellogg setzt einen Kriegsächtungspakt durch. Den »Kellogg-Pakt« unterzeichnen die USA, Frankreich, Großbritannien, Deutschland, Belgien, Italien, Japan, Polen, die Tschechoslowakei und die britischen Dominions. Bis Ende 1929 werden es 54 Staaten sein. Der Völkerbund anerkennt die bedingungslose Neutralität der Schweiz. Das Wahlalter der Frauen wird in England von 30 auf 21 Jahre herabgesetzt. Der erste Fünf-Jahres-Plan in der USSR führt zu einer raschen Industrialisierung.

Die Schauspielerin Tilla Durieux schreibt den Roman »Eine Tür fällt ins Schloss«; Gerhart Hauptmann das Epos »Till Eulenspiegel« und das Schauspiel »Der weiße Heiland«; Erich Kästner die Gedichtsammlung »Herz auf Taille«; Klabund den Roman »Borgia«; Franz Molnar die Komödie »Spiel im Schloss«; Alfred Polgar die Essaysammlung »Ich bin Zeuge«; Joachim Ringelnatz die Gedichtsammlung »Allerdings« und seine Kriegserinnerungen »Als Mariner im Krieg«. Franz Werfel schreibt den Roman »Der Abituriententag«; Anton Wildgans die »Gedichte an Pan«; Stefan Zweig die historischen Miniaturen »Sternstunden der Menschheit«.

In Radebeul eröffnet das Karl-May-Museum. Inzwischen existieren weltweit 1.776 Gruppen der Kunstsprache Esperanto.

Papst Pius XI. lehnt in der Enzyklika »Mortalium animos« die gesamt-christliche ökumenische Bewegung ab.

Albert Schweitzer erhält den Goethepreis der Stadt Frankfurt am Main.

George Gershwin komponiert »Ein Amerikaner in Paris«; Franz Lehár das Singspiel »Friederike«; Richard Strauss die Oper »Die ägyptische Helena« mit dem Libretto von Hofmannsthal; Kurt Weill »Die Dreigroschenoper« mit dem Text von Bertolt Brecht und die groteske Jazz-Oper »Der Zar lässt sich photographieren« nach Texten von Georg Kaiser.

In vier Wochen werden 12 Millionen Schellacks von »Sonny Boy«, dem Al-Jolson-Schlager aus dem Tonfilm »The Jazz Singer« verkauft.

Clemens Krauß wird Wiener Staatsoperndirektor.

General Motors übernimmt die *Opel-Werke* als AG.

In Berlin findet die »Ila«, die internationale Luftfahrtausstellung, statt. In der Damenmode setzt sich der »Garçon«-Stil durch.

Die Norwegerin Sonja Henie wird Weltmeisterin im Eiskunstlauf und bleibt es bis 1936.

Im Kino

USA

Ein neues Komikerduo erobert die Filmwelt.

»Die Schlacht des Jahrhunderts«: Regie Clyde Bruckman, mit Stan Laurel und Oliver Hardy; der Beginn von »Dick & Doof«.

Eine Maus schafft den internationalen Durchbruch – die Abenteuer von Mickey Mouse erfreuen Jung und Alt.

»Steamboat Willie« von Walt Disney.

»Der Circus« von und mit Charlie Chaplin.

»Das göttliche Weib«: Regie Victor Sjöström, mit Greta Garbo, Lars Hanson, Dorothy Cumming.

»Der Patriot«: Regie Ernst Lubitsch, mit Emil Jannings, Lewis Stone, Florence Vidor.

»Königin Kelly«: Regie Erich von Stroheim, mit Gloria Swanson, Walter Byron, Seena Owen. Inzwischen stammen 90 Prozent aller Filme aus Amerika.

Deutschland

»Die Frau im Mond«: Regie Fritz Lang, mit Willy Fritsch, Gerda Maurus.

1929

Von Jänner bis März herrscht ein Katastrophenwinter in Europa.

Am **4. Jänner** erblickt der Maler, Architekt und Liedermacher Arik Brauer das Licht der Welt.

Im **Februar** staunen die Wiener bei -29 Grad Celsius über ein seltenes Naturschauspiel, das fast einen Monat lang andauert. Der Eisstoß auf der Donau bei der Reichsbrücke hat gewaltige Ausmaße angenommen.

Am **27. Jänner** spricht der christlich-soziale Arbeiterführer Leopold Kunschak über die Entwicklung der Heimwehrbewegung und sieht sie als Gefahr für das parlamentarische System.

In Gloggnitz, Niederösterreich, wird am **3. Februar** eine sozialdemokratische Versammlung durch Heimwehrmänner gestört, insgesamt 36 Verletzte.

Am **28. Februar** stirbt der Kinderarzt Clemens Pirquet. 1906 prägte er den Begriff »Allergie«, entdeckte ein Jahr später die nach ihm benannte Tuberkulin-Hautreaktion und vertrat eine moderne Ernährungslehre.

In Gratwein, Steiermark, stoßen am **24. März** sozialdemokratische Arbeiter mit einem Heimwehraufmarsch zusammen, 18 Verletzte.

Am **3. April** tritt die fünfte Regierung Seipel aus mehreren Gründen zurück: Spannungen innerhalb der Parteien, eine abgelehnte Amnestie, worauf der Kanzler »Prälat ohne Milde« genannt wird, sowie politisch bedingte Kirchenaustritte – 20.000 allein im zweiten Halbjahr 1927 – und Seipels angegriffene Gesundheit.

Am **23. April** wird das Max-Reinhardt-Seminar in Schönbrunn eröffnet.

Wieder kracht es in der Steiermark. Dieses Mal in Kapfenberg, wo am **1. Mai** republikanische Schutzbündler mit provozierenden Heimwehrmännern aneinandergeraten, 19 Verletzte.

Ein besonderes Ereignis am **2. Mai lässt die Stadt beinahe stillstehen und alle blicken hinauf in den Himmel. Das Luftschiff »Graf Zeppelin« überfliegt Wien.**

Am **4. Mai** tritt das Kabinett Streeruwitz, eine Koalitionsregierung, ihr Amt an.[136]

Bundespräsident Miklas eröffnet am **5. Juni** die Moderne Galerie in den Sälen des Unteren Belvederes.

Im Rahmen der Wiener Festwochen vom **2. - 16. Juni** inszeniert Max Reinhardt im Arkadenhof des Rathauses Georg Büchners »Dantons Tod« mit großem Erfolg.

Am **1. Juli** stirbt der gebürtige Oberschlesier und Erfinder Max Mauermann in Wien. 1912 erfand er ein Verfahren für die Erzeugung rostfreien Stahls.

In Rodaun bei Wien stirbt am **15. Juli** Hugo von Hofmannsthal.

Am **18. Juli** kommt es vor dem Bundeskanzleramt am Ballhausplatz im 1. Bezirk zu einem Zwischenfall. Der arbeitslose, 29jährige Schmiedegeselle Anton Leitner bedroht den Wachposten mit einer Pistole. Er wird verhaftet und gibt zu, dass er mit einem bei ihm gefundenen Ambossmodell den Bundespräsidenten erschlagen wollte. Leitner hat kein politisches Motiv, er ist geisteskrank und landet in der Psychiatrie.

Carl Freiherr von Auer von Welsbach stirbt am **4. August** auf Schloss Welsbach bei Mölbling in Kärnten. Der Chemiker erfand 1892 den Gasglühstrumpf (Auerstrumpf) und revolutionierte die Beleuchtung, indem er 1895 das Auerlicht entwickelte. 1897 produzierte er die Osmium-Wolfram-Fadenglühlampe (Osram); 1907 das Cereisen (Auermetall), einen synthetischen Feuerzeugzündstein. Im gleichen Jahr baute er in der Nähe seines Anwesens eine Fabrik zur Thorium- und Cer-Verarbeitung – der Ursprung der *Treibacher Chemischen Werke*.

Neuerlicher Zusammenstoß am **18. August** in St. Lorenzen im steirischen Mürztal zwischen Republikanischen Schutzbund und Heimwehr. Drei Tote, an die 200 verletzte Schutzbündler und 50 »Hahnenschwanzler«.

Am **19. August** überfallen sozialdemokratische Arbeiter drei Heimwehrmänner in Vösendorf, Niederösterreich. Durch Messerstiche wird der 27jährige Franz Janisch getötet. Er war auch gleichzeitig NSDAP-Mitglied und wird als erster »Blutzeuge« in Österreich von den Nazis zum Märtyrer stilisiert.

Im **September** muss Österreichs größte Bank, die Creditanstalt, die bankrotte Bodenkreditanstalt übernehmen. Diese Fusion läutet den nahenden Untergang ein.

Am **23. September** stirbt der Chemie-Nobelpreisträger Richard Zsigmondy in Wien.

Die Regierung Streeruwitz tritt am **25. September** zurück. Der Druck der Heimwehren wird zunehmend stärker, das bürgerliche Lager stellt sich gegen die radikalen »Hahnenschwanzler«.

Einen Tag später, am **26.**, zieht die dritte Regierung Schober ins Parlament ein.[137]

Am **24. Oktober** beginnt der New Yorker Börsenkrach, am **25.** bricht der »Schwarze Freitag« an den US-Börsen aus. Am **29.** erreicht die Weltwirtschaftskrise ihren Höhepunkt. Österreich bleibt davon nicht verschont.

Auf dem Wiener Heldenplatz veranstaltet am **27. Oktober** die Heimwehr eine Großkundgebung. 12.800 Heimwehrmänner sind angetreten, darunter 2.000 Jäger von Starhembergs Privatarmee.

Der Erfinder August Musger stirbt am **30. Oktober** in Graz. 1904 erfand er die Zeitlupe, führte die neue Filmtechnik 1907 mit einem von ihm angeregten Projektionsapparat in Graz vor. 1914 wurde die Zeitlupe nach seinem Prinzip von einer Firma hergestellt, Musger wurde nie erwähnt.

Am **4. November** wird der spätere Außenminister und Wiener Bürgermeister Leopold Gratz geboren.

Im **Dezember** können (noch) 193.000 österreichische Arbeitslose vom Staat unterstützt werden.

Am **7. Dezember** wird im Nationalrat die Novellierung der Bundesverfassung mit den Stimmen der Regierung und der sozialdemokratischen Opposition angenommen. Die Rechte des Bundespräsidenten: Ernennung und Enthebung der Regierung (bislang mit Stimmenmehrheit vom Nationalrat gewählt); Auflösung des Nationalrates; Erlassen von Notverordnungen; Oberbefehl über das Bundesheer und Ernennung des Verfassungsgerichtshofpräsidenten.

Am **8. Dezember** wird der Maler und Grafiker Arnulf Rainer geboren. Am **12. Dezember** gründet die 90jährige Marianne Hainisch die Österreichische Frauenpartei, die *»den inneren und äußeren Frieden, das materielle Wohl und die geistige Höherentwicklung anstrebt.«*[138]

Was noch geschah

Der Friedensnobelpreis geht an den amerikanischen Außenminister Francis Kellogg.

Am 1. Mai 1929 kommt es in Berlin zu blutigen Zusammenstößen zwischen Demonstranten und der Polizei.

Der deutsche Außenminister Gustav Stresemann stirbt.

Der Dawes-Plan wird für deutsche Reparationszahlungen durch den Young-Plan ersetzt. Der Volksentscheid der Deutschnationalen im Verbund mit den Nazis gegen diesen neuen Plan scheitert.

Heinrich Himmler wird Reichsführer der SS.

Leo Trotzki wird aus der USSR in die Türkei abgewiesen.

Herbert Hoover wird US-Präsident bis 1933.

Die Lateran-Verträge und das Konkordat des Vatikans werden mit dem italienisch-faschistischen Staat unterzeichnet. Der Papst verzichtet auf Rom und den Kirchenstaat. Dafür erhält Vatikanstadt eine Verfassung mit dem Kirchenoberhaupt als oberste gesetzgebende, vollziehende und richterliche Gewalt.

Der Literatur-Nobelpreis geht an Thomas Mann. Vicky Baum schreibt den Roman »Menschen im Hotel«; Alfred Döblin »Berlin Alexanderplatz«. Gerhart Hauptmann veröffentlicht »Das Buch der Leidenschaft«, einen Roman in zwei Bänden; Hemingway den Kriegsroman »In einem anderen Land«; Alfred Polgar die Essays »Schwarz auf Weiß« und Erich Maria Remarque den Antikriegsroman »Im Westen nichts Neues«.

Kurt Tucholsky publiziert die antinationalistischen Satiren »Deutschland, Deutschland über alles«. Franz Werfel bringt den

Roman »Barbara oder die Frömmigkeit« heraus; Carl Zuckmayer veröffentlicht das Drama »Katharina Knie« und Stefan Zweig die Biografie »Fouché«.

In Berlin wird das Kabarett »Katakombe« mit Werner Finck und Hans Deppe gegründet.

Der 1344 begonnene Bau des Veitsdoms in Prag ist vollendet. In New York wird das Museum of Modern Art gegründet und eröffnet mit einer Ausstellung mit Werken von Cézanne, Gauguin, Seurat und van Gogh. Das Luftschiff »Graf Zeppelin« umfliegt den Globus. In Berlin wird die erste Fernsehsendung ausgestrahlt.

Die *Selenophon Licht- und Tonbildgesellschaft* entwickelt ein eigenes Tonaufzeichnungsverfahren für Film und Rundfunk. Mit diesem System wird in der Wiener Urania erstmals eine Tonbild-Vorführung gezeigt.

Im Kino

Der Tonfilm schafft endgültig den internationalen Durchbruch. Der kurze Dokumentarfilm »In Old Arizona« der Fox Movietone gilt als erster Tonfilm, der zur Gänze außerhalb eines Studios gedreht wird.

Am 16. Mai verleiht erstmals Douglas Fairbanks, Schauspieler und Präsident der Academy of Motion Picture Arts and Sciences, in zwölf Kategorien den Academy Award. Ab 1931 heißt diese höchste Auszeichnung in der Filmbranche »Oscar«.

Ende Juli entstehen in Neu-Babelsberg in Berlin unter der Aufsicht der Ufa Europas modernste Studios, gänzlich ausgerichtet auf den Tonfilm. Die Baukosten betragen über 6 Millionen RM.

USA

»Liebesparade«: Regie Ernst Lubitsch, mit Maurice Chevalier, Lilian Roth.

»Broadway Melody«: Regie Harry Beaumont, mit Charles King,

Anita Page.

Der erste Mickey Mouse-Tonfilm von Walt Disney gelangt zur Uraufführung.

Großbritannien

»Erpressung«: Regie Alfred Hitchcock, mit Anny Ondra, John Longden, Donald Calthrop.

»Die Königsloge«: Regie Bryan Foy, mit Alexander Moissi, Camilla Horn.

Deutschland

»Melodie des Herzens«: Regie: Hanns Schwarz, mit Willy Fritsch; der erste vollständige deutsche Tonfilm.

»Die Büchse der Pandora«: Regie G. W. Pabst, mit Luise Brooks, Fritz Kortner, Gustav Diese.

»Die weiße Hölle vom Piz Palü«: Regie Arnold Fanck, mit Gustav Diesel, Leni Riefenstahl, Ernst Udet.

»Fräulein Else«: Regie Paul Czinner, mit Elisabeth Bergner, Albert Bassermann, Albert Steinrück.

»Atlantic« (Deutschland / Großbritannien), Regie: Ewald André Dupont, mit Fritz Kortner, Elsa Wagner, Willy Forst, Heinrich Schroth.

1930

Es ist das Jahr großer Bauvorhaben. Am Engelsplatz im 20. Bezirk beginnt Rudolf Perco mit der Errichtung des Wohnhofes mit 1.467 Wohnungen, die 1933 bezugsfertig sind.

Franz Friedrich Wallack ist für den Bau der Großglockner-Hochalpenstraße verantwortlich, die 1935 dem Verkehr übergeben werden kann.

Am **1. Jänner** liest Anton Wildgans im Wiener Rundfunk seine »Rede über Österreich«. Purer Zufall, da er sie bereits am 12. November 1929 in Schweden vortragen sollte, jedoch erkrankt war.

Der Landbund gründet am **17. Jänner** in ganz Österreich Bauernwehren.

Die Zweite Haager Konferenz findet am **20. Jänner** statt. Für Österreich bedeutet es keine Reparationsforderungen mehr, Befreiung von Forderungen der Nachfolgestaaten und vom Generalpfandrecht.

In New York wird Karl Schäfer zwischen **3.** und **5. Februar** erstmals Weltmeister im Eiskunstlauf und danach in Folge bis 1936.

Am **6. Februar** unterzeichnet Bundeskanzler Schober in Rom einen Freundschafts- und Schiedsgerichtsvertrag zwischen Österreich und Italien.

Am **12. Februar** wird der Schriftsteller Gerhard Rühm geboren.

Der Maler Ernst Fuchs, einer der Gründer der »Wiener Schule des phantastischen Realismus« erblickt am **13. Februar** das Licht der Welt.

Am **30. März** wird in der Staatsoper Alban Bergs Oper »Wozzeck« uraufgeführt.

Am **4. April** beschließt der Nationalrat das Gesetz zum Schutz der Arbeits- und Versammlungsfreiheit. Dadurch soll politische Freiheit in den Betrieben gewährleistet und Gesinnungszwang ausgeschaltet werden.

Unbekannte Täter brechen am **11. April** in die Trophäensammlung der Hofburg ein und stehlen 100 Maria-Theresia-Orden.

Einen Tag später, am **12. April**, schließen Österreich und Deutschland einen Handelsvertrag ab.

Im **Mai** ist die Arbeitslosenzahl auf 284.543 angestiegen und auf staatliche Unterstützung angewiesen. An der Parteispitze der Christlich-Sozialen steht am **9. Mai** Carl Vaugoin anstelle von Ignaz Seipel.

Am **16. Mai** wird der Pianist Friedrich Gulda geboren.

Am **18. Mai** findet in Korneuburg, Niederösterreich, eine Großkundgebung der Heimwehr statt. Es werden der »Korneuburger Eid« und das »Korneuburger Programm« verlesen. In Deutschland ist die NSDAP bereits zweitstärkste Partei und betreibt in Österreich aggressive Werbung, was letztlich die Heimwehrbewegung spaltet.

Am **23. Mai** wird der Schriftsteller und Architekt Friedrich Achleitner geboren.

Im **Juni** werden die Handzeichen für die Polizei zur Regelung des Straßenverkehrs festgelegt.

Am **7. Juni** wird Grete Wiesenthals Ballett »Der Taugenichts von Wien« in der Staatsoper uraufgeführt.

Am **12. Juni** kommt der Schauspieler, Regisseur und Theaterdirektor Otto Schenk zur Welt.

Major Waldemar Pabst wird am **15. Juni** auf Betreiben des Bundeskanzler Schober wegen unzulässiger politischer Betätigung ausgewiesen.

Während einer Kundgebung in Linz am **21. Juni** bezeichnet Heimwehrführer Ernst Rüdiger Fürst Starhemberg das »Korneuburger Programm« als »*recht unklar und phrasenhaft*«.[139] Starhemberg tritt für die österreich-nationale Linie der Heimwehr ein, während Walter Pfrimer vom »steirischen« Flügel die großdeutsche Richtung einschlägt.

Zu allem Übel, politisch und wirtschaftlich, sucht noch vom **27. Juni – 3. Juli** eine Heuschreckenplage große Teile Österreichs heim, wobei sogar streckenweise der Eisenbahnverkehr lahmgelegt wird.

Am **10. Juli** trifft sich Starhemberg mit Mussolini in Rom.

Ein erneuter Zusammenstoß am **27. Juli**, dieses Mal in Puntigam bei Graz, zwischen Heimwehr und Schutzbund; 25 Verletzte.

Am **3. September** treten Steidle und Pfrimer als oberste Heimwehrführer zurück. Starhemberg, bisher Landesführer von Oberösterreich, wird Bundesführer des »gesamten österreichischen

Heimatschutzes«. Es erfolgt eine Annäherung an die christlich-soziale Partei.

Am **25. September** tritt die dritte Regierung Schober wegen der Differenzen mit der Heimwehr zurück. Die Christlich-Sozialen wollen Zusammenarbeit; Schober, Großdeutsche und Landbund lehnen das ab. Fünf Tage später, am **30. September**, tritt das Minderheitenkabinett des bisherigen Heeresministers Carl Vaugoin unter Einbeziehung der Heimwehr in Kraft. [140]

Anlässlich des 60. Geburtstages von Franz Lehár findet am **26. September** im Theater an der Wien eine große Feier statt. In deren Rahmen wird seine Operette »Land des Lächelns« mit Richard Tauber, Hella Kürthi und Vera Schwarz aufgeführt.

Bundespräsident Miklas löst am **1. Oktober** den Nationalrat wegen neuerlicher Unstimmigkeiten auf. Neuwahlen sind für 9. November geplant.

Am **12. Oktober** wird in Heiligenstadt im 19. Bezirk der Karl-Marx-Hof seiner Bestimmung übergeben.

Im November wird zum ersten Mal der Fußballklub Rapid als erster österreichischer Verein Mitropacupsieger. Der Wettbewerb wird seit 1927 ausgetragen.

Am **4. November** kehrt Heimwehrführer Waldemar Pabst wieder nach Österreich zurück.

Am **9. November** finden die letzten Nationalratswahlen in der Ersten Republik statt. Die Sozialdemokraten sind stärkste Partei, die Christlich-Sozialen verlieren sieben Mandate an den *Heimatblock*, die kandidierende Heimwehr. Die NSDAP tritt erstmals an, bleibt jedoch wie die KPÖ ohne Mandat. Der Schoberblock, bestehend aus Landbund und Wirtschaftsblock, erreicht 21 Mandate.

Die Regierung Vaugoin tritt am **20. November** zurück. Im **Dezember** zieht sich Julius Raab mit der niederösterreichischen Heimwehr aus dem gesamtösterreichischen Verband zurück. Kurt von Schuschnigg gründet die *Ostmärkischen Sturmscharen*, die zu einem militärischen Arm der Christlich-Sozialen werden. Am **4. Dezember** nimmt die Regierung Ender die Arbeit auf. Davor war Otto Ender Vorarlberger Landeshauptmann.[141] Eine Koalition mit Großdeutschen und Landbund entsteht, da sich die Heimwehr im vorherigen Kabinett nicht bewährte.

Am **21. September** nimmt der Rundfunksender in Salzburg den Betrieb auf.

Karl Landsteiner erhält für die Entdeckung der Blutgruppen am **10. Dezember** den Medizin-Nobelpreis.

1930 werden für die Erhaltung des »Steffls« um einen Schilling Stephansdom-Lose verkauft.

Was noch geschah

In Thüringen wird Wilhelm Frick erster nationalsozialistischer Minister für Inneres und Volksbildung.

Im Reichswehrprozess vor dem Leipziger Reichsgericht schwört Hitler die Weimarer Verfassung einzuhalten.

Frankreich baut die militärische Maginot-Linie, um sich vor einen eventuellen Angriff durch Deutschland zu schützen.

Die Türkei und Griechenland schließen einen Freundschaftsvertrag ab.

Der erste Band von Robert Musils »Der Mann ohne Eigenschaften« erscheint. Leo Trotzki veröffentlicht seine Autobiografie »Mein Leben«. Hans Fallada schreibt den gesellschaftskritischen Roman »Bauern, Bonzen, Bomben«; Lion Feuchtwanger den Roman »Erfolg«. Maxim Gorki kehrt in die USSR zurück, veröffentlicht jedoch kein weiteres Werk. Hermann Hesse schreibt den Roman »Narziß und Goldmund«; Egon Erwin Kisch den sozialkritischen Reisebereicht »Paradies Amerika«; Thomas Mann die Essays »Die Forderungen des Tages«; Joseph Roth den Roman »Hiob«.

In Deutschland sorgt Wilhelm Schäfers sozialer Roman »Der

Hauptmann von Köpenick« für Schlagzeilen. Karl Heinrich Waggerl publiziert den Roman »Brot«.

Die Schauspielerin Paula Wessely ist am Theater an der Wien und bei den Salzburger Festspielen engagiert. Cosima Wagner, Ehefrau von Richard Wagner und Tochter Franz Liszts, stirbt.

Der Schnelldampfer »Europa« der *Norddeutschen Lloyd* gewinnt das Blaue Band, eine Auszeichnung für die schnellste Überfahrt von Europa nach New York. In Deutschland wird die Ledigensteuer eingeführt. Der Deutsche Max Schmeling ist erster nichtamerikanischer Boxweltmeister im Kampf gegen Jack Sharkey, der disqualifiziert wird. Die billige Agfa-Box mit Rollfilm revolutioniert die Gebrauchsfotografie.

Im Kino

Am 27. Mai wird die 19jährige Jean Harlow (eig. Harlean Carpenter) mit der Uraufführung von »Hell's Angels« von Howard Hughes über Nacht zum Star.

Am 12. September wird im Berliner Kino am Nollendorfplatz erstmalig »Fox tönende Wochenschau« präsentiert.

Im Berliner Mozartsaal kommt es am 5. Dezember zum Eklat. Nazis unter der Führung des Reichstagsabgeordneten Joseph Goebbels stören die deutsche Uraufführung des Antikriegsfilms »Im Westen nichts Neues« nach dem Roman von Erich Maria Remarque. Sechs Tage später verbietet die Reichsfilmprüfstelle weitere Vorführungen. Der Film von Lewis Milestone mit Lew Ayres, Louis Wolheim, John Wray und Raymond Griffith erhält zwei Oscars für den besten Film sowie die Regie.

Ein weiterer deutscher Antikriegsfilm ist »Westfront 1918« von G. W. Pabst mit Fritz Kampers, Gustav Diessl, Hans Joachim Moebis.

Ein neuer Stern geht in Deutschland mit Marlene Dietrich auf.

»Der blaue Engel« unter der Regie von Josef von Sternberg mit Emil Jannings, Kurt Gerron, Hans Albers und Rosa Valetti verhilft der Dietrich zu einer internationalen Karriere.

In den USA entsteht ein neues Genre: Der Gangsterfilm, wie »Der kleine Caesar« von Mervin LeRoy mit Edward G. Robinson und Douglas Fairbanks jr.

USA

»Der Jazzkönig« (Revuefilm): Regie John Murray Anderson, Musik: George Gershwin u.a., mit
Paul Whiteman, John Boles, Laura La Plante.

»Anna Christie«: Regie Clarence Brown, mit Greta Garbo, Charles Bickford.

»Marokko«: Regie Josef von Sternberg, mit Marlene Dietrich, Gary Cooper, Adolphe Menjou.

»Monte Carlo«: Regie Ernst Lubitsch, mit Jack Buchanan, Jeanette MacDonald, Zasu Pitts.

»Cimarron – Pioniere des Wilden Westens«: Regie Wesley Ruggles, mit Richard Dix, Irene Dunne, Estelle Taylor. 1931 drei Oscars für bester Film, Drehbuch und Bauten.

»Der große Treck«: Regie Raoul Walsh, mit John Wayne, Marguerite Churchill.

Deutschland

»Die Drei von der Tankstelle«: Regie Wilhelm Thiele, mit Willy Fritsch, Oskar Karlweis, Heinz Rühmann, Lilian Harvey.

»Menschen am Sonntag«: Regie Robert Siodmak, Buch: Billy Wilder und Fred Zinnemann, mit Brigitte Borchert, Christl Ehlers, Wolfgang von Waltershausen.

»Abschied«: Regie Robert Siodmak, mit Brigitte Horney, Albert Moog, Emilia Unda, Konstantin Mic.

»Stürme über den Montblanc«: Regie Arnold Fanck, mit Leni Riefenstahl, Sepp Rist, Ernst Udet, Friedrich Keyßler.

Todeskonzert
(nach einem wahren Fall)
1928

»Dummheit ist ein gutes Ruhekissen.«
Egon Friedell (1878 – 1938; Schriftsteller, Dramatiker, Journalist,
Theaterkritiker, Kulturphilosoph)

Samstag, den 3. November, haben sich besonders viele Klas-
sikliebhaber rot im Kalender angestrichen. Heute Abend spielt
einer der besten europäischen Geigenvirtuosen, der Tscheche
Váša Příhoda, im Konzerthaus und wird Paganinis Violinkonzert in
D-Dur zum Besten geben.

Selbstverständlich ist der Große Konzerthaussaal ausverkauft.
Droschken- und Automobilkolonnen stauen sich vor dem Konzert-
gebäude am Heumarkt im 3. Bezirk. Immer mehr in großer Abend-
garderobe gekleidete Damen und Herren strömen ins Foyer, voller
Erwartung auf den kommenden Kunstgenuss.

Manch weiblicher Ellbogen stößt in die Seite des Begleiters, dem
die Augen aus dem Kopf zu fallen drohen. Anlass ist eine junge,
exotische, wunderschöne Frau, die auch vom eigenen Geschlecht
bewundert wird und in der Wiener Gesellschaft keine Unbekannte ist. Diese kümmert sich nicht um die Aufmerksamkeit, die sie
auslöst, sondern ist vielmehr in ein intensives Gespräch mit einem
Mann vertieft. Auch ihren Begleiter kennt man in der Stadt.

Das Interesse verebbt augenblicklich, als der vielgerühmte Gei-
ger die Bühne betritt. Mit enthusiastischem Jubel endet der erste
Konzertteil und das Publikum begibt sich in die große Pause. Es
bleibt nicht unbemerkt, dass die Exotin sich wieder mit ihrem Begleiter angeregt unterhält, aber jetzt ist das Interesse an dem Paar
abgeflaut. Lieber widmet man sich den Erfrischungen, labt sich mit
Canapes und Petit fours, diskutiert über die Darbietung. Natürlich

165

schweift zwischendurch der eine oder andere vorwiegend männliche Blick unbemerkt zu dieser Schönheit.

Nach dem zweiten Klingeln der Glocke ist bereits der Großteil des Auditoriums wieder im Saal, mit dem dritten Zeichen erscheinen die Nachzügler. Doch die Logen des Paares, das so vehement debattierte, bleiben leer. In der 1. Reihe, Sitz 1 in Loge Numero 4 und Loge Numero 2 mit Sitz 5 in der 3. Reihe sind diese Plätze von ihnen belegt.[142] Das Orchester hat bereits Platz genommen, alle warten auf Příhoda.

Plötzlich wird die erwartungsvolle Stille jäh durch Schüsse, die draußen im Foyer knallen, erschüttert. Unruhe tritt ein, alle drehen die Köpfe, niemand kann wissen, was passiert ist.

Konzerthausdirektor Hugo Knepler betritt die Bühne, beschwichtigt und versucht zu erklären, dass sich gerade ein Eifersuchtsdrama abspielte, wobei gottseidank niemand zu Schaden kam. Damit gibt sich das Publikum zufrieden. Viel zu groß ist das magische Charisma des Tschechen mit seinem Instrument, dem er die wundervollsten Töne zu entlocken versteht.

Knepler hat eine Notlüge anwenden müssen. Wüssten die Leute, was draußen los ist, wäre sicherlich Panik ausgebrochen und das hätte Konzertabbruch bedeutet.

Im Foyer liegt eine tote Frau, die ägyptische Prinzessin Djidji Mouheb Pascha.

Jede Hilfe kommt zu spät, der Theaterarzt kann nur mehr ihren Tod feststellen. Der Logenschließer Josef Oberwasser ist Augenzeuge des Mordes und erzählt: »*Prinzessin Djidji Mouheb Pascha war bis nach dem dritten Klingelton mit Baron Gartner in eine immer heftiger werdende Diskussion verstrickt. Nach dem letzten Läuten wandte sich die Prinzessin brüsk ab um sich in ihre in der Nähe liegenden Loge zu begeben. In diesem Moment griff Gartner in die Tasche, zog eine Pistole und gab in rascher Reihenfolge mehrere Schüsse auf die Prinzessin ab. Diese stürzte zu Boden und blieb regungslos liegen. Gartner jedoch lief dem Ausgang ent-*

gegen und rief laut ›aufhalten, aufhalten!‹, so als wolle er selbst den Täter verfolgen.«[143]

Ein sinnloses Ablenkungsmanöver, Gartner ist erkannt und die von Oberwasser alarmierten, vorschriftsgemäß anwesenden Polizeibeamten machen den Mörder dingfest. Der Mordfall erweist sich als extrem heikel und erregt höchstes Aufsehen.

Das Opfer lebte seit Jahren mit den Eltern und einer Schwester in Wien. Die Familie wohnt im Heinrichshof[144] gegenüber der Staatsoper an der Ringstraße.

Der Vater Mouheb Pascha arbeitete als Minister des Sultans und bis zum Ende des Ersten Weltkriegs war er eine einflussreiche Persönlichkeit im Nahen Osten. Mit dem Zerfall des Osmanischen Reiches waren seine Dienste nicht mehr gefragt und so siedelte sich die Familie in Wien an.

Die geräumige Wohnung wird rasch zum einem Treffpunkt unterschiedlicher politischer Kräfte aus dem Vorderen Orient. Muslime sind in Wien nicht ungewöhnlich. Bereits 1891 waren die ersten bosnischen Soldaten in der Stadt stationiert und mit ihnen kam der erste Militär-Imam, Mehmed ef Bećiragić. Um 1900 lebten 899 Muslime in Wien.

Nach und nach, gegen Ende des 19. Jahrhunderts, kamen muslimische Studenten nach Wien. Die Zahl erhöhte sich zusehends als 1899 das Studentenheim »Institut für bosnisch-herzegowinische Hochschüler« staatlich gegründet wurde.

Was der Wiener nicht kennt und ihm fremdartig erscheint, wird umgehend verunglimpft. Daher wurde das Heim sofort als »Bosnisches Asyl« oder noch böser als »Tschuschenheim«[145] abqualifiziert.

Formal gründete sich 1904 der erste muslimisch-bosniakische Verein *Zvijezda* in Wien.[146]

Auch das Mordopfer Prinzessin Djidji Mouheb Pascha war in Ägypten politisch engagiert. Sie leitete eine Frauenrechtsorganisation, die gegen den Schleier und für eine Gleichstellung der Frau eintrat. Somit war sie ein Feindbild für arabische Fundamentalisten, war auch wiederholt Angriffen ausgesetzt. Wahrscheinlich besteht auch ein Kontakt zwischen *Zvijezda* und der ägyptischen Familie in Wien.

Mit diesem Hintergrundwissen in diesem brisanten Mordfall ist das Sicherheitsbüro überfordert, bezieht die Staatspolizei mit ein. Welche Rolle spielt dabei der Mörder der Prinzessin, der mit dem Orient überhaupt nichts am Hut zu haben scheint?

Felix Gartner ist eine gescheiterte Existenz, der aus einer angesehenen, wohlhabenden oberösterreichischen Familie stammt und eigentlich mit vollen Namen Baron von Gartner-Romansbrück heißt. Er absolvierte die Kavalleriekadettenschule, wurde 1900 zum Dragonerregiment 11 ausgemustert und erreichte den Rang eines Oberleutnants. Stets lebte er über seine finanziellen Verhältnisse. 1909 traf ihn Amors Pfeil und er heiratete. Ob aus Liebe oder reiner Berechnung konnte nicht geklärt werden. Jedenfalls war seine junge Frau sehr vermögend und Gartner somit abgesichert. Vorübergehend hing er die Uniform an den Nagel, zog sie aber 1914 wieder an und nahm als Rittmeister am Krieg teil. Nach einem Reitunfall ins Hinterland versetzt, war es bald mit einer weiteren militärischen Laufbahn zu Ende.

Ohne jegliche Kenntnisse avancierte er zum Gutsherrn auf dem landwirtschaftlichen Besitz seiner Frau, die diese Latifundien mit in die Ehe brachte. Gartner fuhrwerkte nach eigenem Gutdünken, erwies sich gegenüber den Ratschlägen und Ideen seiner Frau als beratungsresistent, wirtschaftete das Gut herunter, was zwangsläufig zu häufigen Auseinandersetzungen führte.

Daraufhin trieb er sich in Wien herum, verprasste das Geld seiner Frau, bis schließlich das Gut aufgrund horrender Schulden versteigert werden musste und die Ehe geschieden wurde. Jetzt übersiedelte er endgültig nach Wien, wollte eine Agentur gründen und erlitt abermals Schiffbruch. Gartners Schulden stiegen in astronomische Höhen. Daher versuchte sich der notorische Schürzenjäger als Gigolo, um über die Runden zu kommen. 1927 war ihm abermals das Liebesglück hold, er lernte eine vermögende englische Industriellenwitwe kennen und die Frau ging ihm auf den Leim. Zwar konnte Gartner durch diese Ehe größtenteils seine Schulden begleichen, doch seine Maßlosigkeit und sein luxuriöser Lebensstil schafften nur wieder neue Verpflichtungen.

Während dieser Ehe machte der inzwischen 48jährige Gartner der schönen Ägypterin Avancen, die anfänglich erwidert wurden. Nachdem bereits 1928 die Ehe mit der Engländerin zerbrochen war, hatte Gartner nun freie Bahn. Zwar war Djidji Mouheb Pascha volljährig, aber der Vater hatte dennoch ein gewichtiges Wort mitzureden. Er holte Erkundigungen über den Windbeutel ein und klarerweise waren es keine guten Referenzen. Gartner wiederum hoffte, dass er die Prinzessin doch noch umgarnen könnte, wusste allerdings nicht, dass sie außer ihrem Schmuck kein weiteres Vermögen besaß.

Inzwischen hat die Frau längst genug von ihrem Verehrer, der sie ständig verfolgt, Geldforderungen stellt und ihr bei jeder sich bietenden Gelegenheit seine Liebe beschwört. Am Tag des Mordes will er seine Angebetete zu einer Aussprache zwingen, sie verweigert mit dem Hinweis, dass sie dieses Konzert besucht und anschließend eingeladen ist.

Gartner besorgt sich daraufhin eine Karte und passt die Ägypterin im Foyer ab, macht ihr einen Heiratsantrag, den sie ablehnt, ihm vielmehr an den Kopf wirft, dass sie einen arabischen Prinzen ehelichen werde. Zuviel für den abgewiesenen Rittmeister a. D.

Am 8. Juni 1929 findet der Schwurgerichtsprozess statt, in dem sein zerrüttetes Leben aufgerollt wurde und auch seine Familie kein gutes Haar an Gartner lässt. Dennoch kommt er relativ glimpflich davon, 12 Jahre schweren Kerker. Aber diese Zeit muss er nicht zur

Gänze absitzen. Wegen guter Führung und durch Interventionen seiner Mutter und einiger noch verbliebener Freunde kommt er frei.

Bis an sein Lebensende kann Gartner nie wieder Fuß fassen, bis er 1937, völlig verarmt, im Krankenhaus Wels stirbt.

Wardanieri
(nach einem wahren Fall)
1928

Jede Zeit bringt ihre Spinner, Scharlatane, Sonderlinge, Originale, Verrückte und Traumtänzer hervor. Oder wie man in Wien zu sagen pflegt – *Narrendattln*. Diese Stadt scheint dafür besonders prädestiniert zu sein. Einer dieser seltsamen und merkwürdigen Käuze, die niemand etwas zu Leide tun, ist Peter Waller, der für Kopfschütteln und einiges Aufsehen sorgt. Gleichzeitig aber auch Bewunderung und Begeisterung auszulösen vermag.

»Schau, schau, unser Märchenonkel ist wieder do«, lautet das geflügelte Wort der Krankenschwestern im *Guglhupf*, wenn Waller zum wiederholten Male in die Psychiatrie Am Steinhof eingeliefert wird.[147] Dann faselt der »Wodosch von Wardanieri« oder »Goro Dowo Babukerim«, wie er sich nennt, von seinem neuen Reich in Übersee.

Der gebürtige Ungar wird am 21. Oktober 1891 in Budapest als ältestes von sieben Kindern geboren. 1900 beschließt die Familie, der Vater arbeitet als Beamter im k.u.k. Kriegsministerium, in die Kaiser- und Residenzstadt zu übersiedeln. Für Peter ist eine Armeekarriere vorgesehen. Zuvor folgt ein kurzes Intermezzo in einer Schweizer Missionsschule. Dort tritt erstmals sein sonderbares Verhalten zum Vorschein, er wird psychiatrisch untersucht. Anscheinend können keine gravierenden Schäden seiner geistigen Gesundheit festgestellt werden, daher steht einem Einrücken als 14jähriger in die k.u.k. Infanterie-Kadettenschule in Preßburg nichts im Wege. Ein Jahr vor Kriegsausbruch, 1913, ist Peter Waller Leutnant.

Mit seinem Bataillon wird er nach Bileća bei Trebinje in Bosnien-Herzegowina abkommandiert. Doch auf Dauer ist das Garnisonsleben nicht Wallers Sache. Das stimmt nicht mit seinen hochtrabenden Plänen überein.

Daher pfeift er auf die Armee, reist nach Montenegro zu König Nikola I. Das Land führt mit der *Hohen Pforte* Krieg, einem Metonym für den Sultanspalast in Istanbul und für die osmanische Regierung. Waller meint, das Land brauche ihn unbedingt als Berater und wird zur Lachnummer. Die Montenegriner internieren ihn kurzfristig und schicken ihn nach Hause zurück.

Jetzt muss der Herr Papa einen Canossagang antreten und beim Kriegsminister Alexander von Krobatin vorsprechen, um Abbitte zu leisten, damit sein Sohn nicht eine schwere Strafe wegen unerlaubten Entfernens von der Truppe erhält. Der Regimentsarzt untersucht Peter Waller und stellt einen gehörigen *Pascher*[148] fest.

Der Ausbruch des Weltkriegs ermöglicht ihm noch eine Chance. An der italienischen Front befehligt Waller die Kompanie einer Maschinengewehrabteilung des k.u.k. mährischen Landsturminfanterie-Bataillons Nr. 39. Er zeichnet sich durch besondere Tapferkeit aus, wird ausgezeichnet und 1916 zum Oberleutnant ernannt.[149] Jedenfalls ist er bei den Kameraden sehr beliebt, da er stets für Gerechtigkeit eintritt.

Kriegsende, Untergang der Monarchie, für Waller bedeutet es, dass seine vermeintlichen Talente endlich genützt werden müssen. Daher eine Audienz bei Kaiser Karl, um dem Monarchen zu erläutern, wie das Reich zu retten ist. Seine Majestät pfeift darauf. Es ist gar nicht sicher, ob jemals Wallers Audienzansuchen auf dessen Schreibtisch landet.

Dann eben nicht. Es gibt immerhin noch die *Wiener Rote Garde*, die in der Stiftskaserne in Mariahilf stationiert ist. Hier kommt es zur Begegnung mit Oberleutnant Egon Erwin Kisch, dem späteren »rasenden Reporter«, und dem Soldatenrat Leo Rothziegel.

1923 schreibt Waller das Buch »Bei den roten Garden« und behauptet, er wäre am 12. November 1918 mit 200 Gardisten zum Parlament marschiert, um den kommunistischen Putsch von Karl Steinhardt zu stoppen. Karl Seitz soll Waller deswegen gedankt haben, dass er »*Deutschösterreich vor einem namenlosen Blutbad bewahrt*[e]«.[150]

Da man in seriösen Quellen nichts darüber findet, ist davon auszugehen, dass Wallers Fantasie mit ihm durchgegangen ist. So will er zusammen mit Kisch und Rothziegel Kaiser Karl in Schönbrunn festsetzen, um die Monarchie wieder auf Vordermann zu bringen. Seine Majestät macht ihm einen Strich durch die Rechnung und dankt ab.

Langsam beruhigt sich die politische Lage und nach Wallers Ansicht ist in Wien für ihn nichts mehr zu gewinnen. Daher nach Bayern zum Bayerischen Freikorps Bamberg, das gegen die *Spartakisten kämpft. Dass er dabei seine politische Gesinnung ändert, was soll's? Für ihn ist der Krieg nicht vorbei, er will weiterhin für »Ruhe und Ordnung« sorgen.*[151]

Dabei kreuzen sich seine Wege mit denen eines gewissen Adolf Hitlers.

Nach der Eroberung Münchens im Mai 1919 durch die Ausrufung der bayrischen Räterepublik zieht es Waller mit ein paar Kameraden nach Ungarn, die bayerischen Freikorpskämpfer wollen die Gegenrevolution im Kampf um die Räteregierung unterstützen. Angeblich gerät Waller bei Ödenburg in die Fänge der Bolschewiken, wird zum Tode verurteilt, aber der Held kann natürlich abhauen. Das Räteregime wird gestürzt. Peter Waller kehrt nach Wien zurück, das Krieg spielen ist endgültig vorbei und die Uniform wertlos geworden.

Er schlägt sich mit Gelegenheitsarbeiten durch, erhält eine mickrige Rente als Berufsoffizier, muss noch immer bei den Eltern in der Ottakringer Straße wohnen.[152]

Für einen Mann seines Formats, so denkt er, ist das beschämend und unter seiner Würde. In seinem Kopf kursieren die wildesten Gedanken. Er studiert die ariosophischen Schriften eines Lanz von Liebenfels, eine gnostisch-dualistische Pseudo-Religion auf der Basis des Rassismus. Dieses krude Gedankengut findet in dieser Zeit zahlreiche Anhänger. Auch Hitler lässt sich davon inspirieren.

Peter Waller gründet im Jänner 1923 *Walhalla*, den *Weltbund der Deutschen aller Länder*, ernennt sich selbst zum *Wodan aller Asen*. Sein Ziel, das junge Deutschösterreich durch die *ewige Theokratie Asgard* zu ersetzen. Unter Theokratie versteht man eine Staatsform auf rein religiöser Basis, wobei die Staatsgewalt entweder von Gott, einem Stellvertreter Gottes auf Erden, einer gottgleichen Person oder einer Priesterschaft ausgeübt wird. Selbstredend, dass wiederum für diese Position nur einer in Frage kommt, Peter Waller. Asgard ist ein Begriff aus der altnordischen Mythologie, bezeichnet den Wohnort der nordischen Götter.

Dabei baut er auf die Unterstützung ehemaliger Kameraden der nicht mehr existierenden k.u.k. Armee. Im Mai 1924 bringt Waller die erste Ausgabe der *Asischen Miliz-Zeitung* heraus. Wer dieses Vorhaben finanziert, bleibt im Dunklen. Er ruft zum Eintritt in diese »Miliz« auf, die allerdings wegen des St-Germain-Friedensvertrages nur aus österreichischen Feuerwehren gebildet werden soll. Bereits 1923 hat er die Satzungen dafür verfasst: »*Die Organisation ist uniformiert (khakigelbe Feuerwehruniform, goldsilberne Kragenlitzen und Schützenschnur in den Farben der alten k.u.k. Regimenter und Bataillone) und trägt die goldsilberne Kokarde der Asischen Nation als besonderes Kennzeichen.*«

Sollte es zu Streitigkeiten innerhalb der Truppe kommen, kann das Urteil des »Wodans«, also von Waller, nur durch den Miliz-Chefpsychiater angefochten werden, heißt es im § 9. Der Historiker Johannes Sachslehner vermutet, dass Waller sich zu diesem Zeitpunkt in Behandlung befindet und dem Arzt vertraut.[153]

Doch Wallers ehemalige Kameraden lassen in hängen, halten ihn durchwegs für *deppert*. Auch von den Feuerwehren hagelt es massive Kritik. Davon lässt sich Peter Waller nicht beeindrucken. In der zweiten und zugleich letzten Ausgabe der *Asischen Miliz-Zeitung* rechnet er ab, schreibt von »...*zu borniert und gemeindenkend*...[die] *ethnische Berechtigung und Notwendigkeit der asischen Miliz zu begrei- fen*...[und] *in der unüberwindlichen Dummheit und Unversöhnbarkeit der österreichischen Ordnungstruppen*... [habe er seinen] ...*grandiosen Ver- söhnungsgedanken ganz einfach fallen gelassen und die asische Miliz auf vollkommen neue Grundlagen gestellt.*«

Ein neuer Partner muss her und den glaubt Peter Waller im deut- schen *Naturheilverein* zu finden. Diese Vereinigung unterhält bei der Stürzellacke in der Lobau ein Donau-Strandbad. Waller siedelt sich mit seinen Getreuen gleich daneben an und im Sommer 1924 entsteht sehr rasch ein »Brettldorf«; zusammengenagelte Hütten und Zelte. Endlich hat er seine wahre Klientel gefunden. Arbeits-, Unterstands- und Mittellose; gestrauchelte Menschen, völlig aus der Bahn geworfen und ohne Perspektive, die an den Lippen des selbsternannten Messias hängen, ihm vertrauen und sich an seine abstrusen Vorstellungen wie Strohhalme klammern.

Zuerst lautet die Parole *Glüsa* und steht für Glück, Sonne, Arbeit; wandelt sich später zu *Liluwa für Licht, Luft, Wasser.*[154]

Möglicherweise hat Jahrzehnte danach in der 1980ern das Wie- ner Original und selbsternannter Naturapostel *Waluliso* alias Lud- wig »Wickerl« Weinberger (1914 – 1996) Anleihen bei Waller ge- nommen, denn *Waluliso* bedeutete Wasser, Luft, Licht, Sonne.

Doch zurück in die Lobau. Peter Waller hat endlich einen treu ergebenen, bunt zusammengewürfelten Haufen, den er *Wardanieri* nennt. Er entwickelt eine eigene Kunstsprache, in der sich die Men- schen als *Brates*, als Brüder, und als *Detschans*, Schwestern, innerhalb der *Warden*, der Gemeinschaft freier Menschen, ansprechen. In sei- ner eigenen Diktion *Kihewua* bezeichnet sich Waller selbst als *Wo- dosch*, abgeleitet von Wojwode. Waller führt die wilde Siedlung als absoluter Herrscher mit strenger militärischer Disziplin, erfindet Fantasieernennungen wie *Wehrmachtsoberoffizial*, Generalmajore, -oberste und -feldmarschälle.

Das »Brettldorf« wächst und ufert immer mehr aus. Über den Winter kommen die Wardanieri in Vereinsheimen unter, wenn die Menschen nicht bei Verwandten, Freunden oder Bekannten Unterschlupf finden.

Unentwegt schürt Peter Waller die Hoffnungen seiner »Untertanen«, verspricht, dass diese armselige Siedlung in der Lobau nur eine Zwischenstation auf dem Weg in eine verheißungsvolle Zukunft ist. So spricht er zu Ostern 1925: »*Warden, ich öffne euch die Toren der Hölle und führe euch hinaus in die sonnige Welt der ewigen Freude! Also lasset uns die traurigen Gedanken vergessen! Wir wollen fröhlich sein und deutsche Ostern feiern! Wir wollen auferstehen in noch nie geahnter Kraft und Herrlichkeit! Warden, es geht!*«[155]

Peter Waller setzt auf Auswanderung und möchte ein Projekt in Mazedonien realisieren. Dort will er eine *Plantageur-Compagnie*, der er *Inuza* nennt, aufbauen, die für die österreichische Parfümbranche die passenden Kräuter anbaut. Daher unternimmt er eine Studienreise und die Wardanier setzen große Hoffnungen in ihm. Wieder stellt sich die Frage, wer finanziert Waller? Selbst verfügt er über kein Einkommen und von seinen Anhängern ist nichts zu erwarten. Sie nagen selbst am Hungertuch.

Entsprechend groß die Enttäuschung, als er zurückkehrt und eingestehen muss, dass dieses Projekt gescheitert ist. Daher muss rasch ein neues wahnwitziges Vorhaben auf den Tisch, um die ramponierte Reputation wiederherzustellen.

Im November 1926 beruft Waller eine Versammlung im Ottakringer Vereinsheim ein und stellt das *Projekt Abessinien* vor. Im heutigen Äthiopien soll das neue Reich der Zukunft gegründet werden.

Die Bedingungen im dortigen Hochland sind ideal. Kaum besiedelt, angenehme Temperaturen, bestens geeignet für Ackerbau und Viehzucht. Kautschuk und Kaffeeanbau garantieren weitere Einnahmequellen. Waller hat auch neue Namen parat. Dann werden die Wardanier *Bogos* heißen und jene, die das Land urbar machen sind *Sallascheure*, die den *Sallasche*, den ihnen zugeteilten Grund, bebauen.

Waller springt genau auf den richtigen Zug auf. In diesen instabilen, politisch unruhigen und wirtschaftlich katastrophalen Zeiten tragen sich immer mehr Menschen mit dem Gedanken an Auswanderung.

Darauf regiert auch die Regierung. Bereits 1923 wird der *Wanderungsdienst des Bundeskanzleramtes*, auch *Wanderungsamt*, ins Leben gerufen und dem Innenministerium unterstellt mit dem Aufgabenbereich alle Ein- und Auswanderungsbewegungen zu koordinieren.

Allerdings ist dieses Amt nicht sehr effizient und Bundeskanzler Seipel überträgt die Agenden an das Landwirtschaftsministerium. Landwirtschaftsminister Andreas Thaler, ein Tiroler, ermöglicht Landsleuten die Ansiedlung in Brasilien. *Dreizehnlinden* existiert bis heute. Wallers Abessinien-Plan wird abgelehnt, aber auch nicht unterbunden.

1923 wandern 200 arbeitslose Handwerker mit sowjetischer Zustimmung nach Qysylorda in Kasachstan aus. Einige müssen ihr Leben während der stalinistischen Säuberungen lassen. Zwischen 1918 und 1928 kehrt eine Viertelmillion Menschen Österreich den Rücken.[156]

Endlich ist es so weit, der große Tag ist angebrochen. Am 3. Mai 1928 versammeln sich an die 150 Leute in Mauer, im 23. Bezirk. Mit dem *Wodosch* auf nach Abessinien. Auch 20 auswanderungswillige Frauen sind dabei. Selbst aus Bayern wollen sich 24 Gestrauchelte Peter Waller anschließen. Fast ohne Geld will sich dieser Marsch der Verzweifelten auf den Weg machen.

Pech für Peter Waller, er kann an diesem denkwürdigen Ereignis nicht teilnehmen, da ihn die Polizei einkassierte und er nun in der psychiatrischen Klinik von Julius Wagner-Jauregg sitzt.

Nach einer Messe in der Maurer Kirche werden noch ein paar Reden geschwungen und um 10 Uhr gibt der Vize-*Wodosch* Adolf

Hoffmann den Befehl zum Aufbruch. In militärisch exakten Kolonnen wird marschiert. Die Männer in Fantasieuniformen und mit den typischen grünen Hauben der Wardanieri. Selbst an Feuerwache und Sanitäter ist gedacht worden. Voran mit zwei grün-goldenen Fahnen geht der Marsch über Rodaun, Perchtoldsdorf und Brunn am Gebirge bis Mödling, wo übernachtet wird.

Die zweite Etappe führt nach Wiener Neustadt, wo in einer Scheune das Nachtlager aufgeschlagen wird. Plötzlich bezeichnet Adolf Hoffmann den *Wodosch* als Verbrecher, behauptet, dass alle in Afrika an die französische Fremdenlegion verkauft werden. Entsprechend groß die allgemeine Verunsicherung. Natürlich berichten die unterschiedlichsten Blätter genüsslich über die Wardanieri und machen sich lustig.

Am 12. Mai 1928 treffen erste kleinere Gruppen in Villach ein, unter neuer *Wodosch*-Führung des Kärntners Franz Steffel. Hoffmann hat sich klammheimlich aus unbekannten Gründen aus dem Staub gemacht. Steffel verhandelt mit dem italienischen Konsul im Ort für die Erlaubnis zum Grenzübertritt nach Italien. Die Wardanieri wollen über Tarvis nach Triest. Doch darauf wird nichts, abgelehnt.

Inzwischen ist man im Reich des Negus auf den verrückten Haufen aus Österreich aufmerksam geworden und die Abessinier lehnen eine Einwanderung ab. Damit ist es vorbei. Die Wardanieri hängen in Villach fest. Die Landesregierung setzt sie in Züge nach Wien, Salzburg und Bayern, drückt jedem noch drei Schilling Zehrgeld in die Hand. Die Bahnfahrten bezahlt das Land Kärnten.

Danach zerstreuen sich die Wardanieri, die vom Regen in die Traufe gekommen sind, in alle vier Windrichtungen und niemand weiß heute, was aus ihnen geworden ist. Nur einer kommt wieder ungeschoren davon, Peter Waller.

Er wird von Wagner-Jauregg und seinen Kollegen als interessanter, wertvoller Fall angesehen und den Studenten im Auditorium

Maximum der Universität präsentiert. Natürlich ist das misslungene Abessinien-Projekt bekannt. Waller wird gefragt, ob dieses Vorhaben nicht Wahnsinn war und zeigt, dass sich das Genie vom Psychopathen durch Erfolg und Niederlage abgrenzt. Daraufhin meint Waller: »*Glauben Sie nicht, Herr Doktor, dass nach Ihrer Logik Lenin ein Genie und Christus ein Psychopath war?*«

Das Kollegium diagnostiziert ihn als harmlosen, geltungssüchtigen, größenwahnsinnigen Fantasten. Nur Erwin Stransky, Wagner-Jauregg-Schüler und überzeugter Deutschnationaler, sieht in Waller eine »*Führernatur von der Art Moses und Columbus.*« [157]

Wieder in Freiheit hängt Peter Waller weiterhin seinen obskuren Plänen nach und versucht es im Juli 1928 abermals in Bayern, findet in Starnberg am See Unterkunft bei einem Bekannten.

Bereits einen Monat später, im August, bringt Waller wieder Flugzettel unter die Leute. Rattenfänger wie er werden, besonders in schwierigen Zeiten, Zulauf erhalten und Anhänger um sich scharen können.

»*An meine Getreuen! …das österreichische Wardanierikorps ist aufgelöst, doch die Wardanierisache ist trotzdem noch lange nicht tot. Wir leben noch immer und wenn die ganze Welt gegen uns ist, unser Gott im Himmel, er steht zu uns und wenn er uns auch schwer und hart geprüft hat, sein Segen wird nicht mit den Fahnen unserer Feinde sein, sondern mit der Fahne gold-grün, die siegen wird auf jeden Fall.… Der deutsche Wardanieri-Akres wird aus den verschiedenen Wardanieri-Tschafs in Deutschland, Österreich, Ungarn, Jugoslawien, Rumänien, der Tschechoslowakei, in Abessinien und in Brasilien gebildet und hat seinen Sitz in Starnberg am See.…Toleranz gegen jeden deutschen Bruder und Kampfgenossen, ganz gleichgültig, welcher Konfession und Partei, welche Klasse oder Rasse er auch angehören mag.*«[158]

Veröffentlich am 21. August 1928 in *Die Rote Fahne*, einem in Berlin gegründeten, publizistischen Organ des *Spartakusbundes*. Mit der Konstituierung der KPD wird das Blatt bis 1945 Zentralorgan der illegalen Partei.

Was Waller von der Ideologie der Nazis unterscheidet: Er macht keine Unterschiede, kennt keine »Herrenrasse« oder Arier. Juden und Kommunisten sind gleichberechtigt. In seinem erfundenen Sprachkauderwelsch bedeutet *Tschaf* etwas wie autonome Tischgesellschaft.

Natürlich wird Waller weiterhin weder in Deutschland noch in Österreich ernstgenommen. Im Nachbarland drängen die Nazis immer stärker an die Macht. Im eigenen Land gerät die Erste Republik durch die Konflikte zwischen Schutzbund und Heimwehren immer heftiger in Bedrängnis. Auch hier sind die Nazis im Vormarsch.

Für die Bayern ist Waller eine *persona non grata*. Er wird Mitte Oktober 1928 in Starnberg am See verhaftet, in München ins Polizeigefängnis gesteckt und zusammen mit einem österreichischen Raubmörder abgeschoben.

Wieder zurück in Wien gibt Peter Waller erwartungsgemäß nicht auf. Weiterhin ohne Einkommen wohnt er bei seiner Schwester in der Payergasse 10 in Ottakring und liegt ihr auf der Tasche.

In der Stadt glauben dennoch einige Anhänger an ihn und so stellt er anlässlich seiner Geburtstagsfeier, die für ihn ausgerichtet wird, im Floridsdorfer Vereinsheim sein neuestes Projekt vor. Jetzt soll tatsächlich das neue Reich *Hewo* gegründet werden. Hewo steht für Heimat und Wohnung.

Das Reich Hewo wird sich von der altbekannten Stürzellacke in der Lobau bis Orth an der Donau und Maria Ellend in Niederösterreich erstrecken. Die Hauptstadt wird *Ormajelo* heißen, ein Mix aus Orth und Maria Ellend. Es werden *Simultan-Gotteshäuser* errichtet, wo Menschen aller Konfessionen an Altären beten können.

Natürlich schaut Waller auch auf sich selbst. Daher wird Schönau zu einer Burg ausgebaut und sein persönliches Refugium, eine Pilgerstätte für die Untertanen von *Goro Dowo Babukerim*, wie er sich nun wieder nennt.

Dazu soll ein Buch von ihm erscheinen, »Das Buch der Wardanieri. Die Wahrheit über die Bogos und ihren Goro« unter dem Pseudonym Viktor Immanuel Graf Falkenstein.

Wie nicht anders zu erwarten, hohle Phrasen und Luftblasen, nichts geschieht. Wien verweigert jegliche Unterstützung für das Projekt Hewo. Auch das Ausland erteilt ihm Absagen. Enttäuscht, resignierend und verbittert verlässt Waller im Sommer 1932 Wien und lässt sich in Matrei in Osttirol und im Virgental nieder, findet auch hier seine Anhänger. Der nächste Irrsinn in Wallers Kopf blüht und gedeiht.

Ganz untergegangen ist das Wardanieri-Projekt nicht, denn am 2. September 1932 wird die »Weltzentrale der Deutschen im Ausland« von Saaz in der Tschechoslowakei nach Matrei verlegt. Künftig am Peter-und-Paul-Tag soll jährlich der »Welttag der Deutschen« stattfinden.

Weiterhin erscheint 14tägig die Wardanieri-Zeitschrift in einer Auflage von 10.000 Stück im San Martin-Verlag im tschechoslowakischen Asch, jetzt mit einer Beilage der »Matreier Weltzeitung«. Nur wenige Nummern werden gedruckt, dann geht es zusammen mit dem »Urwaldecho« ein.

Inzwischen sind der Sattler- und Tapezierermeister Peter Brugger aus Matrei und der Bautechniker Johann Tischler zu »weltdeutschen Wardanieriführern« aufgestiegen. Waller plant wieder einmal Großes für die Ewigkeit, die Welthauptstadt der Deutschen soll Matrei werden. Dafür muss der Ort ausgedehnt werden: Im Westen bis zum Umbaltörl, im Norden bis zum Großvenediger und zum Felbertauern, im Osten bis zum Kals-Matreier-Törl und im Südosten bis Unterpeischlach.

Vier Tore mit Tunnels und Bahnlinien binden Matrei in das europäische Verkehrsnetz ein. Mit der Südbahn durch das Iseltal nach Triest und Rom; die Westbahn führt durch das Umbaltal über Bruneck und Bozen nach Paris; die Nordbahn durch das Tauerntal nach Innsbruck und Deutschland; die Ostbahn über Kals nach Wien.

Für die Umgestaltung Matreis nimmt sich Peter Waller Wien zum Vorbild. Eingeteilt in 23 Stadtbezirke; in Virgen ist das Vergnügungsviertel, der Prater, geplant; der Ortsbereich mit Markt und Umgebung und Burg Hochwardein wird zur Inneren Stadt. Der Rattenfänger pfeift und mehr als genug folgen seinen Schalmeientönen.

So berichtet der Sattler- und Tapeziermeister Peter Brugger aus Matrei am 1. November 1932 in der *Matreier Weltzeitung* vom *»undankbaren Vaterland, das Peter Waller — Oberbefehlshaber und Anführer der Wardanieri — als Auswanderungsschwindler, Sektengründer und Narr verdächtigt und verspottet habe, und dass polizeiliche Maßnahmen und psychiatrische Untersuchungen den Anführer gequält, gedemütigt und zu einem stillen Menschen gemacht hätten.«*[159]

Bekanntlich geht auch dieser verwegene Plan in die Binsen, Matrei bleibt unverändert. Ein verwirrter Mensch wie Peter Waller pendelt ständig zwischen himmelhochjauchzend und zu Tode betrübt. So schreibt er an das *Neuigkeits-Blatt*, worüber das *Vorarlberger Volksblatt* am 12. Dezember 1932 berichtet. *»[Er] verzichte auf seine Würde als Groß-Wodosch der Wardanieri endgültig und unwiderruflich. Er sei zum Demokraten geworden und habe den Glauben an das deutsche Volk verloren. Es sei möglich, dass er allein nach Paraguay auswandern werde, wo er eine Großwarde bauen werde.«*[160]

Paraguay deshalb, weil tatsächlich sudentendeutsche Wardanieri aus Komtau in diesem südamerikanischen Land eine neue Heimat finden.

Es dauert noch zwei Jahre bis Waller 1934 selbst nach Südamerika reist, allerdings nach Ecuador, um als »Oberst des Kolonisierenden Sanitätsdienstes im Ecuadorischen Roten Kreuz« nach passenden Siedlungsgebieten zu suchen. Seiner Ansicht nach ist dafür die »Indianer-Provinz« Manabi der »Wardan Punta Palmar« bestens geeignet. Im fernen Ecuador erreicht ihn die Nachricht, dass sein Brettldorf in der Lobau abgerissen werden soll.

Erst 1935 kommt Waller wieder nach Hause zurück, der Abbruch kann in letzter Sekunde verhindert werden. Allerdings ist Österreich inzwischen ein Ständestaat geworden. Bundeskanzler Dollfuß ist von Nazis erschossen worden und nun führt Schuschnigg die Regierungsgeschäfte.

Das bedeutet das Ende sämtlicher hochtrabender Auswanderungspläne. Übersee, die Wardanieri-Zeitschrift wird eingestellt. Waller muss sich erstmals im Leben um Arbeit umsehen, die karge Offizierspension reicht nicht. So gibt er Nachhilfestunden, arbeitet als provisorischer Gutsverwalter. Nach 1938 wird er Bürogehilfe im Zsolnay-Verlag.

Im gleichen Jahr schreibt Waller an einen anderen Irren, von Führer zu Führer. Hitler solle doch als Leibwache die ecuadorischen Manabi-Indianer verpflichten. Ob Waller jemals Antwort erhielt, ist unbewiesen. Ebenso, dass er angeblich Juden zur Flucht ins Ausland verholfen hat.

Natürlich gerät er ins Visier der Gestapo, aber anscheinend gibt es eine schützende, unbekannte Hand im Hintergrund. Glückspilz Waller kommt mit einer psychiatrischen Untersuchung davon, muss auch nicht in die Wehrmacht.

Er kapiert, dass es gesünder ist und vor allem halbwegs das Überleben im Dritten Reich sichert, wenn man die *Gosch'n hält*. *Er schreibt lieber »Wallers Neues Testament« und das Drehbuch für einen Film mit einem ebenso bescheidenen Titel »Parke Peter Waller, der Mann, der nach Jesu kam«.*

1945 flammen nochmals neue alte Ideen auf. Er strebt die Leitung des noch gar nicht existierenden Heeresministeriums an, die Provisorische Staatsregierung reagiert darauf nicht.

Nichts ist ihm geblieben, nur sein Bürogehilfenjob bei Zsolnay und das Schreiben. In »Scheusal Mensch – Ebenbild Gottes?« rechnet er mit der Welt und seinem verkorksten Leben ab, schreibt von »Irrläufern und Foxtrotteln«. Das Buch ist nie erschienen.

Am 8. September 1971 stirbt Peter Waller an Krebs. Er ist auf dem Ottakringer Friedhof begraben. Ein Jahr vor seinem Tod notiert er verworren in sein Tagebuch. »*...ich würde gerne sterben, denn mich hat das Schicksal derart geistig und körperlich fertiggemacht, dass ich angesichts der Unmöglichkeit, den von mir wenigstens mit der Hauptstadt der Hewos und den sonstigen Konturen desselben praktisch wenigstens im kleinen zu erleben, drückt mich seelisch derart nieder, dass ich den Rest meines Lebens in dem Fegefeuer Welt und Hölle nichts mehr Positives im Idealismus abgewinnen vermag.*«[161]

Ein tragisches Schicksal, eine rast- und ruhelose, gescheiterte Existenz auf allen Linien, wie so viele in dieser Zeit.

ZEITTAFEL
1931

Das Jahr weist durch einen Rückgang der Steuereinnahmen ein Budgetdefizit von 300 Millionen Schilling auf, der Außenhandel ist eingebrochen.

Am **3.**, **4.** und **7. Jänner** kommt es wegen des Films »Im Westen nichts Neues« zu Demonstrationen in mehreren Wiener Kinos. Im »Schwedenkino« wird Brandstiftung versucht. Die Demonstranten sind mehrheitlich Nazis, Heimwehrleute und Bundesheersoldaten; ein Mitglied des »Deutschen Turnerbundes« und fünf Polizisten werden verletzt.

Österreich und Ungarn unterzeichnen am **26. Jänner** einen Freundschafts- und Schiedsgerichtsvertrag.

Einen Tag später, am **27.**, tagen in Wien die Heimwehrlandesleute; Emil Fey für Wien und Michael Vas für das Burgenland verlassen die Organisation, was Starhemberg süffisant mit »*endlich sind wir die Schwarzen los*« kommentiert.[162]

Am **2. Februar** feuert vom Schöckl bei Graz der Ing. Friedrich Schmiedel die erste Postrakete mit 102 Poststücken ab und sie landet in Radegund am Fuß des Berges.

Im Februar findet die erste, inoffizielle Skiweltmeisterschaft in Mürren, in der Schweiz statt. Im Herrenslalom belegt Toni Seelos den zweiten, bei den Damen ebenso den zweiten Platz Inge Lantschner und in der Damenabfahrt Irma von Schmiedegg den dritten.

Vom **3. - 5. März** besucht offiziell der deutsche Außenminister Julius Curtius für Geheimverhandlungen Wien, um mit Außenminister Johannes Schober über eine österreichisch-deutsche Zollunion einig zu werden.

Die Mitteleuropäische Wirtschaftskonferenz vom **18.** und **19. März** mit Österreich, Deutschland, Ungarn, Tschechoslowakei, Jugoslawien und Rumänien findet in Wien statt. Dabei wird auch der österreichisch-deutsche Zollunionsvertrag unterschrieben. Dagegen erheben am **21. März** Frankreich, Italien und die Tschechoslowakei Einspruch, weil es ihrer Ansicht nach mit dem Genfer Übereinkommen vom 4. Oktober 1922 unvereinbar ist.

Bei den Landtagswahlen in Oberösterreich am **19. April** gewinnen die Christlich-Sozialen, der Heimatblock und Starhembergs Heimwehr erleiden Verluste.

Die Christlich-Sozialen distanzieren sich am **25.** und **26. April** in Klagenfurt von den Heimwehren.

Starhemberg wird für den Zerfall der Heimwehren verantwortlich gemacht und übergibt sein Amt als Bundesführer am **2. Mai** Walter Pfrimer.

Am **8. Mai** muss Finanzminister Otto Juch der Regierung mitteilen, dass Österreichs größte Bank, die *Creditanstalt*, mit 140 Millionen Schilling Defizit vor dem Zusammenbruch steht. Hauptaktionär der Bank ist Baron von Rothschild. Zwei Tage später, am **10. Mai**, wird wegen drohender Verstaatlichung der Bank ein Sanierungsplan präsentiert: 100 Millionen kommen vom Staat, 30 von der Nationalbank und 30 von Rothschild. Am **12. Mai** ist die Bankenkrise publik und die Kunden stürmen die Schalter.

Doch es gibt auch Erfreuliches. Das legendäre »Wunderteam« schlägt am **16. Mai** im Fußball Schottland in Wien mit 5:0. Die nahezu unbesiegbare Mannschaft: Hiden (WAC), Schramseis (Rapid), Blum (Vienna), Braun (WAC), Smistik (Rapid), Gall (Austria), Zischek (Wacker), Gschweidl (Vienna), Sindelar (Austria), Schall und Vogel (Admira).

Am **25. Mai** stirbt der Technologe Wilhelm Franz Exner, der Gründer des Technologischen Gewerbemuseums.

Am **28. Mai** erreicht die Creditanstalt-Krise ihren Höhepunkt. Trotz Weltwirtschaftskrise erklären sich Frankreich und Großbritannien bereit einen 150 Millionen-Kredit zu stellen.

Das Wunderteam fegt in Berlin Deutschland mit 6:0 vom Platz.

Der Nationalrat erteilt am gleichen Tag der Regierung die Vollmacht, für die Schulden der Creditanstalt die Haftung zu übernehmen. Knapp einen Monat später, am **16. Juni**, gewährt England der österreichischen Nationalbank einen Kredit von 150 Millionen Schilling. Innenminister Franz Winkler weigert sich die Haftung für diesen Kredit durch die Regierung anzuerkennen. Dadurch stürzt er die Regierung Ender.

Kurzfristig auf andere Gedanken bringt die Wiener das Wunderteam am **17. Juni**. Die Schweiz verliert gegen Österreich mit 0:2.

Ignaz Seipel versucht das Steuer am **18. Juni** herumzureißen, indem er mit allen Parteien verhandelt, um eine neue Regierung aufzustellen. Unter seinem Vorsitz sollen vier Sozialdemokraten, drei Christlich-Soziale und je ein Großdeutscher sowie ein Landbündler die Amtsgeschäfte übernehmen, die Sozis lehnen ab und auch Schober stellt sich gegen Seipel. Zwei Tage später, am **20. Juni**, steht die erste Regierung Buresch, der davor niederösterreichischer Landeshauptmann gewesen ist.[163]

Am **5. Juli** stirbt Friedrich Austerlitz, Chefredakteur der *Arbeiter-Zeitung*.

Endlich wieder etwas zum Staunen! Am **12. Juli** landet der Zeppelin D-LZ 127 auf dem Flugplatz Wien-Aspern.

Am **25. Juli** ereignet sich ein aufsehenerregender Fememord in Gersthof im 18. Bezirk.

Agententhriller in der Hockegasse
1931

An diesem Samstag knallen zwei Schüsse in einer Wohnung im Haus Hockegasse 28 in Währing, dem 18. Bezirk. Das Opfer, Georg Semmelmann aus Köln, wird vor den Augen seiner Frau mit zwei Kopfschüssen regelrecht hingerichtet. Der Killer verschafft sich Zutritt, erledigt seinen Auftrag. Die Frau schreit um Hilfe, der Mörder flüchtet ins Stiegenhaus, kommt nicht weit, wird von zwei Polizisten, die sich auf Streife befinden, gestellt.

Der Täter Andreas Piklovic ist Serbe und mit einem gefälschten Schweizer Pass unterwegs. Ein klassischer Auftragsmord, da er ein Foto Semmelmanns und einen Stadtplan bei sich trägt. Somit ist ihm das Opfer unbekannt gewesen. Österreich ist Piklovic nicht unbekannt. 1926 war er wegen kommunistischer Umtriebe ausgewiesen worden.

Auch Semmelmann war amtsbekannt. Ein Waffenschmuggler, der in deutscher Haft Anschluss an die KPD gefunden hatte. Nach seiner Entlassung erhielt er eine neue Identität, wurde nach Wien geschickt, lebte vorerst in einer Wohnung am Alsergrund und arbeitete für den bulgarischen Geheimdienst. Allerdings erwies er sich als unzuverlässiger und leichtsinniger Agent. Daher schaltete ihn die sowjetische Botschaft ab.

Semmelmann stellte Geldforderungen, drohte mit einem internationalen Skandal, sein Todesurteil. Bei der Durchsuchung seiner Kleidung findet die Polizei eine interessante Notiz, die zu einer angesehenen und bekannten Wiener Bürgerfamilie führt; zu den Brüdern Christian und Engelbert Broda. Allerdings dürfte der Vater Ernst, ein Finanzrat, nichts von den kommunistischen Tendenzen seiner Sprösslinge gewusst haben. Egon Spielmann alias Andreas Piklovic schweigt eisern über Hintermänner und Auftraggeber.

Später wird Christian Broda Justizminister in der Ära Kreisky.

Etwas Abwechslung von den politischen und Alltagsproblemen bietet die 2. Arbeiterolympiade von **19. – 26. Juli** in Wien. Die Erste dieser Art findet 1925 in Frankfurt am Main statt. Dieses Weltsportfest ist eine politische Propagandaveranstaltung der Sozialdemokraten. Jetzt sind 17 Nationen angetreten. Österreich schneidet ausgezeichnet ab. In 29 Einzel- und 17 Mannschaftsbewerben werden erste Plätze erreicht.

Außenminister Schober erklärt am **3. September** in Genf, »*die österreichische Bundesregierung werde die Zollunion mit Deutschland nicht weiter verfolgen.*«[164]

Am gleichen Tag stirbt der Dirigent Franz Schalk; 1900 erster Kapellmeister der Wiener Hofoper; 1919 – 1924 leitete er gemeinsam mit Richard Strauss die Staatsoper und war Mitbegründer der Salzburger Festspiele.

Auf Vorschlag Großbritanniens wird am **5. September** das Haager Schiedsgericht einberufen, das mit 8:7 Stimmen gegen die Zollunion zwischen Österreich und Deutschland entscheidet, weil es nicht mit dem Genfer Protokoll vom 4. Oktober 1922 vereinbar ist. Sechs Richter sehen einen Verstoß gegen den Artikel 88 im Staatsvertrag von St. Germain.

In der Nacht vom **12.** auf den **13. September** versucht der steirische Landeskommandant und Bundesführer der Heimwehr, Walter Pfrimer, mit 14.000 schwerbewaffneten »Hahnenschwanzlern« einen Putsch. In der Obersteiermark werden Verkehrswege blockiert, einige Bezirkshauptmannschaften besetzt und sozialdemokratische Bürgermeister verhaftet. Pfrimer ruft sich selbst zum »Staatsführer« aus.

Das Vorbild ist Mussolinis »Marsch auf Rom«, Pfrimer will den »Marsch auf Wien«. 600 Heimwehrmänner inklusive einer oberösterreichischen »Hahnenschwanzler«-Einheit fahren über Waidhofen an der Ybbs bis nach Amstetten und wollen mit anderen Heimwehrformationen über St. Pölten bis nach Wien gelangen. Bereits vor Amstetten fängt das Bundesheer die Pseudo-Revolutionäre ohne Gegenwehr ab.

Der dilettantisch durchgeführte Putsch scheitert am 13., da die radikale steirische Heimwehr zwar mit der NSDAP liebäugelt, aber weder von der Bevölkerung noch von anderen Heimwehren unterstützt wird. Dennoch bleiben drei Tote und fünf Verletzte auf der Strecke.

Pfrimer begreift, dass er verloren hat, bläst zum Rückzug und flüchtet in seine Geburtsstadt Marburg in Jugoslawien. 70 – andere Quellen nennen 140 – Putschisten werden verhaftet. Sympathisierende Staatsbeamte von ihren Posten suspendiert; 34 Maschinengewehre, 2.217 Gewehre, 1.000 Stahlhelme und 500 Bajonette beschlagnahmt.

Gegenüber der Presse erklärt der Tiroler Heimwehrführer Richard Steidle nichts mit dem Umsturzversuch zu tun zu haben. Julius Raab, Führer der niederösterreichischen »Hahnenschwanzler«, verurteilt den gescheiterten Putsch und erklärt sich bereit, dem aktiv entgegenzutreten.[165]

Am gleichen Tag, dem 13., gibt es für Fußballfans Grund zum Jubeln. Das Wunderteam eliminiert Deutschland mit 5:0 in Wien.

Am **29. September** wird das Tonfilmtheater »Scala« im ehemaligen Johann-Strauß-Theater im 4. Bezirk eröffnet.

Am **4. Oktober** reißt die Siegesserie des Wunderteams kurzfristig ab; gegen Ungarn reicht es in Budapest nur für ein 2:2.

Am **9. Oktober** wird Wilhelm Miklas zum Bundespräsidenten gewählt.

Hanns Hoerbiger, der Vater der Schauspielerbrüder Attila und Paul, stirbt am **11. Oktober**. Er war Techniker und Maschinenkonstrukteur, erfand das reibungsfreie »Hoerbiger-Ventil« und gilt als Urheber der wissenschaftlich nicht anerkannten Welteislehre.

Am **21. Oktober** stirbt Arthur Schnitzler.

Der Völkerbund bestellt am **6. November** den Holländer

Meinoud Rost van Tonningen als Finanzkontrolleur für Österreich.

Das Wunderteam tilgt am **29. November** in Basel das Unentschieden gegen Ungarn und deklassiert die Schweizer mit 8:1.

Am **18. Dezember** endet der Hochverratsprozess gegen Heimwehrführer Walter Pfrimer mit einem Freispruch durch die Geschworenen. Nach seiner Flucht nach Jugoslawien war er Anfang des Monats wieder nach Österreich zurückgekehrt.

In diesem Jahr wird Österreich Europameister im Eishockey und 3. in der Weltmeisterschaft.

Das, nach Plänen von Otto Erich Schweizer, erbaute Praterstadion wird fertiggestellt.

Im Dezember sind in Österreich 302.000 Menschen arbeitslos, davon rund 98.000 Ausgesteuerte, die vom Staat nicht mehr unterstützt werden.

Was noch geschah

Albert Einstein unterstützt die Internationale der Kriegsdienstverweigerer, tritt nach 1933 für die Verteidigung der Demokratie ein.

Nach einer Ansprache Hitlers vor deutschen Industriellen beschließen sie, ihn zu unterstützen. Gelder fließen von *Eisen Nordwest*, *Rheinisch-Westfälisches Kohlensyndikat*, *Kirdorf*, *Thyssen* und *Schröder*.

Die »Harzburger Front« wird in Deutschland als kurzlebiges Bündnis zwischen NSDAP, DNVP (Deutschnationale Volkspartei), und dem Stahlhelm (Bund der Frontsoldaten) gegründet. Ab 1933 unterdrückt Hitler den Einfluss anderer Gruppierungen.

Als Gegenpol bildet sich die antifaschistische »Eiserne Front« aus SPD, Reichsbanner Schwarz-Rot-Gold und dem Gewerkschaftsbund. Der NS-Studentenbund erlangt die Mehrheit in der deutschen Studentenschaft.

Hermann Broch schreibt die Romantrilogie »Die Schlafwandler« fertig, die er 1928 begann und die Zeit von 1888 bis 1918 behandelt; Pearl S. Buck den nordamerikanischen China-Roman »Die gute Erde«; William Faulkner »Die Freistatt«, einen amerikanischen Roman.

Der Kabarettist Werner Finck veröffentlicht die Gedichtsammlung »Neue Herzlichkeit«. Leonhard Frank den Arbeitslosenroman »Von drei Millionen drei«; Erich Kästner den Großstadtroman »Fabian. Die Geschichte eines Moralisten«; Hermann Kesten »Glückliche Menschen«, einen Berlin-Roman; Alexander Lernet-Holenia den österreichischen Roman »Die Abenteuer eines jungen Herren in Polen«.

Erich Maria Remarque bringt den Roman »Der Weg zurück« heraus; Joseph Roth den Roman »Radetzkymarsch«; Antoine Saint-Exupéry den Roman »Nachtflug«.

Kurt Tucholsky den ironischen Liebesroman »Schloss Gripsholm«; Franz Werfel den Roman »Die Geschwister von Neapel«; Carl Zuckmayer das Drama »Der Hauptmann von Köpenick« und Arnold Zweig den Roman »Junge Frau von 1918«.

Papst Pius XI. entwickelt in der Enzyklika »Quadragesimo anno« die katholische Soziallehre.

Albert Schweitzer veröffentlicht »Aus meinem Leben und Denken«. Der Erfinder Thomas Alva Edison stirbt.

»Im weißen Rössel«, Ralph Benatzkys Revue-Operette, wird mit 800 Aufführungen zu einem Kassenschlager im Wiener Stadttheater im 8. Bezirk (Laudongasse 36).

Paul Hindemith komponiert »Das Unaufhörliche«, ein oratorisches Chorwerk; Hans Pfitzner die Oper »Das Herz«; Igor Strawinsky das russische Chorwerk »Psalmensymphonie«. Die russische Ballettikone Anna Pawlowa stirbt.

Im Kino

Am 9. Jänner beugt sich die österreichische Regierung dem Druck der Nazis und verbietet weitere Aufführungen vom Antikriegsfilm »Im Westen nichts Neues«.

Am 9. März kommt der Brite Charlie Chaplin, der seit 1913 vorwiegend in den USA lebt, zu Besuch nach Berlin, wo er enthusiastisch gefeiert wird. Weitere Stationen seiner Europareise sind Wien, Venedig, Paris und die französische Riviera.

Der deutsche Erfolgsregisseur Friedrich Wilhelm Murnau stirbt am 11. März in Santa Barbara, Kalifornien.

Stan Laurel und Oliver Hardy bringen am 21. August in New York ihren ersten abendfüllenden Film »Pardon Us«, heraus. Das Komikerduo dreht bis 1935 weiterhin Kurzfilme.

Ein neues Genre erobert die Leinwände, der Horrorfilm.

USA

»Frankenstein«: Regie James Whale, mit Boris Karloff, Colin Clive, Mae Clark, John Boles.

»Dracula«: Regie Tod Browning, mit Bela Lugosi, Helen Chandler, Dwight Frye, Edward Van Sloan.

»Der öffentliche Feind«: Regie William Wellman, mit James Cagney, Edward Woods, Jean Harlow.

»Mata Hari«: Regie George Fitzmaurice, mit Greta Garbo, Ramon Novarro, Lionel Barrymore.

»Lichter der Großstadt« von und mit Charlie Chaplin.

»Tabu«: Regie Friedrich Wilhelm Murnau (sein letzter Film), mit eingeborenen Südseeinsulanern als Darsteller.

»Vor Blondinen wird gewarnt«: Regie: Frank Capra, mit Robert Williams, Jean Harlow, Loretta Young.

»Entehrt«: Regie: Josef von Sternberg, mit Marlene Dietrich, Victor MacLaglen, Lew Cody.

Österreich

»Purpur und Waschblau«: Regie Max Neufeld, mit Hansi Niese, Richard Eybner.

Deutschland

»M – Eine Stadt sucht einen Mörder«: Regie Fritz Lang, mit Peter Lorre, Ellen Widman, Otto Wernicke, Gustav Gründgens, Theo Lingen.

»Berge in Flammen«: Regie Luis Trenker & Karl Hartl, mit Luis Trenker, Lissi Arna.

»Der Kongress tanzt«: Regie Eric Charell, mit Willy Fritsch, Lilian Harvey, Conrad Veidt, Otto Wallburg.

»Die Dreigroschenoper«: Regie G. W. Pabst, mit Rudolf Forster, Carola Neher, Fritz Rasp.

»Emil und die Detektive«: Regie: Gerhard Lamprecht, Buch: Billy Wilder nach Erich Kästners Kinderbuch; mit Fritz Rasp, Käthe Haack, Rolf Wenkaus, Rudolf Briebach.

»Mädchen in Uniform«: Regie Leontine Sagan, mit Hertha Thiele, Dorothea Wieck.

»Man braucht kein Geld«: Regie Carl Boese, mit Heinz Rühmann, Hans Moser und der erst 16jährigen Hedy Kiesler, die bald danach als Hedy Lamarr in Hollywood für Furore sorgen wird.

SCHOBERN YU

(nach wahren Ereignissen)

1931

»Wenn ich mein Leben noch einmal leben könnte, würde ich die gleichen Fehler machen. Aber ein bisschen früher, damit ich mehr davon habe.«
Marlene Dietrich (1901 – 1992; Schauspielerin)

»Himmelherrschaftssakrament!«, flucht die resolute Frau und *pumpert* kräftig an die Holztüre, »des mocht' uns der Leibetseder z'fleiß! Aund're Leut' miass'n a!«

»Jo, oba noch mia!«, dröhnt es aus dem Abort am Gang, »und jetzt hoit dein' Schlapf'n, oide Bißgurn.«[166] Zur akustischen Bekräftigung seiner unfreundlichen Aussage ertönt durchs Stiegenhaus ein unverkennbares Körpergeräusch.

»Haum's des g'hört, Frau Novacek?«

»I bin jo net terrisch[167]«, antwortet die Hausmeisterin phlegmatisch, dreht den Hahn der Bassena auf und lässt Wasser in einen Emailkübel, der schon bessere Zeiten gesehen hat, rinnen, »wos echauffieren's Ihna denn dauernd, Frau Zapletal, wenn der am Häusl sitzt.«

»Wenn mi oba a dringendes menschliches Rühren plagt«, raunzt die dickliche Zapletal weiter, »und der knotzt[168] do drin, lest die Zeitung und pofelt[169] eine nach der anderen.«

Das tägliche Gaudium für die übrigen Parteien in dem Zinshaus, das in unmittelbarer Nähe zum Naschmarkt liegt.

Gut, der Leibetseder ist schon ein sonderbarer Kauz, ein Eigenbrötler und Einzelgänger, den eigentlich keiner im Haus leiden kann. Immer mürrisch und schlecht gelaunt, bekommt kaum sein Maul für einen Gruß auf. So richtig schlau wird aus dem niemand. Nur die Zapletal weiß über ihn Bescheid, wie über jeden hier. Schließlich ist sie die Haustratsch'n. Mit ihr sollte man nur übers

Wetter reden und ihr bestenfalls die Uhrzeit verraten. Natürlich verbreitet sie über Leibetseder böse Gerüchte, die sie angeblich von irgendwem erfahren hat und schneller weiterträgt als die Tauben im Hinterhof fliegen können.

Jetzt wird es auch der Novacek zu bunt. Die Hände in die ausladenden Hüften gestemmt, steht die Hausmeisterin vor der Häusltüre. »Wenn's endlich fertig san, Herr Leibetseder, verwenden's danach s'Bürschtel. Kana von uns hat Lust nach Ihna immer Ihnan Dreck weg z'putzen. Und mochen's s'Fenster auf. Nach Ihna braucht ma jo jedesmoi a Gasmask'n. Und passen's auf, wo's hi'tret'n. Hatschen's ma net ins Nasse, i hob grod aufg'wosch'n.«

Die Antwort auf die Verhaltensmaßregeln folgt prompt durch das Ziehen der Kette, die die Spülung in Gang setzt. Quietschend öffnet sich die Türe und ein unrasierter Leibetseder mit wirren, fettigen Haaren tritt heraus, sieht die beiden Frauen aus glasigen Augen an und sein Blick verrät nichts Gutes.

Angewidert rümpft die Zapletal die Nase, fächelt sich mit der Hand Luft zu, da sie es kaum mehr erwarten kann, sich endlich auf den Thron zu setzen. Natürlich ist das Fenster geschlossen, aber zumindest hat er dieses Mal die Bürste benutzt.

»Bald könnt's miteinander ins Häusl ei'zieh'n«, knurrt Leibetseder und räuspert sich.

Mit herabhängenden Hosenträgern an seiner speckigen, durchgescheuerten Hose und im verwaschenen Ruderleiberl schlurft Leibetseder mit seinen dreckigen Füßen ohne Socken in den Schlapfen zurück in seine Wohnung. Dabei klappert das Brettchen, an dem der Häuslschlüssel hängt, an sein Holzbein. Einmal darauf angesprochen, natürlich von der Zapeletal, sagte er nur, der Hax'n is' in Frankreich 'blieb'n.

»Wia hot er denn des jetzt g'meint?«, fragt die Zapletal und plötzlich hat sie es mit dem dringenden Bedürfnis überhaupt nicht mehr eilig.

»Ka Ahnung«, meint die Hausmeisterin, »i muass weiter aufwasch'n.«

Gegen 15 Uhr stört ein Knall die Ruhe im Haus. Wie nicht anders zu erwarten, saust die Zapletal wie von einer Tarantel gestochen zuerst aus ihr Wohnung, was man ihr aufgrund ihrer Körperfülle nicht zutrauen würde.

»Was war denn des?«

Nach und nach treten die Hausparteien aus ihren Wohnungen, kommen die Stiegen von den Stockwerken herunter. Die meisten sind zu Hause, weil sie arbeitslos sind. Einige neugierige Kinder sind dabei, die aber die Hausmeisterin barsch *wegstampert*.

»Is' wos explodiert?«, fragt einer.

»Na, des wor a Schuss«, berichtigt ein anderer, »i kenn' des, i wor im Krieg.«

»Und i? Hab i vielleicht in der Nas'n bohrt, damals?«, ärgert sich der Fragensteller.

»Eigentlich san ja alle da«, übernimmt die Novacek das Kommando und blickt sich um, »nur die Wanninger fehlt.«

»Die hot zum Doktor müss'n«, klärt der Nachrichtendienst in Person der Zapletal auf, »i hab's fortgeh'n seh'n.«

»Und wos is' mit'n Leibetseder?«

Jetzt will es die Hausmeisterin wissen, klopft und läutet an seiner Türe, nichts rührt sich. Sie versucht einen Blick durch das vergitterte Gangfenster in die Wohnung zu erhaschen.

»Gehen's auf'd Seiten«, fordert der Schussexperte und *Gschaftelhuber*[170] die Frau auf, versucht mit einem kräftigen Stoß seines Körpers die Türe aufzubrechen mit dem Ergebnis, dass er sich mit schmerzverzerrten Gesicht die linke Schulter hält.

»Wos wü denn des Krischspindl?«[171], meint einer der Neugierigen, »Der zerdruckt do net amoi a Strafhoizschachterl.«[172]

Die Hausmeisterin drückt die Klinke, es ist offen. Die Novacek ist es, die zuerst eintritt und im Kabinett Leibetseder auf einem Diwan in seinem Blut liegen sieht.

»So hot er des oisa heut' Vurmittog mit dem Häusl g'meint«, murmelt sie und bekreuzigt sich, dann geht sie wieder hinaus zu den anderen. »holts die Polizei, der hot si hamdraht.«[173]

Innerhalb einer Viertelstunde treffen Polizisten und Kriminalbeamte ein. Zum großen Erstaunen der neugierigen Hausbewohner ist ein Chinese dabei.

»Wos mocht'n a Schlitzaugerter bei unsere Krimineser?«, raunt die vorlaute Zapletal der Hausmeisterin zu, »do sollt' die Bergerin auf ihre Fipsi aufpassen. Die Chineser fressen doch Hund'.«

Der Mann aus dem Reich der Mitte besitzt feine Ohren.

»Ich bevorzuge Wiener Schnitzel und Kaiserschmarren«, sagt er, tiefgründig lächelnd, im blütenreinen Hochdeutsch.

Es geschieht selten, dass es der Zapletal die Rede verschlägt.

»Ich hab' imma glaubt, die Chineser können ka R aussprechen«, stammelt sie unsicher, »hab' i amoi wo g'les'n.«

»Kollege, kommst du«, winkt Polizeibezirksinspektor Perzinger den Asiaten zu sich und der Chinese deutet eine Verbeugung zu der Zapletal an, die verdattert mit offenen Mund dasteht.

Leibetseders Zimmer-Küche-Kabinett-Wohnung ist völlig verwahrlost und heruntergekommen. In der Abwasch stapelt sich Geschirr von mehreren Tagen. Überall stehen und kugeln leere Bier-, Wein- und Schnapsflaschen herum. Dreckwäsche ist überall auf den wenigen Quadratmetern verstreut.

Dementsprechend stinkt es in der Wohnung. Perzinger hat im Verlauf seiner Karriere schon viel gesehen, aber so ein Saustall war schon lange nicht mehr dabei.

Auf dem Küchentisch liegt ein Wisch der zuständigen Behörde, dass der gelernte Tischler Leibetseder ebenfalls zu den Ausgesteuerten gehört, keinerlei Anspruch mehr auf staatliche Unterstützung hat, selbst sehen muss, wie er überlebt.

»Das hat ihn wahrscheinlich endgültig lebensüberdrüssig gemacht«, sagt Perzinger.

»Und das Wenige, was er sich sparen konnte, ist auch weg«, der chinesische Kollege zeigt seinem Kollegen ein Sparbuch von der *Creditanstalt*, die zusammengebrochen war, »64 Schilling…«

Perzinger hebt den Abschiedsbrief auf, den ein Windstoß vom Tisch geweht hat. Mit einfachen und drastischen Worten schoss sich Leibetseder ins Jenseits. *»Diese Welt kann mi im Arsch lecken. Für zwei Kaiser meinen Schädl hingehalten und kein Dank. Scheiß auf zwei Auszeichnungen, davon kann i net abbeißen. I mag nimma, i geh.«*

Leibetseder hat sich mit einem alten Armeerevolver durch einen Schuss in die Schläfe das Leben genommen. Die Spurenlage ist eindeutig, Fremdverschulden scheidet aus. Perzinger erklärt seinem chinesischen Schützling genau, worauf bei eindeutigem Selbstmord zu achten ist.

Leider kennt die Zapletal nicht die Hintergründe, warum ausgerechnet ein Chinese im Schlepptau der Wiener Polizei ist und sie wird es auch kaum erfahren.

Insgesamt sind es zehn chinesische Polizeioffiziere, die für längere Zeit in Wien sind. Bereits zu Beginn des 19. Jahrhunderts war die »Wiener Schule der Kriminalistik« in der Verbrechensbekämpfung weltberühmt und die Wiener Polizei international hochgelobt. Diese Weltgeltung ist Polizeipräsident Johannes Schober zu verdanken, der bereits 1923 Führungskräfte unterschiedlicher Länder zu einem Kongress einlud, wobei auch die *Interpol* gegründet wurde.

Nach den Ereignissen im Juli 1927, dem Justizpalastbrand und dem harten Durchgreifen der Polizei unter Schober war dessen Image im eigenen Land schwer angeschlagen, im Ausland gelten er und seine Polizisten weiterhin als Vorbilder.

Nicht nur wegen dieser Ausschreitungen ließ Schober aufrüsten. So fuhren erstmals im Herbst 1927 Polizeimotorräder mit Beiwägen in Wien. 1928 bekam die Polizei gepanzerte Skoda PA-II. Spezialfahrzeuge, die intern nur als »Schildkröten« bezeichnet werden und sich besonders bei gewalttätigen Demonstrationen bewähren.

Besonders China war von der Wiener Polizei angetan, hielt sie für die beste der Welt. Daher war es naheliegend österreichische Führungskräfte einzuladen. So schrieb Zhu Jiahua, der Innenminister der Provinz Zhejiang im Jänner 1928 an Bundeskanzler Seipel. »*Die Regierung der Provinz Zhejiang hat seit 1927 Schritte unternommen, um den inneren Dienst zu reorganisieren... Die Regierung möchte...die Mitarbeit Österreichs in Anspruch nehmen, umso mehr, als der Unterzeichnete Österreichs Land gut kennt und schätzt. Sie will für ihre Aufbauarbeiten wenn möglich recht viele Österreicher heranziehen, seien es Ingenieure, Wissenschaftler oder sonstige Fachleute sowie Instruktoren für die Landespolizei.*«

1929 ersuchte Zhu Jiahua um die Entsendung eines persönlichen Beraters für die polizeilichen Belange in seiner Provinz. Diesem Ansuchen wurde umgehend entsprochen. Noch im gleichen Jahr reisten zwei Gendarmerie-Direktoren und ein Regierungsrat ins ferne China, um mitzuhelfen, das Polizeiwesen zu reformieren und sie blieben drei Jahre.

Im Gegenzug kommen zehn junge chinesische Polizeioffiziere im Jänner 1931 nach langer Schiffsreise nach Wien. Einer von ihnen steht jetzt mit Polizeibezirksinspektor Perzinger vor der Leiche des Selbstmörders Leibetseder.

In den zwei Jahren ihres Aufenthaltes lernen sie in den ersten 18 Monaten theoretisch sämtliche Polizei- und rechtliche Bereiche kennen. Noch in ihrer Heimat lernen sie im Eilzugstempo Deutsch, in den ersten drei Monaten hilft ihnen noch ein Dolmetscher.

Als Ausgleich für den umfangreichen Theoriestoff steht Sport, Zillen fahren, Nahkampfausbildung und Schilauf auf der Teichalpe am Programm. Untergebracht sind die Schüler in der Marokkanerkaserne.

Yu ist äußerst wissbegierig und fragt seinen Mentor Perzinger

Löcher in den Bauch, notiert eifrig jedes Wort. Die Ermittlungen sind rasch abgeschlossen, da der Fall eindeutig ist.

…und die Zapletal veranstaltet eine Haussammlung für ein würdiges Begräbnis. Jeder gibt, wie er kann. Sie meint, zwar hat den Leibetseder keiner leiden können, doch er war auch ein Mensch und soll nicht in einem Armengrab verscharrt werden.

*

Nach der theoretischen Ausbildung werden die chinesischen Polizeioffiziere die Praxis in zwei Schulwachzimmern in der Lisztstraße und Heeresamt kennenlernen. Sie durchlaufen die polizeilichen und kriminalistischen Tätigkeiten, werden auch im Gefängnisdienst eingesetzt.

Ebenfalls auf dem Plan steht der Gendarmeriedienst in der Bezirkshauptmannschaft Baden. Da es ihnen in Wien so gut gefällt, hängen sie auf eigenen Wunsch hin noch ein weiteres Jahr an. Sie lernen die Moulagetechnik, das heißt die Wachsmodellierung der Gesichter von Mordopfern und die Daktyloskopie, die Abnahme von Fingerabdrücken. Diese überaus wichtige kriminalistische Form der Spurensicherung ist dem Polizeiagenten Rudolf Schneider im Erkennungsamt zu verdanken, der 1909 eine spezielle Folie, die »Wiener Folie« für Fingerprints an Tatorten und Tatwerkzeugen entwickelte.

Die chinesischen Kollegen besuchen Jugendgerichte, Fürsorgeeinrichtungen, absolvieren ein Praktikum bei der Berufsfeuerwehr, da in China die Polizei auch Brände löschen muss.

Am 12. Dezember 1933 ist der Tag der Rückkehr im Festsaal der Marokkanerkaserne. In einem besonderen Abschiedswort bedanken sich die Chinesen für ihre Ausbildung und die Gastfreundschaft, vor allem bei Polizeioberinspektor Perzinger, der sich rührend um seine Schützlinge kümmerte und für sie eine Vaterfigur war.

Nur sieben Offiziere kehren in ihre Heimat zurück. Leutnant Yu und zwei Kollegen bleiben, wollen das Jus-Studium absolvieren. Yu nennt sich selbst aus Verehrung für den Polizeipräsidenten und späteren Bundeskanzler Schober, *Schobern Yu*.

Nach der Okkupation Österreichs promoviert er und verweigert als einziger bei der Promotionsfeier den Hitler-Gruß. Er kehrt nach China zurück, wird stellvertretender Polizeidirektor in Shanghai. Nach der kommunistischen Machtübernahme setzt er sich nach Taiwan ab.

Doch Schobern Yu kehrt noch einmal in sein geliebtes Wien zurück. Als Vertreter der taiwanesischen Regierung bei den UN-Organisationen.[174]

ZEITTAFEL
1932

Am **27. Jänner** tritt wegen Differenzen der Christlich-Sozialen mit Außenminister Schober die erste Regierung Buresch zurück. Zwei Tage später, am **29. Jänner**, ist sie wieder als Minderheitsregierung aus Christlich-Sozialen und Landbund im Amt. Die Großdeutschen gehen in die Opposition.[175]

Im **Februar** tritt der französische Ministerpräsident André Tardieu für die »Donauföderation« ein; ein Zusammenschluss von Österreich und Ungarn mit der *Kleinen Entente*, bestehend aus der ČSR, Jugoslawien und Rumänien. Er verspricht sich davon Vorzugszölle und bessere wirtschaftliche Zusammenarbeit.

Die III. Olympischen Winterspiele finden vom **4. – 13. Februar** in Lake Placid statt. Für Österreich je eine Gold- und Silbermedaille im Eiskunstlauf durch Karl Schäfer und Fritzi Burger auf dem zweiten Platz bei den Damen. Schäfer wird in diesem Monat abermals Weltmeister.

Am **5. März** fordert der christlich-soziale Arbeiterführer Leopold Kunschak während einer Rede des Freiheitsbundes die Entwaffnung der Parteiarmeen.

Am **8. März** lehnt Italien Frankreichs Vorschlag einer »Donauföderation« ab, ebenso Deutschland am **16. März**. Man befürchtet eine französische Vorherrschaft im Donauraum.

Wieder ein erfreulicher Tag für Fußballanhänger. Das Wunderteam besiegt am **20. März** in Wien Italien mit 2:1.

Die Londoner Viermächtekonferenz von **6. – 8. April** mit Beratungen über den französischen Plan verläuft ergebnislos.

Die Landtagswahlen in Wien, Niederösterreich und Salzburg am **24. April** bringen den Nazis Stimmengewinne auf Kosten der kleinen Reichsparteien. In den Wiener Gemeinderat ziehen 15 Nazis ein.

Das Wunderteam ist nicht zu schlagen, Sieg über Ungarn in Wien mit 8 : 2.

Am **3. Mai** stirbt Anton Wildgans in Mödling.

Die zweite Regierung Buresch tritt am **6. Mai** zurück. Alle Parteien fordern Neuwahlen.

Am **20. Mai** tritt mit nur einer Stimme Mehrheit die erste Regierung Dollfuß an.[176]

In diesem Monat gehen 450 Arbeitsplätze in der Steiermark verloren, als in Aumühl bei Kindberg das Hüttenwerk der Alpine-Montan geschlossen wird.

In Genf beraten die Gläubigermächte im Völkerbund über Österreichs Verpflichtungen. Das Land muss dreimal jährlich für öffentliche und private Kredite 240 Millionen Schilling Devisen an die Gläubiger zahlen.

Jan Kiepura wird für die Ernennung zum Kammersänger beim Bundespräsidenten vorgeschlagen.

Am **22. Mai** wird die Siegesserie des Wunderteams gestoppt. In Prag reicht es nur für ein 1 : 1 gegen die ČSR.

Die Heimwehr spaltet sich endgültig am **25. Mai**, weil der »Führer des steirischen Heimatschutzes«, Walter Pfrimer, nur mehr Weisungen aus München, der Zentrale der NSDAP, entgegennimmt.

Am **27. Mai** prügeln sich in einer Saalschlacht in Hötting bei Innsbruck Sozialdemokraten und Nazis – ein Toter, 60 Verletzte.

Heimwehr-Bundesführer Ernst Rüdiger Fürst Starhemberg bittet am **9. Juni** in Rom Mussolini um Waffenlieferungen.

Am **11. Juni** stellt die Vorortelinie ihren Betrieb ein.

Am **10. Juli** krachen im steirischen Göß sozialdemokratische Arbeit und Heimwehrmänner zusammen, 40 Verletzte.

Am **15. Juli** wird der Vertrag von Lausanne über eine neue Völkerbundanleihe unterzeichnet. Mit einer Laufzeit von 20 Jahren werden 300 Millionen Schilling gewährt. Dafür verpflichtet sich Österreich zu einem Anschluss an Deutschland und auf die Zollunion mit dem Nachbarstaat zu verzichten. Es ist Dollfuß' erster Erfolg als Kanzler, er wird jedoch heftig deswegen von den Sozialdemokraten, Großdeutschen und Nazis angegriffen.

Mit der Eisenbahn unterwegs,
ein riskantes Unterfangen

Ein extrem gefährlicher und unberechenbarer Attentäter treibt sein Unwesen. Die Polizei tappt im Dunkeln.

Erstmals machte der Unbekannte am 31. Dezember 1930 auf sich aufmerksam. In Anzbach in Niederösterreich wurden die Schienen auf der Westbahnstraße an einer besonders gefährlichen Stelle gelockert. Zum Glück konnte die Sabotage rechtzeitig entdeckt werden. Ansonsten wäre der Zug unweigerlich in eine Schlucht gestürzt.

Bereits einen Monat später, am 30. Jänner 1931, schlug das Phantom erneut zu. Wieder in Anzbach. Mithilfe von Schraubstöcken wurde eine Traverse zwischen die Schienen geklemmt. Ein Schnellzug entgleiste und nur durch die Geistesgegenwart des Lokführers konnte ein Absturz vermieden werden.

Am 8. August 1931 der nächste Anschlag in der Nähe der Station Jüteborg, 60 Kilometer von Berlin entfernt. Durch das Auslösen einer Nekrasitbombe kippte ein D-Zug aus den Schienen, 109 Fahrgäste wurden verletzt. Zwar vermuteten die deutschen Behörden einen Zusammenhang mit den österreichischen Attentaten, doch es gab keinerlei Hinweise.

Dann folgte der schwerste Anschlag. Am 13. September 1931, kurz vor Mitternacht, und wieder mit Hilfe einer Nekrasitbombe, geriet der Nachtschnellzug Budapest Wien auf der Brücke von Bia Torbagy in Ungarn aus den Geleisen und stürzte 24 Meter in die Tiefe. Die traurige Bilanz, 24 Todesopfer und zahlreiche Verletzte.[177]

An einem Pfeiler des Viadukts fand man eine Botschaft: »*Arbeiter, ihr habt keine Rechte! Wir werden sie euch von den Kapitalisten erwirken. Jeden Monat werdet ihr von uns hören, denn unsere Freunde sind überall zu Hause. Es gibt keine Arbeitsmöglichkeit! Nun, wir werden sie schaffen. Alles werden die Kapitalisten zu zahlen haben. Fürchtet nichts, unser Benzin geht nicht aus. Der Umwälzer.«*[178]

Jetzt war Europa hellhörig geworden und die Polizei suchte fieberhaft nach Hinweisen. Handelt es sich beim dem »Umwälzer« um einen Irren oder um eine politisch motivierte Gruppe? Die Antwort: Es war ein Einzeltäter, der sich zu sicher fühlte und deshalb einen fatalen Fehler beging.

Ein Budapester Polizeibeamter fuhr nach Wien und wollte mehr über einen ungarischen Staatsbürger, der in Wien, in der Margarethenstraße 81 lebte, erfahren.

Dabei handelte es sich um den Wein- und Realitätenhändler Sylvester Matuska, der angeblich in dem Unglückszug saß und nun von der Budapester Bahnverwaltung Schadensersatz forderte. Das kam den Ungarn sehr nebulos vor. Der Mann wurde vorgeladen und wochenlang durch die Mangel gedreht, bis er endlich zusammenbrach und gestand. Als Motiv gab er an, dass alle Menschen gleich sein sollten und dass »*Attentat-Sieg und Revolution zur höheren Ehre Gottes sein müssten*«. Obwohl er wirres Zeug von sich gab, erklärten ihn die Gerichtspsychiater für voll zurechnungsfähig.

Am **15. Juli 1932** kommt Matuska mit nur sechs Jahren schweren Kerkers glimpflich davon. Danach wird er nach Ungarn ausgeliefert, wo man ihn zum Tode verurteilt. Jedoch keine Vollstreckung, da er bereits in Österreich seine Strafe abgesessen hatte. In den Wirren des Zweiten Weltkriegs kommt Matuska auf ungeklärte Weise wieder frei.

Im September 1953 geht eine Agenturmeldung um die Welt, dass er im Korea-Krieg aufgetaucht wäre, um für die Zerstörung amerikanischer Nachschubzüge zu sorgen. Das konnte nie verifiziert werden und seine Spur verliert sich.[179]

Die X. Olympischen Spiele finden vom **31. Juli - 7. August** in Los Angeles statt. Österreichs Ausbeute: je eine Gold- und Silbermedaille und zweimal Bronze.

Am **2. August** stirbt Altbundeskanzler Ignaz Seipel in Pernitz, Niederösterreich.

Mit 81:80 Stimmen nimmt der Nationalrat am **17. August** die Regierungsvorlage des Lausanner Vertrages an. Im Bundesrat – hier ist die Regierung in der Minderheit – wird mit 27:22 Stimmen Einspruch erhoben.

Am **19. August** stirbt der ehemalige Wiener Polizeipräsident und Altbundeskanzler Johannes Schober in Baden bei Wien.

Am **18. September** spricht NSDAP-Propagandaleiter Joseph Goebbels in der Wiener Engelmann-Arena und fordert, dass Hitler die Macht bekommen soll.

Theodor Innitzer wird am **20. September** zum Wiener Erzbischof ernannt.

Vom **29. September – 2. Oktober** findet der NSDAP-Gauparteitag in Wien statt. Am letzten Tag sprechen bei einer Kundgebung auf dem Heldenplatz Goebbels und SA-Führer Ernst Röhm. In mehreren Bezirken kommt es zu Ausschreitungen; 130 Leicht- und vier Schwerverletzte.

Am **1. Oktobe**r wird erstmals das *Kriegswirtschaftliche Ermächtigungsgesetz* wegen der Creditanstalt-Affäre angewandt. Dieses Gesetz ist bereits in den Übergangsbestimmungen der Bundesverfassung vom 1. Oktober 1920 enthalten. Die Sozialdemokraten fordern seit 1928 die Aufhebung dieses Gesetzes.

Im niederösterreichischen Haag hält Bundeskanzler Dollfuß am **2. Oktober** eine programmatische Rede.

Zur gleichen Zeit fliegt in Ödenburg ein Riesenschwindel auf. Ungarische Schmuggler kaufen Ferkel, tarnen sie mit Häubchen als Säuglinge, und bringen sie in Österreich unter die Leute.

Am **4. Oktober** stirbt in Wien eine schillernde Persönlichkeit, Rudolf Karl Slatin, mit richtigem Namen Rudolf Anton, bekannt als Slatin Pascha, geboren 1857 in Ober St. Veit. 1878 wurde er von Gordon Pascha nach Ägypten berufen, stieg 1880 zum General und Militärgouverneur der Provinz Darfur im angloägyptischen Sudan auf. Von 1884 – 1895 war er Gefangener der Mahdisten; von 1900 – 1914 und nach 1919 englischer Generalinspektor im Sudan. Als k.u.k.-Leutnant leitete er während des Ersten Weltkrieges die Kriegsgefangenenhilfe des österreichischen Roten Kreuzes.

Dem Schweizer Physiker Auguste Piccard gelingt am **14. Oktober** eine Meisterleistung in der noch jungen Luftfahrt. Nach einem Ballonflug in die Stratosphäre landet er auf dem Gurgler Ferner bei Obergurgl in Tirol.

Am **16. Oktober** fordert ein Zusammenstoß zwischen Schutzbündlern und Nazis in Simmering drei Tote und 64 Verletzte. Eines der Todesopfer ist der sozialdemokratische Polizist Karl Tlasek. Einen Tag später, am **17.**, wird Major Emil Fey Landesführer der Wiener Heimwehren und Staatssekretär für das Sicherheitswesen.

Am **20. Oktober** protestieren die Sozialdemokraten im Parlament gegen die Anwendung des Kriegswirtschaftlichen Ermächtigungsgesetzes.

Am **17. November** wird nach 18monatiger Bauzeit in Anwesenheit von Bundespräsident Miklas Wiens erstes Hochhaus in der Herrengasse seiner Bestimmung übergeben. Ende des Jahres ziehen bereits die ersten Mieter ein.

In Zistersdorf, Niederösterreich, wird am **20. November** erstmals Erdöl gefunden.

Wieder eine schwere Auseinandersetzung am **4. Dezember** zwischen Heimwehrmännern und Nazis während einer Versammlung in Wolfern, Oberösterreich, mit 34 Verletzten.

Mit einem 4:3 in London besiegen die Engländer am **7. Dezember** erstmals das Wunderteam.

Der Druck der Nazis ufert immer ärger aus. Am **18. Dezember**, dem »Goldenen Sonntag«, dem letzten vor Weihnachten, an dem die Geschäfte geöffnet sind, werfen Nazis im Großkaufhaus Gerngroß in der Wiener Mariahilferstraße Stink- und Tränengasbomben. Panik bricht aus, Frauen und Kinder werden verletzt.

Im **Dezember** wird im 13. Bezirk im Bereich Jagdschloß-, Veitinger-, Woinovich- und Jagičgasse die *Werkbundsiedlung* eröffnet. Die völlig neuartige Siedlung wurde unter der Leitung von Josef Frank, dem Präsidenten des Österreichischen Werkbundes, zwischen 1930 und 1932 erbaut. Sie unterscheidet sich wesentlich von ihrem Gegenstück der *Weißenhofsiedlung* in Stuttgart, die bereits zwischen 1926 und 1927 erbaut wurde. In der Werkbundsiedlung legt man Wert auf besseren Wohnkomfort auf kleinstem Raum für finanziell schwächere Schichten. Dennoch ist der Kaufpreis für ein Haus von bis zu 45.000 Schilling für viele nicht leistbar. Daher steigt die Gemeinde Wien später auf Vermietung um.

Anfang des Jahres sind 423.000 Arbeitslose in Österreich registriert, davon werden (noch) 350.000 vom Staat unterstützt. Am Ende ist die Zahl auf 450.000 gestiegen, die Unterstützung reduziert sich auf 346.000.

Was noch geschah

Die Genfer Abrüstungskonferenz endet ergebnislos. Deutschland fordert die allgemeine Abrüstung, Frankreich will Sicherheiten.

In Deutschland werden SS und SA verboten. Das Ergebnis der preußischen Landtagswahl wird durch den Stimmenzuwachs der NSDAP erschüttert. Hindenburg wird im 2. Wahlgang zum deutschen Reichspräsidenten gegen Hitler und Ernst Thälmann gewählt. Die Regierung Brüning tritt zurück, nachdem der Reichspräsident auf Druck des Reichswehrministers Kurt von Schleicher ihr seine Unterstützung entzog.

Franz von Papen bildet das »Kabinett der nationalen Konzentration«. Der Reichstag wird aufgelöst, SS und SA sind wieder erlaubt.

In Deutschland sind über sechs Millionen ohne Arbeit. Arbeitslosen-, Wohlfahrts- und Krisenunterstützung werden gekürzt.

Bei der Reichstagswahl erlangt die NSDAP 37,8% der Stimmen. Hitler lehnt den Vizekanzlerposten ab. Der Reichstag wird wegen der Aufhebung einer Notverordnung aufgelöst. Die Regierung von Papen tritt zurück, Kurt von Schleicher wird neuer Reichskanzler. Die Kommunisten erhalten 100 Sitze im Reichstag. Durch die Ernennung zum braunschweigischen Regierungsrat erhält Hitler die deutsche Staatsbürgerschaft.

In der NSDAP kommt es zu einer Krise und zu Unruhen in der Berliner SA. Die paramilitärische Organisation verübt mehrere Fememorde.

In Deutschland werden 77 Todesurteile verhängt, jedoch keines vollstreckt.

Dem preußischen stellvertretenden Reichskommissar Franz Bracht ist die freizügige Bademode der Frauen ein Dorn im Auge. Ein Erlass verbietet unmoralische Badekleidung für beide Geschlechter. In der Presse und in der Bevölkerung sorgt es für große Heiterkeit. Man spricht von einem »brachtvollen« Erlass und dem »Zwickel«-Erlass.

In Spanien brechen kommunistische Unruhen aus und das Militär putscht. Großgrundbesitzer werden entschädigungslos enteignet.

Schwere Hungersnöte in der USSR; der Staat schließt einen Nichtangriffspakt mit Finnland, Polen, Lettland, Estland und Frankreich.

Mahatma Gandhi, seine Frau und führende Mitglieder des Allindischen Kongresses werden erneut vorübergehend verhaftet.

Den Literaturnobelpreis erhält der Brite John Galsworthy.

Bert Brecht schreibt das Drama »Heilige Johanna der Schlachthöfe«; Hans Fallada »Kleiner Mann — was nun?«, einen Roman über die Zeit in der Arbeitslosigkeit; Curt Goetz die Komödie »Dr. med. Hiob Prätorius«; Gerhart Hauptmann das Drama »Vor Sonnenuntergang«; Hemingway den nordamerikanischen Roman »Tod am Nachmittag«; Hofmannsthals Roman »Andreas oder die Vereinig-

ten« erscheint posthum; Joseph Roth Roman »Radetzkymarsch«
erscheint.

Der Wiener Gustav Tauschek stellt in Wien seine von ihm erfundene und konstruierte »lesende Maschine« vor. Es ist ein Vorläufer des sogenannten Klarschriftlesers, in späterer Zeit ein wesentliches Hilfsgerät des Computers.

Die Amerikanerin Amelia Earhart überfliegt als erste Frau den Nordatlantik. Boxweltmeister Max Schmeling verliert seinen Titel wieder an Jack Sharkey. In den USA wird das Lindbergh-Baby entführt und tot gefunden.

Im Kino

Am 30. März führt in Wien der österreichische Ingenieur Stephan Jellinek erstmals das von ihm entwickelte »Kulissenfilm«-Verfahren vor. Dadurch kann durch Projektion eines Hintergrundes die eigentliche Spielhandlung davor stattfinden.

Am 31. März wird in Berlin der Film »Kuhle Wampe oder Wem gehört die Welt?« von Slatan Dudow und dem Drehbuch von Bert Brecht wegen kommunistischer Agitation verboten. Erst in einer entschärften Fassung darf der Film wieder gezeigt werden, wird aber am 26. März 1933 erneut verboten.

Die vierjährige Shirley Temple steht als Wunderkind in Amerika vor der Kamera.

USA

»Tarzan, der Affenmensch«: Regie Woodbridge Strong Van Dyke, mit Johnny Weissmüller, Maureen O'Sullivan.

»Scarface«: Regie Howard Hawks, mit Paul Muni, Ann Dvorak, George Raft.

»Dr. Jekyll und Mr. Hyde«: Regie Rouben Mamoulian, mit Fredric March, Miriam Hopkins, Rose Hobart.

»Shanghai Express«: Regie Josef von Sternberg, mit Marlene

Dietrich, Clive Brook, Anna May Wong.

»Menschen im Hotel« (nach dem Roman von Vicki Baum), Regie Edmund Goulding, mit Greta Garbo, John Barrymore, Joan Crawford.

»Ärger im Paradies«: Regie Ernst Lubitsch, mit Miriam Hopkins, Herbert Marshall.

»In einem amerikanischen Land«: Regie Frank Borzage, mit Gary Cooper, Adolphe Menjou.

»Morgenrot des Ruhms«: Regie Lowell Sherman, mit Katherine Hepburn, Douglas Fairbanks jr., Adolphe Menjou.

Deutschland

»F.P. 1 antwortet nicht«: Regie Karl Hartl, mit Hans Albers, Peter Lorre, Paul Hartmann.

»Der Rebell«: Regie Luis Trenker & Kurt Bernhardt, mit Luis Trenker, Luise Ullrich.

»Ein blonder Traum«: Regie Paul Martin, Drehbuch Walter Reisch & Billy Wilder, mit Lilian Harvey, Willy Fritsch, Willi Forst, Paul Hörbiger.

»Der träumende Mund« (Deutschland/Frankeich), Regie: Paul Czinner, mit Elisabeth Bergner, Rudolf Forstner.

»Das blaue Licht«: Regie Leni Riefenstahl & Bela Balázs, mit Leni Riefenstahl.

Kein goldener Sonntag
1. Dezember 1932

»Es gibt Frauen, die von Jahr zu Jahr unschuldiger werden.«
Greta Garbo (1905 – 1990; Schauspielerin)

»Das nenn' ich eine Bilanz«, blättert der soignierte Herr mit dem Monokel im rechten Auge in seiner Zeitung, dem *Kleinen Blatt,* und lacht.

Sein Tischnachbar im Kaffeehaus blickt von seiner Lektüre *Der Abend* auf.

»Was amüsiert Sie denn so, Herr Windaschek?«, erkundigt sich Oskar Kundrac.

»Mich erheitert der Tobias Seicherl mit seinem Struppi und die Kommentare immer wieder aufs Neue. «

»Schundblatt'l«, murrt ein tiefer Brummbass vom Nebentisch herüber, »so ein Schmarren hat nix in einer seriösen Zeitung verlor'n. So was g'hört verboten.«

Windaschek und Kundrac wechseln einen vielsagenden Blick. Auf dem Revers des Stänkerers ist das NSDAP-Parteiabzeichen nicht zu übersehen.

»Bald wird a anderer Wind wehen«, meint der unangenehme Gast, »dann wird net nur Schluss sein mit diesem Seicherl, sondern noch mit viel mehr. Dann wird auf'g'räumt. Darauf können's Gift nehmen, meine Herren.«

»Geh, Herr Albert!«, winkt Wilhelm Windaschek den legendären Ober des Café *Herrenhof* herbei.

»Sehr wohl, Herr Hofrat wünschen?«

»Sagen's, is' das jetzt im *Herrenhof* Usus geworden, dass sich Nazis aufplustern dürfen?«, provoziert nun Windaschek lautstark. Plötzlich wird es totenstill im Café. Aller Augen sind auf ihn gerichtet und die Ohren gespitzt. Selbst die Schachspieler, die sonst nichts, aber auch gar nichts aus der Ruhe bringen kann, lösen ihre Blicke von den Brettern. »I hab keine Lust mir wegen so an Hakenkreuzler a neues Stammcafé suchen zu müssen. Irgendwie is' heut' die Luft da drinnen ziemlich verpestet. Finden's nicht auch, Herr Albert?«

Der Ober windet sich wie ein Aal, wie seiner Miene anzusehen ist. Wie soll er bloß diese unangenehme Situation diplomatisch für alle Beteiligten bereinigen?

»Also, eine Ungeheuerlichkeit, eine Frechheit, eine Impertinenz sondergleichen!«, der Nazi schlägt mit der flachen Hand dermaßen stark auf den Marmortisch, dass seine Kaffeetasse scheppert, der Rest des *Franziskaners* darüber schwappt, die Platte bekleckert und der Löffel zu Boden fällt. »I verlang' Satisfaktion. Mit Ihna werd' i *Schlitt'n fahren!*«[180]

»Wissen's was, *Sie können mi Buckel fünferln*«[181], sagt völlig ruhig und gelassen Hofrat Windaschek.

»Meine Herren«, mischt sich nun ein weiterer Herr aus dem hinteren Bereich des Lokals ein und erhebt sich vom seinem Stammtisch. Ernst Pollak ist im *Herrenhof*, in diesem Literatencafé, eine Autorität, ein Institution in der schreibenden Zunft, obwohl er sich selbst noch nie literarisch betätigte oder einer anderen Kunst frönt.

Pollak stammt aus einer reichen jüdischen Prager Familie und ist selbst eine Berühmtheit, weil er nächtelang in der Moldaustadt mit Werfel, Kafka, Max Brod und einigen anderen durchgesoffen hatte. Und er verschaffte sich zusätzlich Anerkennung und Respekt, weil er die Tochter eines bekannten Prager Universitätsprofessors entführte und mit ihr vor den Traualtar trat.

Im Brotberuf ist Pollak ein biederer Bankbeamter, was ebenfalls zu seiner Beliebtheit beiträgt, da ihn arme Künstler jederzeit anpumpen können. Seine riesige Wohnung bietet stets einen Diwan zum Übernachten und um alle Sorgen zu vergessen, weiß er wie man mit Kokain umzugehen hat.[182]

Einen Platz an seinem Stammtisch muss man sich verdienen, bevor man eingeladen und in die Pollak-Runde aufgenommen wird.

»Mein Herren«, wiederholt der Grandseigneur und bleibt vor dem Nazi-Tisch stehen, »so knapp vor Weihnachten wegen einer Lappalie sich in die Haare zu kriegen. Das ist doch *meschugge*. Und Sie«, nun blickt er den unsympathischen Mann direkt an, »ich erlaube mir, Ihre Zeche zu übernehmen, *nebbich*. Wissen Sie, wir *Jiddelach* sind gerne unter unseresgleichen. A *Goj* wie Sie passt weder zu uns noch hier zum Interieur.«

»Soweit kommt's no«, ereifert sich der Nationalsozialist abermals, »dass a Jud' für mi zahlt!« Voller Hass blickt er um sich. »Und ihr, ihr kommt's alle noch dran. Verlasst's euch drauf! Schneller als ihr glaubt's!«

Wütend knallt er ein paar Münzen auf den Tisch, krallt sich seinen Mantel und Hut, verlässt eilig das Kaffeehaus. Durch die großen Scheiben können die Gäste beobachten, wie es ihn vor dem Café, Glatteis bedingt, voll auf seinen Allerwertesten setzt.

»Nu«, meint Pollak, »es gibt ja doch a Gerechtigkeit« und kehrt zu seinem Stammtisch zurück und die allgemeine Aufregung im *Herrenhof* legt sich wieder.

»Sagen's, Herr Windaschek«, will Kundrac wissen, »was hat diesen Fetzenschädel gar so in Rage `bracht? Wer is'n dieser Seicherl?[183] Am End' gar a neuer Politiker, den man no net kennt. Dem Namen nach würd' er exzellent in die lausigen Zeit'n passen.«

»Nein«, klärt ihn Kundrac auf, »der Tobias Seicherl is' a Zeichentrickfigur. So wie diese Mickey Mouse vom Disney, verstehen's. Eine fiktive Figur, die täglich im *Kleinen Blatt* zum Tagesgeschehen mit seinem sprechenden Hund seinen Senf dazugibt. Aber gleichzeitig ein Windrad'l, ein Opportunist. Wie so viele in diesen Zeiten.«[184]

»Aha«, gibt Windaschek zu, »no nie davon g'hört, geschweige denn g'les'n. Darüber regt si der Nazi auf?«

»Eben weil er einer ist.«

»Mir g'fällt des alles net, Herr Kundrac, das bereitet mir große Sorgen. Im Wiener Gemeinderat hocken's a schon, diese Nazis. Und wenn i nach Deutschland schau, da kann einem angst und bang wer'n. Wir beide sind ja christlich-sozial so wie der Dollfuß. Aber ob der noch das Steuer herumreißen kann, dafür möcht' i net mei' Hand ins Feuer leg'n.«

Kundrac beugt sich vor, flüstert nun fast. »Da kann i Ihnen nur beipflichten, Herr Windaschek. I sag Ihnen, dieser Hitler will unbedingt die Macht und de *Marmeladinger*[185] unterstützen ihn tatkräftig. Vor allen die Schwerindustrie, die will einen neuen Krieg.«

»No so einen Krieg«, schüttelt Windaschek den Kopf, »den überlebt die Welt net. Wir beide sind schon z'alt dafür. Uns können's nimma rekrutier'n, aber was is' mit unseren Söhnen? Hoffentlich täuschen's Ihnen.«

Kundrac bleibt die Antwort schuldig, meint vielmehr »haben's net neulich im Radio den *hatscherten*[186] Goebbels und den Röhm im Radio g'hört, wie's am Heldenplatz ihre Ansprachen abhielten?« Er blickt sich im Café um. »Viele von den Gästen hier wird's erwischen, das prophezei' ich Ihnen, Herr Windaschek. D'Juden wer'n z'erst draufzahl'n.«

»Warum denn? Mi hat no nie a Jud' g'stört und Ihnen a net.«

»Sicher net. Aber diese Leut' ham a Hirn, was den Nazis fehlt.«

»Aber die Herren«, Windaschek deutet mit dem Kopf in Richtung einiger Tische, »sind durchwegs Künstler, vor allem Literaten. Wer schreibt sonst großartige Literatur der Gegenwart? Nur diese Menschen hier. Das is' doch a Bereicherung unseres Kulturlebens.«

»Genau deswegen wer'n's wahrscheinlich ernsthafte Probleme kriag'n, wenn der Hitler tatsächlich ans Ruder kommen sollte. Dauernd dieses Geschwafel über den Herrenmenschen, Arier und den Bledsinn. Übrigens, der verhinderte Kunstmaler aus Braunau ist auch ein Schriftsteller«, dabei grinst Kundrac, »immerhin hat er in zwei Bänden *Mein Kampf* g'schrieb'n.«

»Hören's mir doch auf damit«, nun ist der Hofrat wirklich entrüstet, »selbst wenn mir dieser Schmonzes g'schenkt wird, hau' ich den Schmarren ung'lesen in mein' Kamin.«

»War doch nur a Spaßettl«, beruhigt ihn Kundrac.

»Ja, i weiß schon«, nun lächelt auch Windaschek, »hoffentlich haben's mit Ihrer Schwarzmalerei unrecht.«

»Das wünsch' i mir a«, entgegnet Kundrac, »aber so recht glaub' i net dran. Die Not, die Arbeitslosigkeit, die Weltwirtschaftskrise. D'Leut' schrei'n nach an Führer und egal, was er ihnen verspricht, sie wer'n ihm nachrennen.«

»I mag jetzt gar net drüber nachdenken«, Windaschek blickt auf seine Taschenuhr, »i werd' mi auf den Heimweg begeben. Zahlen!«

»Ja es is' Weihnacht'n. Da sollt'ma net so trüben Gedanken nachhängen. I muss no mei Frau abhol'n in der Mariahilferstraß'n. Sie sucht die Geschenke aus und i derf's zahlen. A große Familie is' net imma a Seg'n.«

»Wie hams' denn das vorhin g'meint mit der Bilanz, Herr Windaschek?«

»Unser Wunderteam, natürlich. Ein Torverhältnis von 73:22, von 22 Spielen 17 g'wonnen. Und jetzt hamma a noch die Belgier mit 6:1 vom Platz putzt. I hör' mir jede Übertragung von den Matches im Radio an. Wie der *Papierene* und seine Leut' über den Rasen gefegt sein müssen…«

Matthias Sindelars Spitzname, weil er zaundürr ist; bereits zu Lebzeiten eine Fußballerlegende.

»Schad', dass wir kein Wunderteam am Ballhausplatz sitzen ham«, meint Windaschek und es klingt ziemlich resignierend.

Nachdem Herr Albert abkassiert hat, bringt der *Piccolo* Mäntel, Hüte, Schals und Handschuhe der Herren, bedankt sich mit einem *Buckerl*[187] für das Trinkgeld. Bevor die beiden Männer das Kaffeehaus verlassen, ziehen sie sich noch Galoschen über ihre maßgeschneiderten Schuhe, um das edle Schuhwerk nicht zu beschmutzen.

»Ein grausliches Sauwetter«, schimpft Windaschek und stellt den Mantelkragen hoch, »wenn's wollen, begleit' ich Sie ein Stückerl. So lang im Café g'sess'n, schadet es nix, a bisserl d'Füß zu vertreten. Außerdem hamma uns a Ewigkeit nimma g'seh'n«.

Sie gehen die Herrengasse Richtung Schottenring und Kundracs Blick schweift über die Fassade des neuen ersten Wiener Hochhauses, das von Siegfried Theiss und Hans Jaksch erbaut und erst kürzlich eingeweiht wurde.

»I bin zwar ka Gegner der Moderne, aber ausg'rechnet in der schönen Herrengass'n mit den alten Palais'. Das passt doch da überhaupt net rein. Außerdem so hoch möchte' i nie wohnen. Mir wird schon im zweiten Stock schwindlig, wenn i aus'n Fenster schau. Und dazu noch dieses *Hochhaus-Espresso*.

Was heißt'n eigentlich *Espresso*? A Stehcafé? Wer braucht das? In einem Café muss man sitzen, Zeitung lesen können, sei' Ruh' ham.«

»I bin ganz Ihrer Meinung, Herr Kundrac, jetzt hamma eh schon vorn das hässliche Haus vom Loos, direkt vor der Hofburg. Ka Wunder, dass der alte Franz Joseph nimma rausschauen wollte. Weil wir grad vom Loos reden. Wo is' eigentlich der Herr Architekt? Ewig lang nimma in der Stadt g'sehen.«

»Wie man so liest«, antwortet Kundrac, »soll er ein paar Häuser in Böhmen bauen. Ansonsten reist er durch die Weltgeschichte, was man so hört. D'Weana sind ihm ja net b'sonders gesonnen. Zuletzt hab i ihn mit seiner dritten Frau Claire im *Ronacher* g'sehen, als heuer die Josephine Baker tanzte.[188] I hab' gedacht, dass i Sie auch dort treff', Herr Windaschek.«

»Eigentlich hab' i's vorg'habt«, gibt der Mann zu und drückt herum, »doch da hätt' mir mei' Frau einen ordentlichen Baum aufg'stellt.[189] Schließlich bin i do frisch verheiratet.«

Kundrac behält seine Gedanken lieber für sich. Immerhin ist sein Kaffeehauspezi bereits zum dritten Mal verehelicht. Ist er wieder so einem *Flitscherl*[190] auf den Leim gegangen, die ihn einkochte wie die beiden anderen davor und danach herrschte immer erhebliche Ebbe im Portemonnaie. Doch Kundrac hält sich da heraus, es geht ihm nichts an.

»Leider habe ich die Baker nur einmal sehen können«, sagt Windaschek versonnen, »damals 1928, als sie erstmals in Wien war. Das war vielleicht a Skandal! Hat'ma diesmal a fast alles g'seh'n?«

»S'war schon sehr lasziv«, erzählt Kundrac, »ihre Bewegungen konnten einem das Blut in Wallung bringen. Und nur mit ihrem berühmten Bananenröckchen bekleidet. Während des Tanzens sind natürlich die Bananen auf und ab g'hüpft und den Rest können's Ihnen denken, Herr Windaschek.«

»Und waren's mit Ihrer werten Frau Gemahlin im Ronacher?«, will es Windaschek ganz genau wissen.

»I bitt' Sie, zu so einem Ereignis geht man allein. I hab mi a sehr gute Ausred' einfall'n lass'n.« Kundrac blickt auf seine Uhr. »Ui, jetzt muss i mi aber beeilen. Sonst komm' i no zu spät und Unpünktlichkeit kann mei' Frau auf den Tod net ausstehen. Habe die Ehre, Herr Windaschek. Dann sehen wir uns wieder im Neuen Jahr. Hoffentlich wird's besser. Frohe Weihnachten und einen guten Rutsch, natürlich auch an die Gnädige zu Haus'.«

Inzwischen hat es wieder zu schneien begonnen. Zum Glück kommt die Elektrische und Kundrac winkt noch einmal von der Plattform, bevor sich Windaschek mit absolut nicht jugendfreien Gedanken nach Hause begibt.

Kundrac erreicht rechtzeitig den vereinbarten Treffpunkt, den *Gerngroß*, in der Mariahilferstraße.

Was ist da los? Fassungslos starrt er auf die Menschenmassen, die aus dem Kaufhaus herausströmen. In ihren Gesichtern spiegelt sich Panik wider. Mütter mit ihren Kindern sehen sich ängstlich um, viele der Kleinen weinen. Ein beißender Geruch hängt in der Luft, der die Augen tränen lässt. Als Kundrac die ersten Zeilen des Horst-Wessel-Liedes hört, das eine Horde SA-Leute lautstark grölt, ist ihm schlagartig klar, was vor sich geht. Er drängt sich durch die aufgescheuchte Menge, findet endlich seine Frau und seinen Sohn. Die SA-Typen pöbeln ungeniert Leute an, beschimpfen sie, werden tätlich, wenn sie in ihren Augen nicht »arisch« genug aussehen. Die alarmierte Polizei reagiert eher hilflos und für Kundracs Empfinden ziemlich lax.

»Gott sei Dank«, erleichtert nimmt er seine Lieben in die Arme und erst jetzt sieht er, dass seine Frau an der Stirn blutet, »was is'n passiert? Du hast ja Blut an der Stirn!«

»Ich, ich muss mich an etwas g'stoß'n hab'n«, stammelt seine Frau, »aber nichts Ernstes.«

»Was ist mir dir, Gregor?«

»Bin ich froh, dass du hier bist, Papa«, sagt der kleine Bub leise und zittert, jedoch nicht wegen der Kälte, »jetzt kann der Mama und mir nix mehr passier'n.«

»Sanitäter, Rettung! Wo is' a Doktor?«, schreit Kundrac, aber gegen den Tumult ist er chancenlos. »Was ist genau g'scheh'n?«

»Wir war'n in der Spielwarenabteilung«, berichtet seine Frau, »Gregor war von einer Spielzeugeisenbahn ganz fasziniert, als plötzlich unmittelbar neben uns etwas fürchterlich zu stinken begann. Zuerst dachte ich, da ist jemandem ein Malheur passiert. Dann ist auf der anderen Seite weißer Rauch aufgestiegen, der furchtbar in den Augen zu brennen begann. Dann hat dieses SA-G'sindel geschrien *Sieg Heil, Juda verrecke*. Oskar, was sind das nur für Menschen?«

»Nazis, Kathi. Von denen ist nichts anderes zu erwarten. Kommt, wir müssen ins Spital. Du musst dich untersuchen lassen. Nichts wie weg hier.«

Von dem angezettelten Krawall bekommt Windaschek nichts mit, als er in die Alser Straße, knapp vor seinem Wohnhaus, plötzlich einem Trupp junger Männer in Zivil, die aus einer Toreinfahrt herausgetreten sind, gegenübersteht und ihm der Weg versperrt wird.

»Na, Judenfreunderl«, stellt der Rädelsführer Windaschek grinsend zur Rede, »jetzt is' leider ka schützendes Kaffeehäusl da. Jetzt scheißt du dir in'd Hos'n.«

Nahezu wie einstudiert zaubert die Bande Totschläger aus ihren Jacken und Mänteln. Doch der erste Schlag steht dem Anführer zu. Windaschek stürzt zu Boden, sein Hut liegt im Matsch. Augenblicklich verfärbt sich der Schnee um seinen Kopf rot. Der Mann wimmert und stöhnt. Der erste Schlag reicht für einen Schädelbasisbruch. Das genügt den Brutalos nicht. Abwechselnd dreschen und treten sie auf ihr Opfer ein. Zwar bemerken einige Passanten den Überfall, aber sie ziehen lieber die Köpfe ein und sind zu feige für Zivilcourage. Eilig machen sie sich aus dem Staub.

»Der hot gnua«, befiehlt eine Männerstimme aus der Toreinfahrt heraus, »schleich'ma uns.«

Der Auftraggeber ist niemand anderer als der Gast im *Herrenhof*, der sich mit Windaschek anlegte und den Kürzeren zog.

Noch im Kaffeehaus belauschte er die beiden Herren und ärgerte sich insgeheim über gewisse Äußerungen, die mit seiner politischen Einstellung überhaupt nicht übereinstimmten. Da beschloss er, dass eine Abreibung fällig wäre. Der unbekannte Gast rief von einem öffentlichen Fernsprecher einen seiner Untergebenen an und befahl ihm auf die Schnelle einen Schlägertrupp zu organisieren. Nachdem der Nazi den *Herrenhof* verlassen hatte, legte er sich auf die Lauer und wartete bis Windaschek und Kundrac herauskamen, folgte ihnen unbemerkt.

Kundrac hatte großes Glück, dass er heil davonkam. Der rachsüchtige und wütende Mann war ohnehin mehr an Windaschek interessiert. Schließlich brockte er ihm diese Blamage vor allen Gästen ein. Als der Nazi sah, dass die beiden Herren beim Schottentor noch ein bisschen plauderten, rief er mit verstellter Stimme von einer Telefonzelle aus im *Herrenhof* an, verlangte nach Herrn Albert, den Ober, und wollte scheinheilig wissen, ob Herr Windaschek heute ins Kaffeehaus kommt, da er ihm ein geliehenes Buch zurückgeben will. Indirekt und wider besseren Wissens hetzte Herr Albert Windaschek in sein Unglück. Er sagte dem Anrufer, dass Herr Windaschek heute bestimmt nicht nochmals kommen werde, da er bereits hier war.

Der Nazi log das Blaue vom Himmel. Das Buch wäre für Herrn Windaschek äußerst wichtig, aber leider wisse er dessen Privatadresse nicht und im Telefonbuch finde er ihn nicht. Leider glaubte Herr Albert diese Lügen und meinte nur, so viel ihm bekannt wäre, wohne Herr Windaschek in der Alser Straße. Das genügte. Der Nazi legte auf. Keine Sekunde zu früh, da sich die Herren verabschiedeten. Noch ein kurzer Anruf und die Order, die Schläger sollen sich in der Alser Straße bereithalten. Dann musste sich der Nazi beeilen, um Windaschek nicht aus den Augen zu verlieren. Doch die Nazi-Partie hatte Glück.

Jetzt liegt Windaschek bewusstlos und mit schweren Verletzungen in seinem Blut im Schnee. Es dauert Wochen, bis er aus dem Allgemeinen Krankenhaus mit irreparablen Schäden entlassen wird. Als Kundrac von dem heimtückischen Überfall erfährt, besucht er Windaschek mehrmals, dieser erkennt ihn nicht wieder.

Die Täter kommen ungeschoren davon, niemand erstattet Anzeige. Den Blättern ist der Überfall nur ein kleiner Artikel wert. Vielmehr Aufsehen erregt dafür der hinterhältige Anschlag im Kaufhaus *Gerngroß*. Ausgerechnet am *Goldenen Sonntag*, dem letzten vor Weihnachten, wo sämtliche Geschäfte öffnen dürfen. Selbstverständlich wäscht der Wiener NSDAP-Gauleiter Alfred Frauenfeld seine Hände in Unschuld, er weiß von nichts.

Am nächsten Tag lesen die Kaffeehausbesucher, die *Das kleine Blatt* bevorzugen, was Tobias Seicherl dazu sagt: »*Hahaha, denen Jud'n wer' mas zag'n. Der Frauenfeld hat ma 50 Stinkbomb'n geb'n, i soll's in jüdische*

G'schäftshäuser einihau'n! Grad wenn alles voller Leut' ist, hat er g'sagt.«
Darauf sein Hund Struppi: »*Des san Lausbuamtanz!*[191] *Pfui Teuf'l!*«

»*Was sagtst? Lausbuamtanz? So verrat's Du Dei eigenes Volk? Du Untermensch, Du Jud'nknecht!*«

»*Wo haßt, mei'Volk? Bin i a Mensch?...Hitlerknecht, narrischer!...*«[192]

Für Gregor, Kundracs Sohn, werden es besonders schöne Weihnachten. Das Christkind bringt ihm tatsächlich die insgeheim gewünschte Eisenbahn, die ihm im *Gerngroß* so gefallen hat und lässt ihn bald die schrecklichen Erlebnisse ein paar Tage vorher vergessen.

Im **Jänner** werden 385.000 österreichische Arbeitslose (noch) unterstützt.

Am **8. Jänner** deckt die sozialdemokratische *Arbeiter-Zeitung* die »Hirtenberger Waffenaffäre« auf. Mussolini belieferte die ungarische Horthy-Regierung mit Waffen, die als altösterreichisches Waffenmaterial deklariert waren und über Fritz Mandls Patronenfabrik im niederösterreichischen Hirtenberg verschoben wurden.

Im **Februar** finden die inoffiziellen Skiweltmeisterschaften in Innsbruck statt. Im Herrenslalom und in der Kombination belegt Toni Seelos den ersten Platz; im Slalom wird Guzzi Lantschner zweiter, in der Abfahrt Hans Hauser dritter. In der Damenkombination, Abfahrt und Slalom wird Inge Lantschner-Wersin erste und in Abfahrt sowie Kombination Gerda Paumgartner zweite.

Am **3. Februar** reagiert die österreichische Regierung aufgrund der Proteste Frankreichs und der ČSR wegen der Hirtenberger Waffenlieferungen.

Am **12. Februar** jubeln die Fans. Das Wunderteam besiegt in Paris Frankreich mit 4:0.

Am **1. März** streiken die Eisenbahner; die Bahnhöfe werden vom Bundesheer besetzt.

Drei Tage später, am **4.**, löst sich wegen des Streiks das Parlament selbst auf, indem die drei Nationalratspräsidenten, der Sozialdemokrat Karl Renner, der christlich-soziale Rudolf Ramek und der Großdeutsche Sepp Straffner, zurücktreten.

Am **5. März** plädieren Christlich-Soziale für eine autoritäre Regierung ohne Nationalrat. In Villach in Kärnten wendet sich Bundeskanzler Dollfuß unter großem Jubel vom Parlamentarismus ab.

Am **7. März** proklamiert die Regierung, dass sie weiterhin im Amt befindlich ist und sich nicht von der Parlamentskrise betroffen fühlt. Der stets angepasste Wendehals Sektionschef Robert Hecht empfiehlt dem Ministerrat mit dem Kriegswirtschaftlichen Ermächtigungsgesetz vom 24. Juli 1917 die Amtsgeschäfte zu führen, was auch angenommen wird. Bundespräsident Miklas fügt sich dem Beschluss und lässt die Regierung im Amt.

Die Pressefreiheit wird eingeschränkt und ein Aufmarschverbot verhängt: die Geburtsstunde des Ständestaates und des Austromarximus.

Dagegen wettern scharf Sozialdemokraten, Großdeutsche und Nazis, werfen der Regierung Verfassungsbruch vor.

Am 8. **März** folgen Beratungen des sozialdemokratischen Parteivorstandes. Robert Danneberg verhandelt vergeblich mit Dollfuß über die Wiedereinberufung des Parlaments.

Eine Woche später, am **15.**, beruft der ehemalige dritte Nationalratspräsident, der Großdeutsche Sepp Straffner, eine Nationalratssitzung ein, zu der jedoch nur Sozialdemokraten und Großdeutsche kommen. Mit einer kurzen Erklärung ist die Sitzung bereits wieder beendet. 200 Kriminalbeamte räumen den Saal.

In Tirol wird am **16. März** der Republikanische Schutzbund verboten.

Am **25. März** beschließen die Regierungsparteien aus Christlich-Sozialen, Landbund und Heimwehr, einen scharfen antimarxistischen Kurs und die Auflösung des Schutzbundes.

Am **30.** und **31. März** wird der Schutzbund tatsächlich in gesamt Österreich aufgelöst. Dieser taucht illegal in den Untergrund ab. Der sozialdemokratische Bürgermeister Seitz versucht daraufhin die Heimwehr in Wien zu verbieten, die Bundesregierung legt ihr Veto ein und verhindert dies.

Am **9. April** endet die Siegesserie des Wunderteams. In Prag verliert Österreich gegen die ČSR mit 1:2.

Die Regierung beschließt am **10. April** die Aufstellung der »Freiwilligen Assistenzkörper«.

Am **13. April** treffen erstmals Mussolini und Dollfuß in Wien aufeinander und der Italiener versichert, die Selbstständigkeit notfalls mit Waffengewalt zu verteidigen.

Bei den Gemeinderatswahlen am **23. April** werden die Nazis mit 40% der Stimmen stärkste Partei.

Am **1. Mai** wird auf Befehl der Regierung die Wiener Innenstadt abgeriegelt, um den traditionellen Maiaufmarsch der Sozialdemokraten zu verhindern.

Vom **5. - 7. Mai** findet in Salzburg der Bundesparteitag der Christlich-Sozialen statt und Carl Vaugoin wird als Obmann gewählt. Es folgt der Beschluss, die Regierung Dollfuß zu unterstützen.

Am **10. Mai** bildet Dollfuß sein Kabinett um. Die dem Landbund angehörenden Minister werden durch Christlich-Soziale ersetzt. Das bisher befristete, aber stets verlängerte Verbot von Landtags- und Gemeindewahlen wird nun endgültig beschlossen. Die fadenscheinige Begründung lautet: Rücksichtnahme auf den Fremdenverkehr. Die Vereidigungsformel für Beamte wird geändert. Nun wird nicht mehr der Eid auf die demokratische Republik geleistet.

Am **12. Mai** folgt der Beschluss des sozialdemokratischen Parteivorstandes und des Abgeordnetenclubs der »völkerrechtlichen Neutralisierung Österreichs.«

Anlässlich der »Türkenbefreiungsfeier« wegen der zweiten Türkenbelagerung von 1683 organisiert am **14. Mai** die Wiener Heimwehr einen Großaufmarsch.

Am **15. Mai** wird der Reichsjustizkommissar und bayrische Justizminister bis 1934, Hans Frank, aus Österreich ausgewiesen, da er als NSDAP-Redner Propaganda betrieb. Das Verhältnis zwischen Österreich und Deutschland wird immer angespannter.

Am **20. Mai** wird die »Vaterländische Front« (VF) als »überparteilicher« Zusammenschluss aller »regierungstreuen« Österreicher gegründet.

Wegen der Ausweisung Franks erfolgt postwendend die Rache Deutschland durch die Verhängung der »Tausendmarksperre« am **27. Mai**. Deutsche müssen vor einer Reise nach Österreich eine Gebühr von 1000 RM bezahlen. Da der deutsche Urlauberanteil rund 40% beträgt, führt diese Maßnahme zu einer beträchtlichen Schädigung des österreichischen Fremdenverkehrs. Nun beginnen auch die Nazi-Terrorakte in Österreich.

Am **28. Mai** geht der Großsender der RAVAG auf dem Bisamberg in Betrieb.

In Innsbruck liefern sich am **29. Mai** Heimwehr und Nazi-Studenten eine Straßenschlacht – 43 Verletzte.

Am **5. Juni** unterzeichnen in Rom Dollfuß und Kurt Schuschnigg ein Konkordat zwischen Österreich und dem Heiligen Stuhl.

Am **11. Juni** verüben zwei Nazis ein Attentat auf den Tiroler Heimwehrführer Richard Steidle, der am rechten Unterarm schwer verletzt wird. Einer der Täter, Werner von Alvensleben, wird zu drei Jahren Kerkerhaft verurteilt, aber bereits am 31. Dezember begnadigt.

Am **12. Juni** ereignet sich in Österreich eine Reihe von Nazi-Sprengstoffanschlägen.

Der braune Terror

Norbert Samuel Futterweit betreibt in der Meidlinger Hauptstraße 19 im 12. Bezirk ein solides Juweliergeschäft. Seit längerer Zeit terrorisieren ihn Nazis, werfen Stinkbomben in seinen Laden, schmieren antisemitische Parolen an die Fassade.

Am 12. Juni um 10.30 Uhr reißt der arbeitslose Kellner Josef Kreil die Türe auf, wirft ein Paket, das eigenartige Geräusche von sich gibt, in das Geschäft und verschwindet. Eine Kundin und eine Angestellte informieren den Inhaber, der das verdächtige Paket hinausbringen will. Beim Eingang explodiert es und der jüdische Juwelier ist auf der Stelle tot. Ein zufällig vorbeigehender Passant, der 63jährige Anstreicher Johann Hodik, stirbt am nächsten Tag an seinen schweren Verletzungen.

Nur der Buchbindergehilfe Johann Teuer, der für Kreil Schmiere stand, wird verhaftet. Der Haupttäter und eventuelle Mitwisser setzen sich rechtzeitig nach Deutschland ab.

Den Anschlag dürfte der SS-Mann Max Grillmayer geplant haben. Auch der spätere Kriegsverbrecher Odilo Globocnik dürfte darin verwickelt gewesen sein.

Einen Tag später, am **13.**, wird der Reichstagsabgeordnete Theo Habicht, »Landesinspektor der österreichischen NSDAP«, in Linz verhaftet und ausgewiesen.

Deutschland antwortet am **14. Juni** mit der Verhaftung des Presseattachés der österreichischen Gesandtschaft in Berlin. 52 österreichische Zeitungen dürfen nicht mehr verkauft und verbreitet werden. Am gleichen Tag wird der Heimwehrmann Alois Süßböck während einer Auseinandersetzung mit Nazis getötet.

Am **19. Juni** wird ein Nazi-Bombenanschlag gegen eine Gruppe christlich-sozialer Turner in Krems in Niederösterreich verübt — ein Toter, 29 Verletzte. Die NSDAP und der »Steirische Heimatschutz« unter Führung von Konstantin Kammerhofer werden verboten. Am **24. Juni** verüben die Nazis Bombenanschläge auf die Wiener Straßenbahn und auf die Eisenbahn bei Mürzzuschlag in der Steiermark. Böller detonieren im oberösterreichischen Gmunden, in Salzburg und im steirischen Oberwölz.

Am **4. Juli** explodiert glücklicherweise nur der kleinere von den an der Trisanabrücke der Arlbergbahn angebrachten Sprengsätze. Der Sachschaden ist gering.

Der Reichsdeutsche Rundfunk sendet ab **7. Juli** österreichfeindliche Sendungen, wobei sich besonders Theo Habicht und der nach Deutschland geflohene Landesleiter der österreichischen NSDAP, Alfred Proksch, profilieren. Deutsche Flugzeuge werfen NSDAP-Propagandaflugzettel über Österreich ab.

Am **22. Juli** wird rechtzeitig ein geplanter Nazi-Mordschlag auf Bundesminister Emil Fey aufgedeckt.

Etwas Ablenkung von den düsteren Zeiten bieten die Salzburger Festspiele. Am **14. August** wird Richard Strauss' Oper »Die ägyptische Helena« mit dem Libretto von Hugo von Hofmannsthal uraufgeführt.

Am **19.** und **20. August** treffen sich Dollfuß und Mussolini in Riccione. Sie besprechen die italienische Unterstützung im Kampf um Österreichs Unabhängigkeit.

Am **22. August** stirbt der bewunderte und gleichzeitig angefeindete Architekt Adolf Loos in Kalksburg bei Wien.

Am **28. August** wird Anton Rintelen österreichischer Gesandter in Rom. Zuvor war er mehrere Jahre steirischer Landeshauptmann und später Unterrichtsminister, bevor er sich dem Nationalsozialismus zuwendete.

Am **1. September** werden die »Freiwilligen Assistenzkörper« aufgestellt; 10.000, ein halbes Jahr dienende Wehrmänner.

Der allgemeine deutsche Katholikentag von **8. – 12. September** in Wien findet ohne deutsche Teilnehmer statt.

Am **11. September** hält Bundeskanzler Dollfuß eine programmatische Rede während einer Kundgebung der »Vaterländischen Front« auf dem Wiener Trabrennplatz, tritt für die Errichtung eines autoritären Ständestaates ein. Das *Kruckenkreuz* wird zum Symbol der VF, die »*alleinige Trägerin der politischen Willensbildung*« ist.[193]

Vom **17. - 19. September** unternimmt Heeresminister und General der Infanterie Carl Vaugoin eine Inspektionsreise durch Oberösterreich und Salzburg, nimmt dabei mit Sozialdemokraten Verbindung auf.

Wegen Spannungen mit dem Landbund, der gegen die VF die »Nationalständische Front« gründet, kommt es am **21. September** zur Bildung der zweiten Regierung Dollfuß.[194]

Am **23. September** erfolgt die Verordnung zur »Errichtung von Anhaltelagern zur Internierung politischer Häftlinge« wie in Wöllersdorf bei Wiener Neustadt, Niederösterreich.

Am **27. September** spricht Dollfuß vor der Vollversammlung des Völkerbundes in Genf über den Kampf für Österreichs Unabhängigkeit. Frenetischer Beifall mit Ausnahme der deutschen Delegation unter Führung von Joseph Goebbels.

Der Österreichische Heimatschutz tritt korporativ in die VF ein. Starhemberg löst die Partei des Heimatblocks auf.

Am **3. Oktober** verübt der Nazi Rudolf Drtil ein Attentat auf Dollfuß im Vestibül des Parlaments. Ein Schuss durchschlägt den rechten Oberarm des Bundeskanzlers, ein weiterer trifft in die Herzgegend. Das Projektil prallt jedoch an einer Rippe ab. Der Laufbursche und Kanzleidiener, Jahrgang 1911, war Angehöriger des Infanterieregiments Nr. 3 und wurde wegen seiner Nazi-Umtriebe aus dem Bundesheer entlassen.

Am **14. Oktober** tritt Deutschland aus dem Völkerbund aus.

Der letzte sozialdemokratische Parteitag findet von **14. - 16. Oktober** statt, dabei wird der Anschlussartikel aus dem Parteiprogramm gestrichen.

Am **25. Oktober** erreicht die »Trefferanleihe« eine Zeichnung von 265 Millionen Schilling. Seit 2. Oktober aufliegend, ist sie mit 65 Millionen überzeichnet, die Anleihe richtet sich an finanziell schwache Bürger. Der Zweck ist geplante Arbeitsbeschaffung für Großbauprojekte wie Höhenstraße, Reichsbrücke, die Großglocknerstraße und andere.

Im Alltagsleben gibt es wenig zu lachen, dafür umso mehr in den Kabaretts. Am **3. November** eröffnet im Café Dobner in der Linken Wienzeile im 6. Bezirk die »Literatur am Naschmarkt«. Die Leute zerkugeln sich über die Texte von Rudolf Weys, Peter Hammerschlag, Jura Soyfer, Hans Weigel, H.P. Gutherz u.a. Hier treten Hilde Krahl, Rudolf Steinböck, Hugo Gottschlich, Manfred Inger u.v.a auf.

In enger Verbindung mit diesem Kabarett steht »Die Stachelbeere« in der Billrothstraße 49 im 19. Bezirk. Nach dem Umzug 1934 in das Café Colonnaden am Rathausplatz 4 im 1. Bezirk wird es schärfer und aggressiver als die »Literatur«, besonders durch die Conférencen des Gründers Rudolf Spitz und die Parodien von Hans Horowitz.

»Der liebe Augustin« in der Biberstraße 2 im 1. Bezirk war bereits 1931 eröffnet worden. Gegründet von Stella Kadmon und Peter Hammerschlag, ist es Wiens erstes zeitkritisches Kabarett.

Wegen dem andauernden Nazi-Terror wird aufgrund des Standrechts am **10. November** wieder die Todesstrafe eingeführt.

Zusammen mit dem Engländer Paul Dirac erhält am **10. Dezember** der Physiker Erwin Schrödinger den Nobelpreis.

Am **22. Dezember** wird der Hirtenbrief der österreichischen katholischen Bischöfe veröffentlicht, der sich gegen Nationalismus und Rassenlehre richtet, den Regierungskurs begrüßt und die Gläubigen auffordert diese Regierung zu unterstützen.

Was noch geschah

In Köln kommt es zu Gesprächen zwischen Franz von Papen, dem Bankier von Schröder und Hitler für die Ernennung des Braunauers zum Reichskanzler.

Unter Einsatz großer Geldmittel und Macht erringt die NSDAP in Landesteil Lippe in Nordrhein-Westfahlen den Wahlsieg und dieser Erfolg dient für Hitlers Begründung für seine Kanzlerschaft.

Reichspräsident Paul von Hindenburg ernennt Hitler am **30. Jänner** zum Reichskanzler, Franz von Papen wird Vizekanzler und Reichskommissar in Preußen.

Die Brandstiftung des Reichstages am 27. Februar wird dem Linksextremisten Marinus van der Lubbe zur Last gelegt. Für die Nazis ein Grund mit der Reichstagsbrandverordnung die Grundrechte auszuhebeln und politische Gegner auszuschalten.

Alle Parteien im Deutschen Reichstag außer der SPD stimmen dem Ermächtigungsgesetz für das Hitler-Regime zu. Teile der SPD und der KPD sind bereits durch Verhaftung und Terror am Erscheinen gehindert worden. Das ist das Ende der Weimarer Republik. Joseph Goebbels wird Reichsminister für Volksaufklärung und Propaganda; Hermann Göring preußischer Ministerpräsident, der Landtag aufgelöst.

Das Reichsbankgesetz hebt die Autonomie der Reichsbank auf. Reichsbankpräsident Hjalmar von Schacht (bis 1938) finanziert Arbeitsbeschaffung und Aufrüstung.

Konzentrationslager werden geplant und errichtet.

Heinrich Spoerl schreibt den humoristischen Schülerroman »Die Feuerzangenbowle«, der auch mit Heinz Rühmann in der Hauptrolle verfilmt wird; Franz Werfel »Die vierzig Tage des Musa Dagh«, ein Roman in zwei Bänden.

In Berlin findet die öffentliche Bücherverbrennung unerwünschter, vorwiegend jüdischer Autoren statt. Die *Reichsschrifttumskammer* führt in Deutschland zunehmend die Gleichschaltung der deutschen Literatur durch.

Das kulturelle Leben Deutschlands wird durch die Nazi-Diktatur zerstört.

Richard Strass komponiert die Oper »Arabella« mit dem Libretto von Hofmannsthal; Igor Strawinsky die russisch-melodramatische Oper »Persephone«.

Die bildende Kunst wird ebenso wie die Literatur unterdrückt und den Wünschen, oder vielmehr den Geboten des Regimes angepasst.

In Deutschland setzt eine Emigrationswelle ein. Bis 1939 verlassen an die 60.000 Menschen ihre Heimat, darunter zahlreiche berühmte Persönlichkeit aus allen Bereichen, die wegen ihrer jüdischen Herkunft nicht länger in Deutschland leben können, weil ihnen Verhaftung und Tod drohen.

In den USA wird die seit 1919 bestehende Prohibition aufgehoben. Die Pilotin Elly Beinhorn umfliegt als erste Frau Afrika.

Im Kino

Am 28. März fordert Goebbels in Berlin die Filmschaffenden auf, sich an politische und sittlich-nationale Formen zu halten. Am 6. Juli heiraten in Berlin-Charlottenburg die tschechoslowakische Schauspielerin Anny Ondra und der Berufsboxer Max Schmeling. Auf Goebbels' Anweisung müssen alles deutschen Filmschaffenden ihre »arische« Herkunft nachweisen. Wer es nicht kann, darf nicht mehr beschäftigt werden.

Im US-Bundesstaat New York eröffnet am 6. Juni das erste Autokino der Welt.

USA

»King Kong und die weiße Frau«: Regie Merian C. Cooper &

Ernest B. Schoedsack, mit Fay Wray, Bruce Cabot, Robert Armstrong.

»Ich bin kein Engel«: Regie Wesley Ruggles, mit Mae West, Edward Arnold, Cary Grant.

In den USA erobern die Marx-Brothers die Leinwände.

»Die Marx-Brothers im Krieg«: Regie Leo McCarey, mit Groucho, Harpo, Chico und Zeppo Marx, Margaret Dumont.

Stan Laurel und Oliver Hardy können sich auch im Tonfilm behaupten; »Die Wüstensöhne«, Regie: William A. Seiter

»Königin Christine«: Regie Roueben Mamoulian, mit Greta Garbo, John Gilbert, Ian Keith.

»Drei kleine Schweinchen«; Farbzeichentrickfilm von Walt Disney.

Großbritannien

»Das Privatleben Heinrich VIII.«: Regie Alexander Korda, mit Charles Laughton, Merle Oberon, Elsa Lanchester.

Deutsches Reich

»Hitlerjunge Quex«: Regie Hans Steinhoff, mit Heinrich George, Berta Drews, Claus Clausen.

»Morgenrot«: Regie Gustav Ucicky, mit Adele Sandrock, Rudolf Forster, Fritz Genschow, Camilla Spira.

»Das Testament des Dr. Mabuse«: Regie Fritz Lang, mit Rudolf Klein-Rogge, Oskar Beregi, Theo Lingen.

Österreich

»Leise flehen meine Lieder«: Regie Willi Forst, mit Hans Jaray, Martha Eggert, Luise Ulrich, Hans Moser.

»Wenn du jung bist, gehört dir die Welt«: Regie Richard Oswald, mit Joseph Schmidt, Szöke Szakall, Otto Tressler, Richard Eybner.

Tschechoslowakei

»Ekstase«: Regie: Gustav Machatý, mit Hedy Kiesler, der späteren Hedy Lamarr. In der Rolle der »Eva« sorgt sie für den Skandalfilm, der ihr ein Leben lang nachhängt. Für ein paar Sekunden ist sie vollkommen nackt zu sehen.

1934

Im **Jänner** sind in Österreich 440.000 Arbeitslose registriert, davon werden 350.000 vom Staat (noch) unterstützt.

Mit **1. Jänner** setzt eine neue Nazi-Terrorwelle ein, durch die Weihnachtsamnestie wurden zahlreiche NSDAP-Anhänger freigelassen. In der ersten Jännerwoche ereignen sich österreichweit 140 Sprengstoffanschläge.

Am **7. Jänner** stirbt der Bildhauer des österreichischen Expressionismus und Secessionsmitglied Anton Hanak.

Am **10. Jänner** verkündet Ernst Rüdiger Fürst Starhemberg die Ziele des österreichischen Heimatschutzes: »*Unser Kampf ist die uneingeschränkte Durchsetzung der faschistischen Ideenwelt in einer unserem Vaterland entsprechenden Art und Weise.*«[195]

Am **15. Jänner** stirbt der Lustspieldichter, Essayist und Kritiker Hermann Bahr in München.

In einer Rede am **18. Jänner** fordert Bundeskanzler Dollfuß im christlich-sozialen Abgeordnetenclub die »ehrlichen Arbeiterführer« zur Kooperation im Kampf um Österreichs Unabhängigkeit auf. Der italienische Staatssekretär für Äußeres Fulvio Suvich weilt in Wien und tritt für Österreichs Unabhängigkeit ein.

Am **20. Jänner** lehnen die Sozialdemokraten Dollfuß' Appell ab, da die *Arbeiter-Zeitung* nicht mehr verkauft, sondern nur mehr auf dem Postweg zugestellt werden darf.

Zumindest Musikfreunde kommen auf ihre Rechnung. Die Uraufführung von Franz Léhars Operette »Guiditta« wird auch von der RAVAG übertragen.

Wegen der zunehmenden Nazi-Übergriffe überreicht die Bundesregierung am **23. Februar** eine Protestnote in Berlin. Wie nicht anders zu erwarten, bestreitet am **1. Februar** das Hitler-Regime die Angaben.

Zwei Tage zuvor, am **30. Jänner**, erklärt der Führer scheinheilig: *»Die Behauptung, dass das Deutsche Reich beabsichtige, den österreichischen Staat zu vergewaltigen, ist absurd und kann durch nichts belegt oder erwiesen werden.«*[196]

Eine neue Welle von Nazi-Anschlägen mit Böllern und Sprengstoff setzt **Ende Jänner/Anfang Februar** besonders in Wien, Linz, Innsbruck, in der Steiermark und in Vorarlberg ein.

Am **2. Februar** reicht den niederösterreichischen Bauern der Terror. 100.000 formieren sich zu einen Protestmarsch in Wien.

Zwei Tage später, am **4. Februar**, setzt der Tiroler Heimatschutz in Innsbruck die Umwandlung der Landesregierung in einen autoritären Landesausschuss durch. Die Landesgrenzen werden durch den Heimatschutz gesichert.

Die Lage wird immer prekärer und spitzt sich zu. Am **6.** und **7. Februar** will die Heimwehr in die niederösterreichische Landesregierung aufgenommen werden und demonstriert vor dem Landhaus in der Herrengasse im 1. Bezirk. Am **6. Februar** plädiert die oberösterreichische Heimwehr für einen autoritären, strengen Regierungskurs.

Schwarze Stunden

Die Gelegenheit endlich mit dem »Roten Wien« abzurechnen und aufzuräumen, nachdem am **8. Februar** in sozialdemokratischen Parteiheimen Waffen gefunden wurden. Die Dollfuß-Regierung verfügt über ein willfähriges Werkzeug in Person des früheren Geheimdienstchefs Maximilian Ronge. Der Oberst a.D. war der letzte Befehlshaber des *Evidenzbureaus*, des Militärgeheimdienstes in der k.u.k. Monarchie.

Ronge war bereits pensioniert, wird aber wieder als Vertragsbediensteter zurückgeholt, koordiniert nun vom Ballhausplatz aus das Vorgehen gegen die Sozialdemokraten. Im September 1933 war er maßgeblich an der von Dollfuß durchgesetzten Verordnung über die »*Verhaltung sicherheitsgefährlicher Personen zum Aufenthalte in einem bestimmten Orte oder Gebiete*« beteiligt.[197] Damit waren Anhaltelager wie das berüchtigte Wöllersdorf gemeint.

Am **1. Mai 1934** werden in diesem Lager 831 politische Gefangene festgehalten: 508 Sozialdemokraten – darunter auch der spätere Wiener SPÖ-Bürgermeister Felix Slavik – und Kommunisten sowie 323 Nazis.

Die Lager unterstehen dem Bundeskanzleramt, genauer der 1930 gegründeten Generaldirektion für öffentliche Sicherheit. Vizekanzler, Sicherheitsminister und Wendehals Emil Fey schafft sich einen unrühmlichen Namen als Kettenhund, dem auch Dollfuß nicht über den Weg traut. Zwar lässt er Fey durch Ronge unterstützen, aber auch gleichzeitig überwachen. Akribisch sammelt und wertet Ronge am Ballhausplatz Zeitungsberichte aus, schreibt eifrig Listen über Festgenommene und Verdächtige.[198]

Am **9. Februar** appelliert der christlich-soziale Arbeiterführer Leopold Kunschak im Wiener Gemeinderat an seine Parteifreunde und die Sozialdemokraten für den gemeinsamen Kampf gegen die »*Entartung des deutschen Geistes im Nationalsozialismus...ehe Volk und*

Land an Gräbern steht und weint«.[199] Am **11. Februar** spricht Emil Fey bei einer Heimwehrübung im niederösterreichischen Großenzersdorf: *»Die Aussprachen von gestern und vorgestern haben uns die Gewissheit gegeben, dass Kanzler Dollfuß der Unsrige ist. Ich kann euch noch mehr, wenn auch nur mit kurzen Worten sagen:Wir werden morgen an die Arbeit gehen und wir werden ganze Arbeit leisten!«*[200]

Die »ganze Arbeit« beginnt am **12. Februar** um 7 Uhr früh. In Linz umstellt die Polizei das Hotel *Schiff*, in dem das sozialdemokratische Arbeiterheim untergebracht ist und dringt gewaltsam ein. Die republikanischen Schutzbündler eröffnen sofort das Feuer, der Auftakt für den **Bürgerkrieg in Österreich**. Rasch breiten sich die Kämpfe in Steyr in Oberösterreich, im niederösterreichischen St. Pölten, in der Steiermark in Bruck an der Mur, Kapfenberg, Eggenberg und Weiz sowie in Wörgl in Tirol aus. Über Wien, Niederösterreich, Oberösterreich, Steiermark und Kärnten wird das Standrecht verhängt.

Um **11.30** rufen die Sozis in Wien den Generalstreik aus, der besondere Auswirkungen durch den Streik im Wiener E-Werk auslöst und die Stadt lahmlegt. Die Innenstadt ist bereits von der Polizei abgeriegelt. Gegen Arbeiterheime und Gemeindebauten in den Außenbezirken, in denen sich die Schutzbündler verschanzt haben, wird rigoros vorgegangen.

Otto Bauer und Julius Deutsch, die Führer des Aufstandes, versuchen vom Ahornhof auf dem Wiener Berg im 10. Bezirk die Kämpfe zu koordinieren. Es mangelt jedoch an strikter Organisation, sodass die Schutzbündler auf eigene Faust versuchen, Terrain wettzumachen. Zusätzlich sind sie noch vom Nachrichtenfluss gänzlich abgeschnitten.

Am Nachmittag erteilt Dollfuß die Zustimmung für den Einsatz leichter Feldgeschütze des Bundesheeres. Das Militär argumentiert, der Einsatz von Infanterie gegen die eisern verteidigten Arbeiterheime und Gemeindebauten wären ungleich blutiger.

Die Sozialdemokratische Partei wird von der Regierung aufgelöst, der Wiener Bürgermeister Karl Seitz abgesetzt und Minister Richard Schmitz als Bundeskommissär tritt an dessen Stelle. Ab dem 6. April übernimmt er regulär das Bürgermeisteramt.

Im Morgengrauen des **13. Februar** flieht Otto Bauer in die Tschechoslowakei. Die Kämpfe dauern in unverminderter Härte, vor allem in Wien und in Bruck an der Mur an. Die besonders angegriffenen und verteidigten Wiener Gemeindebauten sind der Karl-Marx-Hof im 19., der Reumannhof im 10., der Schlingerhof im 21., der Goethehof im 22. und der Sandleitenhof im 16. Bezirk sowie Arbeiterheime in Floridsdorf und Ottakring.

Am **14. Februar** bricht der sozialdemokratische Widerstand in Wien und Bruck an der Mur endgültig zusammen. Um **23 Uhr** richtet Dollfuß einen Rundfunkappell an die Aufständischen, sichert ihnen Pardon zu, wenn sie bis 15. Februar 12 Uhr mittags ihre Waffen niederlegen.

Am **15. Februar** endet der Bürgerkrieg.

Letzte Widerstandsnester werden von Polizei und Bundesheer geräumt. Neun sozialdemokratische Anführer werden standrechtlich hingerichtet. Unter ihnen Georg Weissel, Karl Münichreiter und der Schutzbundführer von Bruck an der Mur, Koloman Wallisch.

128 Tote und 409 Verletzte auf Seiten der Exekutive, der Schutzbund zählt 137 Todesopfer und 399 Verwundete.

Verletzt flüchtet Julius Deutsch zu Otto Bauer in die Tschechoslowakei. In Brünn gründen sie die Zentrale der »Revolutionären Sozialisten«, die illegale SPÖ. Nun erscheint die *Arbeiter-Zeitung* in Brünn und wird nach Österreich geschmuggelt.

Einen Tag später, am **16. Februar**, annulliert die Regierung die sozialdemokratischen Mandate. Die Vermögenswerte der Partei und ihrer Organisationen werden beschlagnahmt.[201]

Zumindest ein bisschen Jubel kommt auf, als in Stockholm zwischen **16.** und **18. Februar** erneut Karl Schäfer Weltmeister im Eiskunstlauf wird.

Großbritannien, Frankreich und Italien geben am **17. Februar** die »Dreimächtegarantie« ab wegen der österreichischen Beschwerde über Deutschlands Einmischung in innere Angelegenheiten. Am **21. Februar** wird das Standrecht wieder aufgehoben.

Am **2. März** erfolgt die Verordnung über die Errichtung einer Einheitsgewerkschaft.

Am **12. März** wird der Maler Adolf Frohner in Großenzersdorf, Niederösterreich, geboren.

Mit den »Römischen Protokollen« vom **17. März** besiegeln Dollfuß, Mussolini und Gömbös von Ungarn die wirtschaftliche Zusammenarbeit sowie die Unabhängigkeit Österreichs.

Am **23. März** kommt der Filmemacher Peter Kubelka zur Welt und am **30.** der Architekt Hans Hollein.

Am **7. April** stirbt die Volksschauspielerin Hansi Niese in Wien.

Die »Verfassung 1934« mit dem Kriegswirtschaftlichen Ermächtigungsgesetz wird am **24. April** von der Bundesregierung erlassen. Erzherzog Eugen von Habsburg-Lothringen darf nach Österreich zurückkehren.

Die letzte Nationalratssitzung in der Ersten Republik findet mit nur mehr 76 stimmberechtigten Abgeordneten am **30. April** statt. Es gilt über 466 Notverordnungen und über das »Bundesverfassungsgesetz über außerordentliche Maßnahmen im Bereiche der Verfassung« abzustimmen. 74 christlich-soziale, dem Landbund und dem Heimatblock zugehörige Abgeordnete stimmen dafür, zwei der Großdeutschen dagegen.

Im **Mai** und im **Juni** setzt neuerlicher Nazi-Terror in gesamt Österreich ein, vorwiegend mit Sprengstoffanschlägen auf Bahnanlagen. Die Regierung reagiert mit zahlreichen Verhaftungen und Internierung in Wöllersdorf. Nazis, die nach Deutschland fliehen können, werden in der »Österreichische Legion« rekrutiert.

Am **1. Mai** wird die »Verfassung 1934« offiziell verkündet. Das Kabinett wird umgebildet. Der nunmehrige Vizekanzler ist Bundesheimwehrführer Starhemberg, Emil Fey wird Sicherheitsminister.

Am **31. Mai** reist der Wiener Rechtsanwalt und Hauptabteilungsleiter der NSDAP-Landesleitung Otto Wächter in geheimer Mission nach Berlin, um mit Gerhard Köpke, dem Ministerialdirektor im Auswärtigen Amt über einen nationalsozialistischen Putsch zu sprechen. Hitler weiß von den Umsturzplänen und empfängt am **6. Juni** den in München untergetauchten illegalen NSDAP-Landesleiter Theo Habicht in der Berliner Reichskanzlei.

Am **10. Juni** explodieren acht Sprengsätze auf österreichischen Bahnanlagen.

Am **25. Juni** findet in Zürich eine Geheimbesprechung zum Zweck der Fixierung des NSDAP-Putsches in Österreich statt. Dabei sind Habicht, sein Stellvertreter Rudolf Weydenhammer, ein deutscher Industrieller, Rechtsanwalt Wächter aus Wien, zugleich Stellvertreter Habichts in der österreichischen NSDAP-Landesleitung und als militärischer Organisator, der Österreicher Fridolin Glass.

In Brünn halten am **28. Juni** die illegalen Sozialdemokraten eine Konferenz ab.

Am **10. Juli** tritt das dritte Kabinett Dollfuß sein Amt an.[202]

Am **12. Juli** tritt das Bundesgesetz zur Abwehr politischer Gewalttaten in Kraft. Wer bis 18. Juli, 24 Uhr, Sprengstoff abliefert, bleibt straffrei. Nach Ablauf des Ultimatums droht die Todesstrafe.

In letzter Minute kann am **24. Juli** durch die Verhaftung eines Wiener SS-Kommandos in Klagenfurt ein Mordanschlag auf Bundespräsident Miklas in seinem Urlaubsort Velden am Wörthersee verhindert werden.

Protokoll eines Mordes

Am Vormittag des **25. Juli** tagt der Ministerrat im Bundeskanzleramt. Noch ahnt niemand, was in der Bundesturnhalle in der Siebensterngasse 11 im 7. Bezirk vor sich geht. Es ist der illegale Treffpunkt der Putschisten, der illegalen SS-Standarte 89, 154 Mann, zu allem entschlossen.

Um **12.15** unterbricht Dollfuß die Sitzung, nachdem er von Emil Fey erfährt, dass etwas gegen das Bundeskanzleramt geplant ist. Kanzler schickt umgehend seine Minister zurück in die Ministerien. Nur Dollfuß, Fey, Generalmajor Wilhelm Zehner und Staatssekretär Carl Karwinsky bleiben.

Eine halbe Stunde später, um **12.45**, verlassen Lastwagen mit den Nazi-Aufrührern, verkleidet mit Bundesheer- und Polizeiuniformen, die Bundesturnhalle. Acht Minuten später, um **12.53**, beginnt das Drama. Da gerade die Bundesheerwache abgelöst wird, gelingt die Überrumpelung und die Lastwagen fahren in das Bundeskanzleramt am Ballhausplatz ein. Kurz davor verließ Zehner das Gebäude, um das Bundesheer zu alarmieren.

Nahezu zeitgleich stürmen 15 Aufrührer unter Führung von Hans Domes die RAVAG in der Johannesgasse im 1. Bezirk, zwingen mit Waffengewalt den Sprecher um **13.02** eine kurze Botschaft zu verkünden. »*Die Regierung Dollfuß ist zurückgetreten. Dr. Rintelen hat die Regierungsgeschäfte übernommen*« wird über den Äther verlautbart. Anton Rintelen ist der österreichische Gesandte in Rom. Diese Botschaft ist der Code für den Nazi-Putsch in ganz Österreich.

Dollfuß wird in seinem Büro, dem Gelben Salon und heutigen Haerdtl-Zimmer, durch den Wirbel der Putschisten aufgeschreckt. Anscheinend ist ihm klar, was ihm blüht. Zusammen mit Fey und Staatssekretär Karwinsky will das Trio Richtung Haus-, Hof- und Staatsarchiv entkommen, läuft in den Säulensaal, dem heutigen Kreisky-Zimmer. Eine Zimmerflucht, die heutigen Präsidial-Büros, führt zu einer Durchgangstür ins Archiv. Es gelingt noch eine Türe zu einem schmalen Flur zu versperren. Allerdings ist ungewiss, ob der Durchgang ins Archiv geöffnet ist, um über den Pawlatschengang ins Archiv oder zur Stiege 3 zu gelangen. Von dort aus wäre es möglich gewesen, sich in die oberen Stockwerke zu flüchten. Die Nazis sind ihnen bereits dicht auf den Fersen, schlagen an die Tür und versuchen sie einzutreten, was ihnen auch gelingt.

Amtsdiener Hedvicek zieht Dollfuß zurück in dessen Büro und beide versuchen über eine Wendeltreppe in den Grauen Ecksalon, dem heutigen Marmorecksalon, zu entkommen. Von dort wäre es möglich gewesen, in den Keller oder in die oberen Stockwerke zu fliehen. Doch es ist zu spät.

Schon an der Türe zum Kongresssaal wird Dollfuß von den Putschisten gestellt. Otto Planetta schießt sofort und trifft Dollfuß. Ein zweiter Schuss fällt. Der Kanzler wird aus nächster Nähe in der Halsgegend getroffen und bricht zusammen.

Die beiden Schüsse werden aus zwei Waffen mit unterschiedlichen Kalibern abgefeuert. Der zweite Schütze kommt ungeschoren davon, es gibt keine Anklage.

Heute glaubt man zu wissen, dass es sich dabei um Rudolf Prohaska, einem ehemaligen Luftwaffenoffizier und illegalen SA-Mann handelt. Das behauptet der Leiter des Kriegsarchivs von 1936 – 1945, Rudolf Kiszling, der möglicherweise selbst in den Putsch verwickelt war.[203]

Inzwischen gelingt es einer Alarmabteilung der Polizei in die RAVAG einzudringen und die Nazis zu besiegen. Vier Tote bleiben zurück, darunter der Putschist Erich Schredt.[204]

Im Bundeskanzleramt erlauben um **13.45** die Polizeibeamten Johann Greifeneder und Rudolf Messinger, dass Dollfuß Erst Hilfe geleistet wird. Seine Bitte nach einem Arzt, einem Priester und nach Kurt Schuschnigg wird abgelehnt.

Um **14.30** beraten sich im ehemaligen Kriegsministerium am

Stubenring unter dem provisorischen Vorsitz Schuschniggs die übrigen Regierungsmitglieder. Vizekanzler Starhemberg weilt zu diesem Zeitpunkt in Italien. In einem Telefonat fordert Bundespräsident Miklas in Velden, seinem Urlaubsort, Schuschnigg auf »*mit allen Machtmitteln die gesetzliche Ordnung des Staates wiederherzustellen.*«[205]

Gegen **15.45** stirbt Dollfuß. Lediglich auf einen Diwan gebettet, überließ man ihn seinem Schicksal. Heute ist die Stelle im Grauen Ecksalon, wo sein Sterbebett stand, im Bundeskanzleramt mit einer Inschrift am Boden markiert.

Gegen **17 Uhr** dringt die Nachricht vom Tod des Bundeskanzlers nach draußen und verbreitet sich in Windeseile. Eine halbe Stunde später, um **17.30**, verhandeln auf dem Ballhausplatz Generalmajor Zehner und Sozialminister Neustädter-Stürmer über die Kapitulation der Putschisten im Kanzleramt. Freier Abzug wird nur gewährt, wenn keine Todesopfer zu beklagen sind. Doch um **16.35** hat Fey bereits von eher schweren Verletzungen des Kanzlers berichtet. Das Ultimatum läuft um **18.30** ab.

Nach **19 Uhr** kommen die Nazis heraus und glauben an freien Anzug. Schuschnigg erklärt, durch Dollfuß' Tod ist das Angebot hinfällig. Die Putschisten werden verhaftet und in die Marokkanerkaserne gebracht. Damit ist der eher dilettantische Putschversuch in Wien beendet. In den Bundesländern Steiermark, Oberösterreich, Salzburg und Tirol dauern die Scharmützel und Kämpfe unterschiedlich lang, jedoch ist am **30. Juli** der Spuk tatsächlich vorbei.

Die bittere Bilanz: 269 Tote und zwischen 430 bis 660 Verletzte (die genaue Zahl lässt sich nicht mehr eruieren). Auf Regierungsseite 107 Todesopfer, bei den Aufständischen inklusive der Hingerichteten 153. Außerdem starben noch neun Unbeteiligte.

Am **26. Juli** begeht Anton Rintelen im Landesverteidigungsministerium einen Selbstmordversuch. Am Tag zuvor war er vom Hotel Imperial ins Ministerium befohlen worden, um ihn jederzeit für Aussagen an der Hand zu haben. Natürlich handelt es sich für die Nazis um einen Mordversuch, der danach entsprechend ausgeschlachtet wird.

Der deutsche Gesandte Kurt Rieth und Mitwisser der Putschpläne fällt in Ungnade, wird aus Wien abgezogen und durch den Vizekanzler des Hitler-Regimes, Franz von Papen, ersetzt.

Am **29. Juli** tritt die erste Regierung Schuschnigg ihr Amt an.[206] Nach Dollfuß wird erster Bundesführer der Vaterländischen Front Ernst Rüdiger Fürst Starhemberg.

Nur drei Stunden nach dem Ende des Militärgerichtsprozesses werden am **31. Juli** um **16.35** die Todesurteile vollstreckt. Hingerichtet durch den Würgegalgen im Hof des Landesgerichts werden Otto Planetta, Franz Holzweber, Josef Hackl, Franz Leeb, Ludwig Maitzen, Erich Wohlrab, Ernst Feike und Johann Domes. Paul Hudl erhält lebenslangen Kerker.

Die Drahtzieher Otto Wächter, Fridolin Glass und Rudolf Weydenhammer bleiben unbehelligt, da sie sich im Deutschen Reich aufhalten.

Am **6. August** stirbt der Berufspilot und Mitarbeiter des Flugpioniers Igo Ettrich, Karl Illner.

150.000 Menschen versammeln sich am **8. August** zur Trauerfeier der Vaterländischen Front für den ermordeten Dollfuß.

Am **15. August** trifft der neue deutsche Gesandte Franz von Papen in Wien ein.

Am **21. August** treffen Schuschnigg und Mussolini in Florenz aufeinander. Abermals wird die Zusammenarbeit beider Staaten bekräftigt. Während des Putschversuchs standen am Brenner italienische Truppen parat.

Nach der erfolgreichen Erdölbohrung im niederösterreichischen Gösting 2 mit einer Tagesproduktion von 30 Tonnen beginnt die österreichische Erdölförderung.

Der Maschinenbauer und Erfinder der »Kaplan-Turbine«, Viktor Kaplan, stirbt am **23. August** in Unterach am Attersee in Oberösterreich.

Der Landbund, seit 1927 politische Partei, wird am **28. August** aufgelöst, da er sich in ein staatstreues und in ein mit den Nazis sympathisierendes Lager gespalten hat.

In Blansko, Mähren halten **Anfang September** die illegalen österreichischen Sozialdemokraten die »Wiener Konferenz« ab.

Mit großem Beifall wird am **12. September** die Rede des Bundeskanzlers Schuschnigg vor der Vollversammlung des Völkerbundes in Genf angenommen und endet mit den Worten »*Es lebe die Zusammenarbeit der Völker, die menschliche Zivilisation und der Friede!*«[207]

Am **27. September** folgt die feierliche Deklaration von Frankreich, Großbritannien und Italien für ein unabhängiges Österreich.

Am **29. September** wird auf dem Vogelweidplatz 7 / Kriemhildplatz im 15. Bezirk die »Seipel-Dollfuß-Gedächtniskirche«, errichtet nach den Plänen von Clemens Holzmeister, eingeweiht. Heute heißt dieses Gotteshaus »Christus-König-Kirche«.

Einen Monat später, am **27. Oktober**, verhandeln Schuschnigg, Vizekanzler Starhemberg und Oberst Adam, dem Generalsekretär der Vaterländischen Front, mit der »Nationalen Opposition«, also mit den Nazis, für einen inneren Frieden im Land. Vergeblich, lediglich die Terrorakte werden vorübergehend ausgesetzt.

Am **31. Oktober** werden gemäß der »Verfassung 1934« die gesetzgebenden Körperschaft wie Staatsrat, Bundeskulturrat, Bundeswirtschaftsrat und Länderrat konstituiert.

Vom **16. – 20. November** weilt Schuschnigg auf Staatsbesuch in Italien, um die Beziehungen zwischen den beiden Ländern erneut zu festigen.

Am **11. Dezember** wird erstmal das »Volksbrot« mit anderer Mehlzusammensetzung verkauft. Das Normalbrot ist um 20% teurer. In der *Reichspost* wird gegen die Arbeitslosigkeit inseriert: »*Es* *gibt ein Wort voll Zauberkraft – Das allen Brot und Arbeit schafft. – Kauf österreichische Waren!«*[208]

Die Arbeitslosigkeit in der Wiener Metallindustrie beträgt bereits mehr als 50%. Der Großteil der Arbeitslosen ist bereits *ausgesteuert*, es gibt keine staatliche Unterstützung. In Leopoldau im 21. Bezirk ist die »Erwerbslosensiedlung« für Ausgesteuerte fertiggestellt.

Im Zuge des Bürgerkriegs wurden 72 Arbeiterbüchereien geschlossen. Nun werden 52 unter neuer Leitung wieder geöffnet, jedoch werden die Buchbestände gesäubert. Verboten ist theoretisch-marxistische Literatur, ebenso Autoren wie Jack London, Anton Kuh, Walter Mehring, Kurt Tucholsky, Arthur Schnitzler, Karl Kraus, Bertha von Suttner und Hugo Bettauer.

Die *Creditanstalt*, der *Wiener Bankverein* und die *Niederösterreichische Escompte-Gesellschaft* schließen sich zum Österreichischen Creditanstalt-Bankverein zusammen.

Am **13. Dezember** besucht Schuschnigg Budapest, um weiter Stimmung für Österreich zu machen.

Was noch geschah

Hitler und Pilsudski unterzeichnen den deutsch-polnischen Nichtangriffspakt. Heinrich Himmler wird in Preußen Chef der Geheimen Staatspolizei (Gestapo). Hitler und Mussolini treffen sich in Venedig, es geht um Österreich.

Wegen einer angeblich geplanten SA-Revolte werden Stabschef Ernst Röhm und weitere hohe SA-Führer auf Hitlers Befehl erschossen. Ebenso weitere politische Gegner wie General Schleicher und seine Frau, Gregor Strasser u.a. Die SA wird entmachtet. Hitler vertraut nur mehr der SS und der Reichswehr.

Der Führer und Reichskanzler ist endgültig zum Diktator geworden. Das »Heimtückegesetz« wird zum Schutz der Diktatur erlassen. Der Volksgerichtshof sorgt für entsprechende Durchsetzung. Die Deutsche Arbeitsfront (DAF) wird gegründet. Der deutsche, sozialistische Politiker und Dichter Erich Mühsam stirbt im KZ Oranienburg.

Pearl S. Buck schreibt den amerikanischen Roman »Die Mutter«; der Tscheche Karel Čapek »Daschenka oder Das Leben eines jungen Hundes«; Hans Fallada den Gefängnisroman »Wer einmal aus dem Blechnapf frißt«; Gerhart Hauptmann das Schauspiel »Hamlet in Wittenberg« und die Erzählung »Das Meerwunder«; John Knittel den Roman »Via mala«; Henry Miller den Skandalroman »Wendekreis des Krebses«.

Der deutsche Kabarettist und Dichter Joachim Ringelnatz (eig. Hans Bötticher) stirbt.

In Moskau findet unter Leitung von Maxim Gorki der erste sowjetische Schriftstellerkongress statt.

Die französische Physikerin und Chemikerin Irène Curie, älteste Tochter von Marie und Pierre Curie, entdeckt mit ihrem Mann Frédéric Joliot die künstliche Radioaktivität. Ihr Mutter, Marie Curie, entdeckte u.a. das radioaktive Radium und Polonium. Sie erhielt 1903 und 1911 den Nobelpreis; 1934 stirbt sie.

Die USA gehen vehement gegen die organisierte Kriminalität vor. Das FBI unter Edgar J. Hoover bringt den »Staatsfeind Nr.1«, John Dillinger, zur Strecke.

Im Kino

Mit der Novellierung des deutschen Reichslichtspielgesetzes wird eine Vorzensur eingeführt. Filme, die das »nationalsozialistische und künstlerische Empfinden verletzen« werden verboten. Für regimetreue Streifen gibt es das Prädikat »staatspolitisch wertvoll.«

Gegen den britischen Film »Katharina die Große« von Paul Czinner und dessen Ehefrau Elisabeth Bergner in der Hauptrolle protestiert die NSDAP in Berlin. Dieser wird abgesetzt.

USA

»Es geschah in einer Nacht«: Regie Frank Capra, mit Clark Gable, Claudette Colbert.

»Cleopatra«: Regie: Cecil B. De Mille, mit Claudette Colbert, Henry Wilcoxon, Gertrude Michael.

»Die scharlachrote Kaiserin«: Regie Josef von Sternberg, mit Marlene Dietrich, John Lodge.

»Die Schöne der neunziger Jahre«: Regie Leo McCarey, mit Mae West, Roger Pryor.

»Scheidung auf amerikanisch«: Regie Mark Sandrich, mit Fred Astaire, Ginger Rogers.

Österreich

»Maskerade«: Regie: Willi Forst, mit Paula Wessely, Olga Tschechowa, Adolf Wohlbrück.

»Hohe Schule«: Regie: Erich Engel, mit Rudolf Forster, Hans Moser, Angela Salloker.

Deutsches Reich

»Der Firmling«: Regie: Erich Engels, mit Karl Valentin, Liesl Karlstadt.

»Die Finanzen des Großherzogs«: Regie Gustav Gründgens, mit Viktor de Kowa, Heinz Rühmann, Hilde Weißner.

»Der verlorene Sohn« von und mit Luis Trenker, mit Maria Andergast, Marian Marsh.

»Gold«: Regie Karl Hartl, mit Hans Albers, Friedrich Kayßler, Brigitte Helm.

»So endete eine Liebe«: Regie Karl Hartl, mit Paula Wessely, Gustav Gründgens, Willi Forst.

Malzzuckerln
1934

»Probiere alles aus. Mach überall mit. Triff jeden.
Das ist das Geheimnis des Lebens.«
(Hedy Lamarr 1914 – 2000; Schauspielerin)

Das wichtigste Requisit ist ein Sackerl braune Malzzuckerln. Dazu starke, gesunde Zähne, ein Übermaß an Chuzpe und geschickte, flinke Hände. Das reicht für bisher stets erfolgreiche Beutezüge dieses *Taschelziager*-Duos.

Ein Nachteil ist vielleicht die gewisse Auffälligkeit dieser Taschendiebe. Erich ist ein Langer, es fehlt nicht viel auf zwei Meter Körpergröße, und sein jüngerer Bruder Anton ein *Ohzwickta*, ein *G'stauchter* mit seinen 165 cm. Doch sie verstehen es, mit dieser optischen Auffälligkeit umzugehen.

Erich und Anton sind aufeinander eingespielt. Immerhin klappt ihre Masche bereits seit einiger Zeit hervorragend. In einschlägigen *Pülcher*-Kreisen sind sie als *Pat & Patachon* bekannt, nach dem dänischen Komiker-Paar aus der Stummfilmzeit.

Die Brüder stammen aus Hernals. Das *Grätzel*, wo sie aufwuchsen, zählt nicht zu den nobleren Gegenden des 17. Bezirks. Erich kam 1906 zur Welt, sein Bruder zwei Jahre später. Die Eltern betrieben einen Gewürzstand am Brunnenmarkt im Nachbarbezirk Ottakring. Das Geschäft ging immer schlechter, besonders als der Krieg ausbrach und der Vater einrückte.

Er kam als Invalide zurück, fand sich nicht mehr im Zivilleben zurecht und soff sich zu Tode. Zwar mühte sich die Mutter weiterhin als Standlerin ab, doch wer nichts zum Beißen hatte, brauchte auch keine Gewürze.

Erich und Anton waren meistens sich selbst überlassen. In seinem

Suff unterstellte er seiner Frau die *Buam* stammen sicher nicht von ihm, da sowohl er als auch sie durchschnittlich groß waren. Oft schlug er sie in seinem Wahn grün und blau, auch die *Bankerten*[209], wie er die Söhne nannte, bekamen den Gürtel zu spüren. Es war für alle eine Erlösung als der Alte endlich *die Patschen streckte*.[210]

Erich und Anton kannten nichts anderes als Gewalt mit allem, was dazugehört. Schon von Kindesbeinen an, wussten sie sich durchzuschlagen und wurden zu einem verschworenen Team. Der Lange war für seine Brutalität gefürchtet, wenn jemand versuchte seinen Bruder, den G'stauchten, zu bedrängen. Die Schule war beiden wurscht, dafür häuften sich ihre Vorstrafen und *Häfen*-Aufenthalte. Arbeit, sofern es überhaupt welche gab, scheuten sie wie der Teufel das Weihwasser. Ihrer Mutter zu helfen, sie zu unterstützen, kam ihnen sehr selten in den Sinn. Leidtragende war die arme Frau, die versuchte die Scherben dieser Familie wieder zu kitten.

Als der Vater wieder einmal durch zu viel Fusel völlig überschnappte und seine Frau zusammenschlug, packte ihn Erich am Kragen, hielt ihm seinen *Feitl* unter die Nase und drohte, ihn abzustechen sollte er sich nochmals an ihr vergreifen.

Tatsächlich erhob der Vater niemals wieder die Hand, soff dafür umso mehr, bis ihn endlich der *Quiqui*[211] holte.

Der Gewürzstand war schon lange aufgegeben, die Mutter schlägt sich mehr schlecht als recht durch, während die Söhne den Herrgott einen guten Mann sein lassen.

Anfänglich waren sie als *Eindibbler* unterwegs, aber sie gaben die Einbrüche auf, als Anton beinahe in einem Kellerfenster stecken geblieben wäre und sich erst in letzter Sekunde befreien konnte. Der Lange stand immer nur Schmiere. Ihm war völlig klar, dass ein kleiner Mann weitaus beweglicher in engen Örtlichkeiten war. Außerdem nahm er stets für sich in Anspruch, das Gehirn der beiden zu sein.

Die Idee kam Erich während eines Kinobesuchs, als eine Frau

neben ihnen vergaß ihre Handtasche zu schließen, während sie gebannt das Geschehen auf der Leinwand verfolgte. Ohne lange nachzudenken, griff Anton zu, gab sie rasch an seinen Bruder weiter, der die Beute unter seiner Jacke verbarg. Während einer Liebesszene, die alle gespannt verfolgten, erhob sich Erich unter allgemeinen Murren des Publikums, weil ausgerechnet während des Kusses zwischen dem Helden und seiner Angebeteten der Schatten des Langen die Leinwand in großen Teilen abdeckte und drängte sich durch die Reihe, verließ schnellen Schrittes den Saal. Wenige Minuten später wiederholte sich die Störung, auch Anton suchte das Weite.

Natürlich gab es ein gewaltiges *Gseres*[212] nach Filmende und als das Licht wieder angegangen war, die Frau das Fehlen ihrer Handtasche bemerkte. Da waren die Diebe bereits wieder in Hernals. Zwar wurde die Polizei verständigt, doch die Zeugenaussagen waren derart widersprüchlich, dass nichts damit anzufangen war.

Die Handtasche gab nicht viel her, zumindest ein bisschen Bargeld. Alles andere war nichts wert. Die Ausweispapiere und Schlüssel warf Anton in einen Briefkasten und die Tasche versank im Donaukanal. Noch in der Nacht kam Erich die zündende Idee.

Heute ist es wieder einmal so weit. Dieses Mal wird das *Münstedt*-Kino im Prater in unmittelbarer Nähe des Riesenrades der Tatort sein. Anton kauft sich eine Karte, ersucht um einen Seitensitz in der Reihe, um besser *bäule*[213] gehen zu können. Er kommt allein, während sich sein langer Bruder in der Nähe des Kinos herumtreibt.

Vor Beginn der Vorstellung mustert Anton im Foyer die Leute. Wer sich heutzutage einen Kinobesuch leisten kann, der ist zumindest *a bisserl g'stopft*.[214] Er hat schon eine sehr füllige Frau im Auge, die sehr vornehm wirkt oder zumindest so tut und sehr resolut auftritt, besonders gegenüber ihrem offensichtlichen Gemahl, der sich wiederum als *Simandl*[215] entpuppt.

Insgeheim hofft der *G'stauchte*, dass die *Blade* neben ihm sitzt und das Glück ist auf seiner Seite. Es dauert eine Weile, bis sie sich schnaufend und mit Schweißperlen auf der Stirn in den engen Holzklappsitz gezwängt hat.

»Es wird Ihna jo net stör'n«, keucht sie zu Anton hinüber, »wenn i mei Handtascherl bei meine Füß' auf den Boden stell' oda? Aber die Reihe is' so eng, da is' gar ka Platz.«

Kein Wunder, schließlich ist ihr die eigene Wampe im Weg. Ihren Mann kann sie nicht einspannen, der muss zwei Limonadenflaschen halten und auf seinem Schoß liegt ein Pappteller mit drei Schaumrollen.

»Na, na, ka Ursach', gnä' Frau«, meint galant Anton und als Dank nimmt die Fette dafür noch seine rechte Armlehne in Beschlag.

Das Licht wird langsam eingezogen, der Vorhang vor der Leinwand schiebt sich zur Seite, der Vorspann für »Fox tönende Wochenschau« erscheint und die Fanfare ertönt.

Jetzt wird das Malzzuckerl wichtig. Anton nestelt aus seiner Jackentasche ein Papiersackerl, fingert eines heraus und schiebt es sich in den Mund. Das Sackerl wieder in die Jacke. Dann richtet er sich *schmähhalber* die Schuhbänder, was ihm den ersten giftigen Blick seiner Nachbarin einbringt, die bereits in die zweite Schaumrolle beißt.

Das Schloss der Handtasche zu öffnen ist für Anton ein Klacks. Zu lange kann er nicht unten bleiben, das fällt auf. Aber er kann sich noch immer die Stutzen hinaufziehen. Jetzt ist das Malzzuckerl in seinem Mund bissfähig. Knack, knack….

Sofort erntet Anton einen Rempler.

»Muaß des sein«, zischt sie, »müssen's des depperte Zuckerl beißen? Zuckerl g'hör'n g'lutscht.«

Genau das ist gewollt, einen Streit auslösen.

»Wia i meine Zuckerl genieße, Gnädigste«, antwortet Anton halblaut, »geht Ihna mit Verlaub an Dreck aun.« Knack…

Gemurmel macht sich breit, vereinzelt ist Pst, Pst und Pscht zu hören und von vorne eine kräftige Männerstimme »Geh kusch do hinten!« Inzwischen hat Anton bereits unbemerkt die Handtasche mit seinem Fuß in den Seitengang hinausgeschoben.

»Eine Frechheit, eine Impertinenz!«, empört sich die Dicke und ein Teil der dritten Schaumrolle plumpst auf ihr ausladendes Dekolleté.

»Sauerei! Ruhe!« und etwas weniger vornehm »Hoit's endlich de Gosch'n do hinten!«

»Fox tönende Wochenschau« interessiert inzwischen nur mehr wenige.

Nicht den Bogen überspannen, Zeit zum *Abseilen*[216] wird es. Wieder bückt sich scheinbar Anton, aber nur um die Handtasche unter seiner Jacke zu verstecken.

»Der Klügere gibt nach«, sagt er und steht auf, »i hob den Fülm eh scho' g'seh'n. Is' a Schas«, und verschwindet durch den Notausgang, durchquert das Foyer und übergibt abseits vom Kino die Tasche unbemerkt seinem Bruder, der sich sofort aus dem Staub macht.

Das ist nur als Ablenkungsmanöver gedacht, falls Anton jemand folgen und ihn zur Rede stellen sollte. Der Trick, den Erich entwickelt hat, ist äußerst simpel. Sich ein Opfer aussuchen, provozieren, eine Streiterei anzetteln, womöglich einen *Puschkawül*[217] auslösen. In dem entstandenen Wirrwarr denkt die bereits Bestohlene nicht an ihre Handtasche, ist nur verärgert über den Flegel. Dazu die Dunkelheit im Kinosaal und bis der Billeteur auftaucht, ist Anton längst weg.

Natürlich schreit die dicke Frau noch während der Vorstellung Zeter und Mordio, als sie bemerkt, dass ihre Handtasche fehlt. Sie wollte sich ein Taschentuch herausnehmen, um sich die Schaurollenkrümel abzuwischen. Es hilft nichts, die Vorstellung wird unterbrochen.

Im Kommissariat macht die Frau eine umfassende Aussage, während ihr Mann zum Zuhören vordonnert ist, nur manchmal von ihr aufgefordert wird, das Geschehen zu bestätigen.

»Und dann hat des *G'fraßt*[218] a no g'sagt, dass er den Fülm scho' g'seh'n hat und es ein Schas is'.«

Ein vielsagender Blick des Kriminalbeamten zu seinem Kollegen.

»Wiederholen's doch noch einmal den letzten Satz, den der Dieb g'sagt hat, Frau Olschacher.«

»Wieso? Is' des so wichtig?«

»Kann sein.«

Frau Olschacher kommt der Aufforderung und unterschreibt danach ihre Aussage. Auf dem Heimweg löchert sie ihren Mann, warum denn dieser Satz gar so wichtig sein soll?

Für die Brüder hat es sich dieses Mal wirklich gelohnt. 300 Schilling und ein Ring, den Olschacher vor dem Kinobesuch wegen einer Reparatur noch vom Juwelier abgeholt hat.

»Eigentlich samma bled«, meint Erich, »bisher hamma jed's Mal Wohnungsschlüssel und Ausweispapiere, wenn's drin war'n, ins nächste Postkastl g'haut. Wir ham de Adress', de Schlissl'n…«.

»Na«, wehrt Anton entschieden ab, »sicha nimma eindibbeln. Desweg'n hamma oft gnua im Häf'n g'sess'n.«

»Hob' i wos' g'sogt, das *wir* einbrechen?«, Erich grinst verschmitzt und nimmt einen kräftigen Schluck Bier, »Wir lassen einbrechen. Wir verkaufen de Adress' und de Schlissl'n und noch'n Bruch kassier'n wir, sag'ma, 25 Perzent von der Beute. Is' doch für beide Seit'n *a klasse Hock'n*[219].«

Daraus wird nichts. Einem Kriminalbeamten war während Olschachers Aussage der letzte Satz des Diebes aufgefallen. Vor ungefähr einer Woche war im *Rotenturm*-Kino am Fleischmarkt im 1. Bezirk ein Diebstahl genau mit der gleichen Masche abgelaufen und der Dieb sagte, bevor er verschwand, dass er *den Fülm schon kennt' und es a Schas is'*.

Antons entscheidender Fehler, von dem er selbst nicht das Geringste ahnt, dass diese Aussage zum Fallstrick werden wird. Der *Kieberer* erfuhr es von einem Kollegen und jetzt ist es plötzlich aktuell. In nächster Zeit werden die Kinos verstärkt bestreift und auch Kriminalbeamte sitzen in unterschiedlichen Vorstellungen.

Es dauert eine Weile, bis die Falle zuschnappt. Die Wiener Kinobetreiber und ihr Personal werden angewiesen, besonders achtsam zu sein. In den *Tuchlauben-Lichtspielen* ist es vorbei. Wieder der gleiche Schmäh, wieder Antons verhängnisvoller Satz. Zu seinem Pech sitzt auch noch ein verdeckter Kriminaler im Saal. Es klicken die Handschellen.

Als Erich merkt, dass sein Bruder *verschütt' ist*[220], will er flüchten. Doch er kommt nicht weit. Seine Körpergröße wird ihm zum Verhängnis. Ein aufmerksamer Besucher sagt, dass ihm das ungleiche Paar aufgefallen war.

Im Verhör wird Anton gefragt, weshalb er diesen völlig sinn- und nutzlosen Satz gesagt hat.

»Nur so«, lautet die Antwort, »aus Spaß, um den Leut'n s'Vergnüg'n zu versauen.«

Als Erich davon erfährt, hätte er seinen Bruder am liebsten umgebracht. Aufgrund der langen *Speiskarten*[221] fassen die Brüder lange Haftstrafen aus. Seitdem wird beiden speiübel, wenn sie nur an Malzzuckerln denken.

ZEITTAFEL
1935

Am **7. Jänner** finden Verhandlungen zwischen Frankreich und Italien über einen »allgemeinen Nichteinmischungspakt« für Österreich statt.

Vizekanzler Starhemberg erklärt am **20. Jänner** bei der Führertagung der niederösterreichischen Heimwehr: »*Wir werden uns mit den anderen Gegnern auseinandersetzen müssen*«. Diese Aussage ist auf Schuschnigg und den »*politischen Katholizismus*« gemünzt.[222]

Am **26. Jänner** findet der erste Opernball mit 4.000 Gästen und in Anwesenheit der gesamten Bundesregierung statt. Der Erlös kommt der *Winterhilfe* zugute. Von einem überparteilichen Kuratorium geführt, erhalten Bedürftige die Geld- und Naturalspenden.

Vom **22. bis 23. Februar** weilt Schuschnigg auf Staatsbesuch in Paris, anschließend vom **25. bis 26.** in London.

Anton Rintelen wird wegen seiner Putschbeteiligung am **14. März** zu lebenslangem Kerker verurteilt. Ursprünglich drohte ihm die Todesstrafe, doch auf Weisung des Justizministers Berger-Waldenegg bleibt ihm der Würgegalgen erspart.

Vom **11. - 14. April** findet in Stresa, Italien, die Dreimächtekonferenz statt. Frankreich, Italien und Großbritannien beraten über die Politik gegenüber dem Deutschen Reich, die Unabhängigkeit und Aufrüstung Österreichs sowie von Ungarn und Bulgarien.

Am **21. Mai lügt Hitler im Reichstag die gesamte Welt an:** »*Deutschland hat weder die Absicht noch den Willen, sich in innerösterreichische Angelegenheiten einzumischen, Österreich etwa zu annektieren oder anzuschließen.*«[223]

Die Österreichische Frontkämpfervereinigung wird am **21. Juni** wegen extremer Nazi-Tendenzen aufgelöst.

Am **11. Juli** schlägt der deutsche Gesandte Franz von Papen in Wien die Zusammenarbeit Österreichs mit dem Deutschen Reich vor. Voraussetzung dafür wäre ein Ausgleich zwischen den beiden Staaten.

Zwei Tage später, am **13.**, wird das Ausnahmegesetz gegen das Haus Habsburg geändert und der Landesverweis gegen Mitglieder des ehemaligen Kaiserhauses aufgehoben. Dadurch erhält die monarchistische Bewegung Österreichs Aufwind.

Am **21. Juli** stirbt der Maler, Grafiker und revolutionäre Bühnenbildner Alfred Roller. Er schaffte sich einen Namen mit seinen Bühnenbildern für Mahler- und Reinhardt-Inszenierungen. In diesem Monat wird der Sportplatz auf der Hohen Warte im 19. Bezirk zu einer Opernarena und mit »Aida« eröffnet.

Am **3. August** wird die Großglockner-Hochalpenstraße feierlich eröffnet.

Ende des Monats finden umfangreiche Manöver der italienischen Armee mit 500.000 Mann in Südtirol statt, die »Wacht am Brenner«. Mussolini unterstreicht die Machtdemonstration mit einem Besuch der österreichischen Zollwache am Brenner.

Am **9. Oktober** spricht der österreichische Delegierte Baron Pflügl vor der Vollversammlung des Völkerbundes in Genf und erklärt, Österreich werde sich nicht an den Sanktionen gegen Italien beteiligen. Der Völkerbund hat bereits am 2. Oktober Zwangsmaßnahmen gegen Italien wegen der Eroberung von Abessinien (Äthiopien) verhängt. Es ist der Dank an Mussolini für seine Haltung gegenüber Österreich wegen des Putschversuchs im Juli 1934.

Am **16. Oktober** wird die Wiener Höhenstraße dem Verkehr übergeben.

Wegen des erhöhten Verkehrsaufkommens beträgt die erlaubte Höchstgeschwindigkeit in Wien nun 40 statt 30 km/h.

Wegen Differenzen zwischen dem Bundeskanzler und Emil Fey wird am **17. Oktober** das zweite Kabinett Schuschnigg gebildet.[224]

An diesem Tag beginnt auch der Bau des Funkhauses in der Argentinierstraße im 4. Bezirk, im Park des ehemaligen Sommerpalastes von Kaiser Karl VI., dem Theresianum; nach den Plänen von Heinrich Schmid und Hermann Aichinger unter Mitarbeit von Clemens Holzmeister. Die Fertigstellung erfolgt 1938 und ist eine der modernsten Rundfunkanstalten Europas.

Am **18. November** treten die Sanktionen des Völkerbundes gegen Italien in Kraft. Auch Deutschland verhält sich neutral. Der erste Schritt für die spätere »Achse Berlin-Rom«.

Am **23. Dezember** verkündet Schuschnigg die Weihnachtsamnestie. Von 1.521 inhaftierten Sozialdemokraten der Februarkämpfe 1934 kommen 1.505 frei, von 911 Nazis erlangen 440 die Freiheit.

In diesem Jahr wird eine Beschäftigungsanstalt für arbeitsfähige Bettler gegründet. Nach dem Verbot der sozialdemokratischen Partei häufen sich illegale Flugblattaktionen.

Was noch geschah

Der Friedensnobelpreis geht an den deutschen Schriftsteller, Journalisten und Pazifisten Carl von Ossietzky. Doch Hitler verbietet für Deutsche die Annahme. Von Ossietzky stirbt 1938 nach KZ-Haft.

Das Saarland geht durch Abstimmung von 91% an das Deutsche Reich. Hitler führt die allgemeine Wehrpflicht und den Arbeitspflichtdienst ein.

Das deutsch-britische Seeabkommen erlaubt dem Deutschen Reich gegen den Protest Frankreichs 35% der englischen Flottenstärke.

Das »Blutschutzgesetz«, die antisemitischen *Nürnberger Rassegesetze*, treten in Kraft. Die Hakenkreuzflagge wird zur alleinigen Reichsflagge erklärt. Die deutschen Studentenverbindungen werden aufgelöst, dafür entstehen Kameradschaften des *Nationalistischen Deutschen Studentenbundes* (NSDStB) und NS-Altherrenbünde.

Die nationalsozialistische sudetendeutsche Partei, gegründet 1933, wird in der Tschechoslowakei die stärkste Fraktion. Jugoslawien schlägt einen profaschistischen Kurs ein.

Frankreich, die Tschechoslowakei und die Sowjetunion schließen einen Vertrag über gegenseitige militärische Unterstützung ab. In Moskau findet der Weltkongress der *Komintern* statt; ein Bündnis mit den bürgerlichen Demokratien und gegen Faschismus. In der sowjetischen Hauptstadt beginnen die großen Schauprozesse durch Stalin gegen die leninistisch-bolschewistische alte Garde und deren Liquidation.

Elias Canetti schreibt den Roman »Die Blendung«; Ödon von Horvath die politischen Komödie »Hin und Her«; Sacha Guitry das französische satirische Werk »Roman eines Schwindlers«; Heinrich Mann »Henri Quatre« in zwei Bänden und Thomas Mann »Leiden an Deutschland«; Eugen Roth die heiter-besinnlichen Gedichte »Ein Mensch«.

Kurt Tucholsky begeht in der Emigration Selbstmord; der deutsche Schauspieler Alexander Moissi stirbt. Der deutsche PEN-Club wird verboten.

In Teheran wird die erste Universität ins Leben gerufen. Der Papst veröffentlicht eine Enzyklika über Lichtspiele bzw. Kino.

Das Museum of Modern Art in New York bezieht Fotografie und Film in seine Exponate und Ausstellungen ein.

Der Komponist Alban Berg stirbt. Er hinterlässt u.a. die atonale Oper »Lulu« nach Frank Wedekind.

Gershwin komponiert die amerikanische Oper »Porgy and Bess«. Walter Kollo komponiert die Operette »Berlin, wie es weint und lacht«; Richard Strauss die Oper »Die schweigsame Frau« nach dem Libretto von Stefan Zweig.

Die Hammond-Orgel wird in den USA mit rein elektrischer Tonerzeugung entwickelt.

Der neue Modetanz ist die Rumba. In der Damenmode sind wieder längere Haare angesagt.

Der französische Ozeanluxusliner »Normandie« auf großer Fahrt; auf diesem Schiff lernt eine gewisse Hedy Kiesler aus Döbling den Hollywood-Mogul Louis B. Mayer kennen und wird als Hedy Lamarr eine Weltkarriere starten.

In Berlin sind regelmäßige Fernsehprogramme im Versuchsstadium und eine erste öffentliche Fernsehstelle wird eröffnet. Die Qualität von Tonaufzeichnungen verbessert sich entscheidend durch das Magnetophon-Verfahren. Auch die Bildqualität erfährt durch den »Kodachrom«-16mm-Farbfilm einen Qualitätsschub.

In Oklahoma, USA, werden die ersten Parkuhren aufgestellt.

Im Wintersport findet das erste Skiflugspringen auf der Riesenschanze in Planica, Jugoslawien, statt.

Im Kino

Am 14. Februar wird das Reichsfilmarchiv in Berlin gegründet, in dem deutsche und ausländische Produktionen gesammelt werden. Die Berliner Presse druckt am 2. März eine von Hitler veranlasste Ehrenerklärung für die Schauspielerin Pola Negri, dass sie eine »arische« Polin ist und keine Jüdin. Das Gerücht war von Propagandaminister Goebbels lanciert worden.

USA

»Becky Sharp«: Regie Rouben Mamoulian, mit Miriam Hopkins, Frances Dee, Cedric Hardwicke; der Beginn des Farbfilms.

»Meuterei auf der Bounty«: Regie Frank Lloyd, mit Charles Laughton, Clark Gable.

»Die Marx Brother in der Oper«: Regie Sam Wood, mit Chico, Groucho und Harpo Marx, Allan Jones, Margaret Dumont.

»Der kleine Rebell«: Regie David Butler, mit der siebenjährigen Shirley Temple, John Boles, Karen Morley.

»Anna Karenina«: Regie Clarence Brown, mit Greta Garbo, Fredric March, Maureen O'Sullivan.

»David Copperfield«: Regie George Cukor, mit Freddie Bartholomew, Frank Lawton.

»Unter Piratenflagge«: Regie Michael Curtiz, mit Errol Flynn, Olivia de Havilland.

»Peter Ibbetson«: Regie: Henry Hathaway, mit Gary Cooper, Ann Harding.

»Der FBI-Agent«: Regie Seton I. Miller, mit James Cagney.

»Broadway Melodie 1936«: Regie Roy de Ruth, mit Eleanor Powell, Robert Taylor, Vilma und Buddy Ebsen.

»Roberta«: Regie William A. Seiter, mit Fred Astaire, Ginger Rogers, Randolph Scott.

»Ich tanz' mich in dein Herz hinein«: Regie Mark Sandrich, mit Fred Astaire, Ginger Rogers.

Großbritannien

»39 Stufen«: Regie Alfred Hitchcock, mit Robert Donat, Madelaine Carroll, Lucie Mannheim.

Deutsches Reich

»Triumph des Willens«: Dokumentarfilm von Leni Riefenstahl über den NSDAP-Parteitag in Nürnberg.

»Mazurka«: Regie Willi Forst, mit Pola Negri, Albrecht Schoenhals, Paul Hartmann.

»Das Mädchen Johanna«: Regie Gustav Ucicky, mit Gustav Gründgens, Heinrich George, René Deltgen, Erich Ponto, Angela Saloker.

Österreich

»Episode«: Regie Walter Reisch, mit Paula Wessely, Carl Ludwig Diehl, Otto Tressler.

»Ein Stern fällt vom Himmel«: Regie: Max Neufeld, mit Joseph Schmidt, Elisabeth Markus, Egon von Jordan, Rudolf Carl, Karl Skraup.

Mordzeit
(nach wahren Fällen)
1935

»Prag gebar mich,Wien zog mich ans Herz.Wo ich heute liege,
werd ich es wissen?
Ich sing Menschheitsgeschichte und Gott.«
Franz Werfel (1890 – 1945; Schriftsteller)

An einem Dienstag, den 22. Mai 1934, herrschte strahlender
Sonnenschein, der zumindest den fatalen Bürgerkrieg vor wenigen
Monaten etwas in den Schatten rückte. Das Ehepaar in mittleren
Jahren genoss die Stille im Michaelerwald nahe bei Neuwaldegg im
18. Bezirk, plauderte über Gott und die Welt, lachte und machte
sich gleichzeitig Sorgen um die Zukunft.

Plötzlich stieß sie einen spitzen Schrei aus.

»Was is'n los?«, fragte ihr Mann, »Hat di irgendwas g'stoch'n?«

»Do, do…«, stotterte sie und deutete auf einen Laubhaufen, aus
dem eine starre Hand herausragte.

»Bleib steh'n«, beruhigte er seine Frau, »schau net hin, dreh di
weg.«

Er näherte sich vorsichtig der offensichtlichen Leiche und musste
kräftig schlucken.Tote waren ihm nicht unbekannt, schließlich war
er lange genug im Krieg gewesen. Was er sah, versetzte aber auch
ihn in Angst und Schrecken.

Schleunigst verließen sie den Ort des Grauens, gingen zurück
auf die Straße und von der nächsten Telefonzelle aus verständigte
er die Polizei.

Auch den hartgesottenen *Kieberern* und Polizisten stockte der
Atem, als sie die Frauenleiche mit eindeutigen Bissspuren auf den
Brüsten sahen. Das waren keine Tiere, es handelte sich eindeutig
um ein menschliches Gebiss. Das Opfer war erwürgt worden.

Rasch konnte die Identität festgestellt werden. Es war die 37jährige Hausgehilfin Hermine Stockinger, die, wie sich bei den Ermittlungen herausstellte, kein Kind von Traurigkeit war. Ihre zahlreichen Männerbekanntschaften machten die Ausforschung ihres Mörders keineswegs leichter.

Die Kriminalpolizei war am gefürchteten toten Punkt angelangt, bis zum Samstag, den 29. Juni 1935.

Wanderer entdecken in einem Ameisenhaufen auf der Sophienalpe im Wienerwald eine weitere übel zugerichtete Frauenleiche. Wieder ist rasch klar, wer grausam getötet wurde: die 44jährige Bedienerin Auguste Hödl. Doch dem Täter unterliefen zwei Fehler. In der nächsten Umgebung der Leiche finden die Kriminalbeamten den abgerissenen Knopf eines Herrenhemdes und einen einfach geschnitzten Haselnussstock, wie ihn die sogenannten »Waldläufer« benützen.

Die Hinweise verdichten sich, dass möglichweise der als Sonderling verrufene und geistig zurückgebliebene Josef Holler mit den Morden zu tun hat. Er wohnt in der Glimgasse in Hernals und war bereits mehrmals im *Guglhupf*, in der Psychiatrischen Heilanstalt Am Steinhof. Holler treibt sich gerne in Wäldern herum und besitzt auch eine Reihe von selbstgeschnitzten Haselnussstöcken, wie einer davon am Tatort sichergestellt wurde.

Im Verhör gesteht er die Morde an den beiden Frauen. Im darauffolgenden Prozess am 18. und 19. Februar 1936 im Landesgericht von den Geschworenen zum Tode verurteilt, wird das Urteil auf Drängen seines Verteidigers, der auf »Minderwertigkeit« des Mörders verweist, in eine lebenslange Kerkerstrafe umgewandelt.

*

Manche Schicksale sind mit menschlichem Verstand unbegreiflich, wie jenes der 14jährigen Anna Augustin aus Mannersdorf im

Burgenland. Ein einfaches Mädchen, das aus armen Verhältnissen stammt und in die Fänge der Josefine Luner gerät. Das Kind bewirbt sich um eine Stelle als Hausgehilfin, wird genommen und ahnt nichts von der dunklen Seite ihrer Dienstherrin.

Der Fall erregt ungeheures Aufsehen. Die Taten tragen sich in Mödling, nahe bei Wien, zu. Josefine ist mit dem Klavierfabrikanten Edmund Luner verheiratet, führt ein sorgenfreies bürgerliches Leben in einer Villa in der Jägerhausgasse 9.

Am 10. Dezember 1934 tritt Anna Augustin ihre Arbeit in dem Haushalt an. Josefine Luner ist bereits wegen Misshandlung eines Dienstboten vorbestraft, doch jetzt treibt sie es auf die Spitze. Von Beginn an wird das arme Mädchen bestialisch gequält und gefoltert, wird ständig mit allem, was zur Hand ist verprügelt, bekommt kaum zu essen. Fast nackt wird sie von der Sadistin nachts in einem eiskalten Felsenkeller, unweit der Villa, eingesperrt und muss auf dem Boden ohne Decke schlafen. Damit nicht genug, überschüttet diese Ausgeburt der Hölle das Kind mit Eiswasser, verbrennt ihre Zunge und Vagina mit einem glühenden Schürhaken. Anna ist geistig nicht ganz auf der Höhe und für Josefine Luners Abartigkeit das ideale Opfer.

Am 10. Juli 1935 endet zwischen 13 und 17 Uhr, so stellen die Gerichtsmediziner fest, das Martyrium des Kindes. Die zugefügten Verletzungen sind zu extrem, das Mädchen stirbt. Josefine Luner legt die Leiche in ein Bett und versucht die Spuren ihrer grauenvollen Taten zu vertuschen, stellt zur Täuschung reichlich Essen vor die Tür der Kammer. Dass Edmund Luner nichts vom teuflischen Treiben seiner Frau bemerkt und ihm auch nicht das Fehlen des Hausmädchens auffällt, ist wohl unwahrscheinlich.

Eine Woche später, am 17. Juli, meldet er den Tod Anna Augustins den Behörden. Obwohl der Körper bereits stark verwest ist, können die Kriminalbeamten noch immer feststellen: Es kann nicht mit rechten Dingen zugegangen sein kann.

Josefine Luner tischt eine Menge an Lügenmärchen auf, behauptet das Kind nie oder nur ganz leicht geschlagen zu haben, weil es Bettnässerin gewesen ist. Sie unterstellt Anna auch ein Verhältnis mit ihrem Mann. Zu Lebzeiten Annas drohte sie immer den Eltern und dem Pfarrer in Mannersdorf vom unsittlichen Lebenswandel zu erzählen. Doch ihre Geschichten werden Josefine Luner nicht abgenommen.

Im Wiener Landesgericht II findet vom 9. September bis zum 7. Oktober 1936 der Mordprozess statt, Edmund Luner ist wegen Mittäterschaft mitangeklagt. Die Kiebitze drängen sich im Gerichtssaal, um bloß kein Wort in diesem Sensationsverfahren zu versäumen. Der Klavierfabrikant lässt die Verhandlung teilnahmslos und mit stoischer Ruhe über sich ergehen, verteidigt kaum seine Frau oder sich selbst.

Mit Bravo-Rufen und Beifall klatschen wird das Todesurteil durch Hängen für Josefine Luner vom Publikum aufgenommen. Ihr Mann fasst sechs Jahre schweren Kerker aus. Bundespräsident Wilhelm Miklas hebt das Urteil im Zuge eines Gnadengesuchs auf und die Strafe lautet nun lebenslange Haft.

*

Wie es sich für die Pflichten einer rechtschaffenen Hausmeisterin gehört, säubert Katharina Vlk auch an diesem Dienstag, den 29. Oktober 1935, das Stiegenhaus in der Loblichgasse 10 am Alsergrund.

Plötzlich stutzt sie und meint im Erdgeschoss einen Schuss gehört zu haben, misst aber dieser Wahrnehmung keine weitere Bedeutung zu und arbeitet weiter. Am nächsten Morgen informiert Vlks unehelicher Sohn Alfred Eisen die Mutter von seiner fürchterlichen Entdeckung. Frau Hofer, sagt er seiner Mutter, liegt in ihrer Parterrewohnung in ihrem Blut am Boden. Die Hausmeisterin hält

Nachschau und es stimmt. Valerie Hofer, mit dem legendären Tiroler Freiheitskämpfer Andreas Hofer verwandt, ist tot. Zuerst denkt Katharina Vlk, dass die Frau an ihrem Lungenleiden, das im Haus bekannt ist, durch einen Blutsturz verstarb. Doch als sie genauer hinsieht, bemerkt sie den zertrümmerten Hinterkopf.

Die *Kieberer* sind nicht so leicht hinters Licht zu führen und nehmen das schmächtige 16jährige Bürschchen Alfred Eisen genauer unter die Lupe. Seit längerer Zeit ohne jegliche Beschäftigung, schlägt er sich mit kleinen Hilfeleistungen für die Hausbewohner und Reparaturarbeiten durch, um sich ein bisschen Geld zu verdienen. Seit einem halben Jahr ist er mit dem 19jährigen, ebenfalls arbeitslosen Bruno Holly eng befreundet.

Beide haben den Traum nach Amerika auszuwandern und ein neues Leben zu beginnen. Es scheitert am Geld für die Reise nach Hamburg und die Schiffspassage ins Land der unbegrenzten Möglichkeiten. Warum lange überlegen, wenn man mit dem geeigneten Opfer unter einem Dach lebt? Schließlich ist Valerie Hofer Trafikantin, eine Geschäftsfrau und deshalb wird das benötigte *Gerschtl*[225] bei ihr zu holen sein. Eisens Spezi Bruno Holly wird sich nicht selbst die Hände schmutzig machen. Er besorgt über dunkle Kanäle die Mordwaffe und unterweist Alfred in der Handhabung des Revolvers.

Zwar ist Valerie Hofer äußerst misstrauisch, doch gegenüber Alfred hegt sie keinerlei Bedenken. Er besitzt sogar einen Wohnungsschlüssel, da er ihr jeden Morgen Milch und Zeitungen bringt.

Am 29. Oktober betritt er wie jeden Tag in der Früh ihre Wohnung und Hofer will gerade weggehen. Kurz entschlossen zielt der Bursche auf ihren Kopf, feuert und trifft nicht. Die Frau schreit, flüchtet ins Vorzimmer, Eisen will abermals schießen, der Revolver versagt. Er schnappt sich einen Hammer, der in einem Werkzeugkasten liegt und schlägt insgesamt 42x erbarmungslos zu.

Bruno Holly hatte sich indessen in die Wohnung geschlichen und wartet im Kabinett auf Eisens Erfolgsmeldung. Wie es Alfred gelingt, sich vom Blut seines Opfers zu säubern und seine sicherlich blutverschmierte Kleidung verschwinden zu lassen, ist ungewiss. Seine Mutter Katharina Vlk bemerkt jedenfalls nichts, hört nur den Schuss. Zumindest lautet so ihre Aussage.

Noch am gleichen Abend durchsuchen die jungen Männer die Wohnung. Ob sie fündig werden, ist ungeklärt. Tatsache bleibt, Alfred Eisen gerät schnell unter Mordverdacht, ist dem Verhör nicht gewachsen, gesteht und zeigt Reue. Das bringt ihm vor Gericht am 15. Dezember 1935 eine verhältnismäßig milde Strafe ein. Alfred Eisen kommt mit einer Rahmenstrafe von sieben bis zehn Jahren davon, Bruno Holly erhält acht Jahre. Über das weitere Schicksal der beiden nach ihrer Entlassung schweigen die Akten.[226] Auch Katharina Vlks weiteres Schicksal ist unbekannt.

ZEITTAFEL
1936

Vom **16. - 17. Jänner** besucht Bundeskanzler Schuschnigg Prag. Er verhandelt mit Ministerpräsident Milan Hodža und Staatspräsident Edvard Beneš über gegenseitige Beziehungen.

Zwischen **6.** und **16. Februar** finden die IV. Olympischen Winterspiele in Garmisch-Partenkirchen statt. Österreich kehrt mit je einmal Gold, Silber und Bronze zurück. Karl Schäfer gewinnt Gold im Eiskunstlauf, dritter wird Felix Kaspar; die Geschwister Ilse und Erwin Pausin erringen Silber im Paarlauf. Anschließend wird im gleichen Monat Karl Schäfer in Paris zum siebentenmal *en suite* Weltmeister im Eiskunstlauf.

Mit dem Gegenbesuch des tschechoslowakischen Ministerpräsidenten Hodža am **9. März** in Wien beginnt eine rege Zusammenarbeit beider Staaten.

Am **25. März** bricht die Versicherungsanstalt *Phoenix* mit einem Verlust von 260 Millionen Schilling zusammen. Darauf wird die Österreichische Versicherungs AG mit einem Startkapital von 10 Millionen gegründet.

Am **1. April** werden die allgemeine Bundesdienstpflicht und Wehrpflicht vom 18. - 42. Lebensjahr eingeführt. Kurz zuvor wurden alle Wehrverbände der Vaterländischen Front zusammengefasst, ausgebildet werden sie durch das Bundesheer.

Am **4. April** verfasst die Generaldirektion für öffentliche Sicherheit einen Geheimbericht über das Ausmaß der Tätigkeiten der illegalen NSDAP in Österreich.

Derr Wiener Physiologe, Ohrenarzt und Nobelpreisträger (1914) Robert Bárány stirbt am **8. April** im schwedischen Uppsala.

Am **29. April** erfolgt eine Verordnung über die Rückgabe des Habsburgervermögens.

Schuschnigg und Starhemberg führen am **12. Mai** eine Unterredung über ein Abkommen mit dem Deutschen Reich. Starhemberg ist strikt dagegen. Dafür sendet er ein Glückwunschtelegramm an Mussolini wegen des italienischen Sieges in Addis Abeba mit einem eindeutigen Bekenntnis zum Faschismus. Deswegen verlangt am **13. Mai** Kanzler Schuschnigg den Rücktritt des Vizekanzlers Starhemberg.

Innenminister Eduard Baar-Baarenfels schlägt einen Heimwehrputsch vor. Einen Tag später, am **14. Mai**, kommt es zur dritten Regierungsbildung des Kabinetts Schuschnigg.[227]

Am **12. Juni** stirbt Karl Kraus im böhmischen Jitschin.

Am **11. Juli** wird das »Juli-Abkommen« zwischen Österreich und dem Deutschen Reich unterzeichnet. Es ist eine Verständigung zwischen den beiden Ländern und die Bemühungen des nunmehrigen deutschen Botschafters Franz von Papen tragen Früchte. Die Nazi-Terrorakte haben aufgehört.

Am **19. Juli** wird in Anwesenheit der Bundesregierung die olympische Fackel auf dem Weg von Athen nach Berlin auf dem Heldenplatz übergeben.

In diesem Monat gründen Rudolf Henz und der Dichter, Generalsekretär der Vaterländischen Front und Staatssekretär Guido Zernatto das Kulturprogramm der VF »Neues Leben«. Es beinhaltet die Abkehr vom Dekadent-Städtischen der abfällig bezeichneten »Asphalt-Literatur« zu den alten traditionsbewussten Werten, die nur mehr in der Provinz vorhanden sind. Der Heimatroman von Autoren wie Josef Perkonig, Karl Heinrich Waggerl, Paula Grogger und Josef Georg Oberkofler und religiös angehauchte Belletristik und Literatur von Hermann Bahr, Max Mell, Richard Billinger, Bruno Brehm, Friedrich Schreyvogel, Paula von Preradović, Anton Wildgans, Josef Weinheber sowie einigen anderen sind nun die wirkliche österreichische Literatur. Selbstverständlich zählt sich auch Zernatto mit seinem Roman »Die sinnlose Stadt« dazu.[228]

Vom **2. - 16. August** finden die XI. Olympischen Sommerspiele in Berlin statt. Für Hitler eine großartige Prestigesache, um sich der Welt zu präsentieren. Österreich kehrt mit einer reichen Medaillenausbeute nach Hause zurück: viermal Gold, sechsmal Silber und dreimal Bronze. Überragender Star dieser Spiele ist der amerikanische Leichtathlet Jesse Owens aus Alabama, der viermal Gold gewinnt. Bei den Siegerehrungen verwehrt ihm der Führer den Handschlag, da Owens schwarz ist.

Am **12. August** warnt Mussolini den österreichischen Militärattaché in Rom, Oberst Emil Liebitzky, vor Aggressionsplänen Hitlers für 1938 und sagt: »*20 Monate hat Österreich noch Zeit.*«[229]

Am **31. August** stirbt Marianne Hainisch, die Begründerin der bürgerlichen österreichischen Frauenbewegung, in Garches bei Paris.

Am **9. Oktober** werden alle Wehrverbände aufgelöst.

Am **13. Oktober** wird die Schriftstellerin Christine Nöstlinger geboren.

Das *Frontmilizgesetz* wird am **14. Oktober** erlassen: Eine Weiterführung der Tradition der freiwilligen Wehrverbände innerhalb der Vaterländischen Front, die Befehlsgewalt übt Feldmarschallleutnant Ludwig Hülgerth aus.

Mussolini spielt längst ein falsches Spiel. Am **25. Oktober** wird ein Abkommen zwischen Italien und dem Deutschen Reich unterzeichnet, dass die Achse Berlin-Rom festigt. Für ein unabhängiges Österreich hat er nichts mehr übrig bzw. ist es ihm stets egal gewesen.

An diesem Tag wird der dritte Wiener Vizebürgermeister Ernst Karl Winter abgesetzt, weil er sich für eine Aussöhnung mit der Arbeiterschaft und für eine Einheitsfront gegen den Nationalsozialismus einsetzt.

Am **3. November** wird die vierte Regierung Schuschnigg gebildet. Dieses Mal wird die Heimwehr endgültig ausgeschaltet.[230]

Am **11.** und **12. November** findet in Wien die Konferenz der

Staaten der »Römischen Protokolle« statt. Österreich macht vor Italien einen Kniefall, in dem es, wie Ungarn, die Eroberung Abessiniens anerkennt.

Am **19. November** stattet der Staatssekretär für Äußeres, Guido Zernatto, in Berlin der deutschen Reichsregierung einen Besuch ab.

In diesem Jahr wird das 1934 im Auftrag der Dollfuß-Regierung zu einer Heldengedenkstätte für die Gefallenen des Weltkrieges, den ermordeten Thronfolger Franz Ferdinand und für Kaiser Karl I. umgestaltete Neue Burgtor feierlich eingeweiht.

Das Familienasyl in der Adalbert-Stifter-Straße 69-71 im 20. Bezirk ist fertiggestellt, vier weitere werden gebaut.

Österreich wird Weltmeister im Tischtennis-Mannschaftswettbewerb.

Was noch geschah

Nachdem der Landesgruppenleiter der NSDAP-Auslandsorganisation (AO) Wilhelm Gutsloff in seiner Wohnung von dem jüdischen Studenten David Frankfurter erschossen wurde, kommt es zu Spannungen zwischen dem Deutschen Reich und der Schweiz.

Deutsche Truppen marschieren in die entmilitarisierte Zone des Rheinlandes ein, das Ausland erhebt nur sporadischen Protest. Eine Abstimmung über die Remilitarisierung erzielt angebliche 99% Zustimmung. Hermann Göring verkündet den Vierjahresplan für eine intensive Aufrüstung.

Im Deutschen Reich wird der »Künstlerbund« verboten. Der NS-Bildersturm verbannt moderne Kunst, die als »entartet« angesehen wird.

Der deutsche Konzern *I.G. Farben* entwickelt *Buna,* einen künstlichen Kautschuk, der dem natürlichen teilweise überlegen ist.

In Großbritannien stirbt König Georg V. Sein Nachfolger Edward

VIII. dankt ab und heiratet als Herzog von Windsor seine große Liebe Wally Simpson. Nun tritt sein Bruder, Georg VI., die Nachfolge an.

Leo Trotzki erhält in Mexiko Aufenthaltserlaubnis.

Lion Feuchtwanger schreibt den Roman »Der falsche Nero«; Gerhart Hauptmann den Roman »Im Wirbel der Berufung«; Ödön von Horváth den Roman »Jugend ohne Gott«.

Thomas Mann verfasst die Aufsätze »Leiden und Größe der Meister«. Er wird ausgebürgert und emigriert in die USA. Margaret Mitchell bringt ihren Roman »Vom Winde verweht« heraus; Thomas Wolfe seinen Roman »Vom Tod zum Morgen«.

Im Kino

Im Oktober 1936 fordert Hollywood-Tycoon Louis B. Mayer in San Francisco einen »Kreuzzug« gegen Drehbuchautoren, die sozialistischer Tendenzen verdächtig sind. »Wir haben eine ganze Reihe Kommunisten in Hollywood, von denen einige Wochenhonorare von 2500 Dollar beziehen. Sie sollten ihre Sachen packen und nach Moskau zurückgehen.«

Unter der Leitung von Krimi-Autor Dashiel Hammett sammeln sich antifaschistische Schriftsteller und Schauspieler im Motion Artist Picture Committee und der Hollywood Anti Nazi League, gegründet von den Drehbuchautoren Donald Ogden Stewart und Herbert Biberman.

USA

»Swing Time«: Regie George Stevens, mit Fred Astaire, Ginger Rogers, Victor Moore.

»Die Matrosen kommen«: Regie Mark Sandrich, mit Fred Astaire, Ginger Rogers, Randolph Scott.

»Moderne Zeiten« von und mit Charlie Chaplin, mit Paulette Goddard, Chester Conklin.

»Blinde Wut«: Buch und Regie Fritz Lang, mit Spencer Tracy, Sylvia Sidney, Walter Brennan.

»San Francisco«: Regie Woodbridge Strong von Dyke, mit Clark Gable, Spencer Tracy, Jeanette MacDonald.

»Die Kameliendame«: Regie George Cukor, mit Greta Garbo.

»Der versteinerte Wald«: Regie Archie Mayo, mit Leslie Howard, Bette Davis, Humphrey Bogart.

»Gehetzt«: Regie Fritz Lang, mit Henry Fonda, Sylvia Sidney, Jean Dixon.

»Der Verrat des Surat Khan«: Regie Michael Curtiz, mit Errol Flynn, Olivia de Havilland.

Großbritannien

»Sabotage«: Regie Alfred Hitchcock, mit Oskar Homolka, Sylvia Sidney, John Loder (einer der Ehemänner von Hedy Lamarr).

»Rembrandt«: Regie Alexander Korda, Charles Laughton, Gertrude Lawrence.

Deutsches Reich

»Das Schönheitsfleckchen«: Regie Rolf Hansen, mit Lil Dagover, Wolfgang Liebeneiner; ein Kurzfilm von 29 Minuten; der erste deutsche Film in Farbe.

»Der Kaiser von Kalifornien« von und mit Luis Trenker, mit Alexander Golling, Viktoria von Ballasko.

»Glückskinder«: Regie Paul Martin, mit Willy Fritsch, Lilian Harvey, Paul Kemp, Oskar Sima, Paul Kemp.

Österreich

»Burgtheater«: Regie Willi Forst, mit Werner Krauss, Olga Tschechowa, Hans Moser, Karl Paryla.

»Allotria« von und mit Willi Forst, mit Jenny Jugo, Adolf Wohlbrück, Heinz Rühmann.

Verblutet auf der Philosophenstiege
(nach einem wahren Fall)
1936

»Der Wiener ist ein mit sich sehr unglücklicher Mensch, der den Wiener hasst, aber ohne den Wiener nicht leben kann.«
Hermann Bahr (1863 – 1934; Schriftsteller, Dramatiker, Kritiker)

Dr. Moritz Schlick, eine Koryphäe an der philosophischen Fakultät der Universität Wien, schreitet über die sogenannte »Philosophenstiege« zu seiner Vorlesung. Plötzlich hallen Schüsse durch die ehrwürdigen Hallen und der Professor bricht zusammen, stirbt noch am Tatort.

Anfänglich geistert das Gerücht herum, dass es sich um eine studentische Auseinandersetzung wegen unterschiedlicher politischer Positionen handelt.

Der Täter wird noch im Gebäude widerstandslos gestellt und verhaftet. Dr. Hans Nelböck ist ein ehemaliger Student seines Opfers. Bereits seit Stunden treibt er sich in der Nähe des Haupteinganges herum, wartet auf Schlick. Als der Professor das Haus betritt, folgt ihm Nelböck, überholt Schlick auf der Treppe, bleibt abrupt stehen, dreht sich um und feuert mehrmals auf den verhassten Wissenschaftler, den er einst verehrte.

Schlick war gebürtiger Berliner, Physiker und Philosoph. Er gründete den »Wiener Kreis«, in dem sich die führenden Köpfe des sogenannten »Logischen Empirismus« versammelten. Seine Schriften befassten sich innerhalb seines wissenschaftlichen Fachgebietes mit Naturphilosophie, der Erkenntnislehre, mit Ethik und Ästhetik. Er galt zweifelsfrei als anerkannter Experte, war jedoch aufgrund seiner Lehren und Thesen ebenso umstritten.

Nelböck, der bei Schlick promovierte, stammt aus bäuerlichen Verhältnissen in Oberösterreich und ist zum Zeitpunkt des Mordes

33 Jahre alt. Im Verhör bekennt er sich zu seiner Tat, das Motiv für den Anschlag bleibt bis zur Schwurgerichtsverhandlung am 26. Mai 1937 im Dunkeln.

Der Grund ist denkbar einfach gewesen, Eifersucht und Rache. Eine Ausgangslage, die bereits unzählige Male zu tödlichen Angriffen führte und so lange Menschen existieren, weiterhin immer wieder Morde auslösen wird.

Während seiner Studienzeit war Nelböck einer der eifrigsten Hörer von Schlicks Vorlesungen und auch nach seiner Promovierung blieb er dem Professor treu. Eines Tages saß im Hörsaal auch die Studentin Sylvia Borowicka und ihr Kommilitone Nelböck verliebte sich unsterblich.

Anfänglich war sie seinen Avancen nicht abgeneigt. Doch eines Tages stieß sie ihn vor den Kopf und erklärte ihm, dass mehr als Studienkollegen nicht möglich wäre. Schlick hatte ebenfalls ein Auge auf Borowicka geworfen und sie ließ sich darauf ein. Das sagte sie Nelböckl auf den Kopf, was den aus der Bahn warf.

Ihm, dem Bauernsohn, war klar, dass er gegen den ehrwürdigen, hochgebildeten Professor nur verlieren konnte. Trotzdem stellte er Schlick zur Rede, drohte ihm. Sein nun verhasster Professor ließ sich nicht einschüchtern, zeigte seinen Studenten an und verfügte über ausreichend Beziehungen, ihn in die Psychiatrie einweisen zu lassen.

Nach Nelböcks Entlassung kam es zu einer neuerlichen Auseinandersetzung. Wieder schaltete Schlick die Psychiatrie ein und sein Student verschwand abermals im *Guglhupf*. Allerdings konnte erneut keinerlei geistige Störung festgestellt werden und Nelböck war rasch wieder ein freier Mann.

Für seinen Lebensunterhalt hielt er Vorträge an Volkshochschulen und anderen Einrichtungen, doch mit seinem Doktorvater hatte er sich einen Todfeind geschaffen und dessen langer Arm reichte sehr weit. Stets wurde Nelböck nur kurzfristig beschäftigt, weil im Hintergrund Schlick seine Fäden spann und für die Entlassung seines ehemaligen Studenten und nunmehrigen Nebenbuhlers sorgte.

Deswegen schlitterte Nelböck in ärgste wirtschaftliche Nöte und sein Mordplan begann zu reifen. Der »*Feind seiner Lebens, der Räuber seiner Liebe, seines Glaubens und seiner Existenz*« musste sterben, wie er selbst aussagte.

Hans Nelböck wird im Sinne der Anklage für schuldig befunden und zu zehn Jahren schweren Kerker verurteilt. Allerdings arbeitet die Zeit für ihn. 1939 – andere Quellen nennen 1941 – verfasst er ein Gnadengesuch und findet genau den richtigen Ton für die Nazis. »*...durch meine Tat und die hierdurch erfolgte Beseitigung eines jüdischen, volksfremde und volksschädliche Lehrsätze verbreitenden Lehrers* [habe ich] *dem Nationalsozialismus einen Dienst erwiesen und wegen dieser Tat auch für den Nationalsozialismus gelitten... Da nun die Weltanschauung, aus der ich, ihre Richtigkeit erkennend, die Tat begangen* [habe], *der heute herrschender Staatsgedanke ist, empfinde ich es als Härte, wenn ich noch weithin wegen der aus dieser Anschauung geborenen Tat zurückstehen muss.*«[232]

Nelböcks Rechnung geht auf, er wird auf Bewährung entlassen, da der Oberstaatsanwalt der Ansicht ist, die Tat wurde aus persönlichen Gründen begangen. Nelböck arbeitet danach in der geologischen Abteilung der kriegswirtschaftlichen Erdölverwaltung. 1943 endet die Bewährungsfrist und er wechselt als technischer Angestellter ins Hauptvermessungsamt. Nach Kriegsende ist Nelböck in der Mineralverwaltung in der sowjetischen Besatzungszone tätig. Er stirbt 1954 in Wien.[233]

Am **25. Jänner** wird der Kabarettist und Boxkommentator Werner Schneyder in Graz geboren.

Im **Februar** finden die ersten offiziellen Skiweltmeisterschaften in Chamonix statt. Für Österreich reicht es durch Willi Walch nur für einen zweiten Platz im Slalom.

Am **4. Februar** ruft Bundeskanzler Schuschnigg den »Siebener-Ausschuss« ins Leben. Ein weiterer verzweifelter Versuch die illegalen Nazis zur Mitarbeit zu bewegen.

Karl Schäfers Siegesserie endet zwischen **12.** und **13. Februar**. Felix Kaspar wird Weltmeister im Eiskunstlauf.

Ein neuerlicher Anlauf Schuschniggs, um der ständig enger zuziehenden Schlinge des Nationalsozialismus zu entkommen: Am **14. Februar** kündigt er in einer Rede die Gründung eines »Volkspolitischen Referats« an, um die Nazis für Mitarbeit im Staat und in der Vaterländischen Front auf seine Seite zu ziehen.

Am **17. Februar** stirbt der Sportjournalist und Kommentatorlegende Hugo Meisl.

Am **22.** und **23. Februar** besucht Reichsaußenminister Konstantin von Neurath Wien. Er stellt wirtschaftliche Forderungen und droht unmissverständlich mit Krieg im Falle einer Habsburger-Restauration. Organisierte Nazi-Demonstrationen sollen Österreich zusätzlich einschüchtern.

Italien gießt zusätzliches Öl ins Feuer. Die Zeitung *Giornale d'Italia* schreibt am **28. Februar**, dass eine Wiedererrichtung der österreichischen Monarchie undenkbar ist. Ein weiterer Beweis, dass die Achse Berlin-Rom bestens klappt.

Am **10. März** wird das Drama »3. November 1918« von Franz Theodor Csokor im Burgtheater uraufgeführt.

Das Länderspiel Österreich-Italien muss am **21. März** wegen antiitalienischer Ausschreitungen beim Stand von 2:0 für Österreich 17 Minuten vor Schluss abgebrochen werden.

Vom **15. - 21. April** besucht Innenminister Edmund Glaise-Horstenau inoffiziell Berlin, führt Gespräche mit Hitler und Göring. Zwischen **21.** und **23. April** treffen Schuschnigg und Staatssekretär Guido Schmidt in Venedig Mussolini und Außenminister Graf Ciano. Danach wird ein nichtssagendes Kommuniqué veröffentlicht. Dafür wird *Giornale d'Italia* deutlicher: »*Tatsächlich werden die Nationalsozialisten in Österreich bald dazu aufgerufen werden, die Verantwortung in der Vaterländischen Front zu teilen, was den ersten Schritt zu einer direkten Teilnahme an der Regierung Österreichs bilden wird.*«[234] Mit anderen Worten: Italien stimmt insgeheim bereits einer Annektierung Österreichs zu.

Am **26. April** treffen sich Göring und der Duce in Rom. Hauptthema ist die »österreichische Frage«. Das Deutsche Reich wird auf Südtirol verzichten.

Vom **3. - 5. Mai** weilen Bundespräsident Miklas, Schuschnigg und Staatssekretär Schmidt in Budapest, um die nachbarlichen Beziehungen zu intensivieren.

Am **12. Mai** nimmt Schmidt als offizieller Vertreter Österreichs an den Krönungsfeierlichkeiten für Georg VI. in London teil. Er führt offizielle Gespräche mit Regierungsvertretern und auf der Rückreise auch in Paris. Zwar ist die Aufnahme sehr freundlich, doch Garantien für Österreich werden nicht abgegeben.

Am **28. Mai** stirbt der Psychologe und Begründer der Individualpsychologie Alfred Adler im schottischen Aberdeen. Er schuf den Begriff »Minderwertigkeitskomplex«.

Am **17. Juni** wird das angekündigte »Volkspolitische Referat« im Rahmen der Vaterländischen Front gegründet. Geführt wird es vom national gesinnten ehemaligen Innsbrucker Vizebürgermeister Walter Pembauer. Die Nazis halten nicht viel von diesem Referat. Der Wiener Nazi-Rechtsanwalt Dr. Seyß-Inquart wird zum Staatsrat ernannt und mit der »Angelegenheit der Befriedung der nationalen Kreise« betraut. Das bedeutet, eine Verbindung zwischen Regierung und nationaler Opposition herzustellen.

Reichskriegsminister Generalfeldmarschall Werner von Blomberg erlässt am **24. Juni** die »Weisung für die einheitliche Kriegsvorbereitung der Wehrmacht« mit einem speziellen Passus mit dem Codenamen »Sonderfall Otto«: »*Ziel dieser Intervention wird es sein, Österreich mit Waffengewalt zum Verzicht auf eine Restauration zu zwingen. Hierzu ist unter Ausnutzung der innenpolitischen Spaltung des österreichischen Volkes in allgemeiner Richtung auf Wien zu marschieren und jeder Widerstand zu brechen*«.[235]

Im **August** streiken die Arbeiter in der Autromobilfabrik *Austro-Fiat* im 21. Bezirk und in der Simmeringer Waggonfabrik für höhere Löhne.

Am **17. September** vernichtet ein Großbrand die Rotunde im Prater. Das 84 Meter hohe Gebäude von der Weltausstellung 1873 war ein Wiener Wahrzeichen. Die Brandursache ist bis heute ungeklärt. Das Feuer lodert 20 Stunden. Im Einsatz stehen 250 Feuerwehrmänner mit 46 Löschgeräten und 500 Bundesheersoldaten. Übrig bleibt nur ein Teil des Osttores mit den Initialen Kaiser Franz Josephs I. mit seinem Wahlspruch *Viribus unitis* (Mit vereinten Kräften).

Am **23. September** wird die Fahrradabgabe eingeführt, was zum Nummernzwang für die Drahtesel führt.

Am **26. September** treffen sich Schuschnigg und der tschechoslowakischen Ministerpräsident Hodža in Baden bei Wien.

In Wien wird am **10. Oktober** die Reichsbrücke dem Verkehr übergeben.

Am **20. Oktober** wird die Schriftstellerin Jutta Schutting in Amstetten geboren. Heute als Julian Schutting bekannt.

In der Berliner Reichskanzlei legt am **5. November** Hitler in Anwesenheit von Außenminister von Neurath, Kriegsminister von

Blomberg und den Oberbefehlshabern für das Heer Fritsch, Göring für die Luftwaffe und Raeder für die Marine die Karten auf den Tisch. Protokollführer ist Hitlers Adjutant, Oberst Hoßbach. Die »Hoßbach-Protokolle« gehen in die Geschichte ein. *»Einverleibung der Tschechei und Österreichs können den Gewinn von Nahrungsmitteln für 5 bis 6 Millionen Menschen bedeuten, unter Zugrundelegung, dass eine zwangsweise Emigration aus der Tschechei von zwei, aus Österreich von einer Million Menschen zur Durchführung gelangt.«*[236] Der Zusammenschluss beider Staaten bedeutet militärpolitisch eine kürzere Grenzziehung und neue Kapazitäten für die Aufstellung der Streitkräfte im Ausmaß von rund 12 Divisionen. Die Decknamen für diese Operationen – für Österreich »Otto« und für die Tschechoslowakei »Grün«. Von Neurath, von Blomberg und Fritsch sind von Hitlers Plänen nicht überzeugt und werden daher am 4. Februar 1938 ihrer Ämter enthoben.

Am **11. Dezember** tritt Italien aus dem Völkerbund aus.

In diesem Jahr feiert das Kabarett »Simplicissimus« (»Simpl«) in der Wollzeile 36 im 1. Bezirk sein 25jähriges Jubiläum. Es wird immer mit zwei Namen untrennbar verbunden sein: Karl Farkas und Fritz Grünbaum.

In der verbotenen kommunistischen Zeitschrift *Weg und Ziel* erscheint der Artikel »Zur nationalen Frage in Österreich« von Alfred Klahr, in dem die kulturelle österreichischen Eigenständigkeit und Unabhängigkeit von Deutschland historisch aufgearbeitet wird. Erst nach 1945 wird dieser Bericht berühmt.

Was noch geschah

Deutsche Kriegsschiffe beschießen Almeria in Spanien nach einem Bombardement durch Flieger der spanischen Republik. Bereits 1936 wurden die *Internationalen Brigaden* mit Demokraten und Kommunisten gegründet, um gegen den spanischen, italienischen und deutschen Faschismus zu kämpfen. Im Spanischen Bürgerkrieg standen sie auf der Seite der Republik gegen General Franco.

Der Gegenpol zu den Internationalen Brigaden ist die *Legion Condor*. Ein unter strengster Geheimhaltung 1936 aufgebauter deutscher Luftwaffenverband, der ohne deutsche Uniformen und Hoheitszeichen auf Seiten Francos gegen die spanische Republik und die putschenden Falangisten kämpfte.

Mussolini besucht Hitler in Berlin. Lord Halifax sucht ebenfalls Hitler auf, um sich mit ihm über die deutsch-britische Politik auszusprechen.

Hjalmar von Schacht wird als Reichswirtschaftsminister entlassen, bleibt noch Reichsbankpräsident. Sein Ressort übernimmt Hermann Göring, danach wird Walter Funk Reichsbankpräsident und -wirtschaftsminister.

Prinz Bernhard von Lippe-Biesterfeld heiratet Kronprinzessin Juliana der Niederlande, die spätere Königin.

Jugoslawien schließt einen Nichtangriffspakt mit Italien und einen Freundschaftsvertrag mit Bulgarien.

Die stalinistischen Säuberungen erreichen ihren Höhepunkt. Zahlreiche Kommunisten und Sozialisten werden in Schauprozessen abgeurteilt, verschwinden in Lagern oder werden gleich hingerichtet.

Hans Fallada schreibt den realistischen Roman »Wolf unter Wölfen«; Gerhart Hauptmann seine Autobiografie in zwei Bänden »Das Abenteuer meiner Jugend« und das Requiem für seinen verstorbenen jüdischen Freund Max Pinkus »Finsternisse«; Ernest Hemingway den Roman »Haben und Nichthaben«; John Steinbeck das amerikanische Drama »Von Mäusen und Menschen«.

Gustav Gründgens wird Generalintendant der Preußischen Staatstheater in Berlin.

Die deutsche Schauspielerin Adele Sandrock stirbt.

Der amerikanische Komponist symphonischer Jazzmusik George

Gershwin stirbt; ebenso der französische Komponist Maurice Ravel nach einer Hirnoperation. Carl Orff komponiert die »Carmina Burana«, eine szenische Kantate nach mittelalterlichen Gedichten.

Swing ist der neue Modetanz.

Die Weltausstellung findet in Paris statt.

Der Zeppelin LZ 129 geht bei der Landung in Lakehurst im Bundesstaat New Jersey in Flammen auf. 35 der 92 Passagiere werden getötet, darunter der deutsche Kapitän des Luftschiffes Ernst August Lehmann.

Im Kino

Am 3. März stirbt die amerikanische Schauspielerin Jean Harlow.

Bei der Oscar-Verleihung am 4. März werden erstmals die begehrten Statuen für die beste weibliche und männliche Nebenrolle vergeben. Die Preisträger sind Gale Sondergaard und Walter Brennan.

Am 28. April eröffnet Mussolini in der Nähe von Rom Cinecittà, die Filmstadt.

Am 30. Juni nimmt die amerikanische Schauspielerin Margarita Cansino den Künstlernamen Rita Hayworth an und wird rasch mit Filmen wie »König der Toreros« und »Gilda« für die Columbia zum vergötterten Star.

Am gleichen Tag unterschreibt der Sportreporter und mittelmäßige Schauspieler Ronald Reagan seinen ersten Hollywood-Vertrag bei Warner Bros. mit einer Wochengage von 200 Dollar. Von 1981 bis 1989 ist er der 40. Präsident der Vereinigten Staaten.

USA

»Die spanische Erde«: Dokumentarfilm von Joris Ivens; berühmt wird der Film durch den Kommentar, den Ernest Hemingway schrieb.

»Geheimbund Schwarze Legion«: Regie Archie Mayo, mit

Humphrey Bogart, Dick Foran, Ann Sheridan.

»Schneewittchen und die 7 Zwerge« von Walt Disney, der erste abendfüllende Zeichentrickfilm.

»Maria Walewska«: Regie Clarence Brown, mit Greta Garbo, Charles Boyer, Reginald Owen.

»Dick und Doof im Wilden Westen«: Regie James W. Horne, mit Stan Laurel, Oliver Hardy, Sharon Lynn.

»Manuel«: Regie Victor Fleming, mit Spencer Tracy und Mickey Rooney.

»Engel«: Regie Ernst Lubitsch, mit Marlene Dietrich, Herbert Marshall, Melvyn Douglas.

»Rekrut Willie Winkle«: Regie: John Ford, mit Shirley Temple, Victor MacLaglen, June Lang.

Deutsches Reich

»Der Herrscher«: Regie Veit Harlan, mit Emil Jannings, Paul Wagner, Marianne Hoppe.

»Der Mustergatte«: Regie Wolfgang Liebeneiner, mit Heinz Rühmann, Leni Marenbach, Hans Söhnker, Heli Finkenzeller.

»Zu neuen Ufern«: Regie Detlef Sierck, mit Zarah Leander, Willy Birgel, Victor Staal, Carola Höhn.

»La Habanera«: Regie Detlef Sierck, mit Zarah Leander, Ferdinand Marian, Karl Martell.

»Der Mann, der Sherlock Holmes war«: Regie Karl Hartl, mit Hans Albers, Heinz Rühmann, Hansi Knotek.

»Serenade«: Regie Willi Forst, mit Hilde Krahl, Albert Matterstock, Igo Sym.

»Der Tiger von Eschnapur«: Regie Richard Eichberg, mit La Jana, Kitty Jantzen, Alexander Golling.

»Die Kreutzersonate«: Regie Veit Harlan, mit Lil Dagover, Albrecht Schoenhals, Peter Petersen.

»Versprich mir nichts«: Regie Wolfgang Liebeneiner, mit Victor de Kowa, Luise Ullrich, Heinrich George.

»Der zerbrochene Krug«: Regie Gustav Ucicky, mit Emil Jannings, Elisabeth Flickenschildt, Paul Dahlke.

Österreich

»Lumpacivagabundus«: Regie Geza von Bolvary, mit Paul Hörbiger, Hans Holt, Heinz Rühmann, Hilde Krahl.

Katzelmacher, schleich dich!

(nach einem wahren Fall)

1937

»Gleichgültigkeit ist die sicherste Stütze aller Gewaltherrschaften.«
Manès Sperber (1905 – 1984; österreichisch-französischer
Schriftsteller, Philosoph)

Wieder wird Wien von den gefährlichen politischen Kapriolen
etwas abgelenkt und wie ist das in dieser morbiden Stadt mit einer besonderen Beziehung zum Tod möglich? Durch ein tödliches
Liebesdrama, das alle Ingredienzien einer antiken Tragödie beinhaltet. Dazu eine gehörige Portion Sensationslust und die Gewissheit, nicht selbst davon betroffen zu sein. Die Zeiten sind ohnehin
schlimm und schwer genug.

Drei Jahre währte das heimliche *Pantscherl*[237] zwischen den beiden. Jetzt, mit einem Mal soll alles vorbei sein? Einfach so? Vergessen die wunderschönen Stunden der Liebe, als die Welt rundum
einfach stillstand?

Es war 1934 im Urlaub, als die schicksalhafte Begegnung zwischen dem temperamentvollen, heißblütigen Italiener Domenico
Perotti und der Wiener Rechtsanwaltsgattin Lilly Goldreich statt-
fand. Er, ein in Wien lebender Händler mit Südfrüchten, sie aus
bestem Hause stammend. Finanzielle Nöte kannten weder Domenico noch Lilly. Dass beide verheiratet waren, und wenn schon.
Was der Partner nicht weiß, macht ihn nicht heiß. So lautet doch
der Spruch.

Der Funke sprang über und daraus wurde eine intensive, gehei-
me Liebesbeziehung. Ob die jeweiligen Ehepartner von der geheimen Liaison wussten, sie duldeten oder in beiden Ehen deswegen
der Haussegen schief hing, lässt sich nicht mehr nachvollziehen.

Tatsache bleibt, Perotti sah das Leben nur mehr durch die rosarote Brille, war blind vor Liebe und wollte Lilly Goldreich mit allen Mitteln für immer an sich binden. Sein davor florierendes Geschäft mit Südfrüchten ging nun unaufhörlich den Bach runter, er kümmerte sich nur mehr sporadisch darum. Seine gesamte Energie und Kraft investierte er in seine Geliebte, die sich nur zu gerne von ihm verwöhnen ließ, nahm seine wertvollen Geschenke und materiellen Liebesbezeugungen dankend an. Vielleicht hielt sie ihr Ehemann, der Advokat, an der kurzen Leine, man weiß es nicht.

Schließlich kam, wie nicht anders zu erwarten, die eiskalte Ernüchterung. Perotti war pleite, konnte seine geschäftlichen Verpflichtungen nicht mehr erfüllen. Sein privates Vermögen hatte er seiner großen Liebe geopfert. Nachdem kein Geld mehr zu holen war, erlosch augenblicklich die Leidenschaft und Hingabe seiner schönen Lilly. Das berechnende Frauenzimmer gab ihm den *Weisl*.[238] Das konnte Perotti nicht verkraften und nicht akzeptieren.

Mit dem letzten Geld, das er sich von einem der wenigen Freunde, die ihm noch geblieben sind, leiht, kauft er sich einen Revolver und trägt ihn stets bei sich. Ihn plagen Selbstmordgedanken, nur einen Funken Hoffnung hegt er noch. Am 28. Februar lädt er Lilly Goldreich zu einem Kinobesuch in der Wollzeile im 1. Bezirk ein. Widerwillig stimmt sie zu, wehrt jedoch, als das Licht im Saal verlischt, Perottis Annäherungsversuche ab.

Nach dem Ende des Films erklärt sie ihm auf der Dominikanerbastei, dass er sie endlich in Ruhe lassen soll, es ist endgültig vorbei. Sie lacht den Habenichts aus, verspottet ihn als *Katzelmacher*.[239]

Jetzt bricht Perottis südländisches Temperament durch. Diese Schmach, diese Zurückweisung kann er nicht auf sich sitzen lassen. Er feuert zweimal auf seine verlorene Liebe, Lilly Goldreich wird tödlich getroffen und stirbt noch auf der Straße.

Der Italiener will sich erschießen, aufgebrachte Passanten überwältigen ihn und nur knapp entgeht er der Lynchjustiz. Als seine Beweggründe für den Mord öffentlich werden, ist ein Großteil der

Bevölkerung auf seiner Seite, verteufelt Lilly Goldreich als durchtriebenes, hinterhältiges, geldgieriges Luder.

Auch seine Richter sehen Domenico Perotti zwar als Täter, aber zugleich als Opfer der Venusfalle und mit 10 Jahren schweren Kerker fällt das Urteil sehr milde aus. Vorher unbescholten und wegen guter Führung öffnen sich für ihn bereits 1942 die Gefängnistore der Strafanstalt Stein.

Perotti kehrt nach Italien zurück, sein weiteres Schicksal ist nicht bekannt.[240]

Fenster können Mordwerkzeuge sein
1937

Der 42jährige Karl Dörr ist ein einfaches Gemüt, arbeitet als Waggonreiniger bei den Bundesbahnen. 10 Jahre lang hatte er ein *Gspusi*[241] mit Adrienne Steidl, bevor die beiden 1933 vor den Traualtar traten.

Das frischvermählte Paar bezog die Wohnung von Dörrs Mutter in der Singrienerstraße 29 in Meidling, dem 12. Bezirk. Adrienne arbeitete in einer Wäschefirma in der Schottenfeldgasse im 7. Bezirk, galt als fleißig und hochanständig. Jedoch wurde sie von ihrem Mann mit krankhafter Eifersucht verfolgt und er scheute auch nicht vor Misshandlungen zurück. 1934 wurde Adrienne schwanger und er unterstellte ihr, das Kind wäre nicht von ihm und verprügelte sie dermaßen mit dem Resultat einer Totgeburt.

1936 kam dann Stammhalter Karl zur Welt, die unbegründete Eifersucht des Vaters häufte sich noch mehr und ebenso verschlimmerten sich seine Prügelorgien. Oft flüchtete die gepeinigte Ehefrau zu ihrer Mutter, kehrte jedoch, nach gutem Zureden, immer wieder zu ihrem Mann zurück. Eines Tages war der Bogen endgültig überspannt und Adrienne reichte die Scheidung ein.

Am 8. Mai 1937 schließen die Eheleute vor Gericht einen Vergleich ab, beide sind mit einer Trennung einverstanden. Das Gericht fordert Dörr auf Alimente für seine Ex-Frau und den Sohn zu bezahlen. Daraufhin äußert er sich und droht, Adrienne eher umzubringen als zu *brennen*.[242] Leider wird diese Aussage nicht ernstgenommen, was sich rasch als fataler Fehler erweisen wird.

Zwischenzeitlich begibt sich Karl Dörr auf Kur in Bad Schallerbach und nach seiner Rückkehr am 19. Mai, trifft sich das einstige Ehepaar auf der Philadelphiabrücke, vereinbart, dass am nächsten Tag Adrienne ihre Sachen aus seiner Wohnung abholen kann. Dann fällt ihm ein, er habe tags darauf Dienst und möglicherweise wird er nach Klagenfurt versetzt. Daher solle sie ihr Zeug noch an diesem Abend holen.

Karl Dörr hat bereits einen fixen Mordplan. Zuerst schickt er seine Mutter aus der gemeinsamen Wohnung weg. Auch Adrienne ist nicht wohl in ihrer Haut, nimmt zur Sicherheit ihre Mutter mit. Gegen 19.45 Uhr betritt sie die ehemals eheliche Wohnung. Ihre Mutter wartet mit dem Enkelsohn vor dem Haus. Nochmals versucht Dörr seine Ex-Frau dazu zu bewegen, wieder zu ihm zurückzukehren. Doch dieser Zug ist abgefahren.

Adrienne steht am Fenster, ruft hinunter: »Hülf'ma, Mama, i kann nimma!«

Außer sich vor Wut schleudert der schmächtige Dörr Adrienne zuerst gegen das Bett, um sie dann zu packen und vor den Augen der Mutter und des Kindes sowie anderer Zeugen aus dem dritten Stockwerk aus dem Fenster zu werfen. Für Adrienne kommt jede Hilfe zu spät.

In einem Standgerichtsprozess am 31. Mai ist Karl Dörr geständig und meint selbst, ihm gebührt der Strang. Seinem Ansinnen wird entsprochen, Tod durch Erhängen.

Bereits drei Stunden nach der Urteilsverkündigung baumelt er am Galgen.

*

…und schon wieder ein Fenstersturz. Dieses Mal in der Hasnerstraße 32 in Ottakring, im 16. Bezirk. Als der arbeitslose 32jährige Goldarbeiter Franz Bittermann in der Zeitung über den Meidlinger Fenstersturz liest, meint er, »eine neue Art, seine Alte loszuwerden.«

Über eine Zeitschriftenannonce lernte er im Dezember 1935 Therese kennen. Eine junge Frau mit Ersparnissen, die im Innsbrucker Hotel »Arlbergerhof« arbeitete. Ein Jahr lang führte man eine Fernbeziehung bis am 14. Februar 1937 die Hochzeitsglocken läuteten.

Allerdings gibt es in der Hasnerstraße in der Wohnküche im dritten Stockwerk noch eine Mitbewohnerin in Form von Franz Bittermanns Mutter. Karoline Woltron, die sprichwörtlich böse Schwiegermutter, im Haus als zänkische *Bißgurn* verschrien, macht Therese das Leben zur Hölle.

Natürlich weiß Woltron, dass ihre Schwiegertochter einiges auf der hohen Kante besitzt und verlangt ständig Geld. Ihr Sohn steht unter der Fuchtel der Mutter und macht, was sie ihm anschafft. Mehrmals flüchtet sich Therese zu ihrer in Wien verheirateten Schwester.

Häufig lässt Karoline Woltron durchblicken, dass sie ihre Schwiegertochter schon klein kriegen wird und der Sohn lässt verlauten, dass er seine Frau eines Tages töten wird.

Am 22. Mai rafft sich Therese endlich auf, endgültig zu ihrer Schwester zu ziehen. Ihr Schwager wird sie mit seinem Auto abholen. Gegen 9 Uhr beginnt Therese zu packen, als sie plötzlich von Franz und der Schwiegermutter unterbrochen wird.

Plötzlich sind im Haus Hilferufe zu hören, die Hausbesorgerin und eine Nachbarin halten Nachschau. Alles in Ordnung bekunden Sohn und Mutter, deuten nur auf die »Hysterische«, die auf dem Bett sitzt.

Therese geht hinaus auf den Gang und bittet die Schwiegermutter, sie endlich in Ruhe ihre Habseligkeiten zusammensuchen zu lassen. Dann kehrt Therese zurück in die Wohnung, gefolgt von ihrem Mann. Kaum ist die Türe geschlossen, erschüttert ein neuerlicher, gellender Hilfeschrei das Haus.

Völlig ruhig kommt Franz Bittermann aus der Wohnung, sagt nur lapidar, »sie is' scho' unt'n.«

Er geht in den Hinterhof, gefolgt von den Hausparteien, wo der zerschmetterte Körper seiner Frau liegt.

Ungerührt meint er, »de ist scho' hin«, bevor er sich in die nahegelegene Apotheke begibt, um nach dem Rettungsdienst und der Polizei zu telefonieren.

Vor Gericht tischt Franz Bittermann mehrere Selbstmordversionen seiner Frau auf und lügt wie gedruckt, doch es nützt ihm nichts. Am 15. Oktober wird er zum Tod durch den Strang verurteilt. Nach dem Einmarsch 1938 wird vom Reichsstatthalter die Strafe in lebenslange Haft umgewandelt.

Am 20. September 1943 wird Bittermann von der Strafanstalt Stein ins KZ Mauthausen überstellt, wo er sich am 7. Oktober 1943 erhängt. Das weitere Schicksal seiner bösen Mutter Karoline Woltron ist unbekannt.[243]

EPILOG

ZEITTAFEL
1938

Am **1. Jänner** erklärt Bundeskanzler Schuschnigg gegenüber dem englischen Daily Telegraph in einem Interview: »*Ein Abgrund trennt Österreich vom Nationalsozialismus. Wir sind nicht für willkürliche Gewalt, wir wollen, dass Recht unsere Freiheit bestimmt... Ich bin der Tradition und meiner Überzeugung nach Monarchist. Eine Restauration ist aber zurzeit unmöglich, die Bedingungen müssen langsam geschaffen werden.*«[244]

Zwischen **9.** und **12. Jänner** findet die letzte Staaten-Konferenz der »Römischen Protokolle« in Schuschniggs Anwesenheit in Budapest statt. Österreich weigert sich aus dem Völkerbund auszutreten, schließt sich auch nicht dem Antikominternpakt an. Dieses Bündnis wurde bereits am 25. November 1936 zwischen dem Deutschen Reich und Japan geschlossen, Italien trat am 6. November 1937 bei.

Am **27. Jänner** wird der sogenannte »Tavs-Plan« publik. Ein Aktionsprogramm der österreichischen Nazis im Fall einer Machtübernahme. Leo Tavs, Mitglied des »Siebener-Ausschusses«, erstellte die Punkte für eine bewaffnete Nazi-Revolution in nächster Zeit. Darin sind auch Anschläge auf deutsche Diplomaten enthalten, die als reine Provokationen dienen.

Am **4. Februar** wird der deutsche Gesandte in Wien, Franz von Papen, abberufen. Einen Tag später unterbreitet er Hitler den Vorschlag Schuschnigg auf den Berghof am Obersalzberg in Berchtesgaden zu zitieren. Der Führer ist hellauf begeistert. Hitlers Einladung wird am **7. Februar** von Papen an Schuschnigg in Wien überreicht. Nach einem Gespräch mit Arthur Seyß-Inquart stimmt der Bundeskanzler zu. Man einigt sich auf den **12. Februar**.

Schuschnigg reist mit seinem Staatssekretär für Äußeres Guido Schmidt nach Berchtesgaden. Am Vormittag folgt ein zweistündiges Gespräch, während dem der Kanzler von Hitler äußerst rüde und respektlos behandelt wird, abgekanzelt wie ein dummer Schuljunge. Am Nachmittag präsentiert der Führer seine Pläne. Seyß-Inquart wird mit absoluter Polizeigewalt Innenminister, Bankdirektor Hans Fischböck fungiert als Sachwalter für die deutsch-österreichischen Wirtschaftsbeziehungen.

Die weiteren Bedingungen: Innerhalb von drei Tagen müssen alle inhaftierten Nazis frei gelassen werden; ab sofort ist das Bekenntnis zum Nationalsozialismus und zur NSDAP wieder erlaubt; Beamte und Offiziere, die wegen ihrer nationalsozialistischen Tätigkeiten entlassen wurden, sind sofort wieder einzustellen.

Hitler im barschen Ton zu Schuschnigg: »*Verhandelt wird nicht, ich ändere keinen Beistrich. Sie haben zu unterschreiben, oder alles Weitere ist zwecklos, und wir sind zu keinem Ergebnis gekommen. Ich werde dann im Laufe der Nacht meine Entschlüsse zu fassen haben.*«[245]

Schuschnigg zögert und wird des Raumes verwiesen. Daraufhin wird General Keitel, Chef des Oberkommandos der Wehrmacht, demonstrativ gerufen. Keitel, ein treu ergebener Diener seines Herrn, wird intern und nur hinter vorgehaltener Hand völlig zu Recht als »Lakeitel« bezeichnet.

Schuschnigg gelingt es schließlich, eine Frist von drei Tagen herauszuschinden mit dem Hinweis, dass verfassungsrechtlich nur der Bundespräsident Ministerernennungen zustimmen darf. Insgeheim will Schuschnigg Zeit gewinnen und hofft auf die Unterstützung der Briten, Franzosen und Italiener. Allerdings sehr naiv, wie sich schnell herausstellen wird.

Nach neun Stunden ist der Kanzler mit seinem Begleiter bereits wieder zurück in Salzburg.

Bundespräsident Miklas bleibt skeptisch und erst nach einer langen Sitzung stimmt er am Nachmittag des **14. Februars** einer

Regierungsumbildung zu. Am **15. Februar** übernimmt die fünfte Regierung Schuschnigg die Amtsgeschäfte.[246] Die Ministerliste ist erst gegen 2 Uhr morgens am **16.** komplett.

Trotz dem, dass in dieser Regierung nur treue Freunde und Weggefährten Schuschniggs vorkommen und der sozialdemokratische Gewerkschafter Adolf Watzek zum Staatssekretär ernannt wird, hat es keinen Einfluss auf die weitere Entwicklung der Ereignisse.

Am **16. Februar** wird die Amnestie für politische Delikte, die vor dem 15. Februar 1938 begangen wurden, erlassen.

Am **17. Februar** geben die Vertrauensmänner, darunter viele Sozialdemokraten, der Wiener Arbeiterschaft bekannt, dass sie » *... für die Freiheit, Unabhängigkeit und Würde Österreichs eintreten... [Der Kanzler] kann bei seinen Bemühungen, die Zukunft Österreichs zu sichern und das friedliche Aufbauwerk des Landes gegen jede Störung zu schützen, auf die restlose, zu jedem Opfer bereite Unterstützung der Arbeiter zählen.«*[247] Warum allerdings Schuschnigg die Abordnung erst am 3. März empfängt, bleibt ein Rätsel.

In einem Brief an den Kanzler appelliert Otto von Habsburg, ihm die Regierungsgeschäfte zu übertragen. In Berlin trifft sich Seyß-Inquart zu Gesprächen mit Hitler, Göring, Rudolf Heß und Heinrich Himmler.

Am **18. Februar** wird den Nazis im Rahmen legaler Tätigkeiten die Mitarbeit in der Vaterländischen Front eingeräumt.

Die Lage verschärft sich zusehends. In einer Reichstagsrede am **20. Februar** erklärt Hitler, »*...zwei der an unseren Grenzen liegenden Staaten umschließen eine Masse von 10 Millionen Deutsche. Sie sind gegen ihren eigenen Willen durch die Friedensverträge an einer Vereinigung mit dem Deutschen Reich behindert worden... Es ist für eine Weltmacht unerträglich, an ihrer Seite Volksgenossen zu wissen, denen aus ihrer Sympathie oder aus ihrer Verbundenheit mit dem Gesamtvolk... fortgesetzt schweres Leid zugefügt wird.«*[248]

Vier Tage später, am **24. Februar**, folgt Schuschniggs Reaktion vor dem Bundestag: »*Die Regierung erachtet es als ihre erste und selbstverständliche Pflicht, mit allen ihren Kräften die unversehrte Freiheit und Unabhängigkeit des österreichischen Vaterlandes zu erhalten.*«[249]

Die Daumenschrauben werden noch enger angezogen. Am **1. März** spricht Hermann Göring am »Tag der Flieger« von »*der Vergewaltigung von 10 Millionen deutscher Volksgenossen jenseits der Grenzen.*«[250] Seyß-Inquart spricht in Graz auf einer Nazi-Kundgebung.

Otto Bauer sieht noch nicht alles verloren. Er schreibt in der in Brünn erscheinenden *Arbeiter-Zeitung*: »*Aber so groß die Gefahr ist, so kann sie noch immer abgewendet werden, wenn sich das österreichische Volk ermannt, den Erpressungen Hitlers kraftvollen Widerstand entgegenzusetzen. Ohne die Mitwirkung der Arbeiterschaft ist ein solcher Widerstand freilich undenkbar. Sie ist bereit, gegen Hitler, aber nicht bereit, für Schuschnigg zu kämpfen. Für die Arbeiterschaft bleibt das Kampfziel der Unabhängigkeit nach Außen untrennbar verknüpft.*«[251]

In seiner Antwort vom **2. März** lehnt der Kanzler Otto von Habsburgs Angebot ab, mit der Begründung, dass kriegerische Auseinandersetzungen die Folge wären.

Endlich empfängt Schuschnigg am **3. März** die 20köpfige Delegation der illegalen Gewerkschafter, angeführt von Friedrich Hillegeist, die dem Kanzler Unterstützung gegen die Nazis zusagten. Der zaudernde Schuschnigg nimmt das Angebot äußerst zurechthaltend entgegen.

Bitterer Schwanengesang

Am **4. März** trifft Staatssekretär Wilhelm Keppler, Hitlers Österreich-Experte und Wirtschaftsberater, in Wien ein. Er fordert die Erfüllung der wirtschaftlichen Vertragspunkte von Berchtesgaden. Währenddessen spricht Seyß-Inquart in Linz vor 500 NSDAP-Vertrauensleuten, gibt die Verhaltensmaßregeln für die kommenden Tage vor.

Wegen der zunehmenden Nazi-Aktivitäten geraten Schuschnigg und Seyß-Inquart am **6. März** in Streit. Der Kanzler will eine Volksabstimmung durchführen.

In einer Rede am **9. März** vor der Vaterländischen Front in Innsbruck gibt Schuschnigg die Volksabstimmung über die Aufrechterhaltung für ein unabhängiges Österreich für den 13. März bekannt. Eine vaterländische Kundgebung zieht sofort eine Nazi-Gegendemonstration mit sich.

Am **10. März** gehen in fast allen österreichischen Städten Menschen mit marxistischer und vaterländischer Gesinnung auf die Straßen. Hitler gibt in Berlin dem Chef des Generalstabes, Ludwig Beck, den Befehl den Einmarsch in Österreich vorzubereiten. Schuschnigg steht auf verlorenem Posten und völlig allein da. Auf mögliche Verbündete, auf die er insgeheim setzte, ist kein Verlass. Frankreich muss seine eigene Regierungskrise bewältigen. Die Engländer interessieren sich nicht für Österreich und Mussolini spielt ohnehin sein eigenes Spiel.

Am **11. März**, um **2 Uhr** morgens, wird Hitlers »Weisung Nr. 1, Betr. Unternehmen Otto« ausgegeben, jedoch noch nicht vom Führer unterschrieben.

Um **9 Uhr** informiert Guido Zernatto, Generalsekretär der Vaterländischen Front, Schuschnigg über die Lage in Österreich. In verschiedenen Orten haben sich größere und kleinere SA- und SS-Einheiten zusammengerottet. An den Grenzen Österreichs stehen deutsche Truppen Gewehr bei Fuß. Doch es gibt auch vaterländische Begeisterung in den Städten und auf dem Land. Seyß-Inquart holt Glaise-Horstenau vom Flugplatz ab. Ein Kurier übergibt dem Innenminister ein Schreiben Hitlers mit dem Ultimatum an Österreich.

Um **9.30** fordern Seyß-Inquart und Glaise-Horstenau von Schuschnigg in seinem Arbeitszimmer die Verschiebung der Volksabstimmung und pochen auf Hitlers Ultimatum. Bis **12 Uhr** muss eine Entscheidung gefallen sein. Gegen **11.30** beginnen hektische, getrennte Beratungen des Schuschnigg-Stabes und der Nazis. Um **13 Uhr** liest der Kanzler einen Brief, der von Seyß-Inquart und Glaise-Horstenau unterzeichnet und eine glatte Erpressung ist. Entweder wird die Volksabstimmung verschoben oder Schuschnigg tritt bis **14 Uhr** zurück.

Um **14 Uhr** wird der Ministerrat abgesagt. Dafür beraten sich die Führer der Vaterländischen Front. Außenminister Schmidt und Staatssekretär Zernatto übergeben den Nazis einen Kompromissvorschlag, der abgelehnt wird. In Berlin unterschreibt Hitler die »Weisung Nr. 1«.

Der von Schuschnigg alarmierte Bundespräsident Miklas trifft um **14.30** am Ballhausplatz ein.

Eine Viertelstunden später, um **14.45** glühen die Telefonleitungen zwischen Wien und Berlin. Seyß-Inquart erstattet Göring Bericht, dass die Volksabstimmung ausgesetzt ist. Göring ist nun der Mann fürs Grobe. Staatssekretär Keppler fliegt nach Berlin, um eine »friedliche Lösung« zu präsentieren. Das bedeutet nichts anderes als keine Volksabstimmung und Schuschniggs Rücktritt.

Göring hält mit Hitler Rücksprache und ruft gegen **15 Uhr** Seyß-Inquart an, teilt ihm mit, Österreichs Bundeskanzler genieße nicht mehr das Vertrauen des Führers. Daher Demissionierung und bis **17.30** muss eine neue Regierung mit Seyß-Inquart als Bundeskanzler stehen. Um **15.30** versammeln sich Schuschnigg, Außenminister Schmidt, Wiens Bürgermeister Richard Schmitz und der ehemalige Bundeskanzler Otto Ender in der Hofburg in Miklas' Arbeitszimmer. Es gibt um die entscheidende Frage, wird das Ausland helfen?

Schuschnigg knickt endgültig ein, bietet um **16 Uhr** seinen Rücktritt an. Der Bundespräsident akzeptiert, weigert sich aber entschieden, Seyß-Inquart als neuen Kanzler anzugeloben.

Durch den Gesandten Theodor Hornbostel werden endlich ernüchternde Auslandsreaktionen bekannt. Frankreich hat derzeit andere Probleme. London wird sich nicht gegen das Deutsche Reich stellen. Die italienische Gesandtschaft in Wien ist nicht erreichbar.

Um **17 Uhr** sitzt Göring einer Falschmeldung auf, glaubt Seyß-Inquart wäre bereits Kanzler. Zumindest wird ihm das von der deutschen Gesandtschaft in Wien mitgeteilt, worauf Göring auf einer Regierungsbildung bis **19.30** besteht.

Zwischen **17** und **19** Uhr reagieren endlich Paris und London. Hornbostel erhält die Zusage, dass beide Staaten bereit sind, eine diplomatische Protestnote nach Berlin zu senden, falls Italien ebenfalls mitmacht. Doch Rom schweigt.

Um **17.26** tobt Göring am Telefon, als er mit Seyß-Inquart telefoniert und inzwischen erfuhr, dass ihm die deutsche Gesandtschaft eine Falschinformation untergejubelt hat. Umgehend befiehlt er dem Innenminister gemeinsam mit dem Militärattaché Generalleutnant Muff den Bundespräsidenten aufzusuchen und ein neues Ultimatum zu stellen. »*Der Einmarsch wird nur dann aufgehalten, und die Truppen bleiben an der Grenze stehen, wenn wir bis 19 Uhr die Meldung haben, dass der Miklas die Bundeskanzlerschaft Ihnen übertragen hat. Wenn der Miklas das nicht in vier Stunden kapiert hat, muss er jetzt eben in vier Minuten kapieren.*«[252] Gegen **18.15 Uhr** teilt Muff dem Bundespräsidenten das neue Ultimatum mit, Miklas bleibt hart.

Um **18.34** ist Göring weiterhin in Rage, als er mit dem in Berlin soeben eingetroffenen Staatssekretär Keppler telefoniert und von der Ablehnung des Bundespräsidenten hört. »*Dann soll der Seyß-Inquart absetzen. Gehen Sie nochmal rauf und sagen Sie ihm doch glatt, der Seyß-Inquart solle die nationalsozialistische Wache ausrufen, und die Truppen bekommen jetzt in fünf Minuten von mir den Befehl zum Einmarsch.*«[253]

Miklas empfängt um **19 Uhr** Generaltruppeninspektor General Schilhawsky und fordert ihn zu einer Regierungsbildung auf, der lehnt aus gesundheitlichen Gründen ab. Wer in Österreich einen Radioapparat besitzt, hört um **19.50** angespannt Schuschniggs Ansprache, die von der RAVAG übertragen wird. In bewegenden Worten schildert der Kanzler die Ereignisse der letzten Tage und Stunden, schließt mit »*so verabschiede ich mich in dieser Stunde von dem österreichischen Volk mit einem deutschen Wort und einem Herzenswunsch: Gott schütze Österreich!*«

Nach dem Protokoll der Reichskanzlei findet ein neuerliches Telefonat zwischen Göring und Seyß-Inquart statt.

»*Und Sie sind nicht beauftragt worden? Das ist abgelehnt?*«, fragt der Oberbefehlshaber der Luftwaffe und Reichswirtschaftsminister.

»*Das ist nach wie vor abgelehnt*«, antwortet der Innenminister.

»*Also gut, ich gebe den Befehl zum Einmarsch, und dann sehen Sie zu, dass Sie sich in den Besitz der Macht setzen. Machen Sie die führenden Leute auf folgendes aufmerksam, was ich Ihnen jetzt sage. Jeder, der Widerstand leistet oder Widerstand organisiert, verfällt augenblicklich damit unseren Standgerichten, den Standgerichten der einmarschierenden Truppen. Ist das klar?*«[254]

Gegen **20 Uhr** treffen beim deutschen Außenminister von Neurath die Protestnoten von Frankreich und Großbritannien ein. Beide Staaten warnen vor schweren Konsequenzen, falls Deutschland das unabhängige Österreich zu okkupieren gedenke. Rom hüllt sich weiterhin in Schweigen.

Hitler lässt das kalt und gibt dem Oberbefehlshaber des Heeres, General von Brauchitsch den Befehl, den Einmarsch vorzubereiten. Unter dem fadenscheinigen Vorwand, so Hitler »*Wir werden Seyß-In-*

quart bitten, in einem Telegramm unsere militärische Hilfe anzufordern.«[255]

Um **20.45** folgt die »Führerweisung Nr. 2.«

1. Die Forderungen des deutschen Ultimatums an die österreichische Regierung sind nicht erfüllt worden.

2. Die österreichische Wehrmacht hat Befehl, sich vor dem Einmarsch zurückzuziehen und dem Kampf auszuweichen. Die österreichische Regierung hat sich ihres Amtes suspendiert.

3. Zur Vermeidung weiteren Blutvergießens in österreichischen Städten wird der Vormarsch der Deutschen Wehrmacht nach Österreich am 12.3. bei Tagesanbruch nach Weisung Nr. 1 angetreten. Ich erwarte, dass die gesteckten Ziele unter Aufbietung aller Kräfte so rasch wie möglich erreicht werden...«.[256]

Von wegen es fließt Blut. Eine absolute Lüge. In diesen schweren Stunden gibt es in Österreich keinen einzigen blutigen Zwischenfall, obwohl der reichsdeutsche Rundfunk genau das Gegenteil behauptet. Eine Menschenmenge hat sich auf dem Ballhausplatz versammelt und verhält sich ruhig. Ein Nazi klettert auf den Balkon des Bundeskanzleramtes und schwenkt die Hakenkreuzfahne.

Bundespräsident Miklas gibt weiterhin nicht nach.

Um **21 Uhr** greift Göring wieder zum Hörer, ruft Staatssekretär Keppler an und schnauzt ihn an: »*Nun passen Sie auf, folgendes Telegramm soll der Seyß-Inquart her senden. Schreiben Sie auf: Die provisorische österreichische Regierung, die nach der Demission Schuschnigg ihre Aufgabe darin sieht, die Ruhe und Ordnung in Österreich wiederherzustellen, richtet an die deutsche Regierung die dringende Bitte, sie in ihrer Aufgabe zu unterstützen und ihr zu helfen, Blutvergießen zu verhindern. Zu diesem Zweck bittet sie die deutsche Reichsregierung um baldmöglichste Entsendung deutscher Truppen.«*[257]

Um **21.45** meldet sich Reichspressechef Dietrich in Wien und spricht mit Keppler, dass er dringend dieses Telegramm braucht. Keppler teilt ihm mit, dass er dem Generalfeldmarschall mitteilen soll, dass Seyß-Inquart im Bilde ist. Tatsächlich sagt die willfährige

Marionette Seyß-Inquart zu Keppler, »*Sie kennen meine Stellungnahme, machen Sie, was Sie wollen.*«[258]

Das Telegramm ist eine Fälschung. Es wird später von Reichspostminister Ohnesorge ausgefertigt.

Philipp Prinz von Hessen ruft von Rom aus um 22.45 Uhr Hitler in Berlin an: »*Ich bin gerade vom Palazzo Venetia zurückgekehrt. Der Duce hat die ganze Sache in sehr freundlicher Weise aufgenommen. Er lässt Sie grüßen. Er war von Österreich unterrichtet worden. Schuschnigg gab ihm die Nachricht. Er habe dann gesagt, das sei völlig unmöglich. Es wäre ein Bluff, etwas Derartiges könne nicht geschehen. Daraufhin wäre ihm mitgeteilt worden, dass es leider so abgemacht sei und nichts mehr geändert werden könne. Dann sagte Mussolini, Österreich wäre ihm unwichtig...*«. Die enthusiastische Antwort Hitlers: »*Dann sagen Sie bitte Mussolini, ich würde ihm das nie vergessen. Nie, nie, nie was immer geschehen mag...*«[259]

Der inzwischen umgefärbte österreichische Rundfunk meldet um **23.14**, »*der Bundespräsident hat unter dem Druck der innenpolitischen Lage den Bundesminister Seyß-Inquart zur Aufrechterhaltung von Ruhe und Ordnung mit der Führung des Bundeskanzleramtes betraut.*«[260]

Bürgermeister Richard Schmitz wird in seiner Wohnung verhaftet. Vom Rathaus weht die Hakenkreuzfahne. Der bisherige Vizebürgermeister Emil Fey tritt Schmitz' Nachfolge an, allerdings nur bis 13. März. In den Landeshauptstädten wehen die Nazi-Fahnen. Fackelzüge finden statt, begleitet von »Heil Hitler!« rufenden Massen.

Um **22 Uhr** muss Bundespräsident Miklas seinen Widerstand aufgegeben. Er genehmigt die Regierung Seyß-Inquart.[261] Das Bundeskanzleramt ist bereits von der *SS-Standarte 89*, die noch 1934 beim Putschversuch scheiterte, besetzt. Es gibt keinen Ausweg mehr. Im Mezzanin des Leopoldinischen Traktes der Hofburg knallen hinter den hell erleuchteten Fenstern die Korken. Der *Deutsche Klub* hat allen Grund zum Feiern. Der Anschluss Österreichs an das Deutsche Reich ist nicht mehr zu verhindern.

Ein elitärer Klub, der bereits 1908 gegründet wurde und bis 1939 besteht. Ein Sammelbecken für österreichische Nazis des Wiener Bürgertums. Die Mitglieder sind Spitzenbeamte, Rechtsanwälte, Industrielle, Universitätsprofessoren, Ärzte, frühere Adelige und ehemalige Offiziere der k.u.k. Armee. Zuerst in der Johannesgasse im 1. Bezirk angesiedelt, braucht der Klub mit seinen mehr als 1000 Mitgliedern bald eine neue Bleibe und findet sie in der Hofburg. Der Verein war maßgeblich an der permanenten Unterwanderung durch die Nazis in Österreich verantwortlich.

Während Schuschniggs Abschiedsrede standen nicht nur hunderte SA- und SS-Männer auf dem Ballhausplatz, gegen **20.30** versammelten sich im Inneren Burghof an die 200 Mitglieder und feierten bereits den Anschluss. Der Klub sendete einen »Drahtgruß« nach Berlin. »*Die Nationalsozialisten des deutschen Klubs entbieten dem Führer in tiefster Dankbarkeit für die Erlösung aus Erniedrigung und Unterdrückung ihrer ehrerbietigsten Grüße und geloben unverbrüchliche Gefolgschaft.*«[262]

Viele Mitglieder werden in der kurzen Zeit des »Tausendjährigen Reiches« wichtige Positionen in Politik, Wirtschaft, Kultur und Wissenschaft einnehmen.

Gegen **2 Uhr morgens** am **12. März** verlässt ein geschlagener Bundeskanzler Schuschnigg den Ballhausplatz. Um **2.10** meldet sich Generalleutnant Muff in Berlin. Auf Wunsch Seyß-Inquarts sollen sich die Truppen in Bereitschaft halten, aber nicht die Grenzen überschreiten, Hitler verweigert.

Um **5 Uhr** treffen der Reichsführer SS und Chef der deutschen Polizei Heinrich Himmler, SS Führer Reinhard Heydrich und andere Bonzen in Wien ein. Sofort beginnen die ersten Verhaftungen.

Ein halbe Stunde später, um **5.30**, besetzen deutsche Truppen die Grenzübergänge nach Österreich. Um **10.15** landen Luftwaffenverbände auf dem Flugfeld Wien-Aspern.

Die Stimme des Propagandaministers Goebbels ertönt um **12**

Uhr im deutschen Rundfunk und verliest die »Proklamation des Führers und Reichskanzlers«: »*Deutsche! Mit tiefem Schmerz haben wir seit Jahren das Schicksal unserer Volksgenossen in Österreich erlebt... Ich habe mich daher entschlossen, den Millionen Deutschen in Österreich nunmehr die Hilfe des Reiches zur Verfügung zu stellen. Seit heute Morgen marschieren über alle Grenzen Deutsch-Österreichs die Soldaten der deutschen Wehrmacht...*«[263]

Um **12.30** trifft Hitler im Oberkommando der 8. Armee im oberösterreichischen Mühldorf ein. Unter frenetischem Jubel kehrt der Führer um **16 Uhr** in seine Geburtsstadt Braunau am Inn zurück. Die Vorhut der Wehrmacht erreicht um **17 Uhr** St. Pölten in Niederösterreich. Hitler wird um **19 Uhr** unter großem Jubel in Linz empfangen. Die ersten Truppenteile erreichen die Wiener Stadtgrenze.

Um **20 Uhr** findet in Linz eine Großkundgebung statt. Hitler, Seyß-Inquart und Himmler zeigen sich auf dem Balkon des Rathauses. Mit Pathos spricht der Führer:»*...Wenn die Vorsehung mich einst aus dieser Stadt heraus zur Führung des Reiches berief, dann muss sie mir damit einen Auftrag erteilt haben, und es kann nur ein Auftrag gewesen sein, meine teure Heimat dem Deutschen Reich wiederzugeben!*«[264]

Gegen **Mitternacht** trifft das Vorkommando der 8. Armee in Wien ein.

Am **13. März lässt Hitler das** *Anschluss-Gesetz* ausarbeiten, das Bundesheer geht in die Wehrmacht über. **Österreich existiert nicht mehr**.

Am **15. März** ist der Wiener Heldenplatz heillos überfüllt und eine frenetische Menge bereitet Hitler einen triumphalen Empfang. Er spricht vom Balkon der Hofburg. Der Wiener Erzbischof, Kardinal Theodor Innitzer besucht den Führer im Hotel *Imperial*.

Zahlreiche Selbstmorde werden von bekannten Persönlichkeiten aus Politik und Kultur in den kommenden Tagen begangen. Darunter mehrere Mitglieder der ehemaligen Schuschnigg-Regierung wie Emil Fey, Odo Neustädter-Stürmer und General Wilhelm Zehner. Eine Verhaftungswelle trifft ehemalige Regierungsmitglieder, höhere und mittlere Beamte, Wirtschaftstreibende und bekannte Sozialdemokraten. Nur wenige emigrieren. Schuschnigg wird von der Gestapo verhaftet und ins Wiener Hauptquartier, in das Hotel *Métropole* am Morzinplatz gebracht.

Nur Chile, China, Mexiko, Rot-Spanien und die Sowjetunion protestieren am **16. März** gegen die Okkupation. Otto von Habsburgs Protest wird in französischen Zeitungen publiziert.

An diesen Tag klopft die SA an die Türe von Egon Friedell, dem Schriftsteller, Kulturhistoriker, Kritiker, Feuilletonisten und Leiter des Kabaretts »Fledermaus«. Die SA-Männer wollen wissen, ob hier »der Jud' Friedell« wohnt. Mit den Worten »Treten Sie zur Seite«, um keine Passanten zu gefährden, stürzt sich die Kultur- und Geistesgröße aus dem Fenster seiner Wohnung in der Gentzgasse 7 in Währing.

Ab **17. März** heißt die neue Währung *Reichsmark*; 1 Reichsmark entspricht 1,50 Schilling. Der Ausverkauf Österreichs beginnt. Die Nationalbank wird von der Deutschen Reichsbank übernommen. 243 Millionen Schilling in Gold, das entspricht 91.000 kg Gold und 121 Millionen an Devisen werden nach Berlin geschafft.

Die Wiener Bischofskonferenz erlässt am **18. März** einen Hirtenbrief mit der Empfehlung bei der Volksabstimmung am 10. April mit Ja zu stimmen.

Am **26. März** erklärt Göring in der Nordwestbahnhalle, dass Wien binnen 4 Jahren »judenrein« sein muss.

Am **27. März** wird der Hirtenbrief von allen Kanzeln verkündet.

Die Österreichische Legion, 8000 ins Deutsche Reich geflohene Nazis, kehren am **31. März** nach Wien zurück.

Am **1.** und **2. April** werden mit dem ersten Transport 150 Österreichern ins KZ Dachau deportiert. Bei diesem in die Geschichte eingegangen »Prominenten-Transport« sind u. a. Fritz Bock,

Robert Danneberg, Ludwig Draxler, Leopold Figl, Alfons Gorbach, Robert Hecht, Theodor Hornbostel, Fritz Löhner-Beda, Viktor Matejka, Franz Olah, Richard Schmitz und Adolf Watzek dabei.

Das *Wiener Tagblatt* veröffentlicht am **3. April** ein Interview mit Karl Renner: »*...Als Sozialdemokrat und somit als Verfechter des Selbstbestimmungsrechtes der Nationen, als erster Kanzler der Republik-Deutsch-Österreich und als gewesener Präsident der Friedensdelegation zu St. Germain werde ich mit Ja stimmen.*«[265] Doch diese offensichtliche Anbiederung hat einen tieferen Sinn. Renner erhofft sich dadurch einen Freikauf verhafteter Genossen, doch für Gauleiter Josef Bürckel ist es nur eine willkommene Werbung.

Mit dem »Tag des Großdeutschen Reiches« am **9. April** endet die aggressive und intensive Wahlkampagne für die Volksabstimmung. Hitler spricht auf einer Kundgebung in der Nordwestbahnhalle in Anwesenheit von Goebbels über Wien die historischen Worte: »*Diese Stadt ist in meinen Augen eine Perle! Ich werde sie in jene Fassung bringen, die dieser Perle würdig ist!*«[266] Die Volksabstimmung endet am **10. April** mit dem lächerlichen Ergebnis von 99,13% Ja-Stimmen in Österreich und im Altreich mit 99,03%.

Am **18. April** wird der Politiker Hannes Androsch geboren.

Am **25. April** wird der Wiener Gauleiter Josef Bürckel zum »Reichskommissar für die Wiedervereinigung« ernannt.

Am **3. Mai** weilt Hitler mit Goebbels, Heß, Joachim von Ribbentrop und Himmler zum offiziellen Staatsbesuch bei Mussolini in Rom.

Im Linz erfolgt am **13. Mai** der Spatenstich für den Bau der *Hermann-Göring-Werke*.

Österreich wird am **24. Mai** in sieben Gaue aufgeteilt: Nieder- und Oberdonau, Salzburg, Tirol-Vorarlberg, Steiermark und Kärnten. Das Burgenland wird in die Gaue Niederdonau und Steiermark integriert. Der Reichsgau Wien wird durch niederösterreichische Gebiete erweitert.

Der Name Österreich ist ausradiert und wird durch **Ostmark** ersetzt.

Am **24. Mai** wird der Kabarettist Fritz Grünbaum mit seiner Frau ins KZ Dachau eingeliefert, nachdem er sich in Wien einige Zeit verstecken konnte, aber letztendlich verraten wurde, als die Flucht in die Tschechoslowakei missglückte. Gleich nach dem Anschluss wurde er verhaftet und in die *Liesl*, dem Gefängnis auf der Elisabethpromenade, der heutigen Rossauerlände im 9. Bezirk gesteckt. Danach wurde er in einer zum Gefängnis adaptierten Schule in der heutigen Karajangasse im 20. Bezirk verlegt, wo er sich mit Bruno Kreisky eine Zelle teilte.

Man konnte Grünbaum psychisch und physisch quälen, doch gegen seinen Witz und Humor waren die Nazis machtlos. Später erzählte Kreisky über die gemeinsame Haftzeit. *»Den ganzen Tag mussten wir gehen, gehen und gehen. Das waren so die kleinen Bosheiten, die sie uns antun wollten, und da sah Fritz Grünbaum zu mir herauf und sagte: ›Und die draußen glauben, wir sitzen.‹«*

Später wird der Kabarettist ins KZ Buchenwald deportiert, um nach einiger Zeit wieder in Dachau zu landen. Als er einen Aufseher um ein Stück Seife bittet und sie ihm verweigert wird, sagt er, *»wer kein Geld für Seife hat, soll sich kein KZ halten.«*[267] Am 14. Jänner 1941 haben Grünbaums Leiden in Dachau ein Ende.

Am **30. Mai** stirbt Robert Hecht, Sektionschef und Rechtsberater der Regierungen Dollfuß und Schuschnigg im KZ Dachau.

Ödön von Horvath hält sich in Paris auf, trifft sich am **1. Juni** im Café Marignan, um mit dem Regisseur Robert Siodmark über die Verfilmung seines Romans »Jugend ohne Gott« zu sprechen. Am gleichen Tag, während eines Gewitters, erschlägt auf der Champs Élysées ein herabstürzender Ast den Schriftsteller.

Zwischen Frühsommer und Herbst bilden sich in Wien unabhängig voneinander erste Widerstandgruppen gegen die Nazi-Herrschaft wie um den Augustiner-Chorherren Karl Roman Scholz im

Stift Klosterneuburg, um den Wiener Finanzbeamten Karl Lederer und den Rechtsanwalt Jakob Kastelic und seiner Hietzinger Kaffeehausrunde.

Am **20. Juni** nehmen die *Besonderen Senate* in Österreich ihre tödliche Arbeit auf. Um den Volksgerichtshof zu entlasten, schafft die Oberreichsanwaltschaft als oberste Anklagebehörde im Dritten Reich die Möglichkeit bei Hoch- und Landesverrat sowie Wehrkraftzersetzung die Strafverfolgung an den Generalstaatsanwalt beim Oberlandesgericht abzugeben. Diese Urteile endeten nahezu in allen Fällen mit dem Tod.

Am **4. Juli** stirbt Otto Bauer in Paris.

Anfang **September** häufen sich die Zwischenfälle zwischen Tschechen und Sudetendeutschen.

Am **5. September** werden die in der Wiener Schatzkammer seit dem 18. Jahrhundert aufbewahrten Reichskleinodien des Heiligen Römischen Reiches Deutscher Nation nach Aachen geschafft. Erst 1946 erhält Österreich diese Schätze durch die Amerikaner zurück.

Offiziell handelt sich um ein »freundschaftliches Gespräch«, das am **15. September** Hitler mit dem britischen Premierminister Chamberlain auf den Berghof am Obersalzberg in Berchtesgaden führt. In gleichen Monat wird die Zusammenkunft in Bad Godesberg fortgesetzt. Es geht um die zentrale Frage einer Lösung des sudetendeutschen Problems. Ein weiterer Kniefall vor dem Führer, da Frankreich und England der Tschechoslowakei empfehlen, die sudetendeutschen Gebiete an das Dritte Reich abzutreten.

Am **8. August** wird mit dem Bau des KZ Mauthausen in Oberösterreich, einem Steinbruch der Gemeinde Wien, begonnen.

Am **29. September** wird das Münchner Abkommen besiegelt und von Hitler, Mussolini, Chamberlain und Daladier für Frankreich unterzeichnet. Das Deutsche Reich erhält das Recht, die Sudetengebiete zwischen 1. und 10. Oktober zu okkupieren.

Am Abend des **8. Oktober** stürmen an die 100 HJ-Jugendliche

(Hitlerjugend) das erzbischöfliche Palais am Stephansplatz, verwüsten es, zerstören Gemälde und sakrale Gegenstände. An die 1200 Fensterscheiben gehen zu Bruch. Die anwesende Geistlichkeit wird vehement bedroht. Gleichzeitig wird das Dompfarramt angegriffen, der Domkurat Krawarik aus dem Fenster geworfen und schwer verletzt. Die Polizei greift erst *proforma* nach 40 Minuten ein.

Am **13. Oktober** hält bei einer Protestkundgebung Gauleiter Bürckel eine Hassrede gegen Erzbischof und Kardinal Innitzer.

Wien wird am **15. Oktober** vergrößert, indem 98 niederösterreichische Gemeinden hinzukommen, die Stadt nunmehr 26 Bezirke zählt.

Ab **5. November** müssen jüdische Geschäfte und Betriebe offiziell gekennzeichnet sein. Schmierereien an Fassaden und Auslagen stehen ohnehin bereits an der Tagesordnung. SA-Männer und HJ hindern Käufer, die Läden zu betreten. Die Schikanen gegen Juden verstärken sich immer mehr. Wie beispielsweise mit Zahnbürsten in Anwesenheit johlender Schaulustiger das Straßenpflaster zu säubern und ähnliche Demütigungen.

Am **9. November** findet die *Reichskristallnacht* im gesamten Deutschen Reich statt, benannt nach den unzähligen Glasscherben. Eine Vergeltungsaktion wegen des Mordes am deutschen Legationsrates Ernst von Rath ein Tag davor durch den polnischen Juden Herschel Grynszpan in Paris.

Auch in Wien kommt es zu zahlreichen Plünderungen von jüdischen Wohnungen und Geschäften, Misshandlungen, Zerstörungen und Brandstiftungen der Synagogen. Die Synagoge in der Seitenstettengasse im 1. Bezirk bleibt nur deshalb verschont, weil sie im dichtverbauten Gebiet steht.

Am **4. Dezember** steht das Wahlergebnis des von den Deutschen inzwischen besetzten Sudetenlandes fest, natürlich 98,8% Ja-Stimmen.

Was noch geschah

Der Wiener Chemiker Richard Kuhn erhält für die Erforschung der Vitamine und Carotinoide den Nobelpreis, darf ihn jedoch nicht entgegennehmen.

Der deutsche Kleinempfänger, im Volksmund *Volksempfänger*, bereits 1933 auf der Deutschen Funkausstellung in Berlin präsentiert, hält nun endgültig in der Ostmark Einzug. Dieses Radio wird in unterschiedlichen Modellen in großer Stückzahl produziert. Eine billigere Ausführung kostet 35 RM. Der Volksempfänger ist für das Dritte Reich und vor allem für Goebbels eines der wichtigsten Propagandainstrumente.

Das *Ehrenkreuz der deutschen Mutter*, allgemein *Mutterkreuz*, wird in verschiedenen Kategorien als Orden verliehen.

Der türkische Staatspräsident Kemal Atatürk stirbt.

Lawrenti Berija wird in der Sowjetunion Volkskommissar des berüchtigten Innenministerium NKWD.

Der Literaturnobelpreis geht an die Amerikanerin Pearl S. Buck. Bert Brecht schreibt die Szenenfolge »Furcht und Elend des Dritten Reiches«; der deutsche Kabarettist Werner Finck »Das Kautschbrevier«; Graham Green den amerikanischen Roman »Brighton Rock«; Sacha Guitry die humoristische Geschichte der Champs Élyées »Die Straße der Liebe«; Georg Kaiser das Schauspiel »Der Gärtner von Toulouse«. Thomas Mann verfasst die Aufsätze »Achtung, Europa« und die Reden »Der kommende Sieg der Demokratie« und »Dieser Friede«. Henry Miller sorgt mit dem Roman »Wendekreis des Steinbocks« für ein weiteres Skandalbuch. Der Franzose Jean Paul Sartre schreibt das Bühnenstück »Der Ekel«; G.B. Shaw das Schauspiel »Geneva«.

Richard Strauss komponiert die Opern »Friedenstag« und »Daphne«. Der neue Modetanz heißt Lambeth-Walk. Der Jazz-Swing unter Benny Goodman erreicht ungeheure Beliebtheit.

Der Kunststoff Nylon wird erfunden. Der deutsche Reichsrundfunk führt Magnetbandsendungen ein. Orson Welles löst in den USA mit seinem Hörspiel »Der Krieg der Welten«, einer utopischen Marsmenschen-Invasion, eine Massenpanik aus.

Zwischen 21. und 24. Juli gelingt die erste Durchsteigung der berüchtigten Eiger-Nordwand in den Berner Alpen mit der Seilschaft Heinrich Harrer, Fritz Kasparek und den Bayern Anderl Heckmair und Ludwig Vörg. Weltmeister Joe Louis schlägt Max Schmeling in der 1. Runde K.O.

Superman als Comic-Figur wird von Jerry Siegel und Joe Shuster zum Leben erweckt.

Im Kino

USA

»Jezebel – Die boshafte Lady«: Regie William Wyler, mit Bette Davis, Henry Fonda.

»Leoparden küsst man nicht«: Regie Howard Hawks, mit Cary Grant, Katharine Hepburn.

»Chicago«: Regie Michael Curtiz, mit James Cagney, Humphrey Bogart, George Bancroft.

»Robin Hood, der König der Vagabunden«: Regie Michael Curtiz, mit Errol Flynn, Olivia de Havilland.

»Der Testpilot«: Regie Victor Fleming, mit Clark Gable, Myrna Loy, Spencer Tracy.

»Lebenskünstler«: Regie: Frank Capra, mit James Stewart, Jean Arthur, Lionel Barrymore.

Frankreich

»Hafen im Nebel«: Regie Marcel Carné, mit Jean Gabin, Pierre Brasseur, Michéle Morgan.

»La Marseillaise«: Regie Jean Renoir, mit Pierre Renoir, Lise Delamare.

»Bestie Mensch«: Regie Jean Renoir, mit Jean Gabin, Simone Simon.

Großbritannien

»Pymalion, Roman eines Blumenmädchens«: Regie Anthony Asquith & Leslie Howard, mit Leslie Howard.

»Eine Dame verschwindet«: Regie Alfred Hitchcock, Margaret Lockwood, Michael Redgrave.

Selbstverständlich sind ausländische Filme in den Kinos des Deutschen Reichs verboten und kommen erst nach dem Krieg zur Aufführung.

Deutsches Reich

»Olympia«: Regie Leni Riefenstahl; ein bahnbrechender Dokumentar- und Propagandafilm über die Olympiade 1936 in Berlin.

»Tanz auf dem Vulkan«: Regie Hans Steinhoff, mit Gustav Gründgens, Ralph Arthur Roberts.

»Dreizehn Stühle«: Regie E.W. Emo, mit Heinz Rühmann, Hans Moser.

»Heimat«: Regie Carl Froelich, mit Zarah Leander, Heinrich George.

»Jugend«: Regie Veit Harlan, mit Eugen Klöpfer, Hermann Braun, Werner Hinz, Kristina Söderbaum. Sie hat den Spitznamen »Reichswasserleiche«, da sie sich in jedem ihrer Filme am Ende ertränkt.

»Menschen, Tiere, Sensationen« von und mit Harry Piel, mit Elisabeth Wendt, Ruth Eweler.

»Fahrendes Volk«: Regie Jacques Feyder, mit Hans Albers, Camilla Horn, Hannes Stelzer

.

Arbeit für Gerät F.
(nach einem wahren Fall)
1938

*»Für mich ist Denkmal ein lebenslanger Imperativ,
der aus zwei Wörtern besteht.«*
Fritz Grünbaum
(1880 – 1941; Kabarettist, Operetten- und Schlagerautor, Regisseur, Schauspieler und Conférencier)

Natürlich machen Kriminalität und Verbrechen nach dem Anschluss keine Pause, passieren weiterhin. Sicherlich um einiges gefährlicher, da die Nazi-Justiz kein Pardon kennt. Schnell landet man auch für geringfügige Delikte im KZ oder fasst gleich ein Todesurteil aus.

Martha Marek ist kein unbeschriebenes Blatt. Ihr Leben hätte ganz anders verlaufen können, wäre sie mit dem zufrieden gewesen, was Fortuna ihr ohnehin bereits bescherte.

Sicherlich war sie kein Kind von Traurigkeit. Daher musste die schöne Martha wohl ihre Reize eingesetzt haben, um einen 50 Jahre älteren Gönner zu betören, sodass er ihr schließlich seine Villa und reichlich Bares vererbte. Nachdem der Mäzen das Zeitliche segnete, heiratet sie zwei Monate später den Studenten Emil Marek. Gemeinsam verjubelten sie in nur zwei Jahren das gesamte Erbe Marthas.

Nun war guter Rat teuer, doch Martha hatte bereits einen Plan gesponnen und der ihr hörige Ehemann spielte mit. Am 25. Juni 1925 krachte beim Holz machen das Beil nicht in das Scheit auf dem Hackstock, sondern in sein Bein. Was für ein Glück, dass Martha tags zuvor bei einer Versicherung eine hohe Lebens- und Unfallversicherung abgeschlossen hatte.

Die Versicherer rochen den Braten und verweigerten die Auszahlung. Martha zog frech vor Gericht. Obwohl die Gutachter eindeutig mehrmalige Hiebspuren an dem Beinstumpf feststellen konnten und bewiesen, dass es Selbstverstümmelung war, wurde die Betrugsanklage fallen gelassen. Freispruch, weil hinter dem Ehepaar die Bevölkerung, die der Meinung war, dass sich die Versicherung durch juristische Winkelzüge vor dem Zahlen drücken wollte, stand. Die Versicherung erklärte sich letztendlich zu einem Vergleich bereit und berappte größtenteils die Summe. Ganz ungeschoren kam Martha Marek nicht davon. Da sie die Gutachter verleumdete und zu bestechen versuchte, erhielt sie eine geringfügige Haftstrafe.

Ihre Zellengenossin war die 1927 verurteilte Giftmörderin Leopoldine Lichtenstein, die 1925 mit der hochgiftigen, thaliumhaltigen und frei verkäuflichen *Zelio*-Paste ihren Mann um die Ecke brachte. Die Paste war für die Tötung von Ratten, die Körner für Mäuse gedacht. Vielleicht kam Martha bereits im *Häfen* auf die Idee, die Sache mit Zelio wäre ausbaufähig?

Zu dieser Zeit war Martha Marek in Wien sehr populär und die Spatzen pfiffen es von den Dächern, dass sie die Versicherung aufs Kreuz gelegt hatte, und man vergönnte das diesen Blutsaugern aus vollem Herzen. Allerdings verflog rasch die Aufmerksamkeit, das Geld der Versicherung war ebenfalls in großen Teilen ausgegeben. Zu allem Übel starb Emil, der durch den Beinverlust nur mehr kränkelte und leider auch die gemeinsame Tochter Ingeborg.

Martha wusste geschickt den Tod ihrer Familie öffentlich zu verkaufen, indem sie die tief trauernde Witwe und Mutter spielte. Wieder hatten die Leute Mitleid mit ihr, spendeten für sie und eine entfernte Verwandte, Susanne Löwenstein, erbarmte sich der bedauernswerten Frau. Richtig geraten, Martha wurde als Universalerbin in Löwensteins Testament eingesetzt. Ein schlimmes Schicksal raffte die herzensgute Verwandte kurz danach dahin.

Martha konnte sich wieder eine große Wohnung leisten, lebte natürlich auf großen Fuß bis auch dieses Erbe aufgebraucht war. Um den Zins bezahlen zu können, nahm sie eine Untermieterin auf. Geschickt verstand es Martha ihre neue Mitbewohnerin Theresia Kittenberger zu manipulieren. Die Frau schloss eine Lebensversicherung über 5.000 Schilling ab und wie konnte es anders sein, wieder zugunsten Marthas. Ebenso klar, plötzlich verstarb auch Kittenberger. Allerdings rechnete Martha nicht mit dem Sohn ihrer toten Untermieterin. Er erstattete Strafanzeige gegen Marek und setzte eine Exhumierung durch. Seine Mutter war mit *Zelio* vergiftet worden. Jetzt waren die ermittelnden Kriminalbeamten mehr als stutzig geworden. Die Untersuchungen zogen sich von 1936 bis 1938 hin. Aber es lohnte sich, weitere Exhumierungen und Untersuchungen folgten. Emil, Ingeborg und Susanne Löwenstein kamen ebenfalls in den tödlichen Genuss des Rattengifts.

Ihren Mann und die Tochter tötete sie, weil sie wieder frei sein wollte und ihr die Familie im Wege stand. Die beiden Frauen brachte sie aus reiner Habgier um.

Im Frühling 1938 sitzt Martha Marek auf der Anklagebank, erweist sich als glänzende Schauspielerin, täuscht hysterische Anfälle vor und simuliert Zusammenbrüche. Natürlich mit Hintergedanken. Seit 1900 wurde in Österreich keine Frau mehr hingerichtet, der Kaiser und später der Bundespräsident konnten das Gnadenrecht walten lassen.

Jetzt weht jedoch ein anderer, äußerst scharfer Wind in der Ostmark. Im September 1938 wird aus der Strafanstalt Berlin-Tegel das *Gerät F.* nach Wien transportiert. Am 6. Dezember 1938 kommt es erstmals im Hof des Landesgerichts zum Einsatz. Martha Marek hat als erste Frau die zweifelhafte Ehre, das Fallbeil einzuweihen.[268]

ZEITTAFEL
1939

Am **26. Jänner** erscheint die letzte Ausgabe der liberal-groß-bürgerlichen Tageszeitung der *Neuen Freien Presse*. Gegründet 1864, erschien das Blatt zwölfmal in der Woche, die angesehensten Journalisten und Kritiker arbeiteten für dieses Medium.

An diesem Tag stirbt der »Papierene«, eine der wichtigsten Spieler im »Wunderteam«, der Fußballer Matthias Sindelar unter mysteriösen, bis heute nicht restlos geklärten Umständen.

Am **30. Jänner** wird Josef Bürckel zum Gauleiter von Wien ernannt und löst den österreichischen Nazi Odilo Globocnik ab.

Am **10. Februar** stirbt Papst Pius XI. in Rom.

Am **16. Februar** stirbt der Lyriker und Dichter Jura Soyfer im KZ Buchenwald.

Nach Ausbruch des Zweiten Weltkrieges ist Otto Vogl einer der ersten Soldaten, die hingerichtet werden. Der gelernte Schriftsetzer, Jahrgang 1919, wohnt in der Mohsgasse 9 im 3. Bezirk, arbeitet in der Druckerei Seitenberger & Müller. 1938 wird Vogl in die Wehrmacht eingezogen, stationiert als Panzerschütze in der Rennwegkaserne.

Es ist anzunehmen, dass er sich bereits in diesem Jahr einer österreichischen Widerstandsgruppe innerhalb der Wehrmacht angeschlossen hat, weil ihnen der harte Drill und das Schleifen der Ausbildner, die Piefkes aus dem Altreich, zuwider ist.

Vogl ist klar, der Krieg ist so sicher wie das Amen im Gebet und dagegen muss etwas unternommen werden. Ein konspiratives Treffen der Gruppe in einem Vorstadtwirtshaus im Jänner 1939 wird an die Gestapo verpfiffen, sie will die Rekruten verhaften. Doch ein österreichischer Polizist gibt seinen Landsleuten einen *Zund*. Vogl gelingt die Flucht aus dem Gasthaus, zwingt mit vorgehaltener Pistole einen Taxifahrer ihn in Richtung tschechoslowakischer Grenze zu fahren, die Gestapo auf den Fersen. Knapp vor der Grenze endet die wilde Verfolgungsjagd. Der Fahrer gerät in Panik, lässt sein Auto stehen und flüchtet. Keine Chance für Otto Vogl.

Im **März** ist bereits Lebensmittelknappheit spürbar; Fettstoffe werden rationiert.

Am **5. März** stirbt der Industrielle und Gründer der Ottakringer Brauerei, Moritz Kuffner.

Am **13. März** wird Vogl in Berlin wegen Fahnenflucht und Hochverrat zum Tode verurteilt und drei Tage später, am **16.**, in Berlin-Plötzensee hingerichtet. Seiner Mutter Auguste wird erst am 24. Mai die Sterbeurkunde zugestellt.[269]

Am **14. März** wird der unabhängige slowakische Staat unter Staats- und Ministerpräsident Josef Tiso ausgerufen. Noch am gleichen Abend marschieren deutsche Truppen ein.

Am **16. März** wird das *Protektorat Böhmen und Mähren* proklamiert. Das Ostmarkgesetz wird am **14. April** erlassen. Die Verwaltung wird völlig neu geordnet. Mit **1. Mai** wird, rückwirkend gültig ab **21. April**, Gauleiter Josef Bürckel von Hitler zum *Leiter der Stadt Wien* ernannt. Der bisherige Wiener Bürgermeister, der österreichische Nazi Hermann Neubacher, wird Bürckels allgemeiner Vertreter in der Stadtverwaltung.

Am **28. April**, wirksam mit **1. Mai**, wird die Kirchensteuer eingeführt; gültig für die katholische, evangelische und altkatholische Kirche.

Am **1. Mai** übernimmt der Berliner Lothar Müthel das Burgtheater.

Der *Völkische Beobachter*, das Zentralorgan der NSDAP, meldet am **14. Mai** die Emigration von 100.000 »Glaubensjuden« seit 1938 aus der Ostmark. Darunter Sigmund Freud, Erwin Schrödinger, Otto Loewi, Ernst Křenek, Robert Stolz, Richard Tauber, Lotte Lehmann, Josef Frank, Karl Farkas, Hermann Leopoldi, Cissy Kraner, Hugo Wiener und viele andere.

Am **27. Mai** stirbt Joseph Roth in Paris. Am **17. Juni** stirbt der Wiener Erfinder Theodor Reich. 1894 projizierte er erstmals in London bewegliche Lichtbilder. Allerdings brannte während der Vorführung ein Filmstreifen ab und Reich gab auf. 1895 versuchte es der Franzose Auguste Lumière, war erfolgreicher, heimste die Lorbeeren ein und gilt als Erfinder der Kinematografie.

Die deutsche Wehrmacht übernimmt am **22. Juni** die Spanische Hofreitschule, die nun von Major Alois Podhajsky geleitet wird. Er erwirbt sich große Verdienste um die Lipizzaner im März 1945, als Wien bereits in Schutt und Asche untergeht, er die edlen Pferde aus der Stadt evakuieren lässt.

Am **22. August** schließen das Deutsche Reich und die Sowjetunion einen Nichtangriffspakt ab.

Am **1. September** ertönt Hitlers schnarrende und sich überschlagende Stimme aus den Volksempfängern und präsentiert eine dreiste Lüge. »*...Polen hat heute Nacht zum ersten Mal auf unserem eigenen Territorium auch mit bereits regulären Soldaten geschossen. Seit 5.45 Uhr wird jetzt zurückgeschossen! Und von jetzt ab wird Bombe mit Bombe vergolten! Wer mit Gift kämpft, wird mit Gift bekämpft! Wer selbst sich von den Regeln einer humanen Kriegsführung entfernt, kann von uns nichts anderes erwarten, als dass wir den gleichen Schritt tun. Ich werde diesen Kampf, ganz gleich, gegen wen, so lange führen, bis die Sicherheit des Reiches und bis seine Rechte gewährleistet sind...*«.

Der Zweite Weltkrieg ist ausgebrochen.

Was noch geschah

Mit deutscher und italienischer Hilfe gewinnen die Faschisten den spanischen Bürgerkrieg. Franco wird diktatorischer Staats- und Regierungschef. Spanien tritt aus dem Völkerbund aus. Das neue Regime wird von Großbritannien und Frankreich anerkannt.

Graham Green schreibt den englischen Roman »Der Geheimagent«; Gerhart Hauptmann das Schauspiel »Die Tochter der Kathedrale« und das Lustspiel »Ulrich von Lichtenstein«; James Joyce den englischen Roman »Finnegans Wake«; Ernst Jünger den politischen Roman »Auf den Marmorklippen«; Hermann Kesten den politischen Roman »Die Kinder von Guernica«; Thomas Mann dem Roman über Goethe »Lotte in Weimar«. Benito Mussolini & Giovacchino Forzano verfassen das Schauspiel »Cavour«. Antoine de Saint-Exupéry schreibt über seine französischen Fliegererlebnisse »Wind, Sand und Sterne«; John Steinbeck den amerikanischen Roman »Früchte des Zorns«; Josef Weinheber die österreichische Gedichtsammlung »Kammermusik«.

Eugenio Pacelli wird als Pius XII. neuer Papst.

Im reichsdeutschen Rundfunk sollen spezielle Musikprogramme und Wunschkonzerte die Kriegsbegeisterung fördern. Lieder wie »Wir fahren gegen Engeland«, »Frankreichlied«, »Panzer rollen in Afrika vor«, »Bomben auf Engeland«, »Von Finnland bis zum Schwarzen Meer« u.a. sind gefragt. Dazu die Fanfaren von Franz Liszts »Les Préludes«.

Im Deutschen Reich werden Lebensmittel- und Kleiderkarten für die Rationierung eingeführt. Es gibt bereits 3065 Kilometer Autobahnen, 1849 sind noch im Bau.

Im Kino

Am 9. Juni wird Marlene Dietrich, bereits 1930 aus Deutschland emigriert, amerikanische Staatsbürgerin.

Am 21. August nehmen RKO Pictures in Hollywood den erst 25jährigen Schauspieler und Regisseur Orson Welles unter Vertrag.
USA

»Vom Winde verweht«: Regie Victor Fleming, mit Vivien Leigh, Clark Gable, Leslie Howard, Olivia de Havilland.

»Jesse James, Mann ohne Gesetz«: Regie Henry King, mit Tyrone

Power, Henry Fonda, Nancy Kelly, John Carradine.

»Stagecoach«: Regie John Ford, mit Claire Trevor, John Wayne, John Carradine.

»Das zauberhafte Land«: Regie Victor Fleming, mit Judy Garland, Frank Morgan, Ray Bolger.

»Mr. Smith bringt Washington in Ordnung«: Regie Frank Capra, mit James Stewart, Jean Arthur.

»Ninotschka«: Regie Ernst Lubitsch, Buch Charles Brackett, Billy Wilder & Walter Reisch, mit Greta
Garbo, Bela Lugosi.

»Der Glöckner von Notre Dame«: Regie William Dieterle, mit Charles Laughton, Maureen O'Hara.

»Der große Bluff«: Regie George Marshall, mit James Stewart, Marlene Dietrich.

»Stürmische Höhen«: Regie William Wyler, mit Laurence Olivier, David Niven.

»Die wilden Zwanziger«: Regie Raoul Walsh, mit James Cagney, Humphrey Bogart.

»Der junge Mr. Lincoln«: Regie John Ford, mit Henry Fonda, Pauline Moore.

»Opfer einer großen Liebe«: Regie Edmund Goulding, mit Bette Davis, Humphrey Bogart, Ronald Reagan.

»Die Frau gehört mir«: Regie Cecil B. de Mille, mit Joel McCrea, Barbara Stanwyck, Akim Tamiroff.

»Günstling einer Königin«: Regie Michael Curtiz, mit Bette Davis, Errol Flynn, Olivia de Havilland.

»Rendezvous nach Ladenschluss«: Regie Ernst Lubitsch, mit James Stewart, Felix Bressart.

»SOS Feuer an Bord«: Regie Howard Hawks, mit Cary Grant, Rita Hayworth.

»Die Geschichte von Vernon und Irene Castle«: Regie Henry C. Potter, mit Fred Astaire, Ginger Rogers.

»Die Frauen«: Regie George Cukor, mit Joan Crawford, Paulette Goddard.

»Der Herr des Wilden Westens«: Regie Michael Curtiz, mit Errol Flynn, Olivia de Havilland.

»Trommeln am Mohawk«: Regie John Ford, mit Henry Fonda, Claudette Colbert.

»Ruhelose Liebe«: Regie Leo McCarey, mit Charles Boyer, Irene Dunne.

»Frankensteins Sohn«: Regie Rowland v. Lee, mit Boris Karloff, Bela Lugosi.

»Ich war ein Spion der Nazis«: Regie Anatole Litvak, mit Edward G. Robinson, Paul Lukas.

Deutsches Reich

»Robert Koch, der Bekämpfer des Todes«: Regie Hans Steinhoff, mit Emil Jannings, Werner Krauss.

»Bel ami« von und mit Willi Forst, mit Olga Tschechowa, Ilse Werner, Lizzy Waldmüller.

»Der Schritt vom Wege«: Regie Gustav Gründgens, mit Marianne Hoppe, Paul Hartmann.

»Wasser für Canitoga«: Regie Herbert Selpin, mit Hans Albers, Charlotte Susa.

»Ich bin Sebastian Ott« von und mit Willi Forst, mit Otto Tressler, Paul Hörbiger; Forsts erster Kriminalfilm, den er in Sievering-er Studios dreht und selbst eine Doppelrolle spielt.

»Donauschiffer«: Regie Robert A. Stemmle, mit Attila Hörbiger, Hilde Krahl, Oskar Sima, Hugo Gottschlich, Oskar Wegrostek, Adi Berber.

»Es war eine rauschende Ballnacht«: Regie Carl Froelich, mit Zarah Leander, Marika Rökk, Leo Slezak, Paul Dahlke.

»Opernball«: Regie Géza von Bolváry, mit Marte Harell, Paul Hörbiger, Theo Lingen, Hans Moser, Heli Finkenzeller.

Die Watschen
1939

»*Irgendwo auf der Welt, gibt's ein kleines bisschen Glück*
Und ich träum davon in jedem Augenblick
Irgendwo, auf der Welt, gibt's ein bisschen Seligkeit
Und ich träum davon schon lange, lange Zeit
Wenn ich wüsst, wo das ist, ging ich in die Welt hinein...«

Abrupt wird der Gesang der *Comedian Harmonists* gestört, als Josefa Fuhrberger in das Zimmer ihres Sohnes tritt.

»Albert, wie oft soll i dir noch sag'n, das darf man jetzt nimma hör'n«, weist sie den jungen Mann zurecht, »willst uns alle auf'n Morzinplatz oder noch schlimmer ins KZ bringen?«

»Des Grammophon is' do ganz leise dreht«, trotzdem nimmt er die Nadel von der Schellack, »ois können's uns net wegnehma und verbieten. Diese A cappella-Gruppe hams schon auseinanderg'rissen. Aber de Musik wird man noch leise hören dürfen.«

»Eben nicht!«, schimpft Josefa Fuhrberger, »Da war'n drei Jud'n im Ensemble. Verstehst du net, dass in unser'm Haus neuerdings de Wänd' Augen und Ohren ham seit der Marmeladinger mit seiner Sippschaft einzog'n is'?«

Vor einem Monat, knapp vor Kriegsausbruch, ist plötzlich diese Familie aus Berlin vor der Wohnung der Goldsfarbs in Begleitung von Gestapo-Männern gestanden. Heftig wurde an die Türe geschlagen und ein eingeschüchterter Samuel Goldfarb öffnete zaghaft. Insgeheim rechnete er in jeder Minute, dass er, seine Frau Rachel und die beiden Töchter abgeholt werden würden. Doch ausgerechnet am *Schabbes*, am Sabbat, mussten diese Verbrecher aufkreuzen.

Die Tür wurde so heftig von einem Gestapo-Mann aufgestoßen, dass es Goldfarb zu Boden schleudert. Noch vor wenigen Wochen besaß er ein gut gehendes Schreibwarengeschäft im *Grätzel*, das seit der *Reichskristallnacht* nicht mehr existiert. Zuerst geplündert, danach angezündet und ausgebrannt. Jeden Tag verschwinden immer mehr Juden von der *Mazzesinsel*, wie das Viertel in der Leopoldstadt im 2. Bezirk genannt wird.

Ängstlich verfolgten die übrigen Bewohner hinter ihren Türen die Vorgänge und lauschten, was sich in Goldfarbs Wohnung ereignete. Die Familie war äußerst beliebt und niemand konnte sich erinnern, dass es jemals Probleme gab.

Kaum eine Viertelstunde ließ die Gestapo den Goldfarbs Zeit, das Nötigste zu packen. Die Wohnung wäre jetzt für diese arische Familie requiriert, wurde ihnen barsch mitgeteilt. Als Rachel aufbegehrte, kassierte sie sofort eine fürchterliche Watschen und das Blut lief ihr aus der Nase. Mit ein paar Habseligkeiten in zwei Koffern jagte man die Goldfarbs aus ihrer Wohnung, wo bereits Samuels Eltern lebten, stießen sie die Stiegen hinunter und, wie die Mieter beobachteten, von Wehrmachtssoldaten mit Gewehren im Anschlag gezwungen wurden, auf die Ladefläche eines Lastwagens zu steigen. Seither hat keiner mehr etwas von den Goldfarbs gehört.

Nun breitet sich in der äußerst geschmackvollen Wohnung mit ihren Antiquitäten diese Familie Oelzenheim aus und gebärdet sich als gehöre ihnen bereits das gesamte Haus. Er, Winfried Oelzenheim, soll im Rathaus beschäftigt sein, wird hinter vorgehaltener Hand getuschelt und sie spielt sich auf als gnädige Frau. Die beiden Rotzlöffel Siegfried und Giselher sind natürlich in der HJ.

Seither geht die Angst im Haus um. Früher gab es immer Tratsch in den Gängen oder im Hof. Jeder half jedem. Nun ist das Misstrauen eingekehrt und alle verkriechen sich so schnell wie möglich in ihren vier Wänden.

»Willst, dass es uns ebenso wie den Goldfarbs ergeht?«, macht die Mutter weiterhin Albert Vorwürfe, »Am besten, wir lassen deine Schellacks verschwinden. Da ist genug Verbotenes dabei. Da, Mendelsohn-Bartholdy und hier deine Jazz-Aufnahmen. Du bringst sie heute noch aus der Wohnung. Hast du mi verstand'n? Willst du uns ins Unglück stürzen und deinen Studienplatz verlieren? Wir müssen ohnehin sehr vorsichtig sein.«

Auch damit hat Josefa Fuhrberger Recht. Den verpflichtenden Ariernachweis erhielt die Familie nur unter großen Schwierigkeiten. Immerhin ist Josefas Urgroßmutter jüdischer Abstammung gewesen. Nur dem Umstand, dass der ausstellende Beamter ein Schulkollege von Alberts Vater war, dem Erich Fuhrberger einst bei einer Lateinklausur heimlich aus der Patsche geholfen hatte, ist es zu verdanken, dass die Familie die überlebenswichtigen Papiere erhielt.

»Mama«, meint Albert, »da dringt nix nach draußen. Das Haus hat so dicke Wänd', das stand bereits im Biedermeier und hat die 1848iger-Revolution überstanden. Also wird's auch das Nazi-G'sind'l aushalten.«

»Vergiss net, Bub, inzwischen simma im Krieg.«

»Und der wird dem Hitler und seiner Sippschaft des *Gnack*[270] brechen.«

»Fragt sie nur, wann?«

»Du, Mama, i muass dir was beichten«, gesteht Albert kleinlaut, »i glaub, i hab' heut' a große Dummheit g'macht.«

Am späteren Nachmittag war Albert kurz außer Haus gewesen, um sich Zigaretten zu holen. Als er zurückkam, begegnete ihm Siegfried in seiner üblichen HJ-Uniform im Stiegenhaus, riss zackig den rechten Arm in die Höhe und grüßte mit »Heil Hitler!«. Albert nickte nur, murmelte Grüß Gott und der stramme Führernachwuchs sagte darauf, »euch Ostmärker werden wir noch den deutschen Gruß einbläuen.«

»...und da hab' i der Rotzpip'n ane g'schmiert«, gibt Albert zu, »dass ihn beinah' die Treppe hinunter g'haut hätt' und bin in unsere Wohnung.«

»Mein Gott!«, Alberts Mutter ist kreidebleich und schlägt die Hände vor den Mund, »Weißt du, was das bedeutet? Jetzt simma dran.«

»Ah«, wehrt der Sohn ab, »wenn der alte Oelzenheim nach Hause komt, geh' i runter und entschuldig' mi bei ihm und seinem Buam.«

»Du bist so naiv«, Josefina Fuhrberger kann nur den Kopf schütteln und flüstert, »auf solche Ausrutscher lauern doch nur die Nazis. Da hast' uns was Schönes eingebrockt.«

»Und was soll i jetzt tun? I bin Wiener, Österreicher und kein Ostmärker, nur weil sich das dieser Herr Hitler einbild't. Gut, i geh' runter, entschuldig' mi und dann können's mi im Arsch lecken.«

»Der Papa wird aus allen Wolken fallen, wenn er nach Haus kommt und es erfährt.«

Was weder Mutter und Sohn ahnen, die verhängnisvolle Watschen ist längst in einschlägigen Kreisen bekannt. Siegfried erzählte es seiner Mutter und die rief umgehend ihren Mann im Rathaus an.

Es läutet an der Türe der Fuhrbergers.

»Das wird Papa sein«, sagt Josefa, »du wirst dich auf einiges gefasst mach'n müss'n, Albert.«

Leider ist es nicht der Vater. Der ist bereits festgenommen und sitzt am Morzinplatz, wo er einem scharfen Verhör unterzogen wird. Als Frau Fuhrberger die Türe öffnet, weiß sie sofort, was es geschlagen hat.

»Wohnt hier der Volksschädling Albert Fuhrberger?«, wird sie von einem der beiden Gestapo-Männer angeblafft, »Der Verbrecher, der wackere Volksgenossen grundlos zusammenschlägt und sich gegen Führerprinzipien stellt?«

Das ist es für die Familie Fuhrberger, Sippenhaftung. Der Vater wird fristlos entlassen, die Wohnung ihnen weggenommen. Sein alter Schulkamerad kann nichts mehr für die Fuhrbergers tun. Zumindest sagt er das. Albert bleibt das KZ erspart, aber er muss für zwei Jahre ins Gefängnis. Nach Verbüßung der Strafe wird er in die Wehrmacht eingezogen und einer Strafkompanie zugeteilt.

Während eines Himmelfahrtskommandos gegen Partisanen im Balkanfeldzug 1941 wird Albert von einer Mine zerfetzt. Seinen Eltern gelingt die Flucht nach Stockholm, wo Josefas Schwester verheiratet ist. Es gelingt ihr, Alberts Schellacks nach Schweden zu schmuggeln.

Bis ins hohe Alter spielt die Mutter am Sterbetag ihres Sohnes, der ihr amtlich von der Wehrmacht mit einem formlosen Wisch bestätigt wurde, *gefallen für Führer, Volk und Vaterland*, die *Comedian Harmonists*.

Irgendwo auf der Welt, gibt's ein kleines bisschen Glück…

Anmerkungen

1   vgl. Milan Dubrovic, Veruntreute Geschichte. Die Wiener Salons und Literatencafés, Wien 1985, S. 9.

2   Wiener Dialekt: Matsch, Schlamm.

3   Elsie Altmann-Loos, Lina Loos, Claire Loos, Adolf Loos – Der Mensch, Wien 2002, S. 90.

4   heute 3. Wiener Gemeindebezirk; auf dem Areal des heutigen Bahnhofs Wien-Mitte.

5   Werner Schima. 100 Jahre Erste Republik. 1918 – Von Habsburg zur Republik, S. 9 (Magazin).

6   vgl. ebd. S. 6.

7   11. Bezirk

8   vgl. Edgard Haider, Wien 1918. Agonie der Kaiserstadt, Wien-Köln-Weimar 2018, S. 18f.

9   vgl. ebd., S. 107.

10   vgl. ebd.; S. 108; 10. Bezirk.

11   stöbern

12   17. Bezirk

13   vgl. Haider, S. 110ff.

14   heute Teil des 21. Bezirks.

15   20. Bezirk

16   21. Bezirk

17   stehlen

18   Dorotheum, das Wiener Pfandhaus; Pfandl im Dialekt = Pfandhaus.

19   vgl. Haider, S. 117ff.

20   geizig, gierig

21   vgl. Haider, S. 121ff.

22   vgl. Neue Freie Presse vom 16. Juni 1918 und vgl. Haider, S. 126ff. Erst in jüngster Zeit wurde der zu Unrecht vergessene Hirschfeld wiederentdeckt. Zu seiner Zeit war er dem

»rasenden Reporter« Egon Erwin Kisch ebenbürtig. Karl Kraus setzte ihm in »Die letzten Tage der Menschheit« in einer Szene ein literarisches Denkmal. Hirschfeld, seine Frau Eva Grimm, die Kinder Eva und Herbert wurden nach Auschwitz deportiert und am 6. November 1942 in diesem KZ ermordet.

23 Wasserhahn in alten Wiener Zinshäusern über einer kleinen, halbrunden gusseisernen Muschel; außerhalb der Wohnung im Flur; zum Wasser holen für die Bewohner; damit gleichzeitig ein Kommunikationszentrum; die amtliche Bezeichnung lautete »Wasserentnahmestelle im Wohnungsverband«; aus dem franz.: Bassin = Wasserbecken

24 Flur

25 13. Bezirk

26 vgl. Haider, S. 133f; Kochgasse 20/Laudongasse 20-22 (8. Wiener Gemeindebezirk), Holochergasse 45 (15. Bezirk).

27 Damals 21., heute 22. Bezirk.

28 vgl. Wiener Zeitung vom 22. März 2020.

29 ruhig, leise, still

30 vgl. Christian Brandstätter, Günther Treffer, Stadtchronik Wien, Wien 1986, S. 404.

31 vgl. Christa Zöchling, Profil 27. Jänner 2019, S. 29.

32 Huhn

33 vgl. Hans Veigl, Sabine Derman, Die wilden 20er Jahre. Alltagskulturen zwischen den Kriegen. Wien 1999, S. 18.

34 vgl. Zöchling, Profil 24. Februar 2019, S. 33.

35 vgl. Walter Kleindel, Österreich. Daten zur Geschichte und Kultur, Wien-Heidelberg 1978, S. 31

36 vgl. ebd., S. 317

37 vgl. Zöchling, Profil 31. März 2019, S. 37.

38 vgl. ebd. 14. April 2019, S. 25.

39 vgl. ebd. 19. April 2019, S. 24.

40 vgl. ebd., S. 320

41 Nase

42 Nase

43 12. Bezirk

44 Viertel (für einen Bezirks- oder Stadtteil)

45 gehorsamster Diener

46 gnädig

47 reich verzierter und bestickter Vorhang am Unterbau und an den Seiten des Altars

48 vgl. Haider, S. 143.

49 Verbrecher, Kriminelle

50 vgl. Haider, S. 143f.

51 Krämer

52 den Laufpass geben

53 Gefängnis

54 spezielle Geheimzeichen an Türen und Türstöcken, die anzeigen, wo sich Einbrüche und Diebstähle lohnen; ob Gefahr droht etc.

55 Bande, Gang

56 arbeiten

57 1870 – 1937; von 1919 – 1923 war der Journalist einer von drei Wiener Vizebürgermeistern; nach ihm ist ein Platz im 2. Wiener Gemeindebezirk benannt.

58 Teile des 19. Bezirks

59 typisches Wiener Weinlokal

60 betteln

61 18. Bezirk

62 vgl. Haider, S. 151.

63 vgl. ebd. S. 156f.

64 vgl. ebd. S. 160.

65 Tresor knacken

66 Damals 14., heute 15. Bezirk.

67 Sowohl Alexander Mandl (1861 – 1943) und sein Sohn
    Fritz (1900 – 1977) sind sehr zwielichtige Figuren gewesen.
    Nachdem der Junior die Firma übernommen hatte, machte
    er weltweit dubiose Geschäfte u.a. mit Mussolini. Weltbe-
    rühmt wurde Fritz durch seine Heirat mit Hedwig Eva Maria
    Kiesler (1914 – 2000), die als Hedy Lamarr in Hollywood
    Karriere machte. Im Film »Ekstase« sorgte sie für einen
    Skandal, als sie nackt auf der Leinwand zu sehen war. Außer-
    dem machte sie sich mit bahnbrechenden Erfindungen, die
    noch heute Gültigkeit haben, einen Namen.

68 Tipp

69 vgl. Haider, S. 146 und Reichspost vom 7. April 1919.

70 von 1923 – 1948 eine sogenannte grundschuldgeschützte
    Übergangswährung; wurde unter den Nazis nicht abge-
    schafft, sondern wurde übergangslos zur Reichsmark.

71 benannt nach dem späteren amerikanischen Vizepräsidenten
    Charles W. Dawes (1865 – 1951).

72 gemächlich, gemütlich

73 Die Urform entstand durch den Wiener Volkssänger Johann
    Baptist Moser (1799 – 1863) mit den sogenannten »Conver-
    sationen« mit einem »Gescheiten« und einem »Dummen«.
    Manchmal trat auch eine dritte Figur, der »Frotzler« (Provo-
    kateur) auf. Der eigentliche Ursprung der Doppelconference
    liegt in Budapest. Um 1900 parodierte Julius Kövary den
    bekannten Künstler Endre Nagy im Kabarett »Bonbonniere«,
    später im »Nagy Endre Kabarett«. Somit standen ein echter
    und ein falscher Nagy auf der Bühne, es entstand ein Dialog.
    Der eigentliche Urheber des »G'scheiten« und des »Blöden«
    war László Vadnay mit den Figuren Hacsek und Sajó; zwei
    Budapester Kaffeehausbesucher, die Weltveränderung vom
    Kaffeehaustisch betreiben. Um 1920 gelangte die Doppel-
    conference durch Karl Farkas und dem ungarnstämmigen

Besitzer der Wiener »Femina«-Bar, Wilhelm Gyimes, nach Wien. Er bringt die Hacsek- und Sajó-Nummer mit Fritz Imhoff und Fritz Heller auf die Bühne. Am 1. November 1922 trat Karl Farkas erstmals mit Fritz Grünbaum im »Simpl« auf.

74 Eindrucksvoll zeigt diesen Auswuchs der Film »Nur Pferden gibt man den Gnadenschuss« von Sydney Pollack aus 1969 mit Jane Fonda, Gig Young, Bruce Dern u.a.

75 Milan Dubrovic, Veruntreute Geschichte. Die Wiener Salons und Literatencafés, Wien-Hamburg 1985, S. 156.

76 Hans Veigl, Sabine Derman, Die wilden 20er Jahre. Alltagskulturen zwischen zwei Kriegen, Wien 1999, S. 9.

77 Riesenspaß; geht auf die Tierhetzen aus früheren Zeiten zurück, die stets ein vergnügliches Spektakel für das Publikum waren.

78 Unter Fideikommiss versteht man eine erbrechtliche Einrichtung, welche die Verfügung über ein Erbgut beschränkt und in Österreich vom 17. Jahrhundert bis 1938 in Form der Familienfideikommisse bei Adelsfamilien verbreitet war. Besitzer von Liegenschaften und anderen Vermögenswerten konnten diese durch einen Stiftungsakt zu einem Komplex zusammenfassen, der weder ganz noch teilweise verkauft werden durfte und den Erben nur zur Nutzung zur Verfügung stand. Zum Unterschied von der kaiserlichen Hofbibliothek, die bereits durch Karl VI. öffentlich zugänglich gemacht wurde, war die von Franz I. Stephan angelegte Bibliothek Teil des habsburger-Familienvermögens und unterlag den fideikommissarischen Bestimmungen.

79 vgl. Kleindel, S. 486

80 vgl. ebd

81 ärgern, liegt einem im Magen

82 vgl. Brandstätter, Treffer, S. 405ff.

83 Bald entsteht die bis heute gültige Lebensart »Bin ich der Nurmi?«, wenn etwas zu langsam vor sich geht.

84 gestehen, ein Geständnis ablegen

85 vgl. Werner Sabitzer, Die Wiener Polizei Juli-September 2020, S. 30ff.

86 Knoblauch

87 beides steht für geistesgestört.

88 Irrenanstalt; eigentlich nach der Bauform für den Narrenturm entstanden, später jedoch für sämtliche Irrenhäuser angewendet.

89 vgl. Max Edelbacher, Harald Seyrl, Wiener Kriminalchronik, Wien 1993, S. 141f.

90 vgl. Kleindel, S. 486

91 vgl. ebd.

92 vgl. ebd.

93 vgl. Brandstätter, Treffer, S. 411

94 vgl. Kleindel, S. 486

95 vgl. ebd., S. 487

96 vergebliche Mühe; vgl. Reinhard Pohanka, Attentate in Österreich, Graz-Wien-Köln 2001, S. 99.

97 Auch der Großvater mütterlicherseits des Autors beging aus diesen Gründen Selbstmord; s. Günther Zäuner »Manfred. Eine Familiengeschichte«, Wien 2020.

98 vgl. Pohanka, S. 101f.

99 vgl. ebd.

100 vgl. Die Presse vom 26. März 2015, Günther Haller »Fall Bettauer: Ein Mörder als Held«

101 vgl. Pohanka, S. 115

102 vgl. ebd. S. 111

103 ebd.

104 ebd.

105 ebd.; S. 112

106 ebd.

107 vgl. ebd., S. 105

108 vgl. ebd., S. 109ff.; ORF-Panorama von 1973, Interview mit Karl Jaworek und ORF-Teleobjektiv 1977, Interview mit Otto Rothstock; beide auf YouTube.

109 vgl. Kleindel, S. 487

110 vgl. ebd.

111 vgl. ebd.

112 Eine ausführliche Geschichte über die Ereignisse des 15. Juli 1927 in »Halbseidenes historisches Wien« von Günther Zäuner, Marchtrenk 2017.

113 reiche Menschen; Geizhals; wenig, gering (eig. aus dem Jiddischen).

114 eine sichere Sache (eig. aus dem Bayr.)

115 s. Maja Rade, »Bund freier Menschen« und »Sport- und Geselligkeitsverein Lobau«: Freikörperkultur in Österreich 1920 – 1945 (Diplomarbeit), Wien, November 2012, S.41ff.

116 verscheuchen, vertreiben

117 Liebschaften

118 Spanner

119 Speichel, Spucke

120 Einbeiniger

121 Wiener Koseform für Ferdinand

122 Bettler

123 Einarmiger

124 stehlen

125 Lehrling

126 Tresen

127 vgl. Manfred Zollinger, »Der kleine Philanthrop« – Ein Almosenautomat in der Ersten Republik und sein Erfinder; In: Wiener Geschichtsblätter 75. Jahrgang-Heft 2/2020, S. 155ff.

128 Straßenbahnschaffner

129 Straßenbahnfahrer

130 Nr. 54-56

131 vgl. Zollinger, S. 161.

132 vgl. ebd.

133 vgl. Brandstätter, Treffer, S. 418.

134 vgl. Walter Kleindel, Österreich. Daten zur Geschichte und Kultur, Wien 1978, S. 333.

135 vgl. Brandstätter, Treffer, S. 418

136 vgl. Kleindel, S. 487

137 vgl. ebd.

138 vgl. Brandstätter, Treffer, S. 419.

139 vgl. Kleindel, S. 335.

140 vgl. ebd. S. 487

141 vgl. ebd.

142 vgl. Edelbacher, Seyrl, S. 162.

143 vgl. ebd. S. 161f.

144 Das Wohngebäude wurde 1945 durch Bombentreffer schwer getroffen und musste später abgerissen werden.

145 Tschusch = Schimpfwort für Balkanbewohner

146 vgl. Rijad Dautović, Islamitisch akademischer Verein »Zvijezda«, In: Wiener Geschichtsblätter, 74. Jahrgang – Heft / 2019, S. 397ff.

147 vgl. Johannes Sachslehner, Spinner Schelme Scharlatane. Porträts aus dem Wiener Narrenkastl, Wien-Graz-Klagenfurt, S. 204.

148 geistiger Schaden

149 vgl. Sachslehner, S. 205

150 vgl. ebd., S. 206

151 vgl. ebd.

152 vgl. ebd., S. 206f.

153 vgl. ebd., S. 207f.

154 vgl. ebd., S. 208f.

155 vgl. ebd., S. 203

156 vgl. ebd., S. 210ff.

157 vgl. ebd., S. 212ff.

158 vgl. ebd., S. 215

159 vgl. Siegmund Kurzthaler, Die Wardanieri-Bewegung in Matrei und im hinteren Iseltal, In: Osttiroler Heimatblätter. Heimatkundliche Beilage des »Osttiroler Boten« Nr. 12, %2. Jg. Vom 27. Dezember 1984.

160 vgl. Sachslehner, S. 217f.

161 vgl. ebd. 217ff.

162 vgl. Kleindel, S. 336.

163 vgl. ebd., S. 487

164 vgl. Kleindel, S. 337.

165 vgl. ebd.

166 …jetzt halt' den Mund, altes zänkisches Weib!

167 schwerhörig

168 sitzen, hocken

169 (Zigarette) rauchen

170 Wichtigtuer

171 schmächtige Person

172 Streichholzschachtel

173 hochdeutsch – heimdrehen, wird aber nie so ausgesprochen, steht für Selbstmord.

174 vgl. Werner Sabitzer, Mustergültig für die ganze Welt, In: Öffentliche Sicherheit, Ausgabe 03-03/2003.

175 vgl. Kleindel, S. 487

176 vgl. ebd.

177 vgl. Edelbacher, Seyrl, S. 170

178 vgl. Kleindel, S. 339

179 vgl. Edelbacher, Seyrl, S. 170

180 mit jedem abrechnen, zur Rechenschaft ziehen.

181 die vornehmere Form des Götz-Zitats.
182 vgl. Christian Brandstätter, Werner J. Schweiger, Das Wiener Kaffeehaus, Wien-München-Zürich 1978, S. 80.
183 Duckmäuser, Angsthase
184 Zwischen 1930 und 1933 erschien dieser tägliche Comic-strip in »Das Kleine Blatt«, erfunden und gezeichnet von Ladislaus Kmoch.
185 altes Wiener bzw. österreichisches Schimpfwort für Deut-sche, da sie sich Marmelade (Konfitüre) auf ein Käsebrot schmieren, was für einen Österreicher damals undenkbar war.
186 hinken
187 Verbeugung
188 vgl. Elsie Altmann Loos, Lina Loos, Claire Loos, Adolf Loos – Der Mensch, Wien 2020, S. 193ff.
189 stur bleiben, sich widersetzen, aufbegehren.
190 leichtes Mädchen; eine Frau, die leicht zu kriegen ist.
191 Lausbubenstreiche
192 vgl. Bernhard Denscher, Humor vor dem Untergang. Tobias Seicherl – Comics der Zeitgeschichte 1930 bis 1933, Wien 1983, S. 86.
193 vgl. Kleindel, S. 343
194 vgl. ebd., S. 487
195 vgl.s. Kleindel, S. 343
196 vgl. ebd., S. 344
197 vgl. Manfred Matzka, Die Staatskanzlei. 300 Jahre Macht und Intrigen am Ballhausplatz, Wien 2017, S. 184
198 vgl. ebd., S. 184f.
199 vgl. Kleindel, S. 344
200 vgl. ebd.
201 vgl. ebd., S. 344f.
202 vgl. ebd., S. 487

203 vgl. Kleindel, S. 347f. und Matzka, S. 184ff.

204 Bericht der Historischen Kommission des Reichsführers SS,
Die Erhebung der österreichischen Nationalsozialisten im
Juli 1934, Prag 1965, S. 184. Natürlich handelt es sich dabei
um eine heroisierende Nazi-Darstellung. Die Dokumente für
diesen Bericht wurden 1964 von den tschechoslowakischen
Behörden aus dem Schwarzen See im Böhmerwald geborgen.

205 vgl. Kleindel, S. 347.

206 vgl. ebd., S. 488

207 vgl. Kleindel. S. 349

208 vgl. Brandstätter, Treffer, S. 425

209 Bezeichnung meist uneheliches Kind, das auf einer Bank ge-
zeugt wurde.

210 sterben

211 Tod

212 Wirbel

213 verschwinden, abhauen

214 wohlhabend, reich

215 Pantoffelheld

216 verschwinden

217 Wirbel, Tumult

218 boshafter Kerl, Schuft

219 eine lukrative Arbeit

220 festnehmen, verhaften

221 Vorstrafenregister

222 vgl. Kleindel, S. 350.

223 vgl. ebd.

224 vgl. ebd., S. 488

225 Geld

226 vgl. Edelbacher, Seyrl, S. 178ff.

227 vgl. Kleindel, S. 488

228 vgl. Brandstätter, Treffer, S. 429

229 vgl. Kleindel, S. 352

230 vgl. ebd., S. 488

231 vgl. Deutsches Institut für Filmkunde, Die Chronik des Films, Augsburg 1996, S, 122

232 vgl. Friedrich Stadler, Studien zum Wiener Kreis. Ursprung, Entwicklung und Wirkung des Logischen Empirismus im Kontext; Dokument 13, Frankfurt am Main 1997, S. 958.

233 vgl. Edelbacher, Seyrl, S. 181.

234 vgl. Kleindel, S. 353

235 vgl. ebd.

236 vgl. ebd.

237 außereheliches bzw. geheimes Liebesverhältnis

238 den Laufpass geben

239 abfällige Wiener Bezeichnung für Italiener; allgemein bedeutet es unehrlicher Mensch, Schwindler und Betrüger. Es gibt zwei Interpretationen für dieses Schimpfwort. Das Katzenkopfpflaster wurde überwiegend von italienischen Arbeitern verlegt. Im Ersten Weltkrieg sollen Soldaten Katzen geschlachtet und gegessen haben.

240 vgl. Edelbacher, Seyrl, S. 183

241 »schlampiges« Liebesverhältnis

242 (be)zahlen

243 vgl. Edelbacher, Seyrl, S. 183, 185f.

244 vgl. Kleindel, S. 354

245 vgl. ebd., S. 355

246 vgl. ebd., S. 488

247 vgl. Kleindel, S. 355

248 vgl. ebd.

249 vgl. ebd.

250 vgl. ebd.

251 vgl. ebd.

252 vgl. ebd., S. 356

253 vgl. Kleindel, S. 358

254 vgl. ebd.

255 vgl. ebd.

256 vgl. ebd.

257 vgl. ebd.

258 vgl. ebd.

259 vgl. ebd.

260 vgl. ebd., S. 359

261 vgl. ebd., S. 488

262 vgl. Andreas Huber, Linda Erker, Klaus Taschwer, Der Deutsche Klub. Austro-Nazis in der Hofburg, Wien 2020, S. 9ff.

264 vgl. Kleindel, S. 359

264 vgl. ebd.

265 vgl. ebd., S. 361

266 vgl. ebd.

267 vgl. Wiener Zeitung vom 10. Jänner 2016

268 vgl. Edelbacher, Seyrl, S. 187

269 vgl. www.landstrasse.spoe.wien/spoe-fasanviertel-arsenal/die-zeitung-der-sektion-fasan-viertel.arsenal und Robert Bouchal, Johannes Sachslehner, Das nationalsozialistische Wien. Orte, Opfer, Täter, Wien 2017

270 Genick

Bibliographie

Elsie Altmann-Loos, Lina Loos, Claire Loos, Adolf Loos – der Mensch, Wien 2002.

Hellmut Andics, Der Staat, den keiner wollte. Österreich von der Gründung der Republik bis zur Moskauer Deklaration, Bd. 3, Wien-München-Zürich 1968.

Eva Bakos, Wilde Wienerinnen. Leben zwischen Tabu und Freiheit, Wien 1999.

Christian Brandstätter, Werner J. Schweiger, Das Wiener Kaffeehaus, Wien-München-Zürich 1978.

Eva Gesine Baur, Freuds Wien. Eine Spurensuche, München 2008.

Bernhard Denscher, Humor vor dem Untergang. Tobias Seicherl – Comics zur Zeitgeschichte 1930 – 1933, Wien 1983.

Deutsches Institut für Filmkunde (Frankfurt/Main), Die Chronik des Films, Augsburg 1996.

Milan Dubrovic, Veruntreute Geschichte. Die Wiener Salons und Literatencafés, Frankfurt am Main 1987.

Max Edelbacher, Harald Seyrl, Wiener Kriminalchronik, Wien 1993.

Reinhard Federmann (Hg), Österreich intim. Bertha Zuckerkandl Erinnerungen 1892 – 1942, Frankfurt/M. – Berlin – Wien 1970.

Lisa Fischer, Lina Loos oder Wenn die Muse sich selbst küsst, Wien-Köln-Weimar 2007.

Manfred Flügge, Stadt ohne Seele. Wien 1938, Berlin 2019.

Walter Fritz, Kino in Österreich. Der Tonfilm 1929 – 1945, Wien 1991.

Ingrid Ganster, Tröpferlbad – Schwimmbad – Wellnessoase. Badebetrieb in Wien im Wandel der Zeit, Wiener Geschichtsblätter Beiheft 2 2007.

Franz Goldner, Die österreichische Emigration 1938 – 1945, Wien 1977.

Hans Ulrich Gumbrecht, 1926. Ein Jahr am Rand der Zeit, Frankfurt am Main 2001.

Edgard Haider, Wien 1918. Agonie der Kaiserstadt, Wien-Köln-Weimar 2018.

Brigitte Hamann, Hitlers Wien. Lehrjahre eines Diktators, München 1996.

Ludwig Hirschfeld, Wien. Der beliebteste Reiseführer der 1920er-Jahre. Was nicht im Baedeker steht, Wien 2020 (Neuauflage).

Ludwig Hirschfeld, Wien in Moll. Feuilletons 1907 – 1937 (Hg. Peter Payer), Wien 2020.

Andreas Huber, Linda Erker, Klaus Taschwer, Der Deutsche Klub. Austro-Nazis in der Hofburg, Wien 2020.

Stefan Karner (Hg.), Die umkämpfte Republik. Österreich von 1918 – 1938, Innsbruck 2017.

Walter Kleindel, Österreich. Daten zur Geschichte und Kultur, Wien-Heidelberg 1978.

Anna Lindner, Thomas Gasser, Wiener Kriminalschauplätze. 50 Orte des Verbrechens, Wien 2009.

Wolfgang Martynkewicz, 1920 – Am Nullpunkt des Sinns, Berlin 2019.

Manfred Matzka, Hofräte Einflüsterer Spin-Doktoren. 300 Jahre graue Eminenzen am Ballhausplatz, Wien 2020.

Manfred Matzka, Die Staatskanzlei. 300 Jahre Macht und Intrige am Ballhausplatz, Wien 2017.

Gerhard Melinz, Gerhard Ungar, Wohlfahrt und Krise. Wiener Kommunalpolitik 1929 – 1938, Wien 1996.

Gerhard H. Oberzill, Ins Kaffeehaus! Geschichte einer Wiener Institution, Wien-München 1983.

Reinhard Pohanka, Attentate in Österreich, Graz-Wien-Köln 2001.

Helmut Pokornig, Mord und Totschlag in der Josefstadt 1830 –

1980, Wien 2020.

Maja Rade, »Bund freier Menschen« und »Sport- und Gesellig-keitsverein Lobau«: Freikörperkultur in Österreich 1920 – 1945 (Diplomarbeit), Wien 2012.

Werner Rosenberger, Glamouröse Wienerinnen. Frauen mit dem gewissen Etwas, Wien 2016.

Johannes Sachslehner, Spinner Schelme Scharlatane. Porträts aus dem Wiener Narrenkastl, Wien-Graz-Klagenfurt 2016.

Harald Salfellner, Die Spanische Grippe. Eine Geschichte der Pandemie von 1918, Vitalis 2020.

Nobert Schausberger, Der Griff nach Österreich. Der Anschluss, Wien 1979.

Harald Seyrl, Sicher durch die Zeit. Die Geschichte der Wiener Polizei, Wien o. J.

Laura Spinney, 1918. Die Welt im Fieber. Wie die Spanische Grippe die Gesellschaft veränderte, München 2018.

Werner Stein (Hg.), Daten der Weltgeschichte. Die Enzyklopädie des Wissens, Augsburg 2001.

Hans Veigl, Sabine Derman, Die wilden 20er Jahre. Alltagskulturen zwischen zwei Kriegen, Wien 1999.

Christian F. Winkler, Wien-Film. Träume aus Zelluloid. Die Wiege des österreichischen Films, Erfurt 2007.

Gudula Walterskirchen, Die blinden Flecken der Geschichte. Österreich von 1927 – 1938, Wien 2017.

Max Winter, Expeditionen ins dunkelste Wien. Meisterwerke der Sozialreportage (Hg. von Hannes Haas), Wien 2018.

Christian F. Winkler, Wien-Film. Träume aus Zelluloid. Die Wiege des österreichischen Films, Erfurt 2007.

Karl Ziak, Unvergängliches Wien. Ein Gang durch die Geschichte von der Urzeit bis zur Gegenwart, Wien o. J.

Stefan Zweig, Die Welt von Gestern. Erinnerungen eines Europäers, Frankfurt am Main 1944.

Magazine

Werner Schima, 100 Jahre Erste Republik. 1918 – Von Habsburg zur Republik.

SPIEGEL GESCHICHTE. Die 20er Jahre. Zwischen Exzess und Krise – wie ähnlich sich damals und heute sind, Ausgabe 1/2020.

Wiener Geschichtsblätter, 74. Jahrgang – Heft 4/2019.

Wiener Geschichtsblätter, 75. Jahrgang – Heft 2/2020

Festschrift 125 Jahre Wiener Sicherheitswache 1869 – 1994